rororo

Armistead Maupin, geboren 1944 in Washington, studierte Literatur an der University of North Carolina und arbeitete als Reporter für eine Nachrichtenagentur. Er schrieb für Andy Warhols Zeitschrift *Interview*, die *New York Times* und die *Los Angeles Times*. Seine Geschichten aus San Francisco, die berühmten «Tales of the City», verfasste er über fast zwei Jahrzehnte als täglichen Fortsetzungsroman für den *San Francisco Chronicle*. Maupin lebt mittlerweile in Großbritannien.

ARMISTEAD MAUPIN

NOCH MEHR STADTGESCHICHTEN

ROMAN

Aus dem Englischen
von Heinz Vrchota

ROWOHLT TASCHENBUCH VERLAG

Die amerikanische Originalausgabe erschien 1982
unter dem Titel «Further Tales of the City»
bei The Chronicle Publishing Company, San Francisco.

Die vorliegende deutsche Fassung von «Noch mehr Stadtgeschichten» wurde für diese Neuausgabe sprachlich durchgesehen. Im Zuge dessen waren einzelne, zum Zeitpunkt der ursprünglichen Übersetzung gewählte Begrifflichkeiten zu ändern, da sie den Differenzierungen des Originals keine Rechenschaft trugen. Weitere damals noch übliche Formulierungen des englischen Originaltexts wurden aus Gründen der Werktreue äquivalent übersetzt beibehalten.

Überarbeitete Neuausgabe
Veröffentlicht im Rowohlt Taschenbuch Verlag,
Hamburg, Juni 2024

Covergestaltung FAVORITBUERO, München
Coverabbildung Shutterstock
Satz aus der Martina Plantijn
bei CPI books GmbH, Leck
Druck und Bindung GGP Media GmbH, Pößneck
ISBN 978-3-499-01454-3

FSC
www.fsc.org
MIX
Papier | Fördert gute Waldnutzung
FSC® C014496

Für Steve Beery

Surely there are in everyone's life certain connections, twists and turns which pass awhile under the category of Chance, but at the last, well examined, prove to be the very Hand of God.

Gewiss weist ein jedes Leben eine Reihe von Reibungen, Umschwüngen und plötzlichen Impulsen auf, die eine Zeit lang als Wirkungen des Zufalls gelten mögen, bis sie sich endlich nach reiflicher Überlegung als deutlicher Eingriff der Hand Gottes enthüllen.

Sir Thomas Browne
Religio Medici

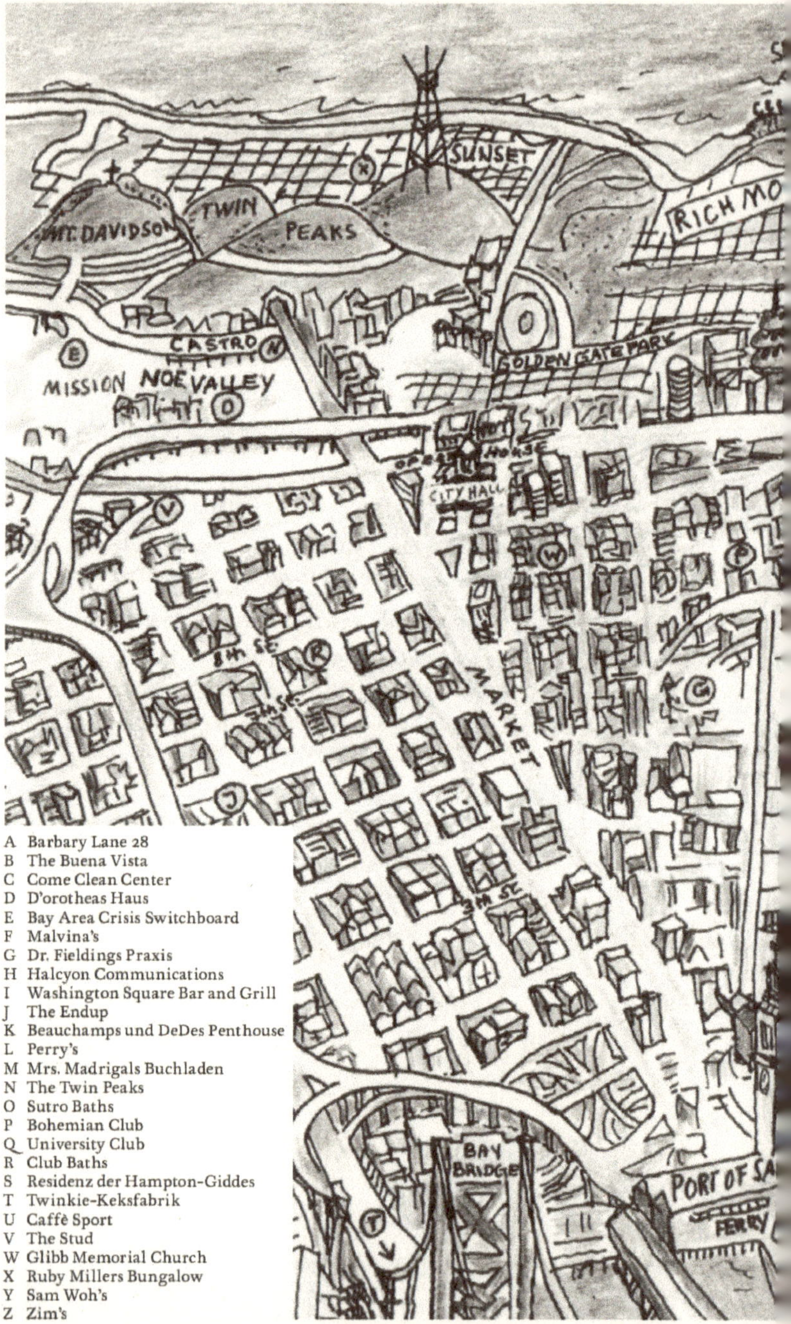

A Barbary Lane 28
B The Buena Vista
C Come Clean Center
D D'orotheas Haus
E Bay Area Crisis Switchboard
F Malvina's
G Dr. Fieldings Praxis
H Halcyon Communications
I Washington Square Bar and Grill
J The Endup
K Beauchamps und DeDes Penthouse
L Perry's
M Mrs. Madrigals Buchladen
N The Twin Peaks
O Sutro Baths
P Bohemian Club
Q University Club
R Club Baths
S Residenz der Hampton-Giddes
T Twinkie-Keksfabrik
U Caffè Sport
V The Stud
W Glibb Memorial Church
X Ruby Millers Bungalow
Y Sam Woh's
Z Zim's

ROCKS
PACIFIC OCEAN
THE PRESIDIO
GOLDEN GATE
PALACE OF THE LEGION OF HONOR
PALACE OF FINE ARTS
VAN NESS
AQUATIC PARK
RUSSIAN HILL
COLUMBUS
OB HILL
CHINATOWN
NORTH BEACH
FILBERT STEPS
COIT TOWER
TELEGRAPH HILL
BROADWAY
PULL
FRANK
THE EMBARCADERO
ANCISCO
BUILDING
SAN FRANCISCO BAY
N

Heim und Herd

Es gab natürlich immer wieder Fremde, die steif und fest behaupteten, dass San Francisco eine Stadt ohne Jahreszeiten war, doch Mrs. Madrigal schenkte dem keine Beachtung.

Warum auch, die Frühlingsboten waren doch überall zu sehen!

Die chinesischen Schuljungen zum Beispiel, die mit nagelneuen grün-gelben Baseballmützen auf ihren Skateboards den Russian Hill hinuntersausten.

Und was war mit dem alten Mr. Citarelli? Nur wer schon lange in San Francisco lebte, konnte wissen, dass Mr. Citarelli *exakt* zu dieser Zeit im Jahr seinen Lehnstuhl in die Garage schleppte, das Tor aufmachte und sich in die Sonne setzte. Auf Mr. Citarelli war unendlich mehr Verlass als auf jedes Murmeltier.

In der Barbary Lane selbst wurde die Frühjahrstagundnachtgleiche von einer uralten scharlachroten Azalee neben den Mülltonnen angekündigt, die wie ein Freudenfeuer leuchtete. «Du meine Güte», sagte Mrs. Madrigal, als sie stehen blieb, um die Tüte mit ihren Einkäufen besser zu fassen. «Du schon wieder?» Die Azalee hatte auch im August und Dezember geblüht, aber der Natur verzieh man immer, wenn sie von etwas Schönem zu viel bescherte.

Als Mrs. Madrigal das Gartentor von Nummer 28 erreichte, blieb sie unter dessen Spitzdach stehen und betrachtete ihr Reich – die bemooste Ziegelfläche des Vorgartens, die illegale

Üppigkeit ihres «Kräutergartens», den Efeu und die braune Schindelfassade ihres geliebten alten Hauses. Der Anblick begeisterte sie immer wieder.

Sie stellte die Lebensmittel – drei neue Käse von Molinari's, Glühlampen, Focaccia-Brot, Tender Vittles für Boris – in der Küche ab und eilte ins Wohnzimmer, um Feuer zu machen. Warum auch nicht? In San Francisco war ein Feuer zu jeder Jahreszeit angenehm.

Das Kaminholz – ein ganzer Klafter – war ein Weihnachtsgeschenk ihrer Mieter, und Mrs. Madrigal ging damit um, als würde sie in Fort Knox mit Goldbarren hantieren. Sie hatte allzu lange unter der Zumutung der grauenhaften Dinger aus gepresstem Sägemehl gelitten, die es im Searchlight Market zu kaufen gab. Dank ihrer Kinder hatte sie jetzt ein Feuer, das auch *knisterte*.

Es waren natürlich nicht ihre richtigen Kinder, aber sie behandelte sie so. Und sie schienen sie in ihrer Mutterrolle zu akzeptieren. Ihre richtige Tochter Mona hatte in den späten Siebzigerjahren eine Zeit lang bei ihr gelebt, war aber vor einem Jahr nach Seattle gezogen. Ihre Begründung war gewohnt kryptisch gewesen: «Weil ... na ja, weil's die Achtziger sind, deshalb.»

Arme Mona. Wie viele ihrer Altersgenossen hatte sie die Achtziger zum Schlagwort und das neue Jahrzehnt zum Götzen erhoben und erhoffte sich so etwas wie Seelenheil und die Befreiung von ihrer düsteren Daseinsvorstellung. Doch ob Mona die Achtziger in Seattle verbrachte oder in San Francisco ... oder auch in Sheboygan ... das änderte nichts. Nur konnte ihr das keiner sagen. Mona hatte sich nie von den Sechzigern erholt.

Der Vermieterin ging durch den Kopf, dass ihre Ersatzkinder – Mary Ann, Michael und Brian – sich ihre Unschuld irgendwie bewahrt hatten.

Und sie liebte sie von ganzem Herzen dafür.

Ein paar Minuten später stand Michael vor ihrer Tür, in der einen Hand den Scheck für die Miete, in der anderen Boris.

«Ich hab ihn auf dem Fenstersims entdeckt», sagte er. «Er hat leicht selbstmordgefährdet ausgesehen.»

Die Vermieterin schaute die Tigerkatze finster an. «Wohl eher mordsgefährlich. Er war wieder hinter den Vögeln her. Lässt du ihn bitte runter, mein Lieber? Ich kann es nicht ausstehen, wenn sein Atem nach Eichelhäher riecht.»

Michael ließ die Katze los und reichte Mrs. Madrigal den Scheck. «Tut mir leid wegen der Verspätung. Wieder mal.»

Sie tat seine Bemerkung mit einer Handbewegung ab und steckte den Scheck hastig in ein halb gelesenes Buch mit Geschichten von Eudora Welty. Sie fand es grässlich, mit ihren Kindern über Geld zu reden. «Ach so», sagte sie, «was machen wir mit Mary Anns Geburtstag?»

Michael zuckte zusammen. «O Gott. Ist es schon so weit?»

Mrs. Madrigal lächelte. «Nach meiner Rechnung nächsten Dienstag.»

«Sie wird doch dreißig, oder?» Michaels Augen glitzerten diabolisch.

«Wir sollten das wohl besser *nicht* betonen, mein Lieber.»

«Erwarten Sie von mir nicht, dass ich mich gnädig zurückhalte», sagte Michael. «Mit *meinem* Dreißigsten hat sie mich voriges Jahr erbarmungslos getriezt. Außerdem ist sie hier im Haus die Letzte, die über die große Schwelle tritt. Da ist es nur normal, wenn wir das Ereignis gebührend feiern.»

Mrs. Madrigal warf ihm ihren «Du ungezogener Junge!»-

Blick zu und ließ sich in den Lehnstuhl am Kamin sinken. Boris witterte eine neue Chance, sich malerisch in Szene zu setzen, sprang auf ihren Schoß und blinzelte träge ins Feuer. «Kann ich dich für einen Joint interessieren?», fragte die Vermieterin.

Michael schüttelte lächelnd den Kopf. «Danke. Ich komm so schon zu spät zur Arbeit.»

Sie lächelte ebenfalls. «Dann grüß Ned schön von mir. Dein neuer Haarschnitt sieht übrigens toll aus.»

«Danke», sagte Michael strahlend und wurde leicht rot.

«Es gefällt mir, wenn man deine Ohren sieht. Du wirkst dann richtig jungenhaft. Gar nicht so, als wärst du schon jenseits der großen Schwelle.»

Michael bedankte sich mit einer kleinen eleganten Verbeugung.

«Los jetzt», sagte die Vermieterin. «Lass tausend Blumen blühen.»

Als er fort war, gestattete sie sich ein heimliches Grinsen über sein Gerede von der großen Schwelle. Mein Gott, sie war jetzt sechzig. Hieß das, dass sie schon zweimal darübergetreten war?

Sechzig. Von Nahem war die Zahl lange nicht so dräuend wie einst von fern. Eigentlich besaß sie sogar eine stimmige Rundheit, wie ein reifer Gouda oder ein behagliches Sitzkissen.

Was für Vergleiche? Sie lachte in sich hinein. Was war aus ihr geworden? Ein alter Käse? Ein Einrichtungsgegenstand?

Eigentlich war es ihr egal. Sie war Anna Madrigal, Frau aus freien Stücken, und auf der ganzen Welt war niemand sonst genau wie sie.

Mit dieser beruhigenden Litanei im Hinterkopf drehte sie sich aus ihrem feinsten Sinsemilla einen Joint und lehnte sich mit Boris zurück, um das Feuer zu genießen.

Michael

Seit fast drei Jahren war Michael Tolliver nun Leiter einer Gärtnerei namens God's Green Earth im Richmond District. Der Besitzer des Geschäfts war Michaels bester Freund Ned Lockwood, ein muskulöser Zweiundvierzigjähriger und quasi der Prototyp eines Schwulen mit Naturberuf.

Schwule mit Naturberuf waren nach Michaels Diktion alle, die sich auf Männerart und im Freien mit schönen, lebendigen Dingen beschäftigten: Gärtner, Landschaftsgärtner, Forstaufseher und manche Landschaftsarchitekten. Floristen gehörten selbstverständlich nicht dazu.

Michael beschäftigte sich gern mit Erde. Die Früchte seiner Anstrengung hatten ästhetische, spirituelle, direkt greifbare und sogar sexuelle Qualitäten – manche Männer aus der Stadt fanden nichts erotischer als den Anblick eines Vornamens, der mit groben Stichen auf die Vorderseite eines verwaschenen grünen Overalls gestickt war.

Wie Michael war Ned nicht seit jeher ein Schwuler mit Naturberuf gewesen. Sein Studium an der University of California in Los Angeles hatte er in den frühen Sechzigerjahren als Tankwart an einer Chevron-Tankstelle in Beverly Hills finanziert. Dann war eines Tages ein berühmter, fünfzehn Jahre älterer Filmstar zum Ölwechsel vorgefahren und hatte sich hoffnungslos in den muskulösen, schlanken Jungen verknallt.

Von da an änderte sich Neds Leben radikal. In null Komma nichts ließ sich der Filmstar mit seinem neuentdeckten Schützling häuslich nieder. Er kam für Neds Studiengebühren auf und integrierte ihn – so weit es der Anstand und sein PR-Berater erlaubten – in sein Leben in Hollywood.

Ned blieb sich selbst ziemlich treu. Er war mit einer sexuellen Ausstrahlung gesegnet, die schon ans Mystische grenzte, und er gewann weiterhin das Herz jedes Mannes, jeder Frau und jedes Tiers, das ihm über den Weg lief. Sie alle waren weniger von seiner Schönheit in Bann geschlagen als von seiner angeborenen, fast kindlichen Gabe, Aufmerksamkeit zu schenken. In einer Stadt, in der niemand je zuhörte, tat er genau das.

Die Liebesaffäre dauerte fast fünf Jahre. Als sie zu Ende war, gingen die beiden Männer als Freunde auseinander. Der Filmstar half Ned sogar bei der Finanzierung seines Umzugs nach San Francisco.

Ned Lockwood war jetzt, in mittleren Jahren, attraktiver denn je, aber er bekam eine Glatze – nein, er *hatte* eine Glatze. Die verbliebenen Haare hielt er immer kurz, und seinen nackten Skalp trug er genauso stolz wie die Fernfahrer in den Pornofilmen von Wakefield Poole. «Wenn ich mal anfange, mir die Haare von hinten oder von der Seite hochzuharken», hatte er Michael einmal ernsthaft ermahnt, «dann musst du mich wegbringen und erschießen lassen.»

Ned und Michael waren zweimal miteinander ins Bett gegangen – 1977. Seither waren sie Freunde, verschworene Vertraute, Brüder. Michael liebte Ned; er erzählte dem älteren Mann seine amourösen Heldentaten wie ein kleiner Hund, der etwas nach Hause schleppte und es seinem Herrchen ehrfürchtig vor die Füße legt.

Und Ned hörte immer zu.

«Hast du Lust, morgen Abend ins Devil's Herd zu gehen?», fragte Ned. «Da spielt eine Liveband.»

Michael blickte von seiner Arbeit auf. Er verpackte gerade die Primeln für einen Immobilienmakler aus Pacific Heights, der ewig lange zwischen den rosafarbenen und den gelben geschwankt hatte. Der Immobilienmakler beäugte Ned mit einem giftigen Blick und quengelte weiter: «Natürlich stehen auf der Terrasse ein paar Töpfe mit *Fuchsien*, und die sind in so einem blaustichigen Rot. Ich meine, vielleicht *passt* das Rot gar nicht zu dem Gelb. Was sagen *Sie* denn dazu?»

Michael warf Ned einen entschuldigenden Blick zu und bemühte sich um Geduld seinem Kunden gegenüber. «Alle Blumen passen zueinander», sagte er gelassen. «Gott ist kein Dekorateur.»

Der Immobilienmakler zuckte kurz mit den Augenbrauen. Vielleicht überlegte er, ob die Bemerkung unverschämt gewesen war. Dann lachte er trocken. «Aber manche Dekorateure sind Gott, stimmt's?»

«Nicht bei mir», sagte Michael lächelnd.

Der Immobilienmakler rückte näher heran. «Sie kannten Jon Fielding, oder?»

Michael tippte die Preise ein. «Könnte man sagen», antwortete er.

«Oh ... falls ich einen wunden Punkt getroffen habe, tut es mir leid.»

«Keine Bange.» Er lächelte lässig und hoffte, dass er nicht so gereizt klang, wie er sich fühlte. «Es ist lange her, das ist alles.» Er schob seinem Inquisitor den Karton mit den Primeln hin. «Sie kennen ihn, hm?»

Der Immobilienmakler nickte. «Wir sind mal gemeinsam zu einem Treffen von Gamma Mu geflogen.» Er warf den Namen aus wie einen Köder – als wüsste *alle Welt* über die nationale Vereinigung schwuler Millionäre Bescheid.

Michael biss nicht an. «Grüßen Sie ihn schön von mir, wenn Sie ihn sehen», sagte er.

«Gut.» Der Immobilienmakler stierte einen Moment lang vor sich hin, dann streckte er die Hand aus und steckte seine

Visitenkarte in die Tasche von Michaels Overall. «Damit Sie wissen, wer ich bin», sagte er *sotto voce*. «Sie sollten abends mal bei mir vorbeikommen. Ich habe Video.»

Er ging, ohne auf Antwort zu warten. An der Tür musste er an Ned vorbei.

«Und, wie isses?», fragte Ned.

Michael schaute die Karte des Immobilienmaklers kurz an, las den Namen Archibald Anson Gidde und warf sie in den Abfalleimer. «Entschuldige, Ned, was hast du gesagt?»

«Das Devil's Herd», sagte Ned. «Morgen Abend?»

«Ach so ... ja. Klar. Gern.»

Ned musterte ihn kurz, dann fuhr er ihm durch die Haare. «Fühlst du dich auch wohl, Bubba?»

«Klar», sagte Michael.

«Hat der Kerl ...?»

«Er kennt Jon», sagte Michael. «Das ist alles.»

Die A-Schwulen treffen sich

Arch Gidde war völlig aufgelöst. Zwanzig Minuten vor der erwarteten Ankunft seiner Gäste zum Abendessen steckten die gelben Primeln immer noch in ihren schäbigen Plastiktöpfchen. Und Cleavon – der Teufel sollte den faulen, unzuverlässigen Kerl holen – war immer noch in der Küche und trödelte mit dem Sushi herum.

Arch brüllte aus dem Schlafzimmer. «Cleavon ... *Cleavon*!»

«Jau», antwortete Cleavon.

Der Immobilienmakler zuckte vor dem Spiegel zusammen. Um Himmels willen, *jau*. Harold hatte nie jau gesagt. Harold war tuntig gewesen, klar, aber niemals respektlos. Doch Arch hatte Harold bei der Scheidung verloren, und Rick war zu egoistisch (und viel zu gewieft), um sich von einem fähigen Diener zu trennen, der Schwarz *und* schwul war.

«Cleavon», schrie Arch, «ich kann nicht deutlich genug betonen, dass die Primeln eingetopft werden *müssen*, bevor die Gäste eintreffen. Vier sollen in den Elefantenkübel und vier in den Kasten am Ende der Terrasse.»

Pause. Dann ein weiteres Jau.

Arch Gidde stöhnte laut auf. Dann schob er die Ärmel seines neuen Kansai-Yamamoto-Pullovers von Wilkes hoch. Der war mit einer großen, mehrfarbigen Hyäne bestickt, die sich schräg über seine linke Schulter legte. Ist das zu viel?, fragte er sich.

Nein, entschied er. Nicht zum Sushi.

Die Gäste trafen fast gleichzeitig ein. Sie hatten alle an einer Cocktailparty bei Vita Keating teilgenommen, der Frau des Presto-Pudding-Erben.

Es waren: Edward Paxton Stoker Jr. und Charles Hillary Lord (die Stoker-Lords), William Devereux Hill III und Anthony Ball Hughes (die Hill-Hugheses), John Morrison Stonecypher (manchmal auch «der Pflaumenprinz» genannt) und Peter Prescott Cipriani.

Auffällig war das Fehlen von Richard Evan Hampton, Arch Giddes Ex; die Hampton-Giddes waren nicht mehr.

«Also», gurrte Chuck Lord, als er ins Wohnzimmer rauschte, «ich muss schon sagen, der Diener gefällt mir.»

Arch lächelte reserviert. «Irgendwie hab ich so was erwartet.»

«Er ist aber nicht aus Oakland, oder?», fragte Ed Stoker, Chucks bessere Hälfte.

«Aus San Bruno», sagte Arch.

«Schade. Chuckie mag nur die aus Oakland.»

Chuck Lord warf seinem Liebhaber einen vernichtenden Blick zu, dann wandte er sich wieder an seinen Gastgeber. «Kümmer dich gar nicht um *die*», sagte er. «Sie hat schon die ganze Woche Wallungen.»

Arch bemühte sich redlich, nicht zu grinsen. Chuck Lords Gier nach «Schwarzen von der East Bay» war unter den A-Schwulen in San Francisco allgemein bekannt. Während Ed Stoker zu Hause blieb, eine Valium nach der anderen schluckte und *Allure* von Diana Vreeland las, schlich sein Multimillionärsgatte auf der Suche nach Schwarzen Automechanikern durch die Straßen von Oakland.

Und jedes Mal, wenn Ed die Scheidung wollte (jedenfalls erzählte man es so), packte Chuck das schiere Entsetzen. «Aber Liebling», keuchte er in solchen Momenten, «was wird dann aus dem Baby?»

Das Baby war ein Mietshaus mit acht Wohnungen im Haight, das den beiden Männern gemeinsam gehörte.

«Ratet mal, wen ich heute in der Gärtnerei gesehen habe», sagte Arch beim Dessert.

«Wen?», fragte der Pflaumenprinz.

«Michael Tolliver.»

«Wen?»

«Du weißt schon. Das Schnittchen, das mal mit Fielding liiert war.»

«Der Krüppel?»

«Nicht mehr. Gott, wo warst *du* denn?»

«Entschuldigung, Gnädigste.»

«Er hat mir im Gewächshaus praktisch zwischen die Beine gefasst.»

«Wo *ist* Fielding übrigens?»

«Auf einem Schiff oder so. Kotztabletten austeilen. Ganz unsäglich.»

Peter Cipriani ging vorbei und ließ eine Zeitschrift in Archs Schoß fallen. «Wo wir gerade bei Unsäglichkeiten sind, hast du dir diesen Monat schon Madame Giroux zu Gemüte geführt?» Die Zeitschrift hieß *Western Gentry*, und das Objekt von Peters Verachtung war eine gewisse Prue Giroux, die Klatschkolumnistin. Arch blätterte die letzte Seite auf und fing an, seinen Gästen laut vorzulesen:

«‹Als ich heute Morgen mit dem charmanten und reizenden Schwarzen sprach, der in der Garage neben dem L'Etoile die Autos einparkt, musste ich daran denken, wie glücklich wir uns doch schätzen können, in einer Stadt zu leben, in der sich so viele Menschen so vieler interessanter Kulturen, Konfessionen und Hautfarben drängen.›»

Tony Hughes stöhnte und verdrehte die Augen. «Die blöde Schlampe hält sich wohl für die neue Eleanor Roosevelt.»

Arch las weiter: «‹Mich, ein einfaches Mädchen vom Lande aus Grass Valley ...›»

Diesmal stöhnten alle.

«‹Mich, ein einfaches Mädchen vom Lande aus Grass Valley, erfüllt es mit großer Freude und Befriedigung, dass ich mich zu den Freunden von so bekannten Schwarzen wie Kathleen Cleaver zählen darf, der Frau des berühmten Bürgerrechtlers, von so bemerkenswerten Juden wie Dr. Heinrich Viertel (dem Autor von *Erforschung des Es*) und von Ethel Merman, die ich kennengelernt habe, als sie bei uns in der Stadt war, um für ihr fabelhaftes neues Disco-Album zu werben.›»

Diesmal ertönten spitze Schreie. Tony riss Arch die Zeitschrift aus der Hand. «Das hat sie nicht geschrieben! Das hast du erfunden!» Arch überließ Tony das Feld, denn er wollte offensichtlich selbst weiter vorlesen.

Fast unbemerkt entfernte Arch sich vom Tisch, um sich eines Falls anzunehmen, der sich möglicherweise schon zur Krise ausgewachsen hatte: Cleavon hatte den Kaffee nicht gebracht. *Und Chuck Lord war noch nicht von der Toilette zurück.*

Mit vor Wut hochrotem Kopf horchte Arch an der Toilettentür, bevor er sie gegen alle Höflichkeit aufriss.

Cleavon saß auf dem schwarzen Onyxbecken und hielt sich das eine Nasenloch zu, während Chuck Lord ihm in das andere Kokain spatelte. Chuck grinste affektiert und ließ das Zubehör wieder in der Tasche seines Alexander-Julian-Jacketts verschwinden, ohne auch nur einen Anflug von Reue zu zeigen.

Arch bedachte seinen Gast mit einem mörderischen Blick. «Komm zurück aufs Floß, Huckilein. Man vermisst dich schon.»

Als Chuck gegangen war, kletterte Cleavon vom Waschbecken und schnupfte die Kristalle geräuschvoll in die Nebenhöhlen. Sein Arbeitgeber war fuchsteufelswild, beherrschte sich aber. «Wir hätten jetzt gerne den Kaffee, Cleavon.»

«Jau», sagte der Diener.

Im Wohnzimmer röhrte ein angeheiterter Peter Cipriani dem zurückkommenden Chuck Lord ein Rätsel entgegen: «He, Chuckie! Was ist dreißig Zentimeter lang und weiß?»

«Was?», lautete die verhaltene Antwort.

«Nichts», schrie Peter. «Absolut nichts!»

Arch Gidde hätte *sterben* können.

Prues Coup

Die Leute sagten die gemeinsten Sachen über Prue Giroux. Ihre gertenschlanke Figur und ihr gutes Aussehen, sagten sie, hatten ihr zu allem verholfen, was sie sich immer gewünscht hatte – außer zu Respekt. Wenn die Leute über ihre Scheidung von Reg Giroux sprachen, war Reg derjenige, der «immer so nett» gewesen war. Durch einen merkwürdigen Zufall war er auch der mit den vierzig Millionen Dollar gewesen.

Von denen hatte Prue jetzt ein paar, Gott sei Dank. Und ein Stadthaus von Tony Hail auf dem Nob Hill. Und genügend Galanos-Kleider, um die gesamte Amtszeit von Nancy Reagan zu überstehen, selbst wenn sie – toi, toi, toi – acht Jahre dauern sollte.

Das wahre Geheimnis von Prues Macht lag jedoch in ihrer Kolumne in der *Western Gentry*. Prue hatte entdeckt, dass es egal war, wenn man keiner alten Familie entstammte und der eigene Reichtum nur auf einer Abfindung beruhte. Was machte es schon, wenn man sich vertat und *Thaïs* wie «Thais» aussprach oder nach dem ersten Satz einer Symphonie klatschte oder am hellichten Nachmittag einen Empfang mit Smokingzwang gab? Wenn man eine Klatschkolumne schrieb, kam man bei dem Mistvolk immer rein.

Natürlich nicht bei allen. Manche von den distinguierten Herrschaften aus San Mateo (sie hatte sich dazu erzogen, nicht Hillsborough zu sagen) beobachteten Prue immer noch mit kühler Distanziertheit. Den jungen Salonlöwinnen schien jedoch klar zu sein, dass ihre Stellung ohne eine zumindest nominelle Anerkennung durch die Klatschpresse völlig ungesichert war.

Deshalb luden sie Prue zum Mittagessen ein.

Nicht zum Abendessen, nur zum Mittagessen. Als zum Beispiel Ann Getty im Februar ihre Soiree für Baryschnikow im Bali's gegeben hatte, war es nicht wirklich nötig gewesen, Prue am Geschehen teilnehmen zu lassen; die Gäste hatten ihr die pikantesten Details einfach am nächsten Morgen telefonisch mitgeteilt.

Prue störte das eigentlich nicht. Sie hatte viel durchgemacht, und das war ihr bewusst. Ihr Hang, sich als «einfaches Mädchen vom Lande aus Grass Valley» vorzustellen, war keine Affektiertheit. Sie *war* ein einfaches Mädchen vom Lande aus Grass Valley – eines von sieben Kindern, die ein Traktorenvertreter mit seiner Frau, einer Adventistin vom Siebenten Tag, großgezogen hatte.

Als sie Reg Giroux kennenlernte, der damals Chef eines mittelständischen Flugzeugherstellers war, hatte Prue gerade erst als Dentalhygienikerin zu arbeiten angefangen; das heißt, sie reinigte ihm die Zähne mit Zahnseide. Regs Freunde waren entsetzt, als er im Sommer im Bohemian Grove ihre Verlobung bekanntgab.

Trotzdem schien die Ehe einige Zeit zu funktionieren. Prue und Reg bauten sich im Mother Lode Country ein weitläufiges Ferienhaus, das zum Schauplatz vieler aufwendiger, jeweils mit einem Motto versehener Kostümfeste wurde. Bei ihrem Grün-und-Rosa-Ball spielte Prue für Erica Jong, Tony Orlando und Joan Baez die Gastgeberin, und zwar für alle drei am selben Nachmittag. Sie konnte kaum an sich halten.

Das wurde schließlich zum Problem. Reg fühlte sich in seiner Gesellschaftsschicht wohl, und weder teilte noch verstand er das anscheinend unstillbare Verlangen seiner Frau nach Prominenten. Prues wöchentliches Mittagessen inklusive Stargast, das auf dem Nob Hill stattfand und das sie hochtrabend

«Forum» getauft hatte, wurde von den distinguierten Herrschaften so einmütig gemieden, dass sogar ihr Mann darunter zu leiden begann.

Deshalb machte er sich aus dem Staub.

Zu Prues Glück fiel ihre Scheidung praktischerweise mit der Verhaftung und Verurteilung (wegen exhibitionistischer Handlungen) des *Western-Gentry*-Klatschkolumnisten Carson Callas zusammen. Also lud sie den Herausgeber der Zeitschrift zum Mittagessen ein und setzte zu ihrem Coup an. Der Herausgeber, der selber ein einfacher Junge vom Lande war, verwechselte Prues einstudierte Eleganz mit aristokratischer Würde und engagierte sie vom Fleck weg.

Von da an war sie ihre eigene Herrin.

Prues dreijähriger russischer Wolfshund Vuitton war seit fast einer Woche verschwunden. Prue wusste nicht mehr ein noch aus. Dass der Mann von der Parkverwaltung sich in dieser Krise so ekelhaft vage äußerte, machte alles nur noch schlimmer.

«Ja, Ma'am, ich glaub, ich erinner mich an den Bericht. Wo, ham Sie gesagt, ham Sie ihn noch mal verloren?»

Prue seufzte genervt. «In den Baumfarnen. Gegenüber vom Gewächshaus. Den einen Moment war er noch da, und den nächsten ...»

«Letzte Woche?»

«Ja. Am Samstag.»

«Kleinen Moment.» Sie hörte ihn Akten durchblättern. Der Trottel pfiff dabei «Oh Where Oh Where Has My Little Dog Gone». Es vergingen ein paar Minuten, bevor er wieder am Telefon war. «Nein, Ma'am. Fehlanzeige. Ich hab's zweimal durchgeschaut, 'nen russischen Wolfshund hat keiner gesehen in den letzten ...»

«Und Sie haben auch keine verdächtigen Kambodschaner gesehen?»

«Ma'am?»

«Kambodschaner. Flüchtlinge. Sie wissen doch.»

«Ja, Ma'am, aber ich versteh nich, was ...»

«Muss ich es denn buchstabieren? Die essen nämlich Hunde, müssen Sie wissen. *Und sie haben schon welche gegessen!*»

Schweigen.

«Das hab ich im *Chronicle* gelesen», fügte Prue hinzu.

Nach nochmaligem Schweigen: «Hören Sie, Ma'am. Was halten Sie davon, wenn ich die berittne Streife bitte, dass sie ihre Augen offen halten, okay? Aber bei so 'nem Hund isses ziemlich wahrscheinlich, dass er entführt worden is. Ich würd Ihnen ja gern mit was Bessrem kommen, aber leider.»

Prue bedankte sich und legte auf. Armer Vuitton. Sein Schicksal lag in den Händen von Unfähigen. Irgendwo im Tenderloin aßen die Boat People möglicherweise Wolfshund süßsauer, und Prue war hilflos. Hilflos.

Bevor sie sich an ihre Kolumne setzte, ging sie zur Beruhigung zehn Minuten im Huntington Park spazieren. Als sie zurückkehrte, berichtete ihre Sekretärin, dass Frannie Halcyon angerufen und Prue für den nächsten Tag zum Mittagessen eingeladen hatte, um mit ihr «eine Angelegenheit von allerhöchster Dringlichkeit» zu besprechen.

Frannie Halcyon war die Grande Dame von Hillsborough. Mit Leuten wie Prue Giroux hatte sie sich noch nie befasst, geschweige denn sie zum Mittagessen auf den Familiensitz bestellt.

«Eine Angelegenheit von allerhöchster Dringlichkeit.»

Was konnte das nur sein?

Die Matriarchin

Manchmal konnte Frannie sich des Gedankens nicht erwehren, dass ein Fluch auf Halcyon Hill lastete.

Wenn sie sich die Zeit nahm und über das Schreckliche nachdachte, das den Mitgliedern ihrer Familie zugestoßen war, erschien das genauso plausibel wie alles andere. Mit vierundsechzig war sie die einzige überlebende Halcyon, der abgetakelte klägliche Rest einer Dynastie, die so gut wie kapituliert hatte vor Tod, Krankheit und Zerstörung.

Edgar, ihr Mann, war am Heiligen Abend des Jahres 1976 seinen «Schrottnieren» (sein Wort) erlegen.

Beauchamp, ihr Schwiegersohn, war ein Jahr später bei einem Autounfall im Broadway Tunnel verbrannt.

Faust, ihre geliebte Dogge, war kurz danach gestorben.

DeDe, ihre Tochter und Beauchamps von ihm getrennt lebende Frau, hatte Ende 1977 zwei Chinesenmischlinge geboren und war mit einer Freundin von fragwürdiger Herkunft nach Guyana geflohen.

Das Massaker von Jonestown. Noch jetzt, drei Jahre nach dem Ereignis, konnte es passieren, dass Frannie diese Worte von einer Zeitungsseite entgegensprangen wie die tückischen Giftzähne einer Viper.

Edgar, Beauchamp, Faust und DeDe. Ein Schrecken nach dem anderen. Eine Demütigung nach der anderen.

Und nun die äußerste Erniedrigung.

Es war ihr nichts anderes übrig geblieben, als Prue Giroux zum Mittagessen einzuladen.

Emma brachte ein Tablett mit Mai Tais in den Wintergarten.

«Eine kleine Erfrischung?», fragte Frannie.

Die Kolumnistin setzte ihr süßliches Kleinmädchenlächeln auf. «Es ist einen Tick zu früh für mich, danke.»

Frannie hätte sie schlagen können. Stattdessen ließ sie sich von Emma mit einem huldvollen Nicken einen Drink reichen, nippte geziert daran und erwiderte das Lächeln dieser hoffnungslos gewöhnlichen Frau. «Ihre Kolumne», sagte sie, «finde ich ... sehr amüsant.»

Prue strahlte. «Wie mich das freut, Frannie. Ich tu mein Bestes, um einen guten Fluss hinzukriegen.»

«Ja. Es plätschert nur so.» Innerlich schäumte Frannie vor Wut. Wie konnte diese Person es wagen, sie mit Vornamen anzusprechen?

«Also, ich finde», fuhr Prue fort – und führte ein offenbar liebgewonnenes Thema weiter aus –, «dass es auf der Welt viel zu viel Hässliches gibt, und wenn jeder von uns auch nur eine kleine Kerze anzünden würde ... na, Sie wissen ja.»

Frannie sah ihren Anknüpfungspunkt. «Ich vermute, Sie wissen um meine Tochter.»

«Ja.» Die Kolumnistin setzte ein tragisches Gesicht auf. «Es muss schrecklich gewesen sein für Sie.»

«Ja, das war es. Und ist es noch.»

«Ich kann mir nicht mal vorstellen, wie so etwas ist.»

«Das kann kaum jemand.» Frannie trank einen Schluck Mai Tai. «Außer Catherine Hearst vielleicht. Sie kommt manchmal zu Besuch. Sie war wahnsinnig lieb. Ah ... dürfte ich Ihnen etwas zeigen?»

«Natürlich.»

Die Matriarchin entschuldigte sich und kam kurz darauf mit den Beweisstücken zurück, die inzwischen fast bis zur Unkenntlichkeit ramponiert waren. «Die haben mal DeDe gehört», sagte sie.

Die Kolumnistin lächelte. «Pompons. Ich war auch mal Cheerleader.»

«DeDe hat sie sich schicken lassen», fuhr Frannie fort, «als sie in Jonestown war. Sie hatte sie schon im Sacred Heart, und sie fand den Gedanken hübsch, in Guyana bei den Basketballspielen damit aufzutreten.» Sie nestelte an ihrer Cocktailserviette herum. «Man hat sie unter ihren Sachen gefunden ... hinterher.»

«Sie ... äh ... war in Guyana Cheerleader?»

Die Matriarchin nickte. «Nur so zum Spaß. Wussten Sie nicht, dass es dort ein Basketballteam gab?»

«Nein», sagte Prue vorsichtig. «Das wusste ich nicht.»

«DeDe war ein *Tatmensch*, Prue. Sie hat das Leben über alles geliebt. Jedenfalls steht fest, dass sie und die Kinder nicht unter den Toten von Jonestown waren ... und tief in meinem Herzen weiß ich, dass sie dort lebend rausgekommen sind.»

«Wann?»

«Ich weiß nicht. Vorher. Wann auch immer.»

«Aber, vermuten die Behörden denn nicht ...?»

«Die vermuten viel, diese Idioten! Sie haben mir schon gesagt, dass DeDe tot ist, bevor sie noch festgestellt hatten, ob ihre Leiche überhaupt dort war.» Frannie beugte sich vor und blickte Prue flehend an. «Sie kennen das wahrscheinlich alles schon, ich weiß. Aber ich habe Sie gerufen, weil ich Ihre Hilfe brauche, um eine neue Entwicklung an die Öffentlichkeit zu bringen.»

«Bitte», sagte die Kolumnistin, «sprechen Sie weiter.»

«Ich habe diese Woche mit einem Medium gesprochen. Mit einem sehr seriösen. Sie sagt, dass DeDe, ihre Freundin und die Zwillinge leben und in einem kleinen südamerikanischen Dorf wohnen.»

Schweigen.

«Ich bin keine Hysterikerin, Prue. Ich halte normalerweise nicht viel von solchen Dingen. Aber diese Frau war sich ihrer Sache dermaßen *sicher*. Sie hat alles gesehen: die Hütte, ihre Schlafmatten, die Dorfbewohner auf dem Markt, die süßen kleinen Zwillinge, wie sie nackt ...» Frannies Stimme versagte; sie spürte, dass sie kurz vor dem Zusammenbruch stand. «Bitte helfen Sie mir», bettelte sie. «Ich weiß nicht, an wen ich mich sonst wenden sollte.»

Prue nahm ihre Hand und drückte sie. «Sie wissen, dass ich Ihnen helfen würde, Frannie, wenn es eine Möglichkeit gäbe ... na ja, die Tagespresse oder das Fernsehen sind sicher eher in der Lage, so was in Angriff zu nehmen.»

Ein Ruck ging durch die Matriarchin. «Mit denen habe ich schon gesprochen. Denken Sie etwa, ich würde Sie *als Erste* anrufen?»

Es hatte keinen Sinn! Dieses lächerliche Frauenzimmer war nicht besser als alle anderen, die sie bloß geduldig ertrugen wie ein seniles, aufdringliches altes Weib. Frannie ließ das Thema fallen und brachte ihren Gast ohne weitere Umstände und in aller Eile durch das Mittagessen und an die Tür.

Um drei lag sie wieder im Bett, trank Mai Tais und schaute auf dem «Bauchflimmi» fern, den DeDe und Beauchamp ihr nach Edgars Tod geschenkt hatten. Als Nachmittagsfilm lief *Traum meines Lebens* mit Katherine Hepburn, einer von Frannies Lieblingsfilmen.

Während der «Unterbrechung» gab eine hübsche junge Frau den Zuschauern Einkaufstipps: wo man im Gebiet Walnut Creek und Lafayette gute zweite Wahl kaufen konnte. Frannie drehte den Ton weg und schenkte sich noch einen Mai Tai ein.

Als sie wieder auf den Fernseher schaute, fiel ihr fast der Drink aus der Hand.

Dieses Gesicht! Natürlich! Das war Edgars ehemalige Sekretärin. Frannie hatte sie schon mindestens vier Jahre nicht mehr gesehen. Seit Beauchamps Beerdigung wahrscheinlich.

Wie *hieß* sie überhaupt? Mary Jane Dingsbums. Nein ... Mary Lou?

Die Matriarchin drehte den Ton wieder an. «Mary Ann Singleton», zwitscherte die junge Frau, «wünscht Ihnen Schnäppchen in rauen Mengen!»

Mary Ann Singleton.

Vielleicht, dachte Frannie. Nur vielleicht ...

Ein Tagesgesicht

Nach fast zwei Jahren beim Fernsehen war Mary Ann Singleton nun endlich eine Frau *im* Fernsehen.

Ihre Show *Bargain Matinee* versuchte sich an einer Auffrischung des alten *Dialing-for-Dollars*-Schemas für den Nachmittagsfilm: Die Zuschauer aus der Bay Area bekamen Tipps, wie sie beim Einkaufen der Inflation ein Schnippchen schlagen konnten. Schließlich befand man sich in den Achtzigern. Im Gegensatz dazu waren die Filme fest in den Fünfzigern verankert: anheimelnde alte Schinken wie *Das Geheimnis von Santa Vittoria, Fieber im Blut* oder – gerade aktuell – *Traum meines Lebens*. Solche Filme hatte man in den Tagen vor dem Equal Rights Amendment Frauenfilme genannt.

Mary Anns Sternstunde war ein Fünfminutenspot nach der ersten Hälfte des Films.

Der Inhalt änderte sich kaum: verbeulte Konserven, Zweite-

Wahl-Käufe, chinesische Regenschirme als schicke Lampen, selbst gemachtes Parfüm, empfehlenswerte Pastaläden, neue Verwendungsmöglichkeiten für alte Kaffeebüchsen. Michael redete hartnäckig von Mary Anns «Hints from Heloise».

Mary Ann fand das Hausfrauenimage, das sie in ihrer Sendung vermitteln musste, eigentlich peinlich, aber sie konnte nicht abstreiten, dass der Fernsehruhm auch eine angenehm erregende Seite hatte: Fremde starrten sie im Bus an; Nachbarn baten sie im Searchlight Market um ein Autogramm auf ihre Einkaufstüten.

Trotzdem fehlte ihr etwas. Daran hatte sich auch durch den Sprung auf den Bildschirm nichts geändert.

Mary Ann fand, dass man als Frau im Fernsehen eine glamouröse Enthüllungsjournalistin sein musste, eine feminine Feministin à la Jane Fonda in *Das China-Syndrom* oder Sigourney Weaver in *Der Augenzeuge*. Nur eine Reporterin, die sich ins Geschehen einmischte, konnte eine richtige Fernsehfrau sein.

Und Mary Ann würde sich nicht mit weniger begnügen.

Sofort nach der Abmoderation verließ sie Studio B und eilte in ihr Kabuff zurück, ohne sich vorher in der Garderobe abzuschminken.

Es war fünf. Noch konnte sie den Nachrichtenchef erwischen, bevor er für die Abendnachrichten mobilmachte.

Auf ihrem Schreibtisch lag eine Notiz:

MRS. HARRISON HAT ANGERUFEN.

«Hast du das angenommen?», fragte sie die Redakteurin von nebenan.

«Nein, Denny. Er ist in der Cafeteria.»

Kollege Denny aß gerade einen Happy Snack aus der Mikrowelle. «Wer ist Mrs. Harrison?», fragte Mary Ann.

«Sie hat gesagt, du wüsstest Bescheid.»

«Harrison?»

«Es hat sich jedenfalls so angehört. Sie hatte einen sitzen.»

«Toll.»

«Sie hat direkt nach deinem Auftritt angerufen. Sie hat gesagt, es sei ‹höchst dringend›.»

«Das liegt an *Traum meines Lebens*. Die Besoffenen rufen immer bei den Schnulzen an. Keine Nummer, hm?»

Denny zuckte mit den Schultern. «Sie hat gesagt, du kennst sie.»

Larry Kenan, der Nachrichtenchef, rekelte sich in seinem Drehstuhl, verschränkte seine Finger hinter dem föhnfrisierten Kopf und schaute affektiert grinsend zu dem Bo-Derek-Poster hoch, das er über seinem Schreibtisch an die Decke geklebt hatte. Die Inschrift war ebenfalls sein Werk und unauslöschlich in Mary Anns Bewusstsein eingebrannt: KEINER MACHT'S BESSER ALS LARRY – IN WOLLUST, BO.

«Soll ich Ihnen mal die ungeschminkte Wahrheit sagen?», fragte er.

Mary Ann wartete. Der Blödmann deklarierte seine Meinung immer als die ungeschminkte Wahrheit.

«Die ungeschminkte Wahrheit ist, dass Sie ein Tagesgesicht haben, und die Zuschauer wollen bei den Sechs-Uhr-Nachrichten kein Tagesgesicht sehen. Basta und Schluss. *Mensch*, was soll ich sagen, Mädchen? Es ist nicht schön, aber es ist die Wahrheit.» Er riss sich lang genug von Bo Derek los, um Mary Ann sein «Pech gehabt, Kleines»-Grinsen rüberzuschicken.

«Was ist mit Bambi Kanetaka?»

«Was soll mit ihr sein?»

Mary Ann wusste, dass sie vorsichtig sein musste. «Na ja ... sie hatte eine Tagesshow, aber *jetzt* darf sie ...»

«Bei Bambi ist das was anderes.» Larry funkelte sie an.

Ich weiß, dachte Mary Ann. Sie bläst auf Befehl.

«Ihre Werte waren spitze», sagte Larry. Er forderte Mary Ann fast dazu heraus, nicht klein beizugeben.

«Dann testen Sie *mich* doch auch», sagte Mary Ann. «Ich lass mich gern ...»

«Wir *haben* Sie schon getestet, okay? Das war vor zwei Monaten, und Ihre Werte waren der totale Reinfall. Reicht das?»

Es tat mehr weh, als ihr lieb war. Auf Hautwiderstandsmessungen hatte sie noch *nie* etwas gegeben. Was war schon zu beweisen, wenn man ein paar Zuschauer als Versuchskaninchen an Elektroden anschloss? Nur, dass manche Darsteller die Zuschauer stärker ins Schwitzen brachten als andere. Toll.

Sie versuchte es andersrum. «Ich bräuchte doch nicht die ganze Zeit vor der Kamera zu stehen. Ich könnte recherchieren. Es gibt 'ne Menge Themen, die die Stammreporter nicht bearbeiten können, weil ihnen die Zeit oder auch die Lust dazu fehlt.»

Larry verzog den Mund. «Zum Beispiel?»

«Na ja ...» Denk nach, befahl sie sich, denk nach! «Na ja, die Schwulenszene zum Beispiel.»

«Ach ja?», sagte er mit hochgezogenen Augenbrauen. «Und über die wissen Sie Bescheid, hm?»

Sie wusste nicht recht, wie sie die Bemerkung auffassen sollte. Hielt er sie für eine Lesbe? Oder spielte er nur wieder mit ihr? «Ich hab 'ne Menge ... Kontakte», sagte sie. Eine Lüge. Na und? Michael hatte eine Menge Kontakte; und das war praktisch dasselbe.

Er lächelte sie an, wie wohl ein Polizist ein weggelaufenes Kind anlächelte.

«Ich will Ihnen mal die ungeschminkte Wahrheit sagen», sagte er. «Den Zuschauern hängen die Schwulen schon zum Hals raus.»

Der Mann in ihrem Leben

Auch wenn Larry Kenan ein Arschloch war – und daran war inzwischen nicht mehr zu rütteln –, so verschaffte Mary Anns Gehalt ihr doch gewisse Annehmlichkeiten, die das Leben in der Stadt entschieden reizvoller machten:

Sie aß jetzt im Ciao.

Sie fuhr einen Le Car.

Sie trug zu ihren Calvins Samtblazer und Herrenhemden mit Button-down-Kragen – ein Aufzug, den Michael hartnäckig als «Lesbenklassik» bezeichnete.

Sie hatte alles Gelbe und alle Korbmöbel aus ihrer Wohnung verbannt und sie stattdessen mit stahlgrauem Teppichboden und technizistischen Metallregalen ausgestattet.

Sie hatte ihr *San-Francisco*-Abo gekündigt und las jetzt *Interview*.

Sie hatte sich für immer von Cost Plus verabschiedet.

Trotzdem kam sie gegen einen gewissen Frust wegen ihrer langsamen beruflichen Fortschritte nicht an.

Dieser Frust steigerte sich nur noch, als sie später am Abend eine besonders spannende Episode von *Lou Grant* sah, in der eine streitbare Journalistin und ihre Anstrengungen zur Wahrheitsfindung im Mittelpunkt standen.

Der Schmerz war kaum auszuhalten, weshalb Mary Ann den Fernseher ausschaltete und ins Badezimmer ging, um sich die Haare zu sassoonieren. Manchmal war Duschen das beste Beruhigungsmittel.

Ihre Haare waren jetzt kürzer als in den letzten Jahren. Leicht strähnig mit einem Schuss Leslie Caron und einem klitzekleinen Anflug New Wave. Etwas Extravaganteres hätte die Geschäftsleitung des Senders nicht hingenommen.

Als sie ihre neue Frisur mit einem Handtuch trocken rieb, fand sie es erstaunlich, dass sie sich einmal mit langen Haaren so viel Mühe und Umstände gemacht hatte. («Du wolltest dir die Haare immer hinten hochstecken», erinnerte Michael sich gern, «aber du hast damit immer ausgesehen wie Connie Stevens.»)

Nachdem sie ohne Erfolg ihre Kaninchenpantoffeln gesucht hatte, wickelte sie sich in einen übergroßen weißen Frotteebademantel und stieg die Treppe zum Häuschen auf dem Dach der Barbary Lane 28 hinauf.

Sie blieb einen Moment vor der vertrauten orangen Tür stehen und schaute durch das efeuüberwucherte Fenster in den klaren Sternenhimmel hinaus. Ein lichterfunkelnder Ozeandampfer glitt vorbei, als würde ein riesiger Kronleuchter aufs Meer hinausgeschleppt.

Mary Ann hörte sich seufzen. Teils wegen der Aussicht. Teils wegen des Mannes, der sie hinter der Tür erwartete.

Da sie wusste, dass er schon schlief, ging sie ohne Klopfen hinein. Er hatte eine Doppelschicht hinter sich, und die Gäste bei Perry's waren noch lärmiger und strapaziöser gewesen als sonst. Wie erwartet lag er in seinen Boxershorts bäuchlings auf dem Bett.

Sie setzte sich auf die Bettkante und legte sacht ihre Hand auf die Mulde am Ende seines Rückens.

Der schönste Körperteil eines Mannes, dachte sie. Dieses warme kleine Tal kurz vor dem Po. Na ja, vielleicht der *zweitschönste*.

Brian bewegte sich, drehte sich dann um und rieb sich wie ein kleiner Junge mit den Fäusten die Augen. «Na», sagte er mit rauer Stimme.

«Na», antwortete sie.

Sie beugte sich vor, legte sich an seine Brust und genoss die Wärme seines Körpers. Als ihr Mund den seinen suchte, drehte Brian den Kopf weg und murmelte eine Warnung: «Mundgeruch, Schatz.»

Sie nahm sein Kinn in die Hand und küsste ihn trotzdem. «Na und?», sagte sie. «Was ist, wenn ich den kleinen Stinker mag?»

Glucksend schloss er sie in die Arme. «Na, wie war's heute?»

«Beschissen», sagte sie ihm direkt ins Ohr.

«Hast du mit Larry Kenan geredet?»

«Mhmm.»

«Und?»

«Er will immer noch einen Fick, bevor er verhandelt.»

Brian riss sich von ihr los. «*Das* hat er gesagt?»

«Nein.» Mary Ann lächelte über seine aufgeregte Reaktion. «Jedenfalls nicht direkt. Ich weiß halt, wie er funktioniert. Bambi Kanetaka ist der lebende Beweis dafür.»

Brian tat, als hätte er nicht verstanden. «Ich find sie auch total scharf.»

Mary Ann zwickte ihn in den Po.

«Scharf und forsch. Eine erfolgversprechende Kombination.»

«Ich mach's noch mal», warnte ihn Mary Ann.

«Ich hab gehofft, dass du das sagst», meinte Brian grinsend. «Nur langsamer diesmal, okay?»

Erinnerungen an Lennon

Das Schöne am Kellnerdasein war, dass man den ganzen verdammten Kram von einem Tag auf den anderen hinschmeißen konnte.

Es gab keine Betriebsrenten, die einen umtrieben, keine Digitaluhren zum fünfzigsten Dienstjubiläum, keine nervtötenden Forderungen nach Loyalität oder Betriebstreue. Kurz, es war etwas für den Lebensunterhalt, aber nie und nimmer ein Beruf.

Hatte er immer gedacht.

Inzwischen, nach sechs Jahren bei Perry's, kamen ihm einige Zweifel. Wenn es jetzt noch kein Beruf war, wann dann? Nach zehn Jahren? Nach fünfzehn? Wollte er es so? Wollte *sie* es so?

Er löste sich von ihr und starrte schweigend zur Decke hoch.

«Okay», sagte Mary Ann. «Raus damit.»

«Schon wieder?»

Sie lachte über seinen Witz und kuschelte sich an seine Schulter. «Ich weiß, wie jemand aussieht, der nachdenkt. Also, worüber denkst du nach?»

«Ach ... wahrscheinlich über die Zulassung. Ich glaub, es wird langsam Zeit.»

«Ich hab gedacht, du willst auf keinen Fall selber ein Lokal.»

Er zuckte zusammen. «Bei *Gericht*, Mary Ann. Als Rechtsanwalt in Kalifornien.»

«Oh.» Sie schaute ihn an. «Ich hab gedacht, das wolltest du auch auf keinen Fall.»

Darauf hatte er keine Antwort parat. Es *stimmte*, dass er diesen Beruf gehasst hatte, dass ihn jede Minute seines Daseins als Rechtsanwalt Brian Hawkins gelangweilt und ihm den letzten Nerv geraubt hatte. Seinen Hass hatte er durch engagierte Arbeit sublimiert – Schwarze, Indianer, Ölteppiche –, aber die «gute alte Langeweile», wie er sie nannte, hatte sich als genauso beharrlich und zählebig erwiesen wie das Gesetz.

Beim Gedanken an die sirrende Neonbeleuchtung, die ihn in dem mit Chinaleinen und Walnussmöbeln ausgestatteten Besprechungszimmer seiner letzten Anwaltskanzlei endlose Stunden lang gequält hatte, krümmte er sich noch jetzt. Eine solche Einrichtung stand für alles, was am Leben – wenn man es denn so nennen konnte – in der Geschäftswelt kleinkariert und ekelhaft war.

Deshalb war er seinem Beruf entflohen und Kellner geworden.

Darüber hinaus war er zum Schwerenöter geworden, der auf seiner hektischen und unersättlichen Jagd nach «Käfern» in Singlebars und Waschsalons eingefallen war. Er hatte sein Leben einfacher gemacht, seinen Körper der Mode angepasst und die «gute alte Langeweile» bezwungen.

Doch jetzt geschah etwas ganz anderes. Die Frau, die er einmal als «verklemmte Tussi aus Cleveland» bezeichnet hatte, war zweifellos die Liebe seines Lebens.

Und sie war diejenige, die Karriere machte.

«Ich muss was *tun*», sagte er zu Mary Ann.

«In welcher Beziehung?»

«Arbeitsmäßig», sagte Brian. «Jobmäßig.»

«Findest du, dass du zu wenig Trinkgeld ...?»

«Es geht nicht ums Geld.» In seiner Stimme lag eine gewisse Schärfe. Sein schwindender Stolz machte ihn reizbar. *Lass es nicht an ihr aus*, ermahnte er sich. «Ich kann *so* einfach nicht mehr weitermachen», fügte er in sanfterem Ton hinzu.

«Was heißt ‹so›?», fragte sie vorsichtig.

«Wie jemand, der von dir abhängig ist. Das ertrag ich nicht, Mary Ann.»

Sie sah ihn nüchtern an. «Es geht also doch ums Geld.»

«Getrennte Kasse machen ist das eine. Was anderes ist es ... ich weiß nicht ... ausgehalten zu werden oder so.» Selbstverachtung und Verlegenheit trieben ihm die Röte ins Gesicht.

Mary Ann lachte unbekümmert. «*Ausgehalten!* Jetzt mach aber mal ’nen Punkt, Brian! Ich hab uns ein Wochenende in Sierra City bezahlt. Weil ich es *wollte*, du Dummkopf. Es war für mich das Gleiche wie ... ach, Brian.» Sie griff nach seiner Hand. «Ich hab geglaubt, wir hätten diesen Machokram schon hinter uns.»

Er äffte sie affektiert nach. «Ich hab geglaubt, wir hätten diesen Machokram schon hinter uns.» Es war so kleinkariert und grausam, dass es ihm sofort leidtat. Als er in ihrem Gesicht nach Anzeichen von Verletztheit suchte, musste er entnervt feststellen, dass sie ihm bereits vergeben hatte.

«Was ist mit John?», fragte sie.

«Welchem John?»

«Lennon. Ich hab gedacht, du bewunderst ihn dafür, dass er Hausmann geworden ist, als Yoko ...»

Brian schnaubte verächtlich. «Es war doch *sein* Geld, verdammt noch mal! Wenn man der reichste Mann von New York ist, kann man alles machen!»

Mary Ann starrte ihn ungläubig an. Nun war sie wirklich gekränkt. «Wie kannst du nur?», fragte sie leise.

«Wie kannst du etwas in den Dreck ziehen, was wir gemeinsam durchlebt haben?»

Sie sprach von der Mahnwache auf dem Marina Green. Sie und Brian hatten dort sechs Stunden mit dem Betrauern von Lennons Tod zugebracht. Sie hatten sich leer geweint, hatten Kerzen mit Erdbeerduft in der Hand gehalten, «Hey Jude» gesungen und eine neue hawaiianische Marihuanasorte geraucht, die Mrs. Madrigal nach dem Verstorbenen benannt hatte.

Brian hatte sich nie davor – und nie danach – in Mary Anns Gegenwart so verwundbar gezeigt.

Hinterher hatte er eine Notiz an ihre Tür geheftet:

HELP ME, IF YOU CAN, I'M FEELING DOWN,
AND I DO APPRECIATE YOU BEING 'ROUND.
ICH LIEBE DICH – BRIAN.

Er fühlte sich mies, na schön, aber das hatte mehr mit einer Midlife-Crisis zu tun als mit dem Tod eines Beatles.

Denn am Tag von John Lennons Tod waren alle aus Brian Hawkins' Generation auf einen Schlag und unwiderruflich vierzig geworden.

«Tut mir leid», sagte er schließlich.

«Macht nichts», sagte sie, beugte sich vor und küsste ihn auf die Schulter.

«Ich bin nur ... gerade gereizt.»

«Ich kann heute Nacht bei mir schlafen, wenn du ...»

«Nein. Bleib. Bitte.»

Als Antwort gab sie ihm einen neuerlichen Kuss auf die Schulter. «Tu mir einen Gefallen», sagte sie.

«Welchen?»

«Werd nicht meinetwegen Rechtsanwalt. Ich bin schon ein großes Mädchen. Drachen braucht man mir zuliebe keine mehr zu töten.»

Er blickte in ihr strahlendes Gesicht. Manchmal verstand sie ihn besser als sonst jemand. «Gut», murmelte er. «‹With a little help from my friends› schaff ich das schon.»

Und manchmal brachte sie ihn dazu, die sentimentalsten Dinge zu sagen.

Cowboys

An der Valencia Street am anderen Ende der Stadt teilten sich Michael und Ned im Devil's Herd, der beliebtesten schwulen Country- &-Western-Kneipe der Stadt, eine Flasche Mineralwasser. Calistoga.

Was Michael an dem Saloon am meisten mochte, war seine Glaubwürdigkeit: die gemütliche Band mit dem gedehnten Klang (Western Electric), die von der Decke baumelnden Pferdegeschirre, die hemdsärmeligen Annie-get-your-gun-Lesben, die vom Tresen aus «Yahoo» schrien.

Wenn er die Augen ein bisschen zusammenkniff, konnten die Squaredance tanzenden Kerle auch als angegraute Cowboys durchgehen, als aufgegeilte Goldgräber, die bis zum Eintreffen der nächsten Ladung Saloongirls aus dem Osten einfach einen draufmachten.

Zugegeben, die muskelstrotzenden Cowboys auf den Wandbildern schlugen in der Gesamtkomposition einen leicht verstädterten Ton an, doch das war Michael egal. Er war überzeugt, dass man den homoerotischen Höhlenmalereien in den

Schwulenkneipen von San Francisco eines Tages die gleiche Verehrung erweisen würde, wie sie im Moment verstärkt die Wandbilder aus den New-Deal-Zeiten und die Eingangshallen von Mietshäusern aus dem Art-déco erfuhren.

«Mensch, sieh mal!», würde ein eingebildeter, aber gut gebauter Arbeiter rufen und ein Stück verrottete Wandverkleidung abziehen. «Ich glaub, da ist ein Bild dahinter! O Gott, es ist aus der Tom-of-Finland-Schule!»

Die Band spielte «Stand By Your Man». Als sie die Melodie erkannten, mussten Michael und Ned gleichzeitig lächeln. «Jon hat total drauf gestanden ...», sagte Michael. «Aber nur als Lied. Nicht als Lebensstil.»

Ned trank einen Schluck aus der Flasche. «Ich hab gedacht, *du* hast ihn verlassen.»

«Na ja, *formal* gesehen vielleicht. In Wirklichkeit haben wir uns gegenseitig verlassen. Es war für beide eine große Erleichterung. Wir hatten wirklich immenses Glück. Es ist manchmal gar nicht einfach, aus einer S/M-Beziehung wieder rauszukommen.»

«Moment mal. Seit wann wart ihr beide ...?»

«S/M», wiederholte Michael. «Streisand und Midler. Er ist auf die Streisand abgefahren. Ich auf die Midler. Es war die reine Hölle.»

Ned lachte. «Da bin ich dir ja ganz schön auf den Leim gegangen.»

«Aber mal im Ernst», sagte Michael. «Wir haben dauernd gestritten deswegen. Als Jon sich mal an einem Sonntagnachmittag zum wahrscheinlich dreimillionsten Mal ‹Evergreen› angehört hat, hab ich mich plötzlich dabei ertappt, dass ich ihn gefragt habe, was er eigentlich findet an dieser ... ich glaub, ich hab sie damals eine ‹unmusikalische Schlampe mit viel zu großer Nase› genannt.»

«O Gott. Was hat er darauf gesagt?»

«Er hat eigentlich sehr erwachsen reagiert. Er hat mich seelenruhig darauf hingewiesen, dass die Nase von Bette größer ist als die von Barbra. Am liebsten hätt ich ihm mit seinem dämlichen Bakkarat-Briefbeschwerer den Schädel eingeschlagen.»

Diesmal lachte Ned schallend, und Michael wusste, dass er einen Treffer gelandet hatte. Ned war der einzige Mensch aus seinem Bekanntenkreis, der tatsächlich schallend lachte. «Es ist die Wahrheit», sagte Michael grinsend. «Und nichts als die Wahrheit.»

«Ja», sagte Ned, «aber wegen so was trennt man sich doch nicht.»

«Na ja ...» Michael dachte einen Moment nach. «Ich glaub, wir haben uns gegenseitig dazu gebracht, Sachen zu machen, die wir gar nicht wollten. Seinetwegen hab ich die Klassikplatten alphabetisch geordnet. Meinetwegen hat er statt der feinen Erdnussbutter die grobe gegessen. Seinetwegen hab ich in einem Zimmer mit auberginefarbenen Wänden geschlafen. Meinetwegen hat er buntes Geschirr aufgedeckt. Wenn ich's mir recht überlege, hatten wir bei kaum was den gleichen Geschmack. Außer bei Al Parker und Rocky-Road-Eis.»

«Hast du denn rumgehurt?»

«Und ob. Die widerlichen heterosexuellen Rollenspielchen waren für *uns* tabu. Ich hab unzählige Abende in der Sauna verbracht. Und ich weiß gar nicht mehr, wie oft ich mich im Bett rumgedreht und einem geilen Fremden gesagt habe: ‹Mein Liebhaber würde dir gefallen.›»

«Gab's denn Wiederauflagen?»

«Einmal», sagte Michael grimmig, «und nie wieder. Jon war

die ganze Woche eingeschnappt. Ich hab seinen Standpunkt auch verstehen können: Einmal ist Spaß; zweimal ist Fremdgehen. Wenn man verheiratet ist, lernt man solche kleinen Feinheiten. Deswegen bin ich nicht mehr verheiratet.»

«Aber du könntest es gut sein, hm?»

Michael schüttelte den Kopf. «Jetzt nicht. Und in nächster Zeit auch nicht. Ich weiß nicht ... vielleicht sogar nie mehr. Es gehört Talent dazu, oder? Und manche *haben* das Talent einfach nicht.»

«Du musst es bloß wollen», sagte Ned.

«Dann will ich es vielleicht nicht entschieden genug. Möglich. Sehr gut möglich.» Michael trank einen Schluck Mineralwasser. Dann trommelte er im Takt der Musik mit den Fingern auf den Tresen. Die Band hatte inzwischen aufgehört. Jemand hatte der Musikbox Geld spendiert, damit Hank Williams Jr. «Women I Never Had» sang.

Michael reichte das Calistoga an Ned zurück. «Erinnerst du dich an Mona?», fragte er.

Ned nickte. «Deine ehemalige Mitbewohnerin.»

«Genau. Tja, Mona hat immer gesagt, dass sie gut ohne Liebhaber auskommen kann, solang sie fünf gute Freunde hat. Das trifft meine Situation auch so ungefähr.»

«Ich hoffe, ich bin einer davon», sagte Ned.

Michael runzelte die Stirn und zählte rasch seine Finger ab. «Heiliger Strohsack», sagte er schließlich. «Ich glaub, du bist drei davon.»

Das Wachsfigurenkabinett

Prue Giroux und Victoria Lynch waren verwandte Seelen. Zum einen waren sie beide attraktive Frauen. Zum anderen war Victoria die Verlobte des Ex-Manns der Frau, die jetzt mit Prues Ex-Mann verlobt war. Solche Bande hielten einiges aus.

An diesem Tag hatte Victoria angerufen, um ihrer Schwester im Geiste ein Geheimnis anzuvertrauen.

«Hör zu, Prudy Sue, die Sache ist höchst vertraulich und auf keinen Fall zur Veröffentlichung bestimmt, klar?» (Prues engste Freunde sprachen sie immer mit ihrem Kindernamen an.)

«Klar», sagte Prue.

«Ich meine, wenn die Zeit dafür reif ist, fände ich es natürlich himmlisch, wenn du der Sache in deiner Kolumne ein bisschen Publicity verschaffen würdest, und zum Teil ruf ich auch deswegen an, aber sie steckt noch im Embryonalstadium, und wir wollen das Kleine doch nicht umbringen, oder?»

«Natürlich nicht», sagte Prue.

«Also», hob Victoria an und atmete dabei so tief ein, als wollte sie eine Trompetenfanfare blasen, «meine Wenigkeit ist dabei, der Welt erstes Wachsfigurenkabinett für die gehobenen Kreise ins Leben zu rufen.»

«Der Welt ... wie war das noch mal?»

«Sei jetzt mal eine Sekunde still, Prudy Sue, und lass mich ausholen. Ich habe bei den Keatings in Santa Barbara einen absolut göttlichen kleinen Kerl kennengelernt, der wohl ziemlich harte Zeiten durchgemacht hat, und das ist besonders tragisch, weil sich herausgestellt hat, dass er von den Habsburgern abstammt oder so. Ich meine, er hat die hängende Unterlippe und alles. Jedenfalls hat Vita mir erzählt, dass er Chefdesigner bei Madame Tussaud war und ...»

«Ach so, ja. Ich hab eins von seinen Kleidern.»

Eine Pause. Dann: «Du hast *keins* von seinen Kleidern, Prudy Sue.»

«Aber das mauvefarbene Cocktailkleid, das ich zur ...»

«Das ist von Madame *Gres*, Prudy Sue. Du hast kein Madame-Tussaud-Kleid. Madame Tussaud ist ein Wachsfigurenkabinett in London.»

«Das weiß ich auch», sagte Prue schmollend. «Ich dachte, du hättest gesagt ...»

«Natürlich, Schätzchen. Diese französischen Namen klingen doch alle gleich, nicht? Also ... wo war ich stehen geblieben?»

«Er hat bei Madame Tufo gearbeitet.»

«Äh ... richtig. Er hat ... dort gearbeitet, und er ist schrecklich aristokratisch und so, und er hält es für eine Schande sondergleichen, dass es noch kein Wachsfigurenkabinett für die gehobenen Kreise gibt. Stell dir das mal vor, Prudy Sue! Wir haben Wachsfigurenkabinette für historische Persönlichkeiten, für Leute aus dem Showbusiness und für Sportler, aber nicht ein einziges für die treibenden Kräfte der Gesellschaft. Es ist wirklich unerhört, wenn man mal darüber nachdenkt.»

«Wie recht du hast», sagte Prue. «Ich hab mir eigentlich nie ...»

«Und wenn *wir* nicht die Initiative ergreifen, wer dann? Ich meine, das hat der kleine Kerl jedenfalls zu mir gesagt, und sein Scharfblick hat mich regelrecht *umgehauen*. Unsere Kinder können zum Beispiel mit eigenen Augen sehen, wie klein Napoleon wirklich war, aber wo können sie sich eine Nachbildung von ... sagen wir mal ... Nan Kempner ansehen? Oder von Sao Schlumberger? Oder von Marie Hélène de Rothschild? Diese Leute sind *Legenden*, Prudy Sue, aber sie werden für die Nachwelt auf ewig verloren sein, wenn wir jetzt nicht resolut in Aktion treten. Zumindest sagt Wolfgang das, und wie ich finde, hat er verdammt recht.»

«Wolfgang?»

«Der kleine Kerl. Er ist ein richtiger Schatz. Die Wachsfiguren kosten normalerweise um die fünfzehntausend das Stück, aber er hat angeboten, sie als eine Art Dienst an der Öffentlichkeit für zehn zu machen. Er will, dass ich Standorte für das Museum prüfe, und das ist ganz toll, weil er nämlich zu Santa Barbara tendiert hat, als ich mit ihm gesprochen habe, aber ich glaube, ich habe ihn überzeugt, dass er es hierherverlegen sollte. Auf die Art kriegen wir einen San-Francisco-Flügel und einen internationalen Flügel, verstehst du?»

«Ich verstehe.»

«Ich habe nichts anderes erwartet, mein Schatz.» Victoria kicherte verschwörerisch. «Himmel, ist das nicht toll? Wir können unsere alten Kleider und das ganze andere Zeug stiften. Außerdem kann Wolfgang wunderhübsche Kopien von deinen Smaragden machen, und ... ach, ich bin mir ganz sicher, dass wir das Geld in null Komma nichts aufgetrieben haben.»

«Hast du schon mit Denise gesprochen?»

Victoria gluckste. «Ich bin schon viel weiter als du, Prudy Sue. Ich glaube, sie ist für fünfzigtausend gut. *Falls* sie in den internationalen Flügel kommt. Ann Getty dito. Wenn wir nicht den Verwaltungsrat stellen, lässt sich das in ihrem Fall wohl schon schlechter schaukeln, aber egal, wir stellen den Verwaltungsrat einfach.»

Prue brachte ein Lachen zustande. «Shugie Sussman hast du aber nichts erzählt, oder?»

«O Gott, nein! Es soll doch kein Horrorkabinett werden, mein Schatz! Obwohl, das ist vielleicht nicht die schlechteste

Idee ... hast du Kitty Cipriano seit ihrem letzten Lifting schon gesehen?»

Diesmal lachte Prue sogar noch lauter. Dann sagte sie: «Ach Vicky, danke! Das Lachen hatte ich bitter nötig. Ich bin so deprimiert wegen Vuitton.»

«Wegen ...? Ach so, dein Hund.»

«Es ist schon fast zwei Wochen her. Die Leute von der Parkverwaltung haben ihn nirgendwo gesehen. Ich weiß nicht, was ich noch machen soll außer ...» Prues Stimme erstarb, als die Melancholie sie wieder überkam.

«Außer was, Prudy Sue?»

«Na ja ... ich hab gedacht, ich geh in den Park rüber und ... wart auf ihn.»

«Das hat aber arg wenig Chancen, nicht? Ich meine, *zwei Wochen*, Prudy Sue. Es ist nicht sehr wahrscheinlich, dass er noch ...»

«Ich *weiß*, dass er noch da ist, Vicky. Das hab ich im Urin. Ich weiß, dass er zu mir zurückkommt, wenn ich ihm die Chance dazu gebe.»

Noch während sie redete, wurde Prue klar, wie sie sich anhörte. Wie die arme alte Frannie Halcyon, die immer noch an die absurde Möglichkeit glaubte, dass ihre seit Langem vermisste Tochter aus dem Dschungel von Guyana wiederkehren würde.

Aber es waren schon merkwürdigere Dinge geschehen.

Nichts Besonderes

Auf dem Weg von Perry's nach Hause blieb Brian noch bei einem kleinen Privatflohmarkt auf der Union Street stehen und kaufte für einen Vierteldollar ein altes Album von Peter, Paul & Mary.

Ebenfalls im Angebot: zwei Shelley-Berman-Alben, ein frühes Limelighters-Album mit Glenn Yarborough und die Filmmusiken zu *Frühstück bei Tiffany*, *Mondo Cane* und *Wer die Nachtigall stört*.

Anders ausgedrückt: jemandes Jugend.

Ein Stapel eselsohriger Schallplattenalben führte einem stärker als alles andere vor Augen, dass die Vergangenheit bloß ein Haufen Ballast war, Übergepäck, das man über Bord werfen musste, wenn die See rauer wurde. Jedenfalls redete Brian sich das ein.

Trotzdem zündete er sich in der Barbary Lane einen Joint an und summte begeistert mit, als PP & M «If I Had a Hammer», «Five Hundred Miles» und «Puff the Magic Dragon» sangen.

War es wirklich achtzehn Jahre her – O Gott, sein halbes Leben! –, dass Nelson Schwab ihn sich während der Hell Week im Deke House geschnappt hatte, um ihn exklusiv darüber aufzuklären, dass «Puff» in Wirklichkeit eine Underground-Metapher für – kein Scheiß! – Marihuanarauchen war?

Ja, es war so lange her.

Er fühlte sich entsetzlich deprimiert, riss die Platte vom Plattenteller und zertrümmerte sie mit dem Hammer aus der Werkzeugkiste unter der Spüle. Unentschuldbare Symbolik, aber ungemein befriedigend.

So viel zum eisernen Griff der Vergangenheit.

Und was war mit der Gegenwart?

Die Stellenangebote im *Chronicle* waren so trostlos, dass Brian sämtliche aktuellen Berufsentscheidungen vertagte und nach unten marschierte, um sich an Mrs. Madrigals Planungen für Mary Anns Geburtstag zu beteiligen. Die Vermieterin stellte in einer dunklen Ecke ihres Vorratsschrankes gerade eine Kakerlakenfalle auf.

Betrübt lächelnd blickte sie zu ihm hoch. «Ich hatte mir geschworen, so ein schreckliches Roach Motel nie zu kaufen. Die Fernsehspots wirken so sadistisch. Aber wir können schließlich nicht alle Geschöpfe Gottes lieben, oder? Sie haben doch hoffentlich noch nicht zu dir hochgefunden, hm?»

Brian schüttelte den Kopf. «Sie mögen die Höhe nicht.»

Mrs. Madrigal stand auf und wischte sich über die Hände, als klebte Blut an ihnen. Nach einem letzten Blick auf das grässliche «Motel» schüttelte sie sich und griff nach Brians Arm. «Komm, setzen wir uns in die Sonne, mein Lieber. Ich komme mir vor wie Anthony Perkins, als er darauf wartet, dass Janet Leigh sich im Motel einquartiert.»

Draußen im Vorgarten hakte sie auf einer Liste die Köstlichkeiten ab, die beim Fest für Mary Ann zu erwarten waren: «Ein schöner Braten mit jungen Möhren, die mag sie doch so ... und natürlich Eis von Gelato, das zur Geburtstagstorte passt. Und ... na, ich glaube, für Barbara Stanwyck ist die Zeit auch langsam reif, was?»

«Ein Film?», fragte Brian.

Mrs. Madrigal schnalzte mit der Zunge. «Miss Stanwyck ist zurzeit meine kräftigste Zucht, mein lieber Junge.» Sie zeigte in die Ecke des Vorgartens, wo eine christbaumgroße Sinsemilla-Pflanze im warmen Frühlingswind sachte hin und her wogte.

Brian stieß einen anerkennenden Pfiff aus. «Das Zeug zieht einem die Schuhe aus.»

Die Vermieterin lächelte bescheiden. «Ich hab sie nicht umsonst Barbara Stanwyck genannt.»

Sie holten sich einen Vorgeschmack auf Barbara Stanwyck. Dann wanderten sie den Hügel hinunter zum Washington Square und setzten sich wie zwei erschöpfte angejahrte Hauskatzen ergeben auf eine Bank in der Sonne.

Nach langem Schweigen sagte Brian: «Redet sie manchmal mit Ihnen über mich?»

«Wer? Mrs. Onassis?»

Brian lächelte matt. «Sie wissen schon.»

«Na ja ...» Mrs. Madrigal biss sich auf die Unterlippe. «Nur über deine außerordentlichen Leistungen auf sexuellem Gebiet und so was ... nichts wirklich Persönliches.»

Brian lachte. «Was für eine Erleichterung.»

Die Vermieterin sah ihn aus ihren untertassengroßen Augen liebevoll an. «Sie macht sich sehr viel aus dir, junger Mann.»

Brian riss ein Büschel Gras ab und fing an, es klein zu reißen. «Hat sie Ihnen das gesagt?»

«Na ja ... nicht mit so vielen Worten ...»

«Man braucht nur drei.» In seiner Stimme klangen Zweifel mit. Intensiver, als ihm lieb war. «Ich weiß nicht», fügte er eilig hinzu, «vielleicht ist es nur ihre Arbeit oder so. Sie ist dermaßen besessen von dem Wunsch, Reporterin zu werden, dass sonst nichts mehr zählt. Ich weiß auch nicht. Vergessen Sie's. Es ist nicht wichtig.»

Mrs. Madrigal lächelte und strich ihm die Haare aus der Stirn. «Ist es aber doch, was? Es ist sogar schrecklich wichtig.»

«Früher war's das nicht», sagte Brian.

Die Vermieterin bekam große Augen. «Oh, ich weiß, wie das ist.»

«Ich möchte, dass es diesmal klappt, Mrs. Madrigal. Ich hab mir noch nie etwas so sehr gewünscht.»

«Dann wirst du es auch kriegen», sagte die Vermieterin. «Meine Kinder bekommen immer, was sie wollen.» Sie drückte freundschaftlich Brians Knie.

«Aber sie ist auch eins von Ihren Kindern», sagte Brian. «Was ist, wenn *sie* was anderes will?»

«Das kann ich mir nicht vorstellen», sagte Mrs. Madrigal, «aber du musst mit ihr Geduld haben. Sie übt sich gerade in der Kunst des Fliegens.»

Oh, Wildnis!

Der San Francisco Gay Men's Chorus zog sich mindestens zweimal pro Jahr zu einem Wochenende der intensiven Proben und der Lagerfeuerromantik in die Wildnis von Nordkalifornien zurück.

Die «Wildnis» war immer die gleiche: Camp Eisenblatt, ein Sommerlager für jüdische Teenager, dessen im Wald gelegene Einrichtungen außerhalb der Saison an die hundertfünfzig Mitglieder des schwulen Männerchors vermietet wurden. Und von Saison war im Moment wirklich nicht zu sprechen.

«So ein Mist!», stöhnte Michael und starrte in den strömenden Regen hinaus. «Ich wollte mir dieses Wochenende den ersten Hauch von einem Badehosenstreifen ersonnen.»

Ned lachte und hängte einen olivgrünen Jockstrap auf die Wäscheleine, die quer über den hinteren Teil der Baritonschlafbaracke gespannt war. «Cowboys haben sowieso keinen Badehosenstreifen», sagte er.

Da das Motto des aktuellen Wochenendes «Viehtrieb im

Frühling» lautete, trat das Westernmotiv überall in Erscheinung. Sogar an ihren Namensschildern hingen Stoffteilchen von Cowboyhalstüchern: rote bei den ersten Tenören, gelbe bei den zweiten Tenören, hellblaue bei den Baritonen, braune bei den Bässen und dunkelblaue bei den nicht singenden «Chorwitwen», die mitgekommen waren, um sicherzustellen, dass ihre Liebhaber in den Redwoodwäldern nicht *zu* viel Spaß hatten.

«Egal», sagte Michael. «Das Hawaii-Fest und das Dreißig-Grad-Wetter letzten Herbst haben mir jedenfalls besser gefallen.»

«Und die Sarongs», ergänzte Ned. «Ich dachte schon, wir kriegen dich nie wieder raus aus dem Ding.»

Michael inspizierte mit einem vergnügten Blick seine Fingernägel. «Soweit ich mich erinnern kann, ist es einem ersten Tenor gelungen.»

«Diesmal sind andere Fantasien dran», sagte Ned. «Tu so, als ob du in einer richtigen Schlafbaracke wärst. Du bist gerade von einem langen, heißen Viehtrieb reingekommen, und jetzt kühlt der Regen die Herde ein bisschen ab.»

«Genau. Und mein alter Kumpel Lonesome Ned föhnt gleich seinen Jockstrap trocken. Hör mal, Sportsfreund, ich weiß nicht, wie ich dir das schonend beibringen soll, aber in einer *richtigen* Schlafbaracke steht nicht mit rosa Nagellack REBECCA IST EINE FETTE QUALLE an der Klowand.»

Ned lächelte träge. «Die Wege des Herrn sind unergründlich.»

Nachdem sie sich den ganzen Vormittag mit Liszts Requiem und Brahms' Altrhapsodie herumgeschlagen hatten, strömten die Chormitglieder zum Mittagessen in den Speisesaal von

Camp Eisenblatt. Es gab Mortadella-Sandwiches und Kool-Aid.

Später saßen Michael, Ned und ein Dutzend ihrer Sangesbrüder angeregt tratschend vor dem Kamin. In dem großen Raum waren so viele unterschiedliche Plaids versammelt, dass es aussah wie bei einem schottischen Clantreffen.

«Ach so», sagte Ned, der sich an den gasbefeuerten Holzscheitimitationen den Hintern wärmte. «Das hätt ich fast vergessen. __________ hat mich angerufen.»

«Tatsächlich», sagte Michael mit unverhüllter Bewunderung. Es war fast unvorstellbar, dass jemand aus seinem Freundeskreis von einem Filmstar persönlich angerufen wurde. Selbst *wenn* Ned der Liebhaber dieses Filmstars gewesen war.

«Er ist völlig deprimiert», sagte Ned. «Man hat das Musical abgesetzt, mit dem er im Sommer auf Tournee gehen sollte.»

«Er singt?»

Ned zuckte mit den Schultern. «Wenn man so aussieht wie er, fällt keinem was auf.»

«Sag ihm, er soll mit *uns* kommen», schlug Michael in Anspielung auf die geplante Neun-Städte-Tournee des Chors im Sommer vor. «Mensch, das würde die Leute in Nebraska aber umhauen.»

«Ich denke, er kommt drüber weg», sagte Ned. «Er kriegt immer noch zwei Millionen pro Film.»

Michael pfiff durch die Zähne. «Wo lässt er das viele Geld denn?»

«Das meiste gibt er für seine Freunde aus. Und für das Haus. Willst du es sehen?»

«Ah ... wie bitte?»

«Er hat mich eingeladen, mal ein Wochenende runterzukommen. Und ich soll einen Freund mitbringen. Hast du Lust?»

Michael kreischte fast. «*Ich?* Im Ernst? Heiliger Strohsack! Ich im Haus von __________ __________? Echt?»

Ned nickte. Er strahlte wie ein Vater, der seinem Achtjährigen gerade einen Ausflug nach Disneyland angeboten hat.

Sie fuhren mit Neds Pick-up in die Stadt zurück. Auf der Ladefläche nahmen sie sechs ihrer Kumpel und deren zusammengerolltes Bettzeug mit.

Man hätte sie für richtige Kerle halten können – wären da nicht die verräterischen hellgrünen Petticoats aus dem Andrews-Sisters-Sketch vom Abend davor gewesen. Und natürlich die drei identischen kastanienbraunen Perücken auf Styroporköpfen.

An einem Stoppschild vor dem K-Mart von Saratoga hielt Ned neben einem bronzefarbenen, mit rosa Toilettenpapier geschmückten Barracuda, der eine gesprayte Aufschrift hatte: FRISCH VERHEIRATET – SIE HAT IHN HEUT FRÜH GEKRIEGT – ER KRIEGT SIE HEUT NACHT.

Hinten auf der Pritsche erscholl vielstimmiges Juchzen.

Der Bräutigam, schmuck anzusehen in seinem taubenblauen Smoking mit passendem Kräuselhemd, machte nach einem nervösen Seitenblick ein finsteres Gesicht und wandte sich wieder seiner Braut zu. Michael sah, wie sich auf seinen Lippen das Wort «Schwuchteln» formte.

Er kurbelte das Fenster herunter und rief dem Ehepaar ein «Hallo!» zu. Sie fuhren inzwischen wieder, doch Ned hielt den Pick-up auf gleicher Höhe mit dem anderen Wagen.

«Ja?», sagte der Bräutigam.

«Herzlichen Glückwunsch!», brüllte Michael.

«Danke!», rief die Braut, klammerte sich aber weiter an den freien Arm ihres Mannes.

«Was ist euer Lied?»

«Hm?»

«Euer *Lied*. Wie heißt es?»

Die Braut strahlte. «‹We've Only Just Begun›.»

Michael brüllte nach hinten zu den Jungs auf der Pritsche: «LOS GEHT'S, MÄDELS!»

Die Andrews Sisters hatten noch nie schöner gesungen.

Tratsch über Idole

Erst als alle zu Mary Anns Geburtstagsessen versammelt waren, verkündete Michael die Neuigkeit.

Die Verblüffung war bei Mary Ann am größten.

«Jetzt halt aber mal die Luft an!»

Michael hob die Hand. «Pfadfinderehrenwort, mein Schatz. Ned hat mich gestern eingeladen.»

«Das bezweifle ich gar nicht», sagte Mary Ann, «aber, soll das heißen, dass __________ __________ *schwul* ist?»

«Genau. Schwul wie nur was», sagte Michael.

«Mein Gott», sagte Brian, der sich gerade ein dickes Stück Braten absäbelte. «Das hab ja sogar ich gewusst. Erinnerst du dich an die Geschichte von seiner schwulen Hochzeit mit diesem __________ __________ vor ...?»

«Na ja, *die* hab ich natürlich gehört, aber ...» Mary Ann stotterte fast. Sie fand es unerträglich, wenn ihre Clevelander Naivität durchkam wie ein über Nacht aufgeblühter Pickel. «Na ja, ich hab immer gedacht, dass es bloß ein ... ein schlechter Witz war.»

«Es *war* auch ein schlechter Witz», sagte Michael. «Ein paar gelangweilte Tunten aus Hermosa Beach oder so haben getürkte Hochzeitseinladungen verschickt ... und damit haben die Gerüchte dann angefangen. Dabei waren __________ und __________ nicht mal zusammen. Bloß befreundet. Aber von da an haben sie sich nicht mehr gemeinsam in der Öffentlichkeit zeigen können. Das hätte die Gerüchte nur bestätigt.»

«Nennst du ihn immer beim Vornamen, wenn du von ihm sprichst?», neckte ihn Mary Ann.

Er grinste. «Ich übe noch.»

Mrs. Madrigal häufte noch mehr Möhren auf Michaels Teller. «Ist das nicht eine ziemlich traurige Geschichte?»

Michael nickte. «Es muss grauenhaft gewesen sein, sein Schwulsein über so viele Jahre zu verheimlichen.»

«Klar», sagte Brian mit vollem Mund, «aber bei zwei Mios pro Film muss ihm doch jedes Mal ganz warm werden.»

Mary Ann kicherte. «Dabei hätte er *das* doch gar nicht mehr nötig.»

Michael riss in gespieltem Entsetzen die Augen auf. «Sieh mal einer an, wer hier auf seine alten Tage unanständig wird.» Mary Ann streckte ihm geziert die Zunge raus.

Mrs. Madrigal rührte gedankenverloren in ihrem Kaffee und murmelte: «__________ __________.» Sie sprach den Namen des Lieblings aller Frauen aus, als wäre er eines von Monas Mantras. «Na, es wundert mich jedenfalls nicht. Er war schon immer ein Prachtkerl. Erinnert ihr euch noch, wie er in __________ das Hemd ausgezogen hat?» Die Vermieterin stieß einen langen Seufzer aus. «Ich hab ihn sehr bewundert damals ... als junges ... Etwas.»

Mrs. Madrigals Mieter lachten über die neckische Anspielung auf ihre ungewöhnliche Vergangenheit. Dann erhob Michael sein Glas: «Stoßen wir auf unser Geburtstagskind an ... das es uns allen nachmacht und jetzt ein *altes* Etwas wird.»

Mary Ann beugte sich zu ihm hinüber und küsste ihn auf die Wange. «Arschloch», flüsterte sie.

Dann drehte sie sich zur anderen Seite und gab Brian einen flüchtigen Kuss auf den Mund.

Michael schloss den Kreis, indem er Brian einen Kuss zuwarf.

Mrs. Madrigal hatte die Hände unter dem Kinn verschränkt, lächelte zufrieden und beobachtete das Ritual wie eine begeisterte Kupplerin. «Wisst ihr», sagte sie, «ihr drei seid mein liebstes Paar.»

Nach dem Essen stellte die Vermieterin einen Wedgwood-Teller mit Barbara-Stanwyck-Joints auf den Tisch. Danach gab es Torte und Eis und Mary Anns Geschenke: eine Flasche «Opium» von Brian, eine Katze als Anstecknadel von Michael, eine antike Teekanne von Mrs. Madrigal.

«Wenn die Herren uns freundlichst entschuldigen», verkündete Mrs. Madrigal, «würde ich Mary Ann jetzt gerne das Tarot legen.»

Mary Ann machte große Augen. «Ich hab gar nicht gewusst, dass Sie das können!»

«Ich kann's auch nicht», erwiderte Mrs. Madrigal, «aber ich erfinde *wundervolle* Dinge.»

Also zogen Brian und Michael sich auf das Dach zurück und betrachteten die Bay mit den Augen von Miss Stanwyck.

«Weißt du was?», sagte Brian.

«Was?», sagte Michael.

«Sie hat recht. Mrs. Madrigal, meine ich. Wir drei machen so viel gemeinsam, dass wir fast wie ein Paar sind.»

«Ja. Wahrscheinlich. Stört dich das?»

Brian dachte kurz nach. «Nö. Du bist mein Freund, Michael. Und sie ist deine Freundin, und ... Herrgott, was weiß ich.»

Michael reichte den Joint an Brian zurück. «Es gibt viele Leute, die zu dritt was unternehmen. Schau dir mal das Publikum an, wenn wir nächstes Mal ins Theater gehen.»

Brian lachte. «Trisexuelle. Hast du sie nicht so genannt?»

«Nur, weil ich keinen besseren Ausdruck kenne.»

Brian legte Michael den Arm um die Schulter. «Weißt du, was mich nervt, Michael?»

Michael wartete.

«Es nervt mich total, dass ich ihr nie alles sein kann, was sie braucht.»

Michael lächelte matt. «Das kenn ich.»

«Ja?»

«Und ob. Ich hab mir mal den Arsch aufgerissen, weil ich einem Kerl alles sein wollte. Am Ende hab ich mich damit abfinden müssen, dass ich jedem nur was Bestimmtes bin.»

«Und was ist das?»

Michael zögerte. «Mensch, ich hab gedacht, *du* kannst mir das sagen.»

Brian lachte und drückte Michaels Schulter. «Du bist vielleicht verrückt.»

«Vielleicht ist *das* das Bestimmte.»

«Weißt du was?» Brian sah seinen Freund direkt an. «Ich hab dich gern, Michael. Ich liebe dich wie meinen Bruder.»

«Kein Scheiß?»

«Kein Scheiß.»

Einen kurzen, sehr kurzen Moment lang sahen sie sich mit ungenierter Zuneigung an. Dann griff Michael wieder nach dem Joint und machte einen Zug. «Ist dein Bruder niedlich?»

Pater Paddy

Da Prue Giroux sich entschieden hatte, im Park nach ihrem entlaufenen Wolfshund zu suchen, verbrachte sie den Vormittag bei Eddie Bauer, um die für dieses Unterfangen geeignete Safarijacke auszusuchen. Zu ihrer Überraschung begegnete sie in der Abteilung für Campingzubehör einem der regelmäßigen Teilnehmer an ihrem Forum.

«Pater Paddy!»

Als Pater Paddy Starr sich mit scharfem Schwung – so scharf, dass sein Kruzifix Prues Brust streifte – seinem Publikum zuwandte, zeigte er das strahlende Grinsen, mit dem er die Zuneigung von Tausenden Spätprogrammguckern in der Bay Area gewonnen hatte.

«Prue, welche Überrraaaaschung!» Er drückte ihr einen flüchtigen Kuss auf beide Wangen und hielt sie dann auf Armeslänge von sich ab, als wollte er die Ware auf Qualitätsmängel untersuchen. «Was machen *Sie* denn in diesem Laden für Raubeine und harte Kerle?»

«Ich suche eine Safarijacke. Und Sie, Pater? Soutanen gibt's doch wohl keine in Khaki, oder?»

Pater Paddy kreischte vor Lachen und ließ ein theatralisches Seufzen folgen. «Das ist ja das Schlimme, mein Kind, das ist ja das Schlimme! Wäre das nicht göttlich? Jahraus, jahrein dasselbe ... fades Durchschnittsschwarz. Einfach scheußlich. Ich *sehne* mich nach einem anderen Kleid.»

Prue kicherte anerkennend. Sie mochte die neckische Art, wie Pater Paddy Witze über sein «Kleid» machte und das Wort «göttlich» auf ganz weltliche Weise benutzte. Er wirkte dadurch weniger erhaben. Überhaupt nicht wie ein Priester, sondern eher wie ein ... geistlicher Dekorateur.

«Eigentlich», fügte der Geistliche gepresst hinzu, «suche ich verzweifelt nach einem guten, einfachen Picknickkorb. Ich habe Frannie Halcyon versprochen, mit ihr nach Santa Barbara zu fahren. Wir wollen uns das Turiner Grabtuch ansehen.»

«Oh», sagte Prue fröhlich. «Wer singt da mit?»

Pater Paddy schien kurz zu überlegen, bevor er sie aufklärte: «Es ist eigentlich keine Oper, mein Kind. Es ist ein ... na ja, ein Grabtuch eben. Das Stück Stoff, in dem Christus ins Grab gelegt wurde. Zumindest *hält* man es dafür. Die Sache ist recht aufregend, und in kirchlichen Kreisen ist man davon fasziniert.»

«Wie reizend», sagte Prue.

Pater Paddy beugte sich leicht nach vorne, als wollte er ihr etwas Vertrauliches mitteilen. «Das Ding ist sensationeller als die Tutenchamun- und die Tiffany-Ausstellung zusammen. Sie sollten in Ihrer Kolumne was dazu schreiben.»

Prue holte ihren Elsa-Peretti-Federhalter aus ihrer Bottega-Tasche und schrieb ein paar Stichworte in ihr kleines florentinisches Notizbuch. «Na», zwitscherte sie, als sie alles wieder verstaut hatte, «ich würde sagen, Sie haben sich eine kleine Erholung verdient ... nach der schrecklichen Geschichte mit diesen ... Radikalen, die in St. Ignatius singen wollten.»

Pater Paddy nickte grimmig. «Der Homochor. Ja. Das war höchst unglücklich. Entsetzlich. Der Erzbischof, Gott segne ihn, stand sozusagen mit dem Rücken zur Wand.»

Prue schüttelte mitfühlend den Kopf. «Ich fürchte, manche Leute wissen einfach nicht, wo Schluss ist.»

Ein erneutes Nicken, diesmal noch bedeutungsschwerer.

«Die können sich doch eine Halle mieten», sagte Prue.

«Aber natürlich. Wir sind doch *liberal*, wir beide. Es ist ja nicht so, dass wir gegen ... na ja, gegen die Menschenrechte und so was wären. Ganz und gar nicht. Wir haben *Mitgefühl*. Wir nehmen Anteil. Wir reichen allen die Hand, die unserer Fürsorge bedürfen. Aber dass ein Chor von erklärten Homosexuellen in einer Kirche singt? Also *bitte* ... Ich bin alt genug, um zu wissen, wann etwas geschmacklos ist!»

Prues Fahrer setzte sie kurz vor Mittag am Gewächshaus im Golden Gate Park ab.

Er bekam die Anweisung, zwei Stunden später wiederzukommen.

Sollten sich Prues Anstrengungen als fruchtlos erweisen, konnten sie die Suche in einer anderen Ecke des Parks von Neuem angehen und jeden Hektar Park durchkämmen, bis der Hund gefunden war. Oder auch nicht. Prue war auf Letzteres gefasst, doch sie wusste, dass sie es sich nie verzeihen würde, wenn sie es nicht zumindest versuchte.

Da sie Vuitton in den Baumfarnen verloren hatte, begann sie ihre Suche auch dort, inmitten der üppigen Fächerkronen dieser unirdischen Pflanzen.

Die Schönheit der Umgebung trieb sie dazu, stehen zu bleiben und eine kleine Erinnerungshilfe in ihr Notizbuch zu kritzeln. «Wenn *W* anruft, verlangen, dass Fotos in Baumfarnen gemacht werden.» Sie erwartete, in die Sommersondernummer der Zeitschrift aufgenommen zu werden. Und warum sollte sie sich zu Hause fotografieren lassen, wo sie genauso steif und matronenhaft aussehen würde wie die anderen, wenn man sie auch hier fotografieren konnte – in exotischer Umgebung und so wild und frei wie ein weißer Nymphensittich?

Sie ging einen Asphaltweg entlang, der sich durch die Baumfarne schlängelte und dann dramatisch anstieg zu einem dicht bewachsenen Kamm, der von Eukalyptusbäumen gesäumt wurde.

«Vuitton», rief sie. «Vuitton.»

Eine ältere Hippiefrau mit Birkenstock-Sandalen und Fransenponcho kam Prue entgegen und betrachtete sie stirnrunzelnd.

Doch Prue war ganz auf ihre Suche konzentriert.

«Vuitton ... Vuiiiiitton ...»

Kettenreaktion

Es war Mittag, als Emma zusammen mit der Vormittagspost die Mai Tais brachte. Frannie Halcyon saß immer noch im Bett. Ihre pfirsichfarbene Schlafmaske aus Satin saß schief über der Stirn – wie die Schutzbrille eines abgeschossenen Kampffliegers.

«Morgen, Miss Frannie.»

«Stellen Sie's bitte auf die Frisierkommode, liebe Emma.»

«Ja, Ma'am.»

«Miss Singleton hat nicht zurückgerufen, oder?»

«Nein, Ma'am.»

«Und Miss Moonmeadow?»

Emma machte ein finsteres Gesicht. «Nein, Ma'am.»

«Sie brauchen mich nicht so anzusehen. Ich weiß genau, wie Sie zu Miss Moonmeadow stehen.»

Emma schüttelte die Steppdecke ihrer Herrin beinahe aggressiv auf. «Mr. Edgar würd sich im Grab umdrehen, wenn er wissen täte, dass Sie sich mit dieser Hexe treffen.»

Mit einem verdrossenen Seufzer nahm Frannie die Schlafmaske ab. «Emma, sie ist ein *Medium*. Nennen Sie sie bitte nicht Hexe. Das tut mir weh.»

«Ich weiß, dass sie bloß Ihr Geld will.»

«Sie stellt die Verbindung zu ...»

«Ach je, Miss Frannie ...»

«Sie stellt die Verbindung zu meinem einzigen Kind her, Emma, und damit Schluss. Haben Sie verstanden, Emma?»

Emma blieb widerborstig. Sie ging schmollend ans Fenster und stieß die Läden auf. Ihrer Herrin zeigte sie dabei nur den Rücken.

«Begreifen Sie denn nicht?», fragte Frannie in einem sanfteren Ton. «Miss DeDe war alles, was ich noch hatte. Und Miss Moonmeadow schenkte mir die Hoffnung, dass ... dass Miss DeDe noch lebt.»

Emma ging stocksteif zur Tür. «Genau solche Leute ham sie umgebracht.»

Die Post bot wenig Erfrischendes: eine Rechnung von Magnin's, eine Einladung zu Vita Keatings Benefizkonzert zugunsten der Erdbebenopfer in Italien, ein kurzes Dankeschön von dieser Giroux und einen Kettenbrief von Dodie Rosekrans.

Dies ist der Kettenbrief für die gehobene Gesellschaft. Unterbrechen Sie die Kette, so setzen Sie Ihr Leben, Ihr leibliches Wohl und Ihren persönlichen oder ererbten Reichtum aufs Spiel. Chrissie Goulandris hat die Kette unterbrochen, und eine Woche später sind ihr in Genf vor dem Bal Rouge von Hélène Rochas nicht nur ein, sondern gleich zwei Nägel abgebrochen. Ariel de Ravenel hat die Kette unterbrochen und sich am gleichen Tag in Gstaad das Schlüsselbein gebrochen. Betty Catroux hat die Kette unterbrochen, und drei Wochen später kam ihr zwei Jahre alter Asti in Managua für acht Monate in einem winzigen Zwinger in Quarantäne, und sein Frauchen durfte kein einziges Mal zu ihm.

LASSEN SIE NICHT ZU, DASS IHNEN ÄHNLICHES ZUSTÖSST!!!!

Schicken Sie sechs Kopien dieses Briefes an Bekannte, von denen Sie WISSEN, dass sie den Spaß sehr ernst nehmen. Setzen Sie Ihren Namen an das Ende der Liste und schreiben Sie Ihren Absender auf den Umschlag. Innerhalb von sechs Wochen werden Sie dann eintausendzweihundertachtzig neue Adressen bekommen – die ideale Voraussetzung für das Arrangieren internationaler Zusammenkünfte.

PS: Ehemänner, die die Fortsetzung der Kette unterbinden wollen, werden ebenfalls vom Pech verfolgt sein. Paquita Paquins Mann hat ihren Brief in den Papierkorb geworfen, und eine Woche später wurde seiner Stiftung in Argentinien die Steuerbefreiung aberkannt. DAS VERMÖGEN, DAS SIE RETTEN, KANN IHR EIGENES SEIN!!!!
D. D. Ryan
Marina Cicogna
Delfina Ratazzi
Dominique Schlumberger de Menil
Nan Kempner
Paloma Picasso
Loulou Klossowski
Marina Schiano
Apollonia von Ravenstein
Countess Carimati de Carimate
C. Z. Guest
Douchka Cizmek
Betsy Bloomingdale
Nancy Reagan

Jerry Zipkin
Adolfo
Dodie Rosekrans

Frannie fand es sehr nett von Dodie, ihr den Kettenbrief zu schicken, doch sie wusste, dass sie durch nichts aufzuheitern war. Die Namensliste deprimierte die Matriarchin außerdem mehr als ihre ganzen Leiden und Beschwernisse zusammen.

Ihre Trostlosigkeit machte sich vollends bemerkbar, als sie sich im Fernsehen den Nachmittagsfilm ansah: Susan Hayward in *Endstation Paris*. Selbst Mary Ann Singletons munterer Beitrag über selbst gemachte Kühlschrankmagnete konnte Frannies absackende Stimmung nicht beleben.

Sie machte so einen netten Eindruck, diese Mary Ann. Hätte sie nicht wenigstens zurückrufen können?

Oder hatte sie schlicht und einfach den Grund für Frannies Anruf erraten und beschlossen, nicht zu reagieren?

Emma hatte todsicher recht. *Todsicher.* Was für eine erschreckend treffende Wortwahl. *DeDe war tot.* Und diejenige, die als Erste davon erfahren hatte, war die Letzte, die den Tatsachen ins Auge blicken wollte.

Doch jetzt tat sie es.

DeDe war tot, Edgar war tot, Beauchamp war tot, Faust war tot, und Frances Alicia Ligon Halcyon war restlos und hoffnungslos allein auf der Welt.

Es war Zeit, ihrer Familie zu folgen.

Ou est Vuitton?

Prue kam sich vor wie in einem Dinosaurierfilm.

Sie stand auf einer U-förmigen Erhebung und schaute in die dunkelgrüne Mitte des U – auf einen versumpften Urzeitsee, der von derart großen Baumfarnen umgeben war, dass sie fast mit dem Erscheinen einer schwerfälligen, zwanzig Meter großen Monsterechse rechnete.

Ihre Maud Frizons brachten sie um.

Trotzdem eilte sie auf dem Weg weiter, der sie immer tiefer in die einsamen Gegenden des Parks führte. «Vuitton», rief sie. «Vuiiiitton.» Falls der Wolfshund da war, würde sie es merken; auf seinen Namen hatte er noch immer reagiert.

Der Sumpf war wohl die falsche Gegend für eine Suche. Das Gelände darum herum war größtenteils so offen, dass ihr geliebter Hund sich dort kaum ungesehen bewegen konnte. Also orientierte sie sich nach Westen – oder was sie dafür *hielt* – und ging am Rand des paläolithischen Beckens entlang, bis sich die Landschaft um sie herum fächerförmig verbreiterte und eine Senke voll Rhododendren bildete.

Die Blüten waren fast verwelkt. Sie lagen auf dem staubigen grünschwarzen Blattwerk wie tausend abgelegte Mieder am Morgen nach dem Highschoolball. Prue ließ sich das noch mal durch den Kopf gehen: *wie tausend abgelegte Mieder am Morgen nach dem Highschoolball.*

Das war richtig gut. Sie kramte ihr kleines Notizbuch aus der Handtasche und machte sich eine weitere Notiz. Tja, ihre Schreibe wurde wirklich immer besser.

Der Asphaltweg verlor sich langsam. Der neue Weg war der, den sie sich selbst durch die riesigen Rhododendren bahnte.

Manche waren so groß wie kleine Karussells. Hmm. *Die Rhododendren wurden groß wie kleine Karussells, als ich auf der rastlosen Suche nach meinem geliebten* ...

Das Notizbuch kam erneut zu Ehren.

Dann kämpfte Prue sich weiter. «Vuitton ... Vuitton.» Ihre Riemchenschuhe waren fast nicht mehr auszuhalten, aber sie versuchte, nicht an sie zu denken. Was für ein dummer Fehler. Wenn sie die Geschichte schrieb, würde sie die Maud Frizons schlicht weglassen müssen.

Ein Rhododendron kehrte wieder. Oder es gab zwei Rhododendren, deren welke Blüten das gleiche Arrangement bildeten. Ging sie denn nicht mehr Richtung Westen? War sie nach ihrer letzten Notiz vom Kurs abgekommen?

Sie suchte die Sonne. Die Sonne musste im Westen stehen. So viel wusste sie noch aus ihrer Zeit bei den Camp Fire Girls. *Ich versuchte, mich an das zu erinnern, was ich als Camp Fire Girl in Grass Valley gelernt hatte.* Gab es die Camp Fire Girls überhaupt noch? Prue erkannte, dass sie durch deren Erwähnung schrecklich alt erscheinen würde.

Egal. Die Sonne war sowieso nicht zu sehen. Dichter Sommernebel hatte sich bereits über den Park gelegt.

Die Hoffnungslosigkeit der Situation war mit Worten nicht zu fassen.

Vuitton war seit mehr als zwei Wochen verschwunden. Selbst wenn er es geschafft hatte, im Park zu bleiben, wo hatte er dann die ganze Zeit gelebt? Was hatte er gefressen? Wie hatte er sich vor den Hundefängern gerettet ... oder vor normalen Leuten, die zu einem heimatlosen Hund nett waren ... *oder vor Kambodschanern*?

Wenn sie bloß einen Hinweis finden würde, ein noch so kleines Beweisstück dafür, dass Vuitton sich in dieser Wildnis befand. Entschlossenheit allein reichte jetzt nicht mehr: Sie brauchte ein *Zeichen*.

Gleich darauf trat sie in eines.

Sie wusste aus Erfahrung, wie schwer es war, Wolfshund-Aa von einem Paar Pumps zu bekommen. Und das hier *war* schlicht und einfach Wolfshund-Aa; Vuittons Aa. Ihr Herz machte vor Freude einen Sprung.

Sie schaute sich in der Senke um und versuchte zu pfeifen, doch es gelang ihr nicht. «Vuitton!», rief sie. «Mommy ist da, mein Schatz!»

Wie einen Lufthauch hörte sie das Rascheln von trockenen Blättern durch das Unterholz ziehen. Ein paar Meter weiter erzitterte eines der Karussells aus toten Miedern – und teilte sich. Etwas Helles tauchte auf. *Nicht anders als ein frisch geschlüpftes Küken, das sich aus seiner scheckigen Schale pickt.*

Es war Vuitton!

«Vuitton, Kindchen! Schatz! Liebling!»

Doch der Wolfshund stand nur da und sah sie an.

«Komm schon, mein Liebling. Komm zu Mommy.»

Der Hund zog sich in die welkenden Blüten zurück; das Karussell schloss die Lücke sofort.

Um Himmels willen, was ...?

Prue bahnte sich einen Weg durch das Unterholz; sie duckte sich unter dicken schwarzen Ästen hindurch, bis sie eine Art Lichtung erreichte, die auf der gegenüberliegenden Seite von einem Gewirr aus Efeu und Eukalyptusbäumen begrenzt war. Dort leuchtete kurz cremefarbenes Fell auf.

«Um Gottes willen, Vuitton!»

Das Gelände fiel plötzlich ab. Vuitton rutschte unbeholfen eine steile, sandige Böschung hinunter, die an einer efeuüberwucherten Felsbank endete. Auf der Felsbank stand eine merkwürdige Hütte.

Und neben der Hütte stand ein Mann.

Er schaute lächelnd zur Klatschkolumnistin der *Western Gentry* hoch. «Haben Sie Zeit für einen Kaffee?», fragte er.

Downer

Frannie Halcyon kapitulierte mit einem verzweifelten Seufzer und nahm die Tabletten vom Nachttisch.

Sie waren seltsamerweise ein Geschenk zu ihrem sechzigsten Geburtstag gewesen, und zwar von Helena Parrish, der eleganten Eigentümerin von Pinus. Das war eine Erholungsanlage in den Hügeln des Sonoma County, in der Frannie damals ein paar wohlige Wochen verbracht hatte und würdevoll ins Alter hinübergeglitten war.

«Es ist Vitamin Q», hatte Helena ihr damals erklärt, «und das hilft gegen alles, was dir zusetzt.»

Selbst jetzt brachte Frannie beim Gedanken an ihre frühere Unwissenheit ein dünnes Lächeln zustande. Vitamin Q, klar. Es waren Quaaludes, und die jungen Leute nannten so etwas «Downer». Frannie hatte während der Tage in Pinus ungefähr ein halbes Dutzend genommen, sie jedoch nach der Entdeckung, dass sie sich mit Mai Tais nicht besonders gut vertrugen, wieder abgesetzt. Jetzt war auch das egal.

Sie steckte zwei in den Mund und spülte sie mit ihrem Mai Tai hinunter. Es waren mindestens ein Dutzend Tabletten in der Flasche, bestimmt genug, um sie von ihrem Elend zu erlösen. Als sie weitere zwei schlucken wollte, fiel ihr eine wichtige Kleinigkeit ein.

«Emma!», rief sie.

Sie wartete auf die Schritte ihres Dienstmädchens.

Nichts.

«EMMA!»

Schließlich war auf dem Korridor ein Schlurfen zu hören. Emma erschien mit einem Mopp an der Tür. «Ja, Ma'am?»

«Haben Sie meinen Rosenkranz gesehen, meine Liebe?»

«Nein, Ma'am. In letzter Zeit nicht.»

«Ich glaube, er ist im Schreibtisch in der Bibliothek. Würden Sie bitte für mich nachsehen?»

«Ja, Ma'am.»

Sie blieb ein paar Minuten weg. Lang genug, damit die Matriarchin zwei weitere Quaaludes schlucken und das Bettzeug glatt streichen konnte. Als die alte Schwarze ihr den Rosenkranz reichte, überkam Frannie große Traurigkeit. Sie kämpfte mit den Tränen. «Was würde ich ohne Sie machen, Emma?»

Und was würde Emma ohne sie machen?

Dafür war es jetzt zu spät. Es gab kein Zurück mehr. Emma wurde in Frannies Testament großzügig bedacht. Das musste einfach reichen. Trotzdem ...

«Geht's Ihnen nich gut, Miss Frannie?»

Frannie wich dem Blick der treuen alten Seele aus. Der Rosenkranz hatte sie verraten. Niemand wusste besser als Emma, dass Frannies Bindung an die Kirche mehr als locker war. «Doch, doch, meine Liebe. Keine Sorge. Ich will nur ein kleines Gebet für Miss DeDe sprechen.»

Emma rührte sich nicht von der Stelle. «Wirklich?»

«Ja, meine Liebe. Lassen Sie mich jetzt bitte allein, ja?»

Emma sah sich im Zimmer um, als suchte sie nach einem Beweis, der die Behauptung der Matriarchin widerlegte. (Die Quaaludes waren unter Frannies Kopfkissen versteckt.) Mit einem Seufzer schüttelte das Hausmädchen den Kopf und stapfte aus dem Zimmer.

Als Frannie nach den Tabletten griff, klingelte das Telefon.

Sie überlegte kurz. Wenn sie nicht abhob, würde Emma den Anruf entgegennehmen und mit der Nachricht ins Schlafzimmer zurückkehren. Also griff sie in der Hoffnung, damit das letzte Hindernis auf dem Weg ins Jenseits aus dem Weg zu räumen, nach dem Hörer.

«Hallo.» Frannie hatte das Gefühl, dass ihre Stimme träge klang. Sie kam sich vor, als redete sie im Traum.

«Wer spricht, bitte?», fragte die Stimme am anderen Ende.

«Hier ist ... aber, wer ist denn *dort*?»

«Mutter? O Gott, Mutter!»

«Wa...?»

«Ich bin's, Mutter, DeDe! Gott sei Dank hab ich ...»

«DeDe?» Es *war* ein Traum ... oder eine Halluzination ... oder ein übler Streich, den ihr eines dieser kranken Gemüter spielte, die ... Aber diese Stimme, *diese Stimme*. «DeDe, mein Engel ... bist du das?»

Aus dem Telefonhörer drang lautes Schluchzen. «Ach, Mutter, es tut mir so leid! Bitte verzeih! Mir ist nichts passiert! Den Kindern ist nichts passiert! Es geht uns gut, hörst du? Wir kommen so schnell es geht nach Hause!»

Frannie hatte inzwischen zu heulen begonnen, und zwar so laut, dass Emma ins Zimmer gelaufen kam.

«Um Himmels willen, Miss Frannie, was ...?»

«Miss DeDe ist am Telefon, Emma! Unsere Kleine kommt nach Hause. Unser kleiner Engel kommt nach Hause! DeDe ... *DeDe, bist du noch dran?*»

«Ja, Mutter, ich bin noch dran.»

«Gott sei Dank! Aber *wo* bist du, mein Schatz?»

«Äh ... in Arkansas.»

«In Arkansas? Mein Gott, was machst du denn dort?»

«Man hält mich hier fest. In Fort Chaffee. Kannst du mir eine Kreditkarte schicken oder so was?»

«*Wer* hält dich fest? Doch nicht ... o Gott, doch nicht diese Jonestown-Leute?»

«Nein, Mutter. Die Regierung. Die amerikanische Regierung. Ich bin im Übergangslager für schwule und lesbische Kubaflüchtlinge.»

«Was?»

«Das ist eine lange Geschichte, Mutter.»

«Sag ihnen doch, dass sie dich freilassen sollen, Herrgott noch mal! Sag ihnen, wer du bist! Sag ihnen, dass es sich um einen Irrtum handelt, DeDe!»

Eine lange Pause. Dann:

«Du hast nicht verstanden, Mutter. Ich *bin* ein lesbischer Kubaflüchtling.»

Die Brustwehren

Michael hatte es schon x-mal gesehen, doch das Schild neben dem Fußweg nach Lands End jagte ihm jedes Mal wieder einen köstlichen Schauer über den Rücken: ACHTUNG – AUF DEN KLIPPEN UND IM BRANDUNGSBEREICH EXTREME GEFAHR – *Oft schon wurden Menschen von den Felsen gespült und ertranken.*

«Ich liebe dieses Ding», erzählte er Mary Ann und Brian, als das Trio an dem Schild vorbeikam. «Es hat so was ... von Daphne du Maurier. *‹Oft schon wurden Menschen von den Felsen gespült und ertranken.›* Das ist beinahe lyrisch. Einen staatlichen

Schildermaler mit poetischer Ader findet man wohl nur hier bei uns.»

Mary Ann musterte das Schild kurz und ging weiter die Treppe aus Eisenbahnschwellen hinunter. «Ich weiß nicht, warum», sagte sie, «aber mir geht es auch so.»

«Mir auch», ergänzte Brian, «und dabei bin ich gar nicht so vollgeknallt wie ihr zwei.»

«Das liegt daran, dass wir alle drei Jeanettes sind», klärte Michael die beiden auf. «Jeanettes fallen solche Sachen immer auf.»

Mary Ann warf ihm einen argwöhnischen Blick zu. «Ich wage kaum zu fragen.»

Michael grinste. «Nur so eine neue Theorie von mir. Ich bin nämlich zu dem Schluss gekommen, dass es in San Francisco eigentlich nur zwei Arten von Menschen gibt, und zwar unabhängig von Kultur, Religion, Hautfarbe oder ... was gab's da noch?»

«Sexueller Orientierung», ergänzte Brian.

«Danke», sagte Michael.

Mary Ann verdrehte die Augen. «Also, welche zwei Arten gibt's?»

«Jeanettes», sagte Michael, «und Tonys. Jeanettes sind die Leute, für die ‹San Francisco› in der Fassung von Jeanette MacDonald die Kennmelodie der Stadt ist. Tonys finden, dass es ‹I Left My Heart in San Francisco› von Tony Bennett ist. Hier hängt jeder dem einen oder dem anderen Camp an ... mal rein bildlich gesprochen.»

Brian runzelte nachdenklich die Stirn. «Das klingt zwar plausibel, aber es ändert sich immer wieder. Mary Ann war zum Beispiel mal eine Tony. Manche Leute wissen eben nicht ...»

«Ich war *nie* eine Tony», empörte sich Mary Ann.

«Aber klar», sagte Brian amüsiert. «Das weiß ich noch genau. Mein Gott, du hattest sogar einen Pet Rock.»

«Du weißt genau, dass der Connie Bradshaw gehört hat, Brian.»

«Das ist doch dasselbe. Du hast bei ihr gewohnt. Der Pet Rock hat bei dir zu Hause rumgelegen.»

Mary Ann suchte bei Michael Unterstützung. «*Er* hat sie im Waschsalon abgeschleppt, und mich belehrt er in puncto Geschmack.» Sie wandte sich wieder an Brian. «Wenn ich mich nicht irre, hast du Frauen noch ‹Puppen› genannt, als wir uns kennengelernt haben.»

«Du irrst dich nicht», sagte Brian.

«Und?»

Brian zuckte mit den Schultern. «Frauen *waren* noch Puppen, als wir uns kennengelernt haben.»

«Apropos», sagte Mary Ann, ohne sich mit seiner bewussten Geschmacklosigkeit abzugeben. «Kannst du bei den nackten Frauen diesmal ein bisschen vorsichtiger sein?»

«Aber, aber», protestierte Brian. «Ich hab doch bloß mit ihnen *geredet*. Wie sollte ich denn wissen, dass es Lesben waren.»

«Solltest du auch nicht», sagte Mary Ann.

«Ach was», sagte Brian. «Das gleicht sich sowieso alles aus. Die meisten Typen da unten denken doch bestimmt auch, dass ich schwul bin.»

Michael lächelte. «Oder sie wünschen sich, dass du es wärst.»

Nach San-Francisco-Maßstäben war es ein Hundstag, einer von den Tagen, an denen sich die eine Hälfte der Bevölkerung bei der anderen krankmeldet. Einige der Krankgemeldeten zogen sich zur Erholung in diese versteckte, von der Sonne verwöhnte Bucht zurück, wo sie sich ihrer Kleidung entledigten und der Großen Göttin ihre mit Kakaobutter bestrichenen Körper darboten.

Aus der Luft hätte der Strand merkwürdig ausgesehen. Er war schachbrettartig mit Dutzenden kleiner Steinforts überzogen, die einen gewissen Schutz vor dem Wind boten und jeweils zwei bis zehn mehr oder weniger hüllenlose Sonnenanbeter beherbergten.

Michael hatte sie «die Brustwehren» getauft.

An diesem Tag hatten die drei ein Fort ganz für sich allein. Mary Ann und Brian legten sich nur oben ohne in die Sonne; Michael zog sich ganz aus, denn er war zu dem Schluss gekommen, dass Badehosenstreifen etwas aus den Siebzigern waren.

Die drei Sonnenanbeter lagen einige Zeit still da. Mary Ann war die Erste, die etwas sagte.

«Das hier wär vielleicht was.»

«Das kannst du laut sagen», meinte Brian.

«Ich red von einer Story. Wenn ich je von *Bargain Matinee* loskommen will, brauch ich *die* superscharfe Idee für ein Feature.»

«Dafür reicht das hier aber nicht», sagte Brian.

«Außerdem», fügte Michael hinzu, «sind FKK-Strände längst überholt. So oft, wie da schon drüber berichtet worden ist.»

«Du hast recht», sagte Mary Ann seufzend. «Wie wär's mit S/M?»

«Nicht jetzt gleich», sagte Brian. «Ich hab mich gerade erst mit Coppertone eingerieben.»

«Das Thema ist sogar noch ausgelutschter», sagte Michael. «Sobald die kleinen Sender sehen, dass ihre Zuschauerzahlen zurückgehen, bringen sie die nächste S/M-Enthüllungsstory.

Das läuft genauso wie mit den Erdbebengeschichten oder den Briefen vom Sternzeichen-Mörder. Das Publikum muss auf einem bestimmten Schocklevel gehalten werden.»

«Das Problem ist doch», sagte Mary Ann, «dass man so was nicht planen kann. Die richtig tollen Stadtgeschichten passieren einfach so.»

«So was wie Guyana», fügte Brian hinzu.

«Oder wie Burke und die Kannibalen aus der Grace Cathedral.» Der Einwurf kam von Michael, doch er bereute ihn sofort. Mary Anns ehemaliger Liebhaber Burke Andrew war inzwischen Herausgeber des *New York Magazine*. Brian war auf diese längst abgeschlossene Beziehung anscheinend eifersüchtig, weshalb Mary Ann und Michael es normalerweise vermieden, in seiner Gegenwart darüber zu sprechen.

Mary Ann wechselte mit einer Frage an Michael das Thema: «Du fährst also am Memorial-Day-Wochenende zu ___________ __________?»

Michael nickte. «Bis dahin bin ich sicher noch nicht braun genug.»

«Vielleicht entschließt er sich ja zu seinem Coming-out», sagte Mary Ann verträumt, «und bietet mir einen Exklusivbericht darüber an.»

«Ja, ja», sagte Michael. «Vielleicht stürzt auch der Himmel ein.»

Luke

Der Mann auf der Felsbank lächelte immer noch zu Prue hinauf und wartete auf Antwort.

«Äh ... was?», murmelte sie. Gleichzeitig bohrte sich ihre

rechte Hand immer tiefer in ihre Tasche, bis sie sich um die kleine Anti-Vergewaltigungs-Pfeife von Tiffany schloss. Wenn er auch nur die geringste Bewegung machte, würde sie ...

«Ich hab gefragt ... ob Sie Zeit für einen Kaffee haben.»

Er deutete auf die Hütte hinter ihm, einen windschiefen Holzbau wie aus einem Wildwestroman von Zane Grey. Aus einem rostigen Ofenrohr, das wie ein Ausrufezeichen über den Bau hinausragte, stieg ein dünner Rauchkringel.

Da drin sollte es Kaffee geben?

Prue räusperte sich. «Das ist mein Hund», sagte sie mit fester Stimme. «Der, der in Ihr ... der da drüben reingelaufen ist.»

Ihr Gesicht war inzwischen puterrot und ihre Kehle staubtrocken.

Der Mann hatte die Hände tief in die Taschen seiner ausgebeulten Wollhose vergraben und hörte nicht auf zu lächeln. «Wirklich?», antwortete er in einem eher spöttischen als fragenden Ton. «Is 'n netter Hund, der alte Whitey.»

Whitey? Hatte dieser Penner versucht, mithilfe eines neuen Namens Ansprüche auf Vuitton anzumelden? Sein richtiger Name und der seiner rechtmäßigen Besitzerin waren deutlich lesbar auf seiner Hundemarke eingraviert. Selbst sein Halsband – ein Weihnachtsgeschenk von Pater Paddy Starr – war aus Louis-Vuitton-Kunstleder gearbeitet.

«Ich war vor ein paar Wochen hier», rief Prue etwas unsicher. «Drüben in den Baumfarnen ist er mir weggelaufen. Ich bin so erleichtert, dass ihm nichts passiert ist.»

Der Mann nickte. Er lächelte noch immer.

«Wenn Sie ... sich um ihn gekümmert haben», fuhr Prue fort, «erstatte ich Ihnen gerne die Auslagen, die Ihnen dadurch entstanden sind.»

Der Mann lachte. «Aber Sie wollen keinen Kaffee, hm?»

Prues Hand schloss sich noch fester um die Pfeife. «Wissen Sie, ich bin ... es ist schrecklich nett von Ihnen ... aber, äh ... mein Fahrer ... das heißt, ein Freund von mir wartet drüben am Gewächshaus auf mich. Trotzdem, schönen Dank. Sehr freundlich von Ihnen.»

Der Mann zuckte mit den Schultern, drehte sich um, ging in die Hütte und schloss die Tür hinter sich.

Prue wartete.

Und wartete.

Es war wirklich zu ärgerlich. Was bildete er sich eigentlich ein? Es war ein Leichtes, ihren Besitzanspruch auf den Hund zu belegen und diesen Penner festnehmen zu lassen, weil er Vuitton nicht mehr hergeben wollte.

Prue überlegte. Sie konnte zum Gewächshaus zurückgehen und auf das Eintreffen ihres Fahrers warten; der sah ziemlich imposant aus und würde den Mann so weit einschüchtern, dass er Vuitton freiließ. Natürlich konnte sie auch einfach die Polizei holen.

Andererseits, warum sollte sie dieses Ärgernis durch eine Einmischung von offizieller Seite noch verschlimmern? Sie wurde sicher auch alleine damit fertig.

Prue hangelte sich auf der sandigen Böschung von einem Strauch zum nächsten, bis sie die Felsbank erreichte, auf der die Hütte stand. Diese versteckte Sackgasse war wirklich erstaunlich: für normale Spaziergänger praktisch nicht einsehbar und doch in Hörweite zum Verkehr auf dem Kennedy Drive.

Prue ging entschlossen auf die Tür der Hütte zu – so entschlossen, dass sie mit dem Absatz an einer Wurzel hängen blieb und stürzte, wobei sich der Inhalt ihrer Tasche über den Boden ergoss. Wutentbrannt raffte sie ihre Siebensachen zusammen und rappelte sich auf.

Sie pochte an die Tür.

Als Erstes hörte sie Vuittons heiseres Bellen. Dann verriet ihr das Kratzen von Holz auf Holz, dass ein selbst gemachter Riegel zur Seite geschoben wurde.

Die Tür ging auf und gab den Blick auf dasselbe lächelnde Gesicht wie vorhin frei, ein Gesicht, das durch hohe Wangenknochen, einen ausgeprägten Unterkiefer und einen ungewöhnlichen Bernsteinton der Haut beinahe schön wirkte. Die dunklen, etwas längeren Haare des Fremden waren ordentlich gekämmt. (Waren sie das zuvor auch gewesen?) Er war wohl Ende vierzig.

«So ist es schon besser», sagte er.

Prue versuchte, ihn versöhnlich zu stimmen. «Es tut mir leid, wenn ich Sie gekränkt habe. Aber ich war so besorgt um meinen Hund. Das verstehen Sie doch sicher.»

Vuitton schob seine lange helle Schnauze durch den Türspalt. Prue streckte die Hand aus und streichelte ihn. «Schnuckel», säuselte sie. «Ist ja gut, Mommy ist da.»

«Ham Sie 'nen Beweis?», fragte der Mann.

«Schauen Sie doch mal hin», sagte Prue. «Er kennt mich. Nicht wahr, Schnuckilein? Er heißt Vuitton. Sein Name steht auf dem Halsband. Und *mein* Name steht auch drauf.»

«Wie heißen Sie?»

«Giroux. Prue Giroux.»

Der Mann streckte ihr die Hand entgegen. «Ich heiß Luke. Kommen Sie rein.»

Als Prue die Hütte betrat, schossen ihr Erinnerungen an Grass Valley durch den Kopf ... und an das Baumhaus, das sich ihr Bruder Ben auf dem Hügel hinter der Scheune gebaut hatte.

Bens Baumhaus war ein Heiligtum gewesen, die Mönchszelle eines Dreizehnjährigen, und für seine kleine Schwester und deren Freundinnen strikt tabu.

Allerdings war Prudy Sue eines Tages, als Ben in einer Filmvorführung saß, in den verbotenen Horst hochgeklettert und hatte klopfenden Herzens die geheimen Schätze ihres pubertierenden Bruders durchstöbert: billige Schmuddelhefte, Handkribbler, eine Zeitungsanzeige für Lucky Strikes mit Maureen O'Hara.

Und nun, vierzig Jahre später, musste Prue unwillkürlich an die überraschende *Ordnung* in Bens Versteck denken. Die penibel aufgereihten Bände von Tom Swift, die handgenähten Vorhänge aus Sackleinen an den kleinen Fenstern und die Quarzbrocken auf Apfelsinenkisten, in Reih und Glied ausgerichtet wie Diamanten in einem Tresorraum, hatten etwas beinahe Rührendes gehabt ...

«Ich hab keinen Besuch erwartet», sagte Luke. «Sie müssen das hier schon entschuldigen.»

«Das hier» war ein einziger, etwa zwei mal drei Meter großer Raum. Die Einrichtung bestand aus ein paar Holzkisten, einem Feldbett aus Armeebeständen und einem großen Schaumgummiklotz, der wohl als Sofa diente. In einer von Steinen eingefassten Grube im gestampften Boden lag bereits erkaltende Glut. Auf dem Rost über der Feuerstelle stand eine blau emaillierte Kaffeekanne.

Der Mann griff nach der Kanne und goss Kaffee in einen

Styroporbecher. «Nehmen Sie Sahne? Ich hab leider nur das künstliche Zeug.»

«Äh ... was? ... oh, nein danke.» Prue schaute sich immer noch um. Wie lange war er überhaupt schon da? Wussten die Parkwächter Bescheid?

Der Mann erriet ihre Gedanken und zwinkerte ihr zu. «Sie werden sich dran gewöhnen», sagte er. «Sweet'n Low?»

«Ja bitte.»

Er riss das rosafarbene Tütchen auf, schüttete seinen Inhalt in den Kaffee und reichte ihr den Becher. «Ich hab gedacht, Sie wollen vielleicht mal sehen, wo Ihr Hund in letzter Zeit gehaust hat.»

Ach ja: Nachdem Vuitton sein Frauchen an der Tür begrüßt hatte, war er in die Ecke neben dem Feuer zurückgekehrt. Dort lag er auf einem Haufen Lumpen. Er schaute hoch und wedelte beschwichtigend mit dem Schwanz. Vielleicht entschuldigte er sich dafür, dass er seinen Nob-Hill-Lebensstil so bereitwillig aufgegeben hatte. Prue blies in ihren Kaffee und schaute wieder in die Runde. «Es ist ... schlichtweg faszinierend hier», sagte sie. Und das meinte sie auch.

Der Mann lachte glucksend. «Jedes Kind hat gern ein Spielhaus», sagte er.

Dann *ist* er so wie Ben, dachte Prue.

Bei der weiteren Begutachtung des Raums fielen ihr noch mehr Anzeichen jungenhafter Verschrobenheit auf: die Bommelborte über dem Bett, die so etwas wie einen stilisierten Baldachin abgab; eine Dose mit gespitzten Bleistiften auf einem Regal über dem «Sofa»; ein Stadtplan mit Rußspuren, der an die Wand über dem Feuer geheftet war.

Über der Tür hing eine, deren Aufschrift in mühevoller Arbeit aus gebogenen Zweigen geformt worden war:

Wer sich nicht an die
Vergangenheit erinnert,
ist dazu verdammt,
sie zu wiederholen

Prue lächelte, als sie das las. «Das ist schön», sagte sie.

«Santayana», antwortete der Mann. *«Life of Reason.»*

«Wie bitte?»

Der Mann schaute sie prüfend an, dann sagte er ruhig: «Warum nehmen Sie jetzt nicht Ihren Hund?»

«Oh ... natürlich. Ich wollte Sie nicht aufhalten.»

Der Mann ging zu dem Haufen Lumpen hinüber und rüttelte den Wolfshund wach. «Los, Whitey. Du musst jetzt gehen, mein Junge.» Vuitton stand wackelnd auf und leckte dem Mann aufgeregt die Hand. «Er denkt, wir machen ’ne Tour», sagte sein Betreuer. «Ich hab ihm eine Leine gemacht. Wenn Sie sie haben wollen ...»

Er öffnete eine Kiste neben Vuittons Lager. Sie enthielt ein paar Dosen Hundefutter, eine abgenutzte Striegelbürste und ein Stück Seil mit einem selbst gemachten Lederanhänger, auf dem WHITEY stand. Auch auf dem Kistendeckel stand in Buchstaben aus gebogenen Zweigen WHITEY.

Vorhin war Prue richtig böse gewesen wegen dieses fremden Namens; jetzt hatte sie das Gefühl, gleich heulen zu müssen.

Sie kramte in ihrer Tasche. «Bitte ... ich bestehe darauf, Ihnen Ihre Auslagen ...»

«Nein», sagte der Mann barsch. Dann, in sanfterem Ton: «Es war mir ein Vergnügen.»

«Tja ...» Sie wusste plötzlich nicht mehr, was sie sagen sollte, und schaute sich verlegen um. Der Mann klemmte das Seil an Vuittons Halsband und überreichte es Prue.

«Danke schön», sagte sie so aufrichtig wie möglich. «Vielen Dank ... Luke, nicht?»

Der Mann nickte. «Sollten Sie mal wieder in der Gegend sein, hätt ich nichts dagegen, wenn er mich besucht.»

«Natürlich, natürlich ...» Es gab nichts mehr zu sagen, als sie Vuitton von der Hütte wegführte und mit ihm die steile, sandige Böschung hochstieg. Der Wolfshund kam bereitwillig mit und verabschiedete sich mit einem Bellen, sobald sie die Böschung hinter sich gebracht hatten.

Doch die Tür der Hütte war bereits geschlossen.

Auf nach Hollywood

Ned Lockwoods Pick-up stand auf der Leavenworth, als Mary Ann die wacklige Holztreppe von der Barbary Lane herunterkam. Ned hob seine große Hand an die Stirn und begrüßte sie mit einem flotten Salut. Seine Glatze hatte die Farbe von Sattelleder.

«Er kommt gleich runter», sagte sie. «Er weiß noch nicht, welches seiner fünfzehn Lacoste-Hemden er anziehen soll.»

Ned warf grinsend die Hände in die Luft und legte sie dann auf das Lenkrad. «Und wo gehst du hin?»

Mary Ann verzog das Gesicht. «Arbeiten. Wir haben nicht alle das Glück, das Wochenende bei einem Filmstar zu verbringen.» Sie hielt eine große Hefty-Tüte hoch. «Möchtest du einen süßen Wauwau?»

Ned schaute in die Tüte. «Stofftiere? Wofür sind die denn?»

«Für meine Show. Wofür sonst?»

«Gibt's die gerade zum Sonderpreis?»

«Sie sind zweite Wahl. O Gott, es ist so deprimierend, Ned.

Hol mich da raus, ja? Entführ mich oder so. Hat __________ __________ nicht ’ne Cabana, in der er mich verstecken könnte?»

Ned lächelte. «Ich fürchte, dieses Wochenende will er nur Jungs sehen.»

«Wie doof», sagte Mary Ann.

«Das find ich auch. Aber er ist halt ein altmodischer Schwuler.»

«Na toll. Könnt ich dann nicht ein altmodisches Schwulenmuttchen sein?»

Ned warf den Kopf zurück und lachte. «Ich fänd’s toll, wenn er’s selber auch so locker sehen könnte.»

Mary Ann rang sich ein Lächeln ab. «Dann lässt du mich also mit meinem Unglück allein, hm?»

«Du bist ein Star», sagte Ned. «Und Stars haben nicht unglücklich zu sein.»

«Wer ist ein Star?» Ein billiger Trick, um sich Bestätigung zu holen, aber sie nahm im Moment alles, was sie kriegen konnte.

Der Gärtner zuckte mit den Schultern. «Meine Tante von der East Bay sagt, dass du ein Star bist. Sie schaut sich alle deine Sendungen an.»

«Schmetterlingsbrille, was?»

Ned grinste.

«Von den Kitschromanen reden wir erst gar nicht. Und ihr Schlafzimmer quillt über vor selbst gehäkelten Pudeln. Hab ich recht?»

«Nicht ganz», sagte Ned. «Sie macht aus alten Krawatten Flickenteppiche.»

«Na wunderbar», sagte Mary Ann und nickte.

Michael erschien auf dem Treppenabsatz. Er hatte sich mit

einem apricotfarbenen Polohemd, einer weißen Leinenhose und smaragdgrünen Topsiders herausgeputzt. «Schau dir *den* an», sagte Ned. «Läuft man in L.A. so rum, oder was?»

Michael ließ sich von Mary Ann begutachten.

«Sehr hübsch», bemerkte sie, «aber es wird alles zerknautscht sein, wenn du in Smog City ankommst.»

«Dann werd ich mich in Smog City eben *umziehen.*» Er küsste sie flüchtig auf den Mund und sprang in den Pick-up. «Wenn ich in drei Tagen nicht zurück bin, sagst du den Mounties Bescheid, ja?»

«Pass auf, dass er eine Badehose anzieht», trug sie Ned auf.

«Das ist ein bisschen viel verlangt», sagte der Gärtner.

«Ich weiß», antwortete Mary Ann. «Letzte Woche hat er sich bei Lands End fast den Hintern verbrannt.»

Wie üblich gab es im Umkreis von fünf Blocks um den Sender keinen erlaubten Parkplatz. Sie stellte sich schließlich in die Ladezone einer kleinen Seitengasse der Van Ness und legte einen abgelaufenen Presseausweis auf das Armaturenbrett.

Sie eilte am Sicherheitsbeamten vorbei, der am Empfang Cheetos mampfte, stieg in den Aufzug und drückte den Knopf für den dritten Stock.

Sie schaute auf ihre Casio-Uhr. Zwei Uhr achtunddreißig. Mein Gott, sie ließ es ganz schön drauf ankommen in letzter Zeit. Es hatte mal eine Zeit gegeben, da war sie zwei Stunden vor der Drei-Uhr-Sendung da gewesen. Es hatte mal eine Zeit gegeben, da hatte sie diesen Mist tatsächlich *aufregend* gefunden.

Bambi Kanetaka kam gerade aus der Garderobe, als Mary Ann aus dem Lift stieg.

«Hallo», sagte Mary Ann. «Warum so früh?»

«Wir machen Außenaufnahmen», erwiderte die Moderatorin atemlos. «Larry hat eine Frau aufgetrieben, die mit dem Trailside-Mörder befreundet war. Was ist in der Tüte?»

Es war fast unheimlich, fand Mary Ann, mit welcher Sicherheit Bambi immer den wunden Punkt traf. «Nur ein paar Zweite-Wahl-Sachen», murmelte sie.

«Oooooh», sagte Bambi, als sie in die Tüte lugte. «Sind die *niedlich*. Ehrlich, Mary Ann, Sie dürfen immer die tollsten Sachen machen. Ich hab sie so was von über, diese ...» Sie seufzte verdrossen. «Sie wissen schon, die harten Themen.»

Der Visagist, der gerade von der Beerdigung seiner Großmutter in Portland zurückgekehrt war, hatte sich mit Goldketten und schwarzen Stretchsachen rausgeputzt – seine Vorstellung von Trauerkleidung.

«... bin ich also in die Leichenhalle gegangen und hab darauf *bestanden* ... schau bitte nach oben, Schatz ... gut ... ich hab also darauf bestanden, dass sie den Sarg aufmachen ... jetzt ein bisschen nach links ... sie machen ihn also auf, und was *glaubst* du, was sie Großmutter auf die Lippen geschmiert hatten? TITTENROSA! Ich meine, also *wirklich* ... Kopf nach oben, Schatz ... da hab ich gesagt, sie sollen mich das mal machen lassen, denn *meine* Großmutter kriegt nicht mehr und nicht weniger als Schwanzlutscherrot, wenn sie unter die Erde gebracht wird ...»

Denny steckt den Kopf durch die Tür. Er war auf der Suche nach Mary Ann. «Da bist du ja!»

Sie hasste dieses «Da bist du ja!», wenn damit «Wo warst du denn?» gemeint war.

«Diese Frau ist wieder am Telefon», sagte der Redakteur.

«Welche Frau?»

«Die Betrunkene. Diesmal hat sie ihren Namen buchstabiert. Sie heißt *Halcyon* und nicht Harrison.»

«O Gott», sagte Mary Ann.

«Sagt dir das was?»

«Ich glaub, ich hab mal für ihren Mann gearbeitet.» Sie schaute auf die Uhr an der Wand: noch sechs Minuten bis zur Sendung. «Sag ihr, ich ruf sie nach der Anmoderation zurück.»

Sie müssen zum Essen kommen!

Mary Ann rasselte ihre Stofftiersprüche in weniger als drei Minuten herunter, was hieß, dass sie sich noch mal genauso lang über *Engel auf heißem Pflaster* auslassen musste.

Das war gar nicht so einfach. Den Priester hatte sie Bing Crosby noch nie abgenommen. Oder Rosalind Russell die Mutter Oberin. Oder Helen Reddy die Nonne. Man hatte in Hollywood eine reichlich merkwürdige Vorstellung davon, wie Katholiken auszusehen hatten.

«Mary Ann, Sie waren einfach hinreißend. Ich hab Ihnen gerade auf dem Monitor zugesehen.»

Es war Pater Paddy Starr, die San-Francisco-Version eines Priesters. Er drängte in Studio B, das Mary Ann gerade hastig räumte.

«Danke, Pater. Hals- und Beinbruch.» Es klang reichlich abgedreht, wenn man so etwas zu einem Priester sagte, aber der hier war schließlich im Showgeschäft. *Honest to God*, Pater Paddys Show im Spätprogramm, wurde jeden Nachmittag gleich nach Mary Anns Sendung aufgezeichnet.

In ihrem Kabuff schaute sie nach, ob Denny ihr Mrs. Halcyons Nummer aufgeschrieben hatte. Natürlich nicht. Nachdem zwei sich überschneidende Tonbandstimmen – eine männliche und eine weibliche – ihr Vorhaltungen gemacht hatten, rückte die Auskunft schließlich mit der Nummer heraus.

Sie wählte.

«Halcyon Hill.»

Mary Ann hatte die Stimme noch aus ihrer Zeit bei Halcyon Communications im Ohr. Damals hatte sie zwischen Edgar Halcyon und seiner Frau oft genug Nachrichten hin und her reichen müssen. «Emma?»

«Ja, Ma'am.»

«Hier ist Mary Ann Singleton. Erinnern Sie sich an mich?»

«Natürlich erinner ich mich an Sie! Das ist ja eine Freude, nein, *so* eine Freude! O mein Gott, ich könnt platzen, Mary Ann. Der Herr sorgt schon für seine Schäfchen, wenn ...» Im Hintergrund war ein Schlurfen zu hören. «Geben Sie her!», sagte eine barsche Stimme, die Mary Ann als die von Frannie Halcyon erkannte.

«Mary Ann?» Die Stimme war zu einem matronenhaften Säuseln geworden.

«Ja, Mrs. Halcyon. Was für eine nette Überraschung.»

«Tja ... ich bin einfach ein *großer* Fan von Ihnen.»

«Oh, wie nett.»

«Glauben Sie mir. Sie sind eine sehr talentierte junge Frau.»

«Wie freundlich. Vielen Dank.»

Nach einer langen Pause: «Ich ... äh ... ich habe angerufen, weil ich hoffte, sie würden zum Essen zu uns kommen ... zu mir eigentlich. Sonntagmittag? Im Moment ist das Wetter hier draußen einfach wunderbar, und der Pool ist ... na ja, sie könnten Ihren Badeanzug mitbringen und ...»

«Sehr gern, Mrs. Halcyon.» Mary Ann musste sich ein Kichern verbeißen. Michael hatte sie mit seinem Ausflug nach L.A. auf den Geschmack gebracht, und sie und Brian hatten schon lange keinen schönen und billigen Kurzurlaub mehr gehabt. Die Einladung war ein Geschenk des Himmels. «Wär es Ihnen recht, wenn ich mit einem Freund käme?»

«Oh ... ich ... eigentlich nicht so sehr, Mary Ann.»

«Selbstverständlich.»

«Auf mehr als einen Gast bin ich nicht eingestellt.»

«Gut. Ich verstehe.» Das stimmte zwar nicht, aber jetzt war ihre Neugier geweckt.

«Es soll nur ein kleines ... Gespräch von Frau zu Frau sein. Wir beide haben so viel nachzuholen.»

Mary Ann war sprachlos. Sie und Frannie Halcyon hatten absolut *nichts* nachzuholen. Warum redete diese nette, aber versoffene Witwe aus der feinen Gesellschaft mit ihr wie mit ihresgleichen?

Na ja, dachte sie, die arme Frau hat ihre Tochter in Guyana verloren. Das war Grund genug, um ein bisschen Nachsicht zu üben. Außerdem hatte sie einen Swimmingpool. Und einer solchen Verlockung konnte in San Francisco niemand widerstehen.

«Wann soll ich da sein?», fragte Mary Ann.

Larry und Bambi kamen gerade zurück, als Mary Ann den Sender verließ. Sie merkte, dass die beiden sich sehr zusammenreißen mussten, um sich nicht gegenseitig an die Wäsche zu gehen.

«'ne tolle Krawatte», sagte Mary Ann, als sie in der Lobby an ihnen vorbeieilte. Er trug die, auf der sich das Porsche-Emblem ständig wiederholte.

«Holla», sagte Larry, «danke.»

Das einzig Tolle an Arschlöchern war, dass sie es fast nie merkten, wenn man es ihnen durch die Blume sagte. «Wie ging's der Freundin des Trailside-Mörders?», fragte sie die Moderatorin.

«Sie war reichlich mitgenommen», sagte Bambi.

«Hm. Kann ich mir vorstellen.»

Larry schob Bambi mit sanftem Druck in Richtung Aufzug.

«Lassen Sie bloß die Finger von solchen Themen», sagte er zu Mary Ann. «Das ist alles kein bisschen angenehm.»

«Hm.»

«Doch, wirklich», setzte er noch drauf. «Man ist besser dran, wenn man damit nichts zu tun hat.»

Sie verwünschte ihn den ganzen Nachhauseweg lang.

Tinseltown

Ned Lockwood blickte auf die Uhr im Armaturenbrett, als der Pick-up durch die Palmenallee ratterte, die sich an der Hollywood High School entlangzog.

«Zwanzig nach zehn. Da sind wir gut in der Zeit. Sei gegrüßt, Alma Mater.»

«Warst du auf der Hollywood High?», fragte Michael.

Neds Mund verzog sich zu einem breiten Grinsen. «Waren wir das nicht alle?»

«Dann hat man dich für das Leben mit einem Filmstar ja regelrecht *ausgebildet*. Es stimmt gar nicht, dass es dir nur so zugefallen ist.»

«Da könnte was dran sein», antwortete Ned lachend.

Michael schüttelte ungläubig den Kopf. «Hollywood High»,

murmelte er, während das helle Gebäude in der Dunkelheit vorbeiglitt. «Als kleiner Junge wollte ich immer mit Alan Ladds Sohn zur Schule gehen.»

«Warum?»

Michael zuckte mit den Schultern. «Weil's der schnellste Weg zu Alan Ladd war, schätz ich. Ich war furchtbar verknallt in ihn.»

Ned lachte. «Wie alt warst du da?»

«Acht», sagte Michael zögernd. «Auch Kinder haben schon ihre Träume.»

«Du kleiner geiler Bengel.»

«Na», stichelte Michael zurück, «wenn ich mich recht erinnere, hast du doch auf Roy Rogers gestanden, nicht?»

«Ich war aber mindestens zehn», sagte Ned.

Michael lachte und schaute wieder aus dem Fenster. Es gab wohl kaum jemand, dessen Begierden durch die Wunderwelt, die sich in aller Üppigkeit vor ihnen ausbreitete, nicht auf die eine oder andere Art angeheizt worden waren.

Wie viele seiner Freunde zog auch Michael hinter vorgehaltener Hand gerne über Los Angeles her – über den ausufernden Siedlungsbrei, die verstopften Freeways, die elend Gestrandeten mit ihrem Traum von Freiheit …

Doch in Augenblicken wie diesen, an Abenden wie diesen, wenn es so schien, als würden in dieser Stadt alle Leute ein Cabrio besitzen, und wenn die warme, schwere, jasmingeschwängerte Luft sich anfühlte wie eine Hand, die seine Schenkel hochglitt, konnte Michael der Wirklichkeit entsagen und wieder glauben.

«Es ist erstaunlich», sagte er. «Jedes Mal, wenn ich nach L. A. fahre, muss ich an Lucy und Ricky aus *I love Lucy* denken. Ich spür die gleiche Hassliebe. L. A. hat wahrscheinlich schon von mehr Leuten eine zweite Chance gekriegt als jede andere Stadt auf der Welt.»

Plötzlich riss Ned das Lenkrad des Pick-ups herum. Er verfehlte nur knapp einen blond gefärbten Teenager auf einem Skateboard. Dessen 69er-Footballtrikot war knapp unterhalb der Brustwarzen abgeschnitten und ließ etwa dreißig Zentimeter gebräunten Bauch sehen. Als Ned an ihm vorbeifuhr, atmete er erleichtert aus und sagte: «Keiner *geht* mehr auf den Strich!»

Michael drehte sich um. Er sah, wie das Jüngelchen sich in einen silberfarbenen Mercedes beugte, der am Bordstein vor der Zentrale der Famous-Amos-Schokosplitter-Kekse geparkt war. «Bingo», sagte er. «Er hat einen.»

«A star is born», sagte Ned nur.

Der Wagen bog vom Sunset Boulevard ab und fuhr hoch nach Beverly Hills, in ein Land der weit zurückgesetzten Häuser und der Totenstille.

Die Straßen wurden steiler und enger. Es stellte sich heraus, dass die meisten «Crest» mit noch was vorne dran hießen, auch wenn man kaum sagen konnte, wo die eine aufhörte und die nächste anfing. Michael konnte sich nicht vorstellen, dass jemand, der in diesem Viertel wohnte, nachts nach Hause fand. «Wird er denn da sein, wenn wir kommen?», fragte er Ned. «Ich seh sicher beschissen aus.»

Ned drückte Michaels Knie. «Im Aschenbecher ist eine Jointkippe. Warum rauchst du sie nicht?»

«Du glaubst doch nicht, dass mich so was beruhigen könnte. Ich würde schreiend in die Nacht hinauslaufen, sobald ich vor ihm stehe.»

«Vielleicht ist er ja noch in Palm Springs. Sei nicht so bammelig.»

Michael schaute aus dem Fenster. Die Lichter der Stadt lagen unter ihnen wie Computerschaltkreise. «Wer lässt uns rein», fragte er, «wenn er nicht da ist?»

«Der Butler wahrscheinlich.»

«Ist er der einzige Angestellte?»

Ned schüttelte den Kopf. «Meistens ist noch ein Koch da. Und dann gibt's noch einen Sekretär und einen Gärtner. Aber heute Abend ist wahrscheinlich nur der Butler da.»

Michael schwieg eine Weile und versuchte, sich ein solches Leben vorzustellen. «Weißt du was?», fragte er schließlich.

«Was?»

«Meine Mutter hat __________ __________ immer total angehimmelt. Sie würde ausflippen, wenn sie wüsste, dass ich hier bin.»

Ned sah ihn lächelnd an. «Dann führ mal genau Buch über alles.»

«Okay ... wie groß ist sein Schwanz noch mal?»

Der Gärtner lachte glucksend. «Jedenfalls so groß, dass manche Leute misstrauisch geworden sind, *was* ihm seine Oskar-Nominierungen eingebracht hat.»

«Größer als ein Hot Dog?» Michael kicherte nervös über seinen schlechten Witz, dann beugte er sich zu Ned hinüber und küsste ihn auf den Hals. «Ich kann das alles gar nicht fassen. Danke, mein Freund.»

Ned tat es mit einem Schulterzucken ab. «Ich glaube, ihr zwei werdet viel Spaß haben miteinander. Er ist ein richtig netter Kerl.» Ned bog von der Straße ab und hielt vor einem großen Metalltor. Dann drückte er den Knopf einer Sprechanlage, die teilweise hinter Sträuchern verborgen war.

«Ja?», ertönte eine Stimme.

«Ich bin's, Ned.»

«Löwen und Tiger und Bären. O weh!», sagte Michael.

«Das war der Butler. Beruhig dich wieder.»

Von dort, wo sie standen, war kaum etwas zu sehen. Nur eine mit Bougainvilleen bewachsene Wand und ein Torbogen, der wohl in einen Hof führte. «Ned?»

«Ja, Bubba?»

«Das ist doch hier kein Rendezvous, oder?»

«Warum?»

«Ich weiß nicht. Ich komm mir plötzlich vor wie eine bestellte Braut oder so.»

«Keine Bange, Michael. Erwartungen existieren sicher *keine*, wenn du das meinst.» Ned drehte sich um und grinste seinen Freund verschmitzt an. «Zumindest nicht von *seiner* Seite.»

Gebete für die Gemeinde

In San Francisco sprach Pater Paddy bei einem späten Abendessen im L'Etoile über seine Schäfchen. «Die arme Bitsy», seufzte er, während er an einer Spargelspitze knabberte. «Ich fürchte, wir müssen wieder für sie beten.»

Prue wusste, dass nur eine Bitsy gemeint sein konnte: Bitsy Liggett, die Kleptomanin der besseren Kreise. Mit ihrem Laster brachte sie die gehobene Gesellschaft schon seit fast einem Jahrzehnt in Verlegenheit.

«Ach je», sagte Prue. Sie bemühte sich um einen frommen Unterton, obwohl das pathologische Verhalten der Frau, für die gebetet werden sollte, sie bereits eine Lalique-Vase, mehrere Hunde aus Kristallglas und eine antike Bürstengarnitur aus Schildpatt gekostet hatte.

«Das Problem ist», klagte der Priester, «dass man sie nicht

übergehen kann, oder? Ganz unmöglich. Die Liggetts sind eine gute Familie. Bitsy ist eine reizende Frau. Man muss nur auf sie gefasst sein.»

«Wer war diesmal nicht auf sie gefasst?»

Der Priester kräuselte die Lippen. «Vita.»

«Nein!»

«Bitsy ist in ihrem Komitee zugunsten der Erdbebenopfer in Italien. Als sie sich gestern nach dem Treffen von Vita verabschiedet hat, ist ihr eine Faberge-Dose aus der Strumpfhose gefallen.»

«Nein!»

«Mitten in der Halle. Gibt's was Peinlicheres?»

Prue presste beide Hände vor den Mund und kicherte.

«Gibt's was Peinlicheres?», wiederholte Pater Paddy und zog eine Augenbraue hoch, um die größtmögliche Komik zu erzielen. Dann sackte sein Gesicht plötzlich nach unten, als wäre er eine dahinschmelzende Wachsfigur. «Nein, die Sache ist wirklich schrecklich. Es ist eine Krankheit. Wie Alkoholismus. Wir müssen für Betsy beten, Prudy Sue.»

Dann nannte er ihr noch drei Leute, die ihre Gebete nötig hatten. Ihre *eigene* Neuigkeit wurde Prue beim Nachtisch los.

«Was ich Ihnen erzählen wollte», sagte sie. «Ich habe Vuitton gefunden.»

«Oh.» Pater Paddy tätschelte ihre Hand. «Das freut mich aber, mein Kind! Wo war er? Der Arme muss ja ganz ausgehungert gewesen sein.»

Prue schüttelte den Kopf. «Das ist ja das Erstaunliche. Er ist bei so einem Kerl aus dem Park untergekommen.»

«Bei einem Parkangestellten, meinen Sie?»

«Nein. Bei einem Mann, der in einer merkwürdigen kleinen Hütte lebt. Auf dem Hügel oberhalb der Baumfarne. Er hat ein

Bett und eine Feuerstelle und was man so braucht. Vuitton hat ihn anscheinend richtig ins Herz geschlossen, und ich konnte ihm gar nicht recht böse sein. Weil er Vuitton behalten hat, meine ich.»

«Er hat Sie nicht angerufen?»

«Nein. Ich hab ihn gefunden. Das heißt, ich hab Vuitton gerufen, und Vuitton hat mich zu ihm geführt. Ich glaube, er war ein bisschen traurig, als ich Vuitton mitgenommen habe. Er hatte eine Leine für ihn gemacht und eine Striegelbürste besorgt und so.»

Pater Paddy goss Sahne über seine Himbeeren. «Wie rührend.»

«Ja. Ich war tief bewegt, Pater. Er hat mich gebeten, mit Vuitton mal vorbeizukommen. Ich glaube, das tu ich auch.»

Der Priester lächelte noch und zog gleichzeitig die Stirn kraus. «Also, ich weiß nicht, ob *das* gut ist, Prudy Sue.»

«Warum?»

«Na, Sie haben doch keine Ahnung, wer er ...»

«Ich verlasse mich auf meinen Instinkt. Der Mann hat ein sanftes Wesen. Das Leben hat ihm übel mitgespielt, und trotzdem begegnet er ihm voller Freude. Er hat sogar das Zitat eines Heiligen an der Wand.»

«Wirklich», lächelte Pater Paddy. «Von welchem?» Jetzt waren sie wieder auf *seinem* Terrain.

Prue dachte kurz nach. «Santa Soundso. Ich hab's vergessen. Es geht um die Erinnerung an die Vergangenheit. Die Buchstaben hat er aus Zweigen gemacht.» Sie kostete ihren Obstsalat mit Eiercreme und Schlagsahne. «Außerdem gehören Typen wie er zu San Francisco einfach dazu. So wie Kaiser Norton oder ... sagt Ihnen Olin Cobb etwas, der Mann, der den kleinen Schuppen auf dem Telegraph Hill gebaut hat?»

Pater Paddy grinste sie von der Seite an. «Sie wollen darüber schreiben, was?»

«Vielleicht», sagte Prue spröde.

«Hm, hm.»

«Egal, *einmal* muss ich eh noch zurück.»

«Also, Prue ...»

«Ich hab meine Anti-Vergewaltigungs-Pfeife dort verloren.»

«Ach, *bitte*.»

«Sie ist von Tiffany's», klärte die Kolumnistin ihn auf.

Der Priester korrigierte sie. «Tiffany, Liebste. *Ohne* Apostroph-S.»

«Tiffany», wiederholte Prue. «Reg hat sie mir geschenkt, und ich bin da ein bisschen sentimental. Jedenfalls ist mir die Tasche aus der Hand gefallen, und da muss ich die Pfeife verloren haben. Sehen Sie mich nicht so an, Pater.»

Der Priester schüttelte nur den Kopf und bedachte sie mit einem gutmütig tadelnden Lächeln.

«Sie sind so was von lieb», sagte Prue und griff nach der Rechnung. «Es ist schön, wenn man jemand hat, der sich um einen sorgt.»

Das Schloss

Hundegekläff zerriss die Stille. Dem Bellen nach zu urteilen, handelte es sich um einen bunt gemischten Haufen – junge und alte, große und kleine. Michael lächelte. Er dachte an einen heißen Sommerabend in Palm Springs zurück, an dem Ned und er auf einen Trip gegangen waren und dann versucht hatten, über den Zaun von Liberaces Anwesen zu klettern.

«O nein», flüsterte er, «hat *er* auch Kampfpudel?»

Ned gluckste. Seine Zähne leuchteten in der Dunkelheit wie Glühwürmchen. «Das sind keine Wachhunde. Sie gehören zur Familie.»

Die große neospanische Tür ging auf. Der Butler, ein jockeyähnliches Kerlchen von Mitte sechzig, hielt mit dem einen Arm die Tür auf und mit dem anderen die Hunde zurück. «Schnell», sagte er, «bevor einer dieser Idioten ausbüxt.»

Ned ging voraus, und Michael folgte ihm auf dem Fuß. Die Hunde – ein uralter Hirtenhund mit Augenkatarrh; zwei hysterische Irische Setter; eine dickliche dreibeinige Promenadenmischung – tanzten wie die Irren um die Beine des Mannes, der einmal bei ihnen im Haus gewohnt hatte.

Ned kniete in ihrer Mitte nieder und begrüßte jeden Hund einzeln. «Honey, altes Mädchen, wie geht's denn so? Jaaa, Lance ... *braver* Lance! Haaallo, Guinevere!»

Michael war beeindruckt. Es war ja schon etwas, __________ __________ zu kennen. Aber es war noch mal was anderes, auch mit seinen Hunden auf freundschaftlichem Fuß zu stehen.

Ned nahm den dreibeinigen Zwerg auf den Schoß und kraulte ihn. «Wie geht's ihm denn so?»

Der Butler verdrehte die Augen. «Er ist uns letzte Woche ausgerissen. Der kleine Nichtsnutz hat's bis zur Schuyler Road runter geschafft. Ausgerechnet Lucy hat ihn gefunden. Sie hat dann __________ angerufen. Da war er aber schon in Trauer, hat nichts mehr gegessen und ist nicht ans Telefon gegangen ... na ja, das Übliche halt.»

Ned, der immer noch kniete, hielt Michael den Hund zur Begutachtung hin. «Ein edles Tier. Er heißt nach meiner Wenigkeit.»

Michael verstand nicht auf Anhieb. Er überlegte immer

noch, ob *die* Lucy den Hund gefunden hatte. «Äh ... soll das heißen, er heißt Ned?»

Wie zur Bestätigung jaulte der Köter keuchend. Ned ließ ihn runter und stand auf. «Wir haben viel erlebt, wir zwei. Guido, das ist mein Freund Michael Tolliver.»

Michael gab dem Butler die Hand. Der bedachte ihn mit einem schiefen Lächeln und wandte sich wieder an Ned. «Er kommt morgen zurück. Sie haben das Haus heute Abend für sich allein. Die Heizung für den Whirlpool hab ich angelassen.»

Michael seufzte im Stillen vor Erleichterung. Wenigstens blieb ihm Zeit, sich zu sammeln.

Guido führte die beiden durch einen gefliesten Laubengang, der sich rund um den Hof zog. Unterwegs stießen sie mit dem Kopf immer wieder an blutergussfarbene Fuchsienblüten. Gegenüber, auf der anderen Seite des Hofs, gab ein riesengroßer, beleuchteter Swimmingpool, der über den schnurgeraden Lichterreihen von Los Angeles schwebte, die einzige Lichtquelle ab. Er wäre auch als Ufo-Landeplatz durchgegangen.

Guido öffnete eine andere Tür – die *richtige* Haustür, wie Michael annahm. Auf dem Weg in den ersten Stock erhaschte er von der Treppe aus einen Blick auf wuchtige spanische Möbel, Ritterrüstungen und leuchtend rote Teppiche («Frühes Macho» hatte Ned diesen Stil einmal getauft).

«Ich hab Sie für heute Nacht beide im Andenkenzimmer untergebracht», sagte Guido trocken. «Wenn's denn recht ist.»

«Schön», sagte Ned.

«Das rote Zimmer ist ein einziges Tohuwabohu. Zwei Jungs aus Laguna haben gestern hier übernachtet. Gleitcreme auf den Bettlaken, Poppers auf dem Teppich. Also wirklich.»

Ned und Michael grinsten sich an. «Wir werden nicht halb so viel Arbeit machen», sagte Ned.

Michael wusste kaum, was er im Andenkenzimmer als Erstes ansehen sollte: eine ganze Latte von Auszeichnungen der Zeitschrift *Photoplay* für den am häufigsten abgedruckten Filmstar (meistens aus den Fünfzigern); die Schlüssel von einem Dutzend Städten; die Telegramme von Hitchcock, Billy Wilder, De Mille; die Fotos von __________ __________ mit JFK, von __________ __________ mit Marilyn Monroe, von __________ __________ mit Ronald Reagan in silbernen Rahmen; das Petit-Point-Kissen von Mary Tyler Moore.

Als Guido gegangen war, stand Michael da und schüttelte nur noch den Kopf. «Ist das *sein* Zimmer?»

«Das ist auf der anderen Seite des Flurs», sagte Ned. «Willst du's sehen?»

«Dürfen wir das denn?»

Ned lächelte schläfrig. «Es war schließlich auch mal mein Zimmer ...»

Durch eine schwere zweiflügelige Eichentür betraten sie einen Raum, der wie die Kulisse für das Schlafzimmer eines Filmstars aussah. Die Fenster öffneten sich zum Pool und zum Rest der Welt. Das Bett war riesengroß und genau so, wie Michael es sich für __________ __________ immer vorgestellt hatte.

Demütig wie ein Wallfahrer ging er darauf zu und setzte sich zögerlich auf die Kante. Mit einem schüchternen Lächeln gestand er Ned: «Ich komm mir vor wie der letzte Tourist.»

«Du wirst dich bald dran gewöhnt haben.»

«An das *Bett*?», sagte Michael lachend.

«Morgen früh gibt es Kaffee, wenn Sie wollen.»

Michael zuckte zusammen und sprang schuldbewusst auf. Guido stand in der Tür und musterte die beiden.

«Danke», sagte Ned völlig gelassen. «Ich zeig Michael gerade das Haus.»

Guido grummelte. «Lösen Sie bloß nirgends Alarm aus», sagte er, als er das Zimmer verließ.

Michael lauschte nervös, bis Guidos Schritte verklungen waren, dann pfiff er leise durch die Zähne.

«Er macht nur seine Arbeit», meinte Ned.

«Ja», sagte Michael, «wie Mrs. Danvers in *Rebecca*.»

Halcyon Hill

Der Memorial Day versprach ein strahlend schöner und klarer Tag zu werden. Kurz vor Mittag machte Mary Ann sich auf den Weg nach Hillsborough, doch schon an der Kreuzung Duboce und Market blieb sie in einem Verkehrschaos stecken. Die Wendung, die ihr Ausflug damit nahm, verblüffte sie nur so lange, bis sie die Menschenansammlung vor der 76-Tankstelle sah.

An die fünfhundert Menschen jubelten frenetisch, während ein stattlicher Mann im Krankenschwesternfummel – Titten, toupierte Haare und alles – auf dem Rücken eines mechanischen Bullen wie wild herumzappelte. Mit anderen Worten, dachte Mary Ann – ein ganz normaler Memorial Day.

Ein verbeulter Volvo hielt neben Mary Anns Le Car. «Mensch, was ist *das* denn?», fragte eine Frau mit Kräuselhaaren, Kleinkind und Bergen von Anti-AKW-Postern auf dem Rücksitz.

«Das Great Tricycle Race», sagte Mary Ann. So viel wusste sie von Michael.

«Und was heißt das?», fragte die Frau.

«Äh, na ja ... Schwule fahren auf Dreiradmaschinen rum und sammeln Spenden für den Tierschutzverein.»

Die Frau strahlte. «Toll!», rief sie, als die Autos weiterfahren konnten. «Nein, wie toll!»

Merkwürdigerweise wusste Mary Ann genau, was sie meinte. Wie konnte jemand solche Schrullen nur als Bedrohung empfinden? Wenn sie je ein Kind bekam, dann sollte es in San Francisco aufwachsen, wo mindestens fünfmal im Jahr Mardi Gras gefeiert wurde.

Natürlich hatte sie nicht immer so gedacht. Der Anblick von Dutzenden halb nackter Männer, die auf der Straße tanzten und ihre knackigen, aber unerreichbaren kleinen Ärsche in die Sonne reckten, hatte sie früher heftig geärgert.

Doch Gott sei Dank achteten manche Heteromänner genauso auf ihren Körper wie die Schwulen.

Außerdem war ein knackiger Arsch nun mal ein knackiger Arsch.

Sie fuhr fast auf den Bürgersteig, als sie einem nachsah.

Es tat ihr leid, dass Brian nicht mit dabei war. Er hatte so toll reagiert, als sie ihm von Mrs. Halcyons Einladung erzählt hatte. «Fahr nur», hatte er gesagt. «Vielleicht protegiert sie dich ein bisschen. Ich kann mich auch im Vorgarten in die Sonne legen. Wenn du zurück bist, gehen wir ins Kino oder so.»

Mein Gott, wie sehr sie ihn doch liebte. Egal, was passierte, er blieb locker, unkompliziert und verständnisvoll. Sie waren jetzt Freunde, Brian und sie. Freunde, zwischen denen beim Sex die Post abging. Wenn das keine Liebe war, was dann?

Als sie auf den Freeway kam, summte sie dank eines von Mrs. Madrigals Barbara-Stanwyck-Joints bereits fröhlich vor sich hin. Sie machte das Radio an und sang gemeinsam mit Terri Gibbs «Somebody's Knockin'».

Es wollte ihr nicht so recht in den Kopf, dass sie nach Hillsborough geladen war. Klar, manche Mitglieder der Oberschicht scharwenzelten gerne um Berühmtheiten herum, doch ihr bescheidener Ruhm galt in Frannie Halcyons Kreisen mit Sicherheit überhaupt nichts.

War Mrs. Halcyon einfach nur nett?

Vielleicht.

Aber *warum*? Nach so vielen Jahren.

Mary Ann hatte als Sekretärin fast zwei Jahre für die Halcyons gearbeitet – zuerst für Edgar Halcyon, den Gründer von Halcyon Communications, später für Beauchamp Day, den schmierigen Schwiegersohn von Mr. Halcyon.

Den Familiensitz bekam sie an diesem Tag jedoch zum ersten Mal zu Gesicht.

Halcyon Hill war ein riesiges, wohl aus den Zwanzigerjahren stammendes Anwesen in nachgemachtem Tudorstil und stand weit von der Straße zurückgesetzt in einem hohen Eichenwäldchen. Ein schwarzer Mercedes mit FRANNI auf dem Nummernschild war in der kreisförmigen Auffahrt geparkt.

Eine alte, sehr klapprige Schwarze öffnete die Tür.

«Sie müssen Emma sein», sagte der Gast. «Ich bin Mary Ann.»

«Ja, Ma'am, und ich bin so froh, dass ...» Bevor das Hausmädchen den Satz beenden konnte, kam Frannie Halcyon in die Halle getrippelt. «Mary Ann, ich freu mich, ich freu mich wirklich *sehr*, dass Sie kommen konnten. Sie haben doch hoffentlich ihren Badeanzug mitgebracht?»

«Äh ... er ist im Auto. Ich wusste nicht, ob ...»

«Emma, holen Sie ihn bitte?»

«Wirklich, ich kann ...» Mary gab jeden Widerstand auf; das Hausmädchen wackelte schon in Richtung Auto.

«Jetzt», sagte Mrs. Halcyon, «essen wir auf der Terrasse erst mal schön zu Mittag … ich hoffe, Sie mögen Lachs?»

«Mmmm», sagte Mary Ann.

«Und nachher plaudern wir dann.»

«Schön.»

Die Matriarchin nahm sie fürsorglich am Arm. «Wissen Sie, junge Frau, Edgar wäre *stolz* auf Sie.»

Schnittchen

Hoch oben in Beverly Hills räkelten sich Michael und Ned an ___________ ___________s Swimmingpool und aßen zum Frühstück die Eier Benedict, die Guido ihnen gebracht hatte.

«Er geht doch», bemerkte Michael, als der Butler wieder weg war. «Gestern Abend hab ich ihn nämlich ein bisschen gruselig gefunden.»

Ned schob sich ein Toastdreieck in den Mund. «Gestern Abend hat er noch gar nichts von dir gewusst. Und es ist sein Job, vorsichtig zu sein. Der *National Enquirer* versucht mindestens einmal die Woche, hier über die Mauer zu kommen. ___________ kann von Glück sagen, dass er Guido hat.»

Ned, der dreibeinige Mischling, hoppelte auf Michaels Chaiselongue zu und streckte ihm die Schnauze hin. Er wollte gekrault werden. Michael gab nach. «Diese alten Hunde», sagte er. «Man erwartet eigentlich was Windschnittiges, Greyhounds vielleicht. Oder auch was Einschüchterndes. Er ist mir gleich ein großes Stück nähergerückt, seit ich weiß, was für schäbige Köter er sich hält.»

«Der da ist vierzehn», sagte Ned. «Als wir ihn gefunden haben, war er noch ein Welpe und hat in einer Mülltonne hinter dem Tiny Naylor's rumgestöbert. __________ liebt ihn heiß und innig. So vor fünf Jahren rum ist er angefahren worden, und deswegen musste das Bein dann ab.» Ned schaute seinen Namensvetter mit einem liebevollen Lächeln an. «*Er* sollte mal ein Buch schreiben.»

Guido kam auf die Terrasse. Er servierte Bullshots. «Ich dachte, die Herren könnten eine kleine Erfrischung vertragen, bevor die Schnittchen einfallen.»

«Danke», sagte Ned und griff nach einem Drink. «Was für Schnittchen?»

Guidos Pupillen verdrehten sich nach oben. «__________ hat vor Kurzem angerufen. Er ist noch in P. S. und kommt nicht vor zwei. Bis dahin ... der Herr sei uns gnädig! ... will einer seiner Kumpel aus West Hollywood eine kleine spontane Willkommensparty auf die Beine stellen. *Hier.* Prost Mahlzeit.»

Michael sah Ned an. Er war mit einem Schlag wieder nervös. «Sollen wir uns umziehen oder so?»

«Ach wo», besänftigte Guido ihn. «Beim letzten Mal hat die Party zwei Tage gedauert. Damals hingen so viele Speedos zum Trocknen auf der Leine, dass man von Danny Thomas drüben angerufen hat, warum wir Signalflaggen gehisst hätten.»

Guidos Vorhersage erwies sich als geradezu unheimlich exakt. Einer nach dem anderen stellten sich die jungen Männer ein. Sie hatten lange Beine, trugen Lacoste-Hemden und sahen nahezu perfekt aus.

«Was ist das denn?», fragte Michael, der in der Küche rumlungerte. «Wird hier das Sommerheft der *Gentleman's Quarterly* fotografiert?»

«Das *hätten* die Jungs gern», sagte Guido und streute hastig Petersilie über eine Platte mit gefüllten Eiern. «In Wirklichkeit sind sie bloß zum Vernaschen da ... und wenn man so lange im Geschäft ist wie ich, mein Lieber, dann sieht man sie kommen und gehen. Vor allem *kommen* ... wenn Sie wissen, was ich meine.»

«Sie sehen so umwerfend aus», sagte Michael. «Sind sie Schauspieler oder so was?»

«Die meisten sind *so was*. Starlets. Harry Cohn war Fachmann auf dem Gebiet, nur dass er's mit Mädchen getrieben hat. Aber das ist auch nicht anders. Es stehen immer die gleichen dämlichen Schnittchen um den Pool.» Der Butler verdrückte ein gefülltes Ei und huschte mit der Platte zur Tür hinaus.

Michael fand Ned am Swimmingpool.

«Ich brauch einen Joint», flüsterte Michael, während er die Jungs musterte. «Wenn ich schon die Paranoia kriege, will ich wenigstens einen guten Grund haben.»

«Ich würd ihn aber nicht hier rauchen», warnte Ned ihn.

«Hm?»

«__________ ist da ein bisschen altmodisch.»

«Klar», sagte Michael mit einem Blick in die Runde. «Ich weiß, was du meinst.»

Die Ankunft des Filmstars wurde durch freudiges Gebell am Eingangstor angekündigt. Tatsächlich waren die Hunde aber die Einzigen, die ihn deutlich erkennbar begrüßten, wie Michael feststellte. Obwohl die meisten Männer am Pool eine Aura der selbstverständlichen Vertrautheit mit ihrer Umgebung verbreiteten, trat keiner vor, um den Gastgeber zu begrüßen.

Sie kennen ihn auch gar nicht, wurde Michael klar.

Das Idol war grauer als erwartet – ein kleines Bäuchlein hatte er auch –, aber er war eine imposante Erscheinung und wirkte unter all den jüngeren und hübscheren Männern im Garten wie ein Gigant. Als er in die Knie ging und den dreibeinigen Hund hochhob, gewann er Michaels Herz endgültig.

«Los, komm», sagte Ned. «Ich stell dich vor.»

«Können wir nicht noch warten?»

«Warum?»

«Na, jetzt fallen doch sicher gleich alle über ihn her, oder?»

Ned erhob sich mit einem nachsichtigen Lächeln von seiner Liege. «Komm rüber, wenn du so weit bist, okay?»

Michael blieb am Pool und schaute schweigend zu, während das Geschnatter ringsum weiterging.

«Er muss auf 'nem tollen Trip sein», sagte jemand hinter ihm.

«Wer?», sagte jemand anderes.

«Der Papst.»

«Häh?»

«Na ja, seit dem Attentat hat er doch dauernd Schmerzmittel gekriegt, oder? Und er ist doch der Papst, oder? Da geben sie ihm doch sicher den geilsten Stoff.»

«Stimmt, das hab ich mir noch gar nicht überlegt. Aber, hab ich dir schon erzählt, dass Allan Carr mich für *Grease II* haben will?»

Michael stand auf und ging zum Buffet, wo Guido grummelnd die Aschenbecher leerte. Er war nicht mehr länger Mrs. Danvers auf Manderley; er war jetzt Mammy auf Tara, die widerwillig die Yankees aus der Umgebung bewirtete.

«Wo ist Ned?», fragte Michael.

«Im Vorführraum», sagte Guido. «Mit __________.»

Michael atmete tief durch und ging zu ihnen.

Erkauftes Schweigen

Auf der mit Steinplatten belegten Terrasse von Halcyon Hill, die zum Swimmingpool hinausging, genoss Mary Ann den kalten Lachs mit Grey Riesling.

Mrs. Halcyon bemühte sich außerordentlich und begleitete Mary Anns Horrorgeschichten aus der Wirklichkeit des Fernsehens mit melodramatischen Ohs und Ahs.

«Sie haben ganz recht», pflichtete sie Mary Ann am Schluss bei. «Es ist wie bei der *Mary Tyler Moore Show*. Dort wird wirklich keinen Deut übertrieben.»

«Trotzdem mag ich meine Arbeit», fügte Mary Ann eilig hinzu. «Aber ich werd sie noch mehr mögen, wenn meine Chefs mich erst mal Abendsendungen machen lassen.» Sie lächelte ein bisschen wehmütig. «Das werden sie auch früher oder später. Sie wissen es nur noch nicht.»

«Das ist die richtige Einstellung!» Mrs. Halcyon presste ihre fleischigen, juwelengeschmückten Hände aneinander und musterte ihren Gast mit einem beifälligen Schmunzeln. «Edgar hat immer gesagt, dass Sie ehrgeizig sind. Ich hab das oft von ihm gehört.»

«Er war ein toller Chef», antwortete Mary Ann und erwiderte das Kompliment des Toten. Sie fühlte sich unter dem beharrlichen Blick der Matriarchin zunehmend unwohl.

«Außerdem», fuhr Mrs. Halcyon fort, «hat er erzählt, dass Sie taktvoll und außerordentlich diskret sind.»

«Na ja, ich hab mich wenigstens darum *bemüht*.» *Mensch, was sollte das alles*?

«Er hat Ihnen vertraut, Mary Ann. Und *ich* vertraue Ihnen ebenfalls. Sie sind eine charakterstarke junge Frau.» Ein freundliches Glitzern trat in ihre Augen. «Man hat mich in diesem Leben auf kaum etwas vorbereitet ... außer auf Operngilden und die Verwaltungsräte von Museen ... aber Charakterstärke kann ich ziemlich gut einschätzen, Mary Ann, und ich glaube, dass Sie mich nicht enttäuschen werden.»

Mary Ann zögerte. «Gibt es etwas ... äh, Spezielles, das Sie ...»

«Ich brauche eine PR-Dame. Das heißt, die Familie Halcyon braucht eine PR-Dame. Nur vorübergehend natürlich.»

«Ach so ... klar, ich verstehe.» Was natürlich nicht stimmte.

«Ich glaube kaum, dass Ihre Arbeit für den Sender darunter leiden würde. Ich brauche Sie mehr oder minder als Beraterin. Ich stelle mir vor, dass ich Ihnen tausend Dollar die Woche zahle, und zwar schätzungsweise vier Wochen lang.»

Mary Ann versuchte gar nicht erst, Gelassenheit vorzugaukeln. «Das ist ganz wunderbar und sehr großzügig, nur ... na ja, ich habe keine *Erfahrung* als PR-Beraterin, Mrs. Halcyon. Bei Halcyon Communications habe ich reine ...»

«Es ist eine Story drin, Mary Ann. Eine große Story. Und sie gehört Ihnen, wenn die Zeit reif ist. Damit kommen Sie ins Abendprogramm, junge Frau ... das versprech ich Ihnen.»

Mary Ann zog schicksalsergeben die Schultern hoch. «Also ... was soll ich für Sie tun?»

Die Matriarchin stand auf und ging auf der Terrasse hin und her. Als sie die Hände hinter dem Rücken verschränkte, erinnerte sie so sehr an General Patton bei der Truppeninspektion, dass Mary Ann sich ein Kichern verkneifen musste.

«Ich möchte mich einen Monat lang auf Ihre absolute Loyalität verlassen können», sagte Frannie Halcyon. «Danach können Sie tun, was Sie für richtig halten. Die Familie Halcyon hat eine Geschichte zu erzählen, aber ich möchte, dass wir das Heft dabei selber in der Hand behalten.»

Sie blieb abrupt stehen und ballte entschlossen die kleine Faust. «Die Presse ... nein, die Presse wird *mich* nicht so durch die Mangel drehen wie die Hearsts!»

Sie hatte sich offenbar warm geredet, weshalb Mary Ann abwartete und ihre Gastgeberin nur durch teilnahmsvolles Nicken bestärkte. Mrs. Halcyon fuhr fort und schüttelte melancholisch den Kopf, als sie die auf der Oberfläche des Swimmingpools tanzenden Sonnenstrahlen betrachtete.

«Die arme Catherine», psalmodierte sie. «Ihre Familie wusste alles über den Journalismus, aber nichts über PR.»

Mary Ann lächelte zustimmend. Diese Witwe aus gutem Hause war nicht dumm.

Mrs. Halcyon fuhr fort: «Mein Mann hat Ihnen sicher beigebracht, dass die wirklich *guten* PR-Leute die sind, die den Namen anderer Leute aus den Zeitungen *heraushalten*. Und genau das sollen Sie für mich tun, Mary Ann ... wenigstens einen Monat lang.»

«Warum einen Monat?»

«Die Erklärung kommt noch. Das Entscheidende ist: Wenn Sie mein Angebot annehmen, möchte ich nicht, dass nächste Woche Barbara Walters bei mir durchs Gebüsch streicht. Ich bin zu alt, um es allein mit dem Fernsehen aufzunehmen, Mary Ann.»

«Das versteh ich gut», sagte Mary Ann. «Es ist nur so, ich kann nicht *garantieren* ...»

«Sie brauchen auch nichts zu garantieren ... nur Ihr Schweigen für einen Monat.»

«Ach so.»

«Es gibt viertausend Dollar, wenn Sie ein Geheimnis einen Monat lang für sich behalten können. Hinterher bekommen Sie von uns ... einen Exklusivbericht. Ist das ein Wort?»

Mary Ann lächelte. «Das ist ein Wort.»

«Einverstanden?»

Mary Ann zögerte nicht. «Einverstanden.»

Mrs. Halcyon strahlte.

«Also, was ist das für eine Story?», fragte Mary Ann.

Die Matriarchin gab Emma, die gleich hinter den Flügeltüren zur Terrasse stand, ein Zeichen. Das Hausmädchen eilte fort und kam bald darauf mit einer jungen blonden, sehr mageren und braun gebrannten Frau zurück.

«*Das* ist die Story», sagte Frannie Halcyon. «Mary Ann, darf ich Ihnen meine Tochter DeDe vorstellen. Ich glaube, Sie haben sich schon früher mal kennengelernt.»

Das Bermuda-Dreieck

In den Kneipen, in denen Michael sich rumtrieb, wenn er das mal tat, gab es oft eine schwere schwarze Harley-Davidson, die ehrfurchtsvoll angestrahlt an verchromten Ketten von der Decke hing.

Mary Ann wiederum ging häufig in eine Kneipe namens Ciao, ein weiß gefliestes Toilet-Tech-Bistro in der Jackson Street, in dem als Ikone des Hauses ein makelloses an die Wand geschraubtes Moped verehrt wurde – eine Vespa Ciao natürlich.

Heute, am Memorial Day, wo sich Mary Ann an einem Swimmingpool in Hillsborough und Michael an einem Swimmingpool in Hollywood herumtrieben, huldigte Brian dem Motorrad *seiner* Wahl, einer glänzenden weinroten Indian Warrior aus den Fünfzigerjahren, die von der Decke des Dartmouth Social Club hing, einer Saufkneipe für ewige Studenten in der Fillmore Street.

Wie aus dem Nichts stand plötzlich Jennifer Rabinowitz neben ihm.

«Ach du lieber Himmel, was machst *du* denn im Bermuda-Dreieck?»

Brian lächelte. Angehörige der Cow-Hollow-Singleszene bezeichneten die Kreuzung Fillmore und Greenwich oft als Bermuda-Dreieck. Man erzählte sich, dass Programmierer und andere Unschuldige im heiratsfähigen Alter durch diesen mysteriösen Nexus gegangen und nie wieder aufgetaucht waren.

Man musste allerdings ein Auge zudrücken, um Jennifer das «heiratsfähige Alter» durchgehen zu lassen. Brian schenkte ihr bei Perry's schon seit mehr als einem halben Jahrzehnt den Kaffee nach. Sie waren Veteranen der Kneipenfeldzüge, Jennifer und er, und Jennifer hängte sich mit ihrem unglaublichen Busen immer noch voll rein.

«Irgendwo muss man ja essen», sagte Brian grinsend und hielt sein Warmes-Roastbeef-Sandwich hoch. «Schnapp dir 'nen Stuhl und setz dich.»

Sie tat genau das und grinste übers ganze Gesicht. «Du siehst gut aus, Brian. Wirklich.»

«Danke.»

«Du warst doch auf dem Dartmouth College, oder? Da musst du dir hier ja vorkommen wie auf Besuch in der alten Heimat.» Sie deutete auf ein verspiegeltes Fenster, das mit einem Dartmouth Indian aus Blattgold verziert war. Die nostalgische Erinnerung daran, dass er früher einmal darauf bestanden hatte, den Indianer aus dem Emblem seines Colleges als Dartmouth Native American zu bezeichnen, schmerzte Brian doch ein wenig.

«Schon», gab er zu, «aber deswegen bin ich nicht da. Ich mag die Sandwiches hier.» Als ehemaligen Zögling, der zu seinen

Ursprüngen zurückkehrte, wollte er sich nun wirklich nicht hinstellen lassen.

«Klar», sagte sie, «sie sind ja auch *erste Sahne.*» Sie hörte nicht auf zu lächeln. *Das ist eine Anmache*, sagte er sich. Warum fielen die Pfirsiche immer herunter, wenn man gar nicht am Baum rüttelte?

«Hör mal», sagte sie, «hast du heute schon was vor?»

Er zuckte mit den Schultern. «Nur das hier.»

«Ich hab tolles Gras», sagte sie. «Meine neue Wohnung ist gleich um die Ecke. Was hältst du davon? Auf die alten Zeiten?»

Er litt bereits mit ihr. Er mochte diese fröhliche, gutherzige Frau. Er fühlte sich ihr seit fünf oder sechs Jahren merkwürdig verbunden. Seit sie ihn beim Tarr-&-Feathers-Sing-along vollgekotzt hatte. Er glaubte zu wissen, was sie bewegte – das Gleiche, das ihn bewegt hatte, bevor Mary Ann in sein Leben getreten war.

«Ich hab eine bessere Idee», sagte er. «Was hältst du davon, wenn ich dich auf einen Drink einlade?»

Ihr Lächeln drohte einen Moment lang abzurutschen, doch sie rettete es noch. «Klar. Was soll's. Macht ja nichts.»

Er griff nach ihrer Hand. «Du siehst auch gut aus. Besser als je zuvor.»

«Danke.» Ihr Lächeln wirkte ehrlich erfreut. Dann kramte sie eine Zigarette aus der Handtasche und gab sich selbst Feuer. «Ich hab mir deine Freundin die ganze Woche angesehen», sagte sie.

«Wen?»

«Das Mädchen mit den Nachmittagsfilmen. Sie ist doch jetzt deine Freundin, oder?»

Brian wurde rot. «Irgendwie schon», sagte er. «Aber nicht so richtig.»

«Ich find sie sehr gut. So natürlich. Das sieht man selten im Fernsehen.»

«Ich werd es ihr ausrichten.»

«Nur zu.» Jennifer machte einen tiefen Zug an ihrer Zigarette und taxierte ihn mit leichtem Amüsement. «Du bist jetzt gezähmt, was?»

«Jennifer, ich ...»

«Das macht doch nichts, Brian. Das ist schon ganz anderen passiert. Ich selber bin ja aus Prinzip Single.»

«Ja?»

Jennifer nickte sehr langsam. «Aus Prinzip.»

«Was soll's», sagte Brian.

«Genau.» Sie zwinkerte ihm kurz zu und fasste ihm dann zärtlich unters Kinn. «Manche Typen sehen ihre Chancen auf einen netten Fick selbst dann nicht, wenn sie ihn auf dem Tablett serviert kriegen.»

Pfeif doch mal

Vuitton sprang die vertraute Sandböschung hinunter und fing vor der Hüttentür fröhlich zu bellen an. Luke kam fast sofort heraus und begrüßte seinen früheren Kumpan.

«Whitey, alter Junge ... du bist wieder da!»

Er blickte zu Prue hinauf, der es etwas peinlich war, dass sie die Intimität dieses Wiedersehens störte. «Der Kerl hat mir richtig gefehlt», sagte er.

Sie lächelte leicht verlegen. «Sie haben ihm anscheinend auch gefehlt.»

«Einen schönen Memorial Day», sagte Luke grinsend.

«Ihnen auch.»

«Ich hab Kaffee, wenn Sie ...»

«Mit Vergnügen», sagte Prue. Es fiel ihr auf, dass sie sich durch die Einladung diesmal beinahe *ausgezeichnet* fühlte. Ganz wie das kleine Mädchen aus dem Märchen, nachdem es das Vertrauen des Trolls gewonnen hat, der unter der Dorfbrücke lebt.

Allerdings war Luke kein Troll. Wenn man seine schäbigen Kleider und seine Umgebung abzog, blieb ein recht beeindruckender Mann übrig. Die bernsteinfarbene Haut und die hohen Wangenknochen ließen ... ja, auf was ließen sie schließen? ... auf indianische Abstammung?

Sie folgte ihm in die Hütte und setzte sich auf den großen Schaumgummiklotz. Vuitton blieb draußen und hetzte kleines Getier durch das Unterholz. Als Prue ihn rief, gab Luke ihr einen Rat: «Er kennt sich hier aus. Machen Sie sich keine Gedanken. Er kommt schon, wenn er wirklich soll.» Er reichte der Kolumnistin einen Becher mit dampfendem Kaffee und schaute ihr tief in die Augen. «Er ist jetzt zu Hause.»

Prue zögerte etwas, dann senkte sie den Blick. «Der Kaffee riecht köstlich.»

«Schön. Freut mich, dass er Ihnen zusagt.»

«Ach so, Luke ... äh, Ihnen ist nicht zufällig eine kleine silberne Pfeife untergekommen, wie?»

Lächelnd öffnete er eine Zigarrenkiste, die auf dem Regal über der Feuerstelle stand. Er gab ihr das Tiffany-Kinkerlitzchen.

Prue strahlte. «Gott sei Dank. Ich hänge so sehr an dem dummen Ding. Mein Mann hat es mir zur Scheidung geschenkt.»

«Sie haben sie auf der Felsbank verloren. Ich hab sie für Sie aufgehoben.»

«Ach, bin ich froh. Vielen, vielen Dank.»

Es lag etwas Sanftes und Jungenhaftes in seinem Blick, als er sie ansah. «So was ist ein guter Schutz für eine Frau. Ich hab mir Sorgen gemacht um Sie ohne das Ding. Es rennen ’ne Menge Irre rum heutzutage.» Als er lächelte, entblößte er überraschend ebenmäßige und weiße Zähne. «Mich würden wahrscheinlich auch viele für verrückt halten, hm?»

«Ich nicht», sagte Prue.

«Sie haben’s doch schon getan», erwiderte Luke ohne Groll. «Das ist normal. Die Menschen gehen nach den Häusern, in denen andere leben, und nach den Kleidern, die sie tragen. Es dauert eben ein bisschen, bis man ins Herz hineinsieht, nicht?»

«Ja», sagte Prue, «vermutlich.» Sie senkte den Blick und blies in ihren Kaffee. Seine richtige Einschätzung ihrer ersten Begegnung beeindruckte sie und machte sie verlegen.

«Wissen Sie, wer mir vertraut?»

Prue wurde rot. «Luke, es tut mir leid. Ich vertraue Ihnen. Ich war nur ...» Sie wusste nicht weiter und hob resigniert die Hände.

Luke vergab ihr mit einem Lächeln. «Außer Ihnen, meine ich.»

Sie schüttelte den Kopf.

«Passen Sie mal auf», sagte Luke und setzte sich auf die Kante seines Betts. Er trommelte mit den Fingern auf den gestampften Boden. «Chipper, Jack, Dusty ...»

Wie aufs Stichwort wuselten drei Backenhörnchen unter dem Bett hervor und kletterten auf Lukes Hand. Er hob sie an sein Gesicht und schmuste mit ihnen. «Die Kerlchen hier vertrauen mir. Die Büffel weiter unten auch. Und die Waschbären bei den Rainbow Falls genauso.» Er ließ die kleinen Wesen wieder runter. «Zu Menschen bin ich auch freundlich, aber ich kann nicht so gut mit ihnen umgehen. Vermutlich muss man bloß wissen, wo die eigenen Talente liegen.»

Prue war hingerissen. Sie wollte die Backenhörnchen anfassen, doch sie liefen unter das Bett zurück. «Ich verstehe, was Sie meinen», sagte sie.

«Ich hatte mal eine ganze Herde Menschen um mich», sagte Luke.

«Was heißt das?»

«Eine Gemeinde», sagte Luke lächelnd.

«Waren Sie Prediger?»

Luke nickte. «Durch die Menschen zu Gott zu finden, ist allerdings das Schwerste. Hier draußen bei den Tieren ist es leichter ... und in all der Schönheit. Manchmal seh ich so viel Schönes, dass ich am liebsten heulen möchte.» Seine weißen Zähne blitzten wieder auf. «Verstehen Sie jetzt, was ich meine? Verrückt wie nur was.»

«Ich finde das nicht verrückt», erwiderte Prue. «Was ist mit Ihrer Gemeinde passiert?»

Luke zuckte mit den Schultern. «Sie haben mich alle verlassen ... sind vom Glauben abgefallen. Niemand will mehr zu Gott finden.»

Prue sah ihn mit Tränen in den Augen an. «Luke ... wenn ich ... hätten Sie was dagegen, wenn ich Ihnen helfen würde ... Ihre Geschichte zu erzählen?»

«Wem erzählen?»

«Den Menschen ... der Öffentlichkeit.»

«Sind Sie Reporterin?»

«Nein. Nicht ganz. Nur Autorin. Sie können mir vertrauen, Luke, wirklich.»

Er blickte sie lange an, hob dann seine große, schwielige

Hand und wischte ihr mit dem Finger eine Träne aus dem Augenwinkel. «Gott ist in dir», sagte er.

Die Begegnung mit __________

Michael stand in der Tür des Vorführraums und betrachtete die beiden Riesen, die in der Ecke vor einem Stapel Filmdosen knieten. Sie wirkten wie Wikinger bei der Plünderung eines Weinkellers, doch ihr heftiges Gelächter verriet solche Vertrautheit, dass ein Außenstehender wohl den falschen Schluss gezogen und sie immer noch für Liebhaber gehalten hätte.

__________ hielt eine Filmdose hoch, damit Ned die Aufschrift lesen konnte. «Wie wär's mit dem?»

«Ich weiß nicht», antwortete der Gärtner. «Da hab ich so meine Zweifel.»

Der Filmstar lächelte wehmütig. «Ich auch. Neulich hab ich ihn mal ein paar Teenagern vorgeführt, und die haben bei der Heugabelszene einen Lachkrampf gekriegt.»

«Dabei warst du in der Heugabelszene ganz großartig.»

«Meine *Muskeln* waren in der Heugabelszene ganz großartig.»

«Absolut! Und das wird ihnen gefallen. Zeig's deinem Publikum, Mann!» Ned schlug mit dem Handrücken gegen __________s Brust.

«Na», sagte __________, «vielleicht schlagen sie sich dann wenigstens nicht ins Gebüsch. Mr. Shigeda bringt mich um, wenn seine Begonien zerdrückt werden. Woher kommt das ganze Volk überhaupt?»

Ned zuckte mit den Schultern. «Soviel ich weiß, vom Santa

Monica Boulevard. Guido hat gesagt, dass Charles ihm erzählt hat, dass Les das für eine tolle Idee gehalten hat.»

«Und Les», sagte __________ lachend, «bringt sie weiß Gott schneller auf Trab als die Armee ihre Rekruten.»

Ned lachte mit ihm mit. «Mein Freund Michael ist auch irgendwo da draußen.»

Michael sah einen Einstieg für sich und hob die Hand. «Äh ... steht bereit und zur Verfügung.»

Sofort drehten sich zwei Köpfe zu ihm um. Beide Männer lächelten ihn an. Michael machte hastig ein paar Schritte nach vorn und streckte die Hand aus. «Ich bin Michael Tolliver», sagte er. «Die Party ist toll.»

«Ja?»

«Na ja, ich kenn natürlich niemand, aber ...»

«Ich geb Ihnen einen praktischen Tipp», sagte __________ grinsend.

«Die Blonden heißen alle Scott. Die Brünetten heißen alle Grant. Jetzt kennen Sie alle. Nur mich noch nicht. Ich bin __________.»

Michael nickte: «Als hätt ich es gewusst.»

__________ sah Ned an. «Ihr zwei seid aber nicht verheiratet, oder?»

«Absolut nicht», sagte der Gärtner augenzwinkernd.

«Er braucht einen Liebhaber», sagte __________ zu Michael.

«Suchen Sie ihm doch einen Liebhaber, ja?»

«Er schickt jede Woche welche in die Wüste», sagte Michael.

«Stimmt das?», fragte __________.

Ned zuckte mit den Schultern. «Ich bin gern Single. Viele Leute sind gern Singles. *Michael* ist gern Single.» Er sah seinen Freund an, als wartete er auf Bestätigung.

«*Er* ist gern eine Hure», sagte Michael.

__________ brüllte vor Lachen. Er zog Neds Kopf zu sich her und küsste ihn auf die Glatze. «Ich liebe diese Hure», sagte er. «He ... soll ich euch das Haus zeigen, Jungs?»

«Ich glaube, ich passe», sagte Ned.

«Hast du eine heiße Verabredung?», fragte __________.

Ned nickte lächelnd. «Er heißt Scott.»

Der Liebling aller Frauen wandte sich an Michael. «Was ist mit Ihnen?»

«Gern», sagte Michael. «Ich bin dabei.»

Die Hausführung schloss eine große Filmothek, den Pool und die Cabanas, einen Terrassengarten unterhalb des Pools und die Schlafräume im ersten Stock ein.

In *seinem* Schlafzimmer stieß __________ die Balkontüren auf, und sie schauten auf die Gäste hinunter. «Der Film müsste gleich anfangen. Dann wird's auch ruhiger.»

«Was für ein Film ist es?», fragte Michael.

Der Schauspieler verzog das Gesicht. «__________. Der absolute Mist, wenn Sie meine Meinung hören wollen.»

«Ich hab ihn noch nie gesehen», gab Michael zu.

«Das hat wohl seinen Grund», sagte __________ grinsend.

Michael sah ihn zum ersten Mal direkt an. «Ich finde, Sie machen sich viel zu klein. Es muss doch seinen Grund haben, dass die Typen alle da sind.»

«Welche?»

«Die ganzen ... Scotts und Grants. Das muss Ihnen doch was sagen. Wenn Sie behaupten, dass Sie gar kein Talent haben, dann sind zumindest viele vom Gegenteil überzeugt.» Michael lächelte plötzlich, weil ihm seine Forschheit peinlich war. «Das heißt, wenn Sie meine Meinung hören wollen.»

Der Filmstar musterte ihn belustigt. «Sie arbeiten mit Ned in der Gärtnerei, hm?»

«Ja.»

«Und ihr singt beide in irgend so einer Gruppe?»

«Mmhm.» Michael konnte seinen Stolz nicht verhehlen. «Im Gay Men's Chorus. Nächste Woche gehen wir auf eine Tournee durch neun Städte.»

Der Filmstar runzelte die Stirn. «Ich fürchte, das versteh ich nicht.»

«Was?»

«Warum manche Leute so ein Theater um ihr Schwulsein veranstalten.»

Michael zögerte. Er hatte diesen Spruch schon x-mal gehört, und zwar meistens von älteren Schwulen wie __________, die jahrelang still vor sich hin gelitten hatten, während andere um ihre Homosexualität ein großes Theater veranstaltet hatten. «Wir wollen es den Leuten nur leichter machen», sagte er schließlich. «Die Heteros sollen es leichter haben, uns zu mögen. Und die Schwulen sollen es leichter haben, auf ihr Erbe stolz zu sein.»

__________ kicherte mitleidig. «Auf ihr Erbe, hm?»

Michael merkte, dass er ungehalten wurde. «Das Wort trifft es sehr genau, find ich.» Als er den Filmstar ansah, lächelte er. «Rein zufällig sind Sie ein Teil davon.»

DeDe

Die Frau, die vor Mary Ann stand, war fast eine Fremde und keineswegs der unreife Marshmallow-Pummel, an den sie sich von früher erinnerte.

Diese Frau war drahtig und braun gebrannt und hatte lange, sonnengebleichte Haare, die ihr in einem Pferdeschwanz über den Rücken fielen. Sie trug eine ihrer alten Hemdblusen – Jahrgang 1975 oder so – und erinnerte in ihrer Unbeholfenheit an eine Schiffbrüchige, die nach Jahren auf einer einsamen Insel wieder in Schuhen zu gehen versucht.

Mary Ann war sprachlos. Sie starrte DeDe an, bevor sie sich mit offenem Mund wieder an Mrs. Halcyon wandte. «Ich kann nicht ... ich hätte nicht im *Traum* ...»

Mrs. Halcyon strahlte. Sie war offensichtlich erfreut über die Wirkung, die sie erzielt hatte. «Ihr beide müsst erst wieder warm werden miteinander. Ich lasse euch eine Weile allein. Wenn ihr etwas braucht, sagt ihr Emma Bescheid.» Die Matriarchin drückte den Arm ihrer Tochter, hauchte ihr einen Kuss auf die Wange und marschierte durch die Flügeltüren der Terrasse ins Haus.

Mary Ann fand noch immer keine Worte. Voller Unbeholfenheit ging sie auf die Erscheinung, die vor ihr stand, zu und umarmte sie. «Ich freu mich so», murmelte sie und fing fast an zu heulen. «Ich freu mich so, DeDe.»

Sie freute sich in erster Linie darüber, dass die Jonestown-Tragödie für *überhaupt jemand* zu einem guten Ende gekommen war. Sie hatte DeDe nie besonders gut gekannt. DeDe war schlicht und einfach die Tochter des Chefs gewesen. Und Beauchamps Frau. Die letzte Begegnung der beiden Frauen hatte bei Beauchamps Begräbnis stattgefunden, bei dem sie *beide* keine besondere Trauer gezeigt hatten.

Mary Ann ließ von DeDe ab, als ihr plötzlich etwas einfiel: «Ach so ... und die Zwillinge?»

DeDe lächelte. «Sie sind oben. Sie schlafen.»

«Gott sei Dank.»

«Ja.»

«Und ... D'orothea?»

«Sie ist in Havanna», sagte DeDe.

Sie saßen am Pool und tranken Wein, während DeDe ihre Geschichte erzählte.

«D'orothea und ich sind dem Tempel in Guyana 1977 beigetreten. Die Zwillinge waren noch ganz klein, aber ich wollte sie an einem Ort aufwachsen lassen, wo es keine Vorurteile gab. Ihr Vater war nämlich Chinese. Aber das wissen Sie wahrscheinlich.»

Mary Ann nickte. Die ganze Stadt wusste es.

«Ich erwarte nicht, dass Sie mir das abnehmen, aber ich habe in Jonestown tatsächlich ein Engagement empfunden, wie ich es vorher nie gekannt hatte. Für eine gewisse Zeit jedenfalls. Als ich den dritten Tag dort war, hielt Jones eine Katharsis-Session ab. Ich sollte aufstehen und erklären, was ...»

«Eine Katharsis-Session?»

«So hat er das genannt. Das waren Abende, an denen er uns zusammenrief und zur Beichte unserer Sünden anhielt. Als ich aufstand, sagte er: ‹Okay, Miss Rich Bitch, was glaubst du, was *du* für die Revolution tun kannst?› Ich wusste, dass ich ihn nicht belügen konnte, und sagte deshalb, dass ich keine besonderen Fähigkeiten hätte. Darauf sagte er: ‹Du kaufst doch viel ein, oder?› Tja, und das hab ich dann auch getan. Ich war so eine Art Beschaffungsoffizier für Jonestown.»

«Was mussten Sie tun?»

«Na ja, zweimal die Woche fuhr ich mit der *Cudjoe*. Das war der kleine Garnelenkutter, der dem Tempel gehörte. Ich ging immer in Port Kaituma an Bord ...»

«Ich fürchte, ich weiß nicht ...»

«Das ist das nächste Dorf. Am Barima-Fluss. Dort ist auch die Landebahn. Auf der man den Kongressabgeordneten umgebracht hat.»

Mary Ann nickte ernst.

«Von Port Kaituma waren es sechs Stunden nach Kumaka, wo ich den Großteil meiner Einkäufe erledigte. Ich beaufsichtigte das Beladen der *Cudjoe* ... größtenteils mit Lebensmitteln. Das dauerte ungefähr drei Stunden, und wir fuhren immer am gleichen Tag zurück. Der Kapitän hieß William Duke und arbeitete nicht für den Tempel, äh ... sympathisierte aber damit. Er war Kommunist und vertrat die PPP in Port Kaituma. Er mochte mich und war ganz vernarrt in die Zwillinge. Ein paar Tage vor ... bevor es passierte, nahm Captain Duke mich in seine Kabine mit und erzählte mir von dem Fünfzig-Liter-Fass, das er an Bord hatte. Es war voller Zyankali.»

Mary Ann zuckte zusammen. «O Gott.»

«Ja, Gott sei Dank gab es diesen kleinen Kerl», sagte DeDe. «Und Gott sei Dank hatte ich diesen lausigen Job. Sonst hätte ich nie etwas davon erfahren.» Sie bekam einen gehetzten Blick.

«Na», sprang Mary Ann ihr bei, «jetzt ist es jedenfalls vorbei. Sie sind zu Hause, und Sie sind in Sicherheit.»

DeDe goss sich den letzten Schluck Wein ein und stellte die Flasche wieder hin. Ihr Stirnrunzeln verriet, dass sie sich alles andere als geborgen fühlte. «Tut mir leid», sagte sie. «Ich brauch noch etwas Wein, bevor wir weitermachen.»

Unterdessen ...

Jennifer Rabinowitz setzte sich im Bett auf und zog ihren BH wieder an. «War das nun tolles Gras oder nicht?»

«Mmhm.»

«Das kriegt mein Freund Scooter direkt aus Jamaika. Er sagt, dass Bob Marley das Zeug immer geraucht hat. Es ist so was wie ... offizielles Reggaegras oder so.»

«Rastafarigras.»

«Genau. So heißt das. Ich glaub, da könnt ich mich dran gewöhnen. Du nich auch?» Sie war jetzt auf allen vieren und tastete zwischen den Laken nach ihrer Strumpfhose.

«An was? An die Religion?»

«Klar. Ich mein, das is ’ne ziemlich tolle Religion. Die rauchen Riesenjoints, tanzen wie die Wilden und sind für Chancengleichheit und so.»

«Und sie glauben, dass Haile Selassie Gott war. Gott *ist*.»

«Ja. Ich weiß. Damit hätt ich wahrscheinlich meine Probleme.» Während sie sich in die Strumpfhose ruckelte, ließ sie sich die Frage noch einmal durch den Kopf gehen. «Trotzdem ... wegen dem Gras wär’s die Sache vielleicht wert. Liegt mein Rock irgendwo bei dir da drüben?»

Er schüttelte langsam den Kopf. «Im anderen Zimmer.»

«Stiiimmt. Dass ich auch immer so rumsauen muss.» Sie hüpfte aus dem Bett, blieb aber an der Tür unvermittelt stehen. «Weißt du», sagte sie ernst und legte den Kopf schräg, «wenn’s jetzt so aussieht, als würd ich dich rausschmeißen, dann tu ich das wohl auch. Ich hab um vier meine Dancercise, und wir zwei hatten eigentlich keine offizielle Verabredung.»

«Kein Problem», sagte er.

«Du bist ein prima Kerl. Ich hab’s richtig toll gefunden mit dir.» Sie hüpfte auf einem Fuß und zog sich einen ihrer Pumps über. «Und ich weiß, wie nuttig das alles wirkt, glaub mir.»

Er lachte. «Ich hab's auch toll gefunden mit dir.»

«Kann ich dich irgendwo absetzen?»

«Nein, danke. Ich wohn gleich um die Ecke.»

«Wie heißt du eigentlich mit Nachnamen?»

«Smith.»

«John Smith. Echt?»

Er machte ein ziemlich trübseliges Gesicht und nickte. «Ich fürchte, ja.»

«Das ist ja zum Schießen. Wir sollten mal in ein Hotel gehen.»

Er reagierte nicht auf ihren Ulk. «Vielleicht laufen wir uns ja im Balboa mal wieder über den Weg.»

«Sicher», sagte sie vergnügt. «Kann sein. Es war toll. Wirklich. Ich war nämlich irgendwie mies drauf, als wir uns übern Weg gelaufen sind.»

Die Geschichte geht weiter

Hoch oben in einem der Bäume um Halcyon Hill trillerte eine Wanderdrossel – eine wahrhaft merkwürdige Begleitmusik zu einer derart grässlichen Geschichte.

«Moment mal», sagte Mary Ann. «Wie konnten Sie wissen, dass das Zyankali für den Zweck bestimmt war … für den es später eingesetzt wurde?»

«Ich wusste es einfach», antwortete DeDe grimmig. «Wenn man dort lebte, wusste man es. Captain Duke war sogar noch mehr davon überzeugt als ich. Ihm war klar, wie fixiert Dad auf die Zwillinge war, und er wusste auch, dass …»

«Ihr *Vater* war ...?»

«Mein Vater?»

«Sie haben eben Dad gesagt.»

DeDe verzog das Gesicht. «Ich hab *ihn* gemeint. Jones. Ein paar von uns haben ihn Dad genannt.» Obwohl sie in der Sonne saß, durchlief sie ein Frösteln. Dann lächelte sie Mary Ann matt an. «Wenn Sie davon keine Gänsehaut kriegen, dann weiß ich nicht.»

Die Härchen auf Mary Anns Unterarmen standen bereits kerzengerade in die Höhe. Sie hielt einen Arm hoch, um es DeDe zu zeigen.

DeDe fuhr fort: «Das Entscheidende ist ... Jones war ganz verrückt nach meinen Kindern. Er nannte sie seine kleinen Dritte-Welt-Wunder. Für ihn waren sie die Hoffnung für die Zukunft, die lebende Verkörperung der Revolution. Manchmal nahm er sie in der Krabbelstube beiseite und sang ihnen kleine Liedchen vor. Ich wusste, dass er nicht in den Tod gehen würde, ohne sie mitzunehmen.» Sie schaute Mary Ann in die Augen. «Ich wusste, dass er sich nicht umbringen würde, ohne auch sie umzubringen.»

Mary Ann nickte gebannt.

«Ich sprach also mit D'orothea, und wir planten dann die Flucht ... mit Captain Dukes Hilfe. Eines Morgens brachen wir zu einer ganz normalen Fahrt nach Kumaka auf. D'orothea begleitete mich sowieso manchmal, deshalb wurde niemand misstrauisch. Aber die Zwillinge mussten wir natürlich klammheimlich an Bord bringen. Als wir nach Kumaka kamen, nahmen wir Vorräte an Bord und fuhren anschließend einfach weiter den Fluss hinunter bis zu einem Dorf namens Morawhanna, wo Captain Duke den Kapitän der *Pomeroon* bestach. Das war ein Frachter, der regelmäßig zwischen Morawhanna und Georgetown pendelte ... meistens hatte er Fische geladen.»

«Äh ... tote Fische, meinen Sie?»

DeDe schüttelte den Kopf. «Tropenfische. Die sind in Guyana ein wichtiger Exportartikel. Wegen der Fische gibt es an Bord große Metallfässer, und ein paar von denen waren leer, sodass wir uns in zweien davon versteckten, bis wir in Georgetown einliefen. Das war vierundzwanzig Stunden später.»

«O Gott», sagte Mary Ann.

«Ich hatte den Kindern ein Beruhigungsmittel gegeben. Das machte es etwas leichter. Aber der Großteil der Reise ging übers offene Meer. Scheußlich. Das schlimmste Erlebnis meines Lebens. Es wurde ein bisschen leichter, als wir nach Georgetown kamen. Captain Duke hatte organisiert, dass wir von einem anderen PPP-Funktionär abgeholt wurden ...»

«Sie haben das schon mal erwähnt. Was heißt PPP?»

«People's Progressive Party. Dschungelkommunisten. Binnen vierundzwanzig Stunden saßen wir in einem Flugzeug nach Havanna. D'orothea und ich arbeiteten bereits in einer Konservenfabrik, als die Nachricht von dem Massaker kam.»

«Wie lang haben Sie dann in Havanna gelebt?»

«Zweieinhalb Jahre. Bis letzten Monat.»

«Hat man Sie nicht nach Hause gelassen?»

«Wenn Sie damit *hier* meinen, dann *wollte* ich auch nicht nach Hause. D'orothea und ich waren glücklich. Die Kinder waren glücklich. Das hatte mit Prinzipien zu tun, mit Dingen, die uns wichtig waren.» DeDe lächelte verzagt. «Waren. Vergangenheitsform. Einer unserer geliebten Genossen fand es heraus.»

«Fand was heraus?»

«Dass D'orothea und ich ein Liebespaar waren.»

Mary Ann wurde unwillkürlich rot. «Also hat man Sie ... äh ... deportiert?»

DeDe nickte. «Man stellte uns quasi vor die Wahl. D'orothea entschied sich fürs Bleiben. Sie fand das Sozialistinnendasein wichtiger als das Lesbendasein.» Sie lächelte beinahe geziert. «Ich war anderer Meinung, und deshalb bin ich dann in Fort Chaffee, Arkansas, gelandet, wo ich das getan habe, was ich immer tue, wenn ich tief in der Scheiße stecke.»

«Nämlich?»

«Ich habe Mutter angerufen», sagte DeDe grinsend.

Später schlichen sie auf Zehenspitzen in ein Schlafzimmer im ersten Stock, in dem DeDes vier Jahre alte Kinder schliefen. Als Mary Ann sah, wie die beiden glücklich und entspannt in ihren Bettchen lagen, fühlte sie sich an die Seidenpüppchen erinnert, die in Chinatown auf der Straße verkauft wurden.

«Schön», flüsterte sie.

DeDe strahlte. «Edgar und Anna.»

«Nach Ihrem Vater und ... nach wem noch?»

«Keine Ahnung», sagte DeDe. «Daddy mochte den Namen wohl. An dem Abend, an dem er gestorben ist, hat er mich gebeten, sie so zu nennen.»

«Was sie schon alles erlebt haben», sagte Mary Ann mit einem Blick auf die Kinder. «Sie erinnern sich doch an nichts, oder?»

«An nichts aus Guyana, wenn Sie das meinen.»

«Gott sei Dank.»

Nach kurzem Schweigen sagte Mary Ann: «Ich *muss* es Ihnen sagen ... Ihre Geschichte ist ... einfach unglaublich, DeDe. Es schmeichelt mir, dass Sie mich ausgesucht haben.»

DeDe lächelte. «Ich hoffe, es nützt Ihnen etwas.»

«Nur eins versteh ich nicht.»

«Ja?»

«Warum wollen Sie mit der Veröffentlichung Ihrer Geschichte warten? Ich hab den Eindruck, dass man sie gleich erzählen sollte. Auch wenn Sie sich verstecken, wird Sie früher oder später jemand ...»

«Ich muss noch ein paar Dinge klären», sagte DeDe energisch.

«Zum Beispiel?»

«Das kann ich Ihnen noch nicht sagen», antwortete DeDe.

Als sie sich zu ihren Kindern hinunterbeugte, um sie zu küssen, lag etwas Undefinierbares in ihrem Blick.

Ich wünsch mir ...

__________ __________ setzte sich im Bett auf und zündete sich eine Zigarette an. «Vielleicht machen wir besser mal Pause, hm?»

«Ja», sagte Michael. «Tut mir leid.» *Und wie es ihm leidtat.*

«Halb so schlimm, Sportsfreund.»

«Für dich vielleicht.»

«Ach was. Es macht nichts. Das passiert dauernd.»

«Wirklich?» Michael setzte sich auf. Sie saßen nun beide gegen das prächtige Kopfbrett gelehnt.

Der Filmstar gab Michaels Schenkel einen freundschaftlichen Stups. «Klar. Dauernd.»

«Das muss ja unangenehm sein», sagte Michael.

Das schläfrige Lächeln mit halb geschlossenen Lidern, das bei __________ __________s Filmpartnerinnen so gut zu wirken schien, huschte über das Gesicht des Schauspielers. «Ich bin auch nur ein Mann. Genau wie du.»

Michael lächelte zurück. «Noch nicht ganz.»

«Ist doch egal», sagte __________ und zog wieder an seiner Zigarette. «Wir haben's überhaupt nicht eilig. Ich jedenfalls nicht.»

«Ist der Film nicht bald vorbei?»

Der Filmstar zuckte mit den Schultern. «Du hast nichts verpasst. Das kann ich dir garantieren.»

«Vielleicht nicht da *unten*.»

«Mensch, entspann dich, Sportsfreund ... es ist nicht schlimm, wenn ich dich nicht anmache.»

«Soll das ein Witz sein? Du machst mich an, seit ich elf bin.»

«Holla», sagte __________ grinsend. «Heißen Dank.»

Michael lachte entschuldigend. «Ich benehm mich ziemlich doof, was?»

__________ sah ihn zärtlich an und zauste ihm die Haare. «Überhaupt nicht. Ganz im Gegenteil.»

«Es ist so ein Jammer», lamentierte Michael. «Dein Schwanz ist *so* schön.»

Der Schauspieler nickte zum Dank.

«Ich kann einfach nicht glauben, was für ein Versager ich bin. Ich meine, Gott im Himmel ... wie viele Versuche hat man bei __________ __________ schon frei?»

«Zwei oder drei», sagte der Filmstar und zwirbelte Michaels Brustwarze. «Und vielleicht etwas Lasagne. Guido füttert damit den Haufen da unten ab. Warum hol ich uns nicht einen Teller voll rauf?»

Als __________ eine Viertelstunde später mit dem Essen zurückkam, hatte Michael eine gute Nachricht für ihn: «Ich hab die Poppers gefunden. Sie waren zwischen der Matratze und dem Kopfbrett eingeklemmt.»

«Toll», sagte __________ und stieg mit zwei Gabeln und einem Teller Lasagne in den Händen vorsichtig ins Bett.

Michael untersuchte das schwarze Lederetui. «Mensch, sogar mit deinen Initialen und so. Und *echte* Poppers drin. Es ist so was von toll hier in Harmonia Gardens.»

__________ spießte einen großen Batzen Lasagne auf und reichte seinem Gast die Gabel. «Das war ein Geschenk von Ned. Zu Weihnachten vor zwei Jahren. Er weiß, wie er mir eine Freude machen kann.»

Michael biss kräftig zu. «Das war dran schuld. Die verdammten Initialen. Ich hatte nur noch einen Gedanken: ‹Hoppla, dann muss ich jetzt __________ __________ sein.›»

«Sie ist ein bisschen härter im Nehmen als du», sagte der Schauspieler, «aber deinen Körper mag ich lieber.»

Michael lächelte, obwohl er den Mund voll Lasagne hatte. «Irgendwie hab ich das Gefühl, dass du das schon mal gesagt hast.»

__________ schaute beim Reden seine Gabel an. «Na ja, du bist nicht gerade der erste Kerl, der meint, dass er sich wie __________ __________ vorkommt.»

«Das kann ich mir vorstellen.»

«Es geht schon vorbei. Manchmal braucht es einfach seine Zeit.»

«Ich glaub, die ist schon um.»

«Hm?»

«Was hältst du davon, wenn wir die Lasagne sausen lassen und es noch mal probieren?»

«Auf geht's», sagte __________ grinsend.

Irgendwo in Arizona hält Michael an einem Highway in der Wüste den Daumen raus. Der Fernfahrer, der ihn mitnimmt, ist älter als er und hat graue Haare, aber einen kräftigen und muskulösen Körper. Ohne ein Wort legt er seine Hand mit den dicken Adern auf Michaels Schenkel und bringt ihn in ein schäbiges Motel am Rand der Wüste. Dort passiert es dann, dass Michael auf einem sonnenverbrannten Hals Diesel schmeckt und sich hemmungslos den Begierden eines Fremden hingibt.

«Äh ... Michael?»

«Hm?»

«Fühlst du dich wohl?»

«Hat Nancy ein rotes Kleid?»

«Was?»

«Entschuldige. Nur eine kleine postkoitale Trutschigkeit.»

«Ach so.»

«Ich fühl mich großartig. Und wie geht's dir?»

«Sehr gut. Es geschehen noch Zeichen und Wunder, hm?»

«Mhmm», sagte Michael verträumt und fragte sich, ob irgendwo in Arizona ein einsamer Tramper mit einem Fernfahrer schlief, aber in der Fantasie mit __________ __________ zugange war.

Es wäre nur gerecht gewesen.

Gebärmutter für zwei

Das Samadhi Center an der Van Ness lag gegenüber einem Midas-Auspuffladen und gleich neben Hippo Hamburgers. Brian machte Mary Ann darauf aufmerksam und fügte spitz hinzu: «Da wird mir ja jetzt schon ganz mystisch zumute.»

Mary Ann verdrehte die Augen und drückte auf den Knopf für den zweiten Stock. «Dass du's nur weißt, es geht hier nicht ab wie in *Der Höllentrip*. Psychedelik wird hier keine abgezogen. Man erlebt das, was man selber draus macht. Brian, versprich mir, dass du vor der Assistentin nicht den Klugscheißer raushängen lässt. Sie nehmen ihre Sache hier sehr ernst.»

«Gut.» Brian setzte ein entsprechend ernsthaftes Gesicht auf. «Bist du richtig Mitglied geworden hier?»

«Ich hab für zehn Sitzungen bezahlt», sagte Mary Ann. «Und die kann ich jederzeit nehmen.»

«Wie teuer war das?»

«Hundertzweiundfünfzig Dollar.»

Brian pfiff durch die Zähne.

«Das ist nicht so teuer», sagte Mary Ann. «Bei dem, was es mir bringt. Außerdem ist es nicht weit von der Arbeit weg, und ich ...»

«Wo hast du das viele Geld her?»

«Welches viele Geld?»

«Wir leben schon die *ganze Woche* in Saus und Braus, Mary Ann. Seit du in Hillsborough warst.»

«Wir haben vielleicht ein bisschen über die Stränge geschlagen ab und zu.»

«Genau.» Brian zählte es an seinen Fingern ab. «Das Abendessen im L'Orangerie. Äh ... die Schwarzmarktkarten für Liza Minnelli. Das riesengroße Blumenhufeisen, das du Michael zum Beginn der Tournee geschickt hast. Hab ich noch was vergessen?»

Mary Ann schaute stur nach vorne.

«Es hat mit der Alten zu tun.» Brian ließ nicht locker. «Du kriegst Geld von ihr, was?»

«Brian ...»

«Sag mir nur so viel, okay?»

«Also gut!», sagte Mary Ann. «Ich krieg Geld von ihr. Bist du jetzt zufrieden?»

«Ich hab's gewusst! Sie kauft dir die neuesten Einkaufstipps ab!»

Die Lifttür ging auf. «Sehr witzig», sagte Mary Ann, die bereits mit energischen Schritten über den grauen Nadelfilz des Flurs ging. «Benimm dich jetzt!»

In der Kabine, die Brian zugewiesen bekam, gab es einen Samadhi-Tank und eine separate Dusche. Der Tank war brusthoch und ungefähr so lang und breit wie ein Doppelbett. Nach Aussage der Assistentin stand das Wasser, in dem vierhundert Kilo Bittersalz gelöst waren, circa dreißig Zentimeter hoch.

«Ist es dunkel da drin?», fragte Brian.

Die Assistentin nickte. «Völlig. Wir haben auch Ohrstöpsel, wenn Sie welche möchten.»

«Woher weiß ich, dass meine Stunde vorbei ist?»

«Dann wird Musik gespielt», sagte Mary Ann.

«Im Tank?»

Die Assistentin strahlte übers ganze Gesicht. «Pachelbel.»

«Meine Lieblingsmusik», sagte Brian.

Mary Ann warf ihm einen strafenden Blick zu. «Ich bin in dem Tank gleich gegenüber.»

Brian zwinkerte ihr zu. «Eins, zwei, drei, der Letzte im Nirwana ist ein faules Ei.»

Er brauchte ein paar Minuten, bis er sich daran gewöhnte und den Umstand akzeptierte, dass er sich entspannen, ja sogar schlafen konnte, während er in absoluter Dunkelheit flach auf dem Rücken lag und von dem warmen, klebrigen Wasser in dem Bottich getragen wurde wie ein Embryo.

Außerdem tilgten die Ohrstöpsel sämtliche Geräusche außer denen seiner Atmung.

Das war nicht, was er wollte.

Er krabbelte aus dem Tank, duschte sich den salzigen Schleim ab und stahl sich über den Flur in Mary Anns Kabine. Immer noch nackt klopfte er an die Tür ihres Tanks.

Die mit Kunstleder bezogene Luke ging langsam auf, und Brian konnte das Weiße ihrer Augen sehen.

«Brian! Du hast mich zu Tode erschreckt!»

«Tut mir leid», sagte er.

«Hat man dich rüberkommen sehen?»

Brian schüttelte den Kopf. «Sind Doppelbelegungen gegen die Vorschrift?»

«Es soll eine *Gebärmutter* sein, Brian.»

«Und ich soll in meine zurück, hm?»

Sie lächelte ihn endlich an. «Du *bist* mir einer.»

«Wir können ja behaupten», sagte Brian, «dass wir Zwillinge sind.»

Sie lagen schwerelos im Raum und berührten sich an den Fingerspitzen.

«Machen wir einen Handel», flüsterte Brian.

«Was?»

«Wenn du mir von deinem konspirativen Treffen in Hillsborough erzählst, erzähl ich dir von Jennifer Rabinowitz.»

«Kein Handel.»

«Ich erzähl's dir trotzdem.»

«Hab ich mir schon gedacht», sagte Mary Ann. «Wer ist sie?»

«Nur eine Gutwetterfreundin von früher.»

«Und?»

«Und ... ich hab nicht mit ihr gevögelt, als du in Hillsborough warst.»

Mary Ann lachte. «Toll.»

«Ich *hätt's* tun können. Spielend. Sie hat von dir gewusst und hätte nichts dabei gefunden ...»

«Brian, *ich* find auch nichts dabei.»

«*Das* hab ich doch auch gewusst. Sie findet nichts dabei, und du findest nichts dabei, und *ihr* war klar, dass mir klar war, dass du nichts dabei findest. Auf der ganzen Welt hätte niemand was dabei gefunden, wenn ich mit Jennifer Rabinowitz gevögelt hätte, und ich hab's trotzdem nicht getan.»

Sie drückte zärtlich seine Hand. «Ich glaub, Medaillen gibt's für so was keine, mein Freund.»

«Ich will keine Medaille», murmelte er. «Ich will, dass du weißt, was das bedeutet.»

«Ich weiß, was das bedeutet», sagte sie leise.

Ein Mann wie der heilige Franziskus

Am Lenkrad seines roten 1957er Cadillac Eldorado Biarritz war Pater Paddy befremdlich weltlich anzusehen. Prue verstand, warum sich die Erzdiözese durch das Auto ständig in Verlegenheit gebracht sah, doch sie war gleichwohl der Ansicht, dass einer echten Fernsehpersönlichkeit ein paar Eigenheiten gestattet sein sollten.

«Na», sagte Pater Paddy grinsend zu der Klatschkolumnistin, «was gibt's Neues vom Naturburschen?»

Prue wies ihn mit einem leichten Stirnrunzeln zurecht. «Er ist ein sehr guter Mensch, Pater.»

«Hab ich was anderes auch nur angedeutet?»

«Er hat sogar einmal zur Geistlichkeit gehört.»

Der Priester zog die Augenbrauen hoch. «Ist er Katholik?»

«Nein ... eine Art Protestant, glaube ich. Davor war er Vermögensverwalter.»

«Wie?»

«Ich habe keinen Grund, an ihm zu zweifeln», sagte sie abwehrend. «Er spricht nicht viel, aber wenn er es tut, zeigt sich, dass er ziemlich gebildet ist. Er ist ein erstaunlicher Mensch, Pater. Und was er nicht schon alles erlebt hat! Er war sogar einmal Englischlehrer an einer Privatschule in Rio. Er hat schon so viel gemacht, und jetzt ... macht er eben das.»

«Macht er eben *was*?»

«Leben. Sein. Mit Gott sein.»

«Hat er Sie schon um Geld angegangen?»

Prue war schockiert. «Ganz im Gegenteil! Ich habe ihm Unterstützung *angeboten*, aber er hat abgelehnt.»

«Aha.»

«Er sagt, dass er seit knapp eineinhalb Jahren dort lebt. Die Parkpolizisten wissen Bescheid, aber sie lassen ihn in Ruhe, weil er die Natur achtet. Überhaupt kann er wunderbar mit Tieren umgehen. Unter seinem Bett wohnen zum Beispiel drei kleine Backenhörnchen.»

Pater Paddy runzelte die Stirn. «Das ist ja alles ganz reizend, mein Kind, aber wovon *lebt* er?»

«Ich weiß nicht. Vermutlich schnorrt er.» Prue wandte sich ab und schaute aus dem Seitenfenster, während der Biarritz nach Pacific Heights hinaufkletterte. «Ihre Skepsis betrübt mich, Pater. Er lebt nicht anders als der heilige Franziskus.»

Der Priester lächelte nachsichtig. «Ich bin nur um Ihre Sicherheit besorgt, Liebste.»

Sie tätschelte versöhnlich seine Hand. «Das weiß ich. Aber es ist doch eine *fantastische* Geschichte, nicht?»

«Wie oft waren Sie eigentlich schon dort?»

«Äh ... ich weiß nicht genau.»

«Schätzen Sie mal.»

Sie kramte in ihrer Tasche nach dem Lippenstift. «Vielleicht fünf- oder sechsmal.»

Pater Paddys Augen blitzten schelmisch auf. «Ach ... und eine *lange* Geschichte ist es auch noch.»

Dieses Wort

Seit fast einer Woche war Frannie Halcyon nun schon aufgedreht wie ein Schulmädchen. Sie glaubte wieder an das Leben, an Kinder, an den Sonnenschein, an die Mutterschaft und an Wunder. Und es drängte sie mehr denn je, ihre Freude hinauszuposaunen.

«Viola hat heute angerufen», verkündete sie beim Mittagessen. «Ich musste mich schon sehr beherrschen, um nicht alles auszuplaudern.»

DeDe runzelte die Stirn. «Sag so was nicht mal im Spaß, Mutter.»

«Schon gut, schon gut.»

«Ich brauche Zeit, Mutter. Viola würde auf der Stelle den *Chronicle* anrufen. Bitte hilf mir, ja?»

«Ich hab dir Mary Ann geholt, oder?»

«Ja, Mutter, und ich schätze ...»

«Ich verstehe nur nicht, warum du einen ganzen Monat brauchst, DeDe. Eine Woche oder so würde doch sicher ...»

«Mutter!»

«Na schön, ich hab nichts gesagt.» Frannie Halcyon schaute auf ihren Spinatsalat. «Hast du heute mit ihr gesprochen?»

«Mit wem?»

«Mit Mary Ann.»

DeDe nickte. «Sie schaut morgen vorbei.»

«Sie ist ja so eine nette Person», sagte Frannie.

«Sie will alles auf Band aufnehmen», sagte DeDe.

«Ach so ... ich verstehe.» Die Matriarchin hypnotisierte erneut ihren Salat. «Du sollst wohl über deine ... Erfahrungen sprechen, wie?»

DeDe schaute leicht verärgert drein. «Das ist so *abgemacht*, Mutter.»

«Natürlich.»

«Sie hat versprochen, nichts zu veröffentlichen, bevor der eine Monat um ist. Und ich vertraue ihr.»

«Ich auch. Äh ... DeDe?»

«Ja?»

«Du wirst doch nicht über die ... Geschichte mit D'orothea sprechen, oder?»

DeDe hielt mitten in der Bewegung inne und schaute wütend hoch. «Mutter, di*e ganze* Geschichte hat mit D'orothea zu tun. Hast du schon vergessen, dass ich vier Jahre mit ihr zusammengelebt habe?»

«Du weißt, was ich meine», sagte Frannie.

«Ja», sagte DeDe knapp. «Ich weiß, was du meinst.» Sie stieß ihre Gabel so heftig in den Salat, als wollte sie etwas darin killen. «Du hast deutlich genug gezeigt, wie du dazu stehst.»

Zögernd tupfte sich Frannie mit der Serviette die Mundwinkel ab. «DeDe ... ich finde, dass ich sehr viel mehr ... Verständnis gezeigt habe, als die meisten anderen Mütter es wohl getan hätten. Deine wunderbaren Kinder habe ich schon lange ins

Herz geschlossen, oder? Deine Freundschaft mit D'orothea ... *verstehe* ich zwar nicht so recht, aber ich würde mir nie anmaßen, deswegen ein Urteil über dich zu fallen. Ich bin nur der Meinung, dass eine öffentliche Diskussion darüber nicht angebracht wäre.»

«Warum nicht?», fragte DeDe, ohne den Blick zu heben.

«Es ist geschmacklos, Liebling.»

DeDe legte die Gabel nieder und blickte ihre Mutter lange an, bevor sie sprach. «Du meinst», sagte sie schließlich mit leicht gespitztem Mund, «ich sollte meine Erinnerungen auf *geschmackvolle* Dinge wie Zyankali und staatliche Folter beschränken. Hervorragend, Mutter. Danke für deinen Rat.»

«Du brauchst deswegen nicht höhnisch zu werden, DeDe.»

«D'orothea Wilson hat geholfen, deinen Enkelkindern das Leben zu retten. Du schuldest ihr eine *Menge*, Mutter.»

«Das ist mir klar. Ich bin ihr auch dankbar.»

«Außerdem bin ich bei den schwulen und lesbischen Kubaflüchtlingen gelandet. Ich hab's *schriftlich*, dass ich eine Lesbe bin, Mutter. Das steht jetzt in meinen Akten, Herrgott noch mal!»

«Benutz dieses Wort nicht in meiner Gegenwart, DeDe!» Frannie tastete nach ihrer Serviette. «Die Flüchtlingsbehörde könnte doch einen Fehler gemacht haben, einen Schreibfehler oder so.»

«Ich habe sie geliebt», sagte DeDe kühl. «Und so was ist kein Schreibfehler.»

Als Frannie, DeDe, Emma und die Zwillinge nach dem Mittagessen gemeinsam auf dem Rasen herumtollten, herrschte wieder Eintracht. Frannie fand erneut Freude an ihren Enkelkindern, diesen süßen, mandeläugigen Kobolden, die «Gangie» zu ihr sagten und auf amerikanischem Boden herumtobten, als wären sie schon immer in den Staaten zu Hause gewesen.

Nachdem DeDe und die Kinder sich zurückgezogen hatten, begab Frannie sich mit einem Roman von Barbara Cartland zu Bett.

Kurz nach Mitternacht drang Stöhnen aus DeDes Zimmer.

Die Matriarchin kletterte umständlich aus dem Bett, ging den Flur entlang und horchte an der Tür ihrer Tochter.

«Nein, Dad. BITTE, DAD ... NEIN, BITTE NICHT ... O GOTT, HILF MIR! DAD! DAD!»

Frannie riss die Tür auf und stürzte an DeDes Bett. «Beruhig dich, mein Schatz. Mutter ist ja bei dir, Mutter ist ja bei dir.» Sie wiegte ihre Tochter in den Armen.

DeDe wachte auf und wimmerte mitleiderregend. Nebenan heulten unisono die Zwillinge.

Ein Brief von unterwegs

Liebe Mary Ann, lieber Brian,

Motown lässt grüßen! Die Tournee läuft so weit ganz hervorragend, obwohl ich bisher noch niemandem begegnet bin, der __________ __________ auch nur im Entferntesten ähnlich wäre. Gestern Vormittag hatten wir auf dem Flug von Lincoln hierher eine 737 ganz für uns allein. Da ging es natürlich rund. Mark Hermes (auch ein Bariton) setzte sich eine Perücke auf, band sich ein Halstuch und eine Schürze um – zwei Teetassen mussten als Ohrringe herhalten – und machte die Stewardess nach, als sie die Handhabung der Sauerstoffmasken erläuterte. Sie war hellauf begeistert. Überhaupt war unser Flugpersonal immer richtig toll – besonders die zwei geilen Northwest-

Stewards, die wir auf dem Flug von Chicago nach Minneapolis hatten (nicht im Wortsinn, leider). Der eine war schwul, bei dem anderen war es fraglich. Natürlich fand ich den toll, bei dem es fraglich war.

Ihr werdet es kaum glauben, aber Lincoln war bisher der absolute Höhepunkt. Die dortigen Homos organisierten uns zu Ehren einen reizenden kleinen Jeder-bringt-was-mit-Brunch im Antelope Park. (Überhaupt war ich schon bei so vielen Jeder-bringt-was-mit-Festivitäten, dass ich mir langsam wie eine Lesbe vorkomme.) Die wichtigste Schwulenbar in Lincoln heißt – ist das diskret genug? – The Alternative. Dort laufen jede Menge schlechte Dragshows. Weiße Jungs, die einen auf Aretha Franklin machen und so. Wir entschieden uns größtenteils für die Alternative zum Alternative – ein Laden, der Office Lounge heißt. Da drin war es so stickig, dass wir nach dem ersten Rumgehopse die Hemden auszogen. Ein ziemlicher Tabuverstoß! Anscheinend ist es in Nebraska gesetzlich verboten, sein Hemd auszuziehen.

Unsere Herren Kammersänger sollten in Lincoln bei Channel 10 auftreten, doch in letzter Minute sagte der Leiter des Senders ab, weil er «die Leute nicht mit der Nase darauf stoßen wollte» – was «darauf» auch immer sein soll. Im Großen und Ganzen waren die Leute aber wunderbar. Das Publikum in der First Plymouth Church bestand etwa zur Hälfte aus alten Damen. Alte Damen erkennen immer sofort, wer «ein netter junger Mann» ist.

In Dallas war wenig Publikum – vielleicht, weil die News, die Morgenzeitung von Dallas, sich geweigert hatte, unsere Anzeigen abzudrucken. Unser Trost war eine private Poolparty, die in Highland Park im eleganten Haus eines schwulen Arztes stattfand, der – ungelogen! – Ben Casey hieß. Ein paar von den Jungs führten zur Musik von «Tea for Two» ein eindrucksvolles Unterwassernacktballett auf.

Wir wohnten im Ramada Inn von Mesquite, Texas – das ist ein Vorort von Dallas, aber vor allem die Stadt, die der Welt den Haarspray geschenkt hat –, und hatten im dortigen Denny's einen Bombenerfolg. Eine von den Kellnerinnen – sie hieß Loyette (Low-ette ausgesprochen) – meinte, wir wären der größte Hit, seit Elvis tot ist. Ach ja: Im Ramada Inn ging uns das heiße Wasser aus. Hundertfünfunddreißig Tunten ohne heißes Wasser. Das war gar nicht schön. Wie das Schicksal so spielt, war der angenehmste Platz in der ganzen Stadt das Dampfbad an der First Baptist Church – ein riesiger Komplex im Zentrum von Dallas, der ungefähr vier Häuserblocks im Quadrat umfasst. Eine Menge Organisten hingen da rum, wenn Ihr versteht, was ich meine.

Nach dem Konzert in Minneapolis gingen ein paar von uns in eine Kneipe, die The Gay Nineties heißt. So hieß sie wohl schon vor Jahren, als sie noch der älteste Stripladen in der Stadt war. Es gibt dort drei separate Räume – einen für Lederkerle, einen für Discotrinen und einen für die geschniegelten Bubis. Ich lief unentschlossen herum, weil ich meine übliche Identitätskrise hatte. Ned spazierte sofort in die Lederabteilung und sackte dort so viele Telefonnummern ein, dass er nachher aussah wie die Klowand in der Greyhound-Station.

David Norton, einer unserer Tenöre, bekam beim Konzert in Minneapolis Besuch von zwanzig Verwandten. Das gab es überhaupt sehr oft und eigentlich überall – mit vielen Umarmungen und heftigem Geschluchze hinter der Bühne. In Minneapolis lernte ich auch ein altes Paar kennen. Sie sind beide über achtzig und kamen nach dem Konzert in der Halle auf mich zu, um sich zu bedanken. Sie sind Geschwister, er

schwul, sie lesbisch, und sie waren den ganzen weiten Weg von ihrer Farm in Wisconsin gefahren, um uns singen zu hören. Sie hatten dichte weiße Haare und unvorstellbar blaue Augen, und ich musste sofort an den «exzentrischen alten Junggesellen und seine Schwester, die alte Jungfer» denken, die in Orlando in unserer Straße gewohnt hatten. Wir unterhielten uns ungefähr eine Viertelstunde und umarmten uns zum Abschied, als würden wir uns schon ewig kennen. Die alte Frau sagte: «Wissen Sie, als wir so alt waren wie Sie, da haben wir noch nicht mal gewusst, dass es ein Wort gibt für das, was wir sind.»
Tja, wie es im Song heißt: «Other places only make me love you best.» Als Nächstes sind New York, Boston, Washington und Seattle dran. Umarmt Mrs. M. ganz lieb von mir. Sagt ihr, dass die Brownies umwerfend waren.
In Eile,
Michael

PS: Wie ich aus sicherer Quelle weiß, wird der Chor am Vatertag gegen siebzehn Uhr wieder in San Francisco eintreffen, und zwar an der Ecke 18th und Castro. Wenn Ihr es einrichten könnt, würde ich liebend gern Eure strahlenden Gesichter in der Menge sehen. Brian soll was Enges anziehen.

PPS: Die Männer von Dallas tragen ihre Muskeln wie Federboas.

Seine Wüste macht er wie Eden

Lukes liebste Bibelstelle stammte aus dem Buch Jesaja:

Denn der Herr hat Erbarmen mit dir; er hat Erbarmen mit dir; er hat Erbarmen mit all seinen Trümmern, seine Wüste macht er wie Eden, seine Öde wie den Garten des Herrn.

Prue schrieb die Textstelle in ihr Notizbuch und las sie noch einmal vor. «Wenn ich es mir recht überlege, passt das doch ganz wunderbar.»

«Was?», fragte Luke. Er saß auf dem Feldbett und streichelte eines der Backenhörnchen mit dem Zeigefinger.

«Dieses Zitat. Dieser Ort hier. Du hast diesen Flecken zu deinem Garten des Herrn gemacht. Du hast diese Wüste wie Eden gemacht.» Zugegeben, die Rhododendrensenke war nach den Maßstäben der meisten Menschen keine Wüste, aber für Prue kam die Metapher hin.

Luke lächelte gütig. «Du könntest das auch.»

«Was?»

«Deine Wüste in einen Garten verwandeln.»

Prue legte die Stirn in Falten. «Glaubst du, dass ich in einer Wüste lebe?»

Er ließ das Backenhörnchen runter und legte die Hände auf die Knie. «Die Frage musst du selber beantworten, Prue.»

Es verblüffte sie, ihren Namen ausgesprochen zu hören. Sie war sicher, dass er ihn nie zuvor benutzt hatte. «Du weißt nicht allzu viel über mich», sagte sie ruhig und versuchte, einen defensiven Ton zu vermeiden. Warum kam sie sich plötzlich vor wie ein aufgespießter Schmetterling?

«Ich weiß so einiges», sagte er. «Mehr, als du über mich weißt. Ich hab deine Kolumne gelesen, Prue. Ich weiß, was du ein Leben nennst.»

Sie wusste nicht, ob sie sich geschmeichelt fühlen oder empört sein sollte. *«Wo?»*, rief sie. «Wie bist du bloß an ...?»

«Wie ist ein Einsiedler bloß an die *Western Gentry* gekommen?»

«So hab ich's nicht gemeint, Luke.»

Ihr Dementi schien ihn zu amüsieren. «Und ob du's so gemeint hast. Du kannst nicht anders. Du bist eine Frau, die materielle Dinge verehrt. Das macht mir nichts, Prue. Jesus hat in seinem Herzen auch für solche Leute Platz gehabt. Warum sollte es dann bei mir anders sein.»

Sie wurde schrecklich rot. «Luke, es tut mir leid, wenn ...»

«Setz dich», sagte er und klopfte neben sich auf das Feldbett. Prue gehorchte, reagierte sofort auf einen Ton, der Erinnerungen an die alten Grass-Valley-Zeiten und ihren Vater heraufbeschwor.

«Es schmerzt mich, wenn ich bedürftige Menschen sehe», sagte Luke.

Prue fand das schlicht unfair. Bei ihren Forum-Gesprächen ging es oft um Bedürftige. «Nur weil ich Geld habe, heißt das noch nicht, dass ich mit den Armen kein Mitleid hätte.»

«Ich rede nicht von den Armen. Ich rede von dir.»

Schweigen.

«Ich hab noch nie so viel Bedürftigkeit erlebt, Prue.»

«Luke ...»

«Du brauchst jemand, der nicht die extravaganten Kleider und das Haus auf dem Nob Hill sieht. Jemand, der sich von dem Mythos, den du mit so viel Aufwand geschaffen hast, nicht ablenken lässt ...»

«Moment mal!»

«Jemand, der *wirklich* Prudy Sue Blalock sieht, nicht das Partygirl, nicht die bemitleidenswerte Person, die ihre Zeit damit vergeudet, vor allen Leuten herauszustreichen, wie weit sie es doch gebracht hat. Jemand, der sie auch geliebt hätte, wenn sie nie aus Grass Valley weggegangen wäre.»

«Luke, ich weiß es zu schätzen, dass du …»

«Nein, tust du nicht, aber das wird sich ändern. Ich werde dir beibringen, Gott wieder zu lieben. Dich selbst so zu lieben, wie Gott dich geschaffen hat. Das kleine Mädchen zu lieben, das du tief in deinem Inneren bist und das sich danach sehnt, die dämlichen Alice-im-Wunderland-Fummel abzuwerfen und der Welt zu sagen, was sie wirklich im Herzen trägt. Schau mich an, Prue. Siehst du's nicht? *Siehst du's nicht in meinen Augen?*»

Als sie ihn endlich anschaute, spürte sie eine überwältigende Vertrautheit, als würde sie diesen Mann bereits ihr Leben lang kennen – oder aus einem früheren Leben. Sie *kannte* diese Züge: die außergewöhnlichen Wangenknochen, die bernsteinfarbene Haut, die vollen Lippen, die starken Hände, die ihre Hand umschlossen hielten, als wäre sie ein verletzter Vogel.

Tränen liefen ihr über das Gesicht. «Bitte hör auf», sagte sie.

«Du kannst dich ändern», drängte er sanft. «Es muss nicht alles beim Alten bleiben.»

«Aber … *wie*?» Ihr Herz klopfte wie wild. Durch den Tränenschleier hindurch konnte sie sehen, wie die Backenhörnchen auf dem Boden herumhüpften. Sie kam sich vor wie in einem Zeichentrickfilm von Walt Disney.

«Du kannst anfangen, indem du mir vertraust», sagte er. «Vertrau darauf, dass ich dich bedingungslos liebe. Nach deinen Vorstellungen. Zu deinem Vergnügen. So innig oder auch nicht, wie du möchtest. Und das für immer.»

Tief in ihrem Herzen wusste sie, dass er es ernst meinte.

Deshalb nahm sie seine Hand und legte sie dorthin, wo sie ihn brauchte.

Adam und Eva

«Prue?»

«Hmm?»

«Willst du Kaffee?»

«Mm-mm. Steh noch nicht auf. Ich find's schön so.»

«Das merkt man. Du siehst auch schön aus.»

«Danke.»

«Was ist mit deinem Fahrer?»

«Was soll mit ihm sein?»

«Du bist seit drei Stunden weg. Macht er sich keine Sorgen um dich?»

«Er ist das Warten gewöhnt. Schließlich wird er dafür bezahlt.»

«Aber ... wenn er die Polizei holt ...»

«Das wird er nicht. Warum sollte er sie holen?»

«Nur so. Es wird dunkel, das ist alles. Ich hab gedacht, er macht sich vielleicht Sorgen um dich.»

«Es ist schon dunkel?»

«Mhmm.»

«Wenn ich gehen soll, musst ...»

«Ich möchte nicht, dass du gehst.»

«Schön.»

«Wenn's nach mir ginge, würdest du nie wieder gehen. Wir würden uns vor dem Wahnsinn der Welt verschließen und ... o Gott, ist das toll.»

«Mmm.»

«Deine Haare sind so weich. Wie bei einem Baby.»

«Mmm.»

«Es war mir ernst mit dem, was ich gesagt habe.»

«Mmm.»

«Kommst du wieder?»

«Mmm.»

«Lügst du mich auch nicht an?»

«Nein.»

«Schön. Mach noch ein bisschen weiter.»

«Mmm.»

«Ich weiß, dass du dich nicht mit mir sehen lassen kannst. Das ist mir schon klar.»

«Luke ...»

«Nein. Hör zu. Ich kenne dich. Ich weiß, dass das schwer ist für dich. Versprich mir, dass du dich hinterher nicht geißeln wirst.»

«Mich geißeln?»

«Dir Vorwürfe machen. Dich bestrafen für die Liebe zu einem Mann, der nie in deine Welt passen würde.»

Schweigen.

«Es stimmt doch, oder? Wir wissen es beide. Das, was wir miteinander haben, kann es nur hier geben. Und nie oft genug. Ich weiß das alles, Prue, und ich akzeptiere es. Ich möchte, dass du es auch tust.»

«Luke, ich würde nie ...»

«Vergiss das Nie. Denk nicht ans Immer. Ein klein bisschen Jetzt ist alles, was ich von Zeit zu Zeit möchte, Prue. Verspricht mir, und ich bin glücklich.»

«Ich versprech's dir.»

«Ich kann dir wunderschöne Dinge zeigen.»

«Das hast du schon.»

«Ich glaube, du solltest jetzt gehen.»

«Ist gut.»

«Hab keine Angst, Prue. Bitte.»

«Vor was?»

«Vor uns.»
«Davor werd ich nie Angst haben.»
«Sei dir da nicht so sicher.»
«Ich versteh nicht.»
«Komm einfach wieder, okay?»
«Schon bald.»
«Ich warte auf dich.»

D'or

An einem Abend im Juni raste Mary Anns Le Car bei Sonnenuntergang den Skyline Drive entlang.

«Mein Gott», sagte DeDe mit einem Seitenblick auf das Meer. «Es ist infernalisch schön, was?»

«Das kann man wohl sagen», meinte Mary Ann.

«Wissen Sie, es lässt einen nie los.»

«Was?»

«Das. Oder die Erinnerung daran. Sogar im Dschungel ... sogar in *dem* Dschungel hab ich manches Kalifornische nicht vergessen können. Selbst, als ich es wollte.»

Mary Ann fragte nach kurzem Zögern: «Warum wollten Sie vergessen?»

«Sie sind hier nicht aufgewachsen», sagte DeDe. «Unter den richtigen Umständen kann fast alles bedrückend sein.» Sie lächelte beinahe versonnen. «Und die Erlösung kommt, wenn man sie am wenigsten erwartet.»

Mary Ann schaute sie direkt an. «Sie halten Guyana doch sicher nicht für Ihre Erlösung, oder?»

DeDe schüttelte den Kopf. «Ich meinte D'orothea.»

«Ach so.»

«Ich würd gern über sie reden, wenn es Ihnen nichts ausmacht. Ist Ihnen das Thema unangenehm?»

«Überhaupt nicht», sagte Mary Ann und log dabei nur ein ganz klein wenig.

«Mutter geht jedes Mal die Wände hoch.»

«Das ist eine andere Generation», sagte Mary Ann.

«Kennen Sie sie noch aus Daddys Agentur?»

«Wen?», fragte Mary Ann.

«D'orothea.»

«Ach so ... ja, aber nicht besonders gut. Sie ist nur ein paarmal kurz reingeschneit. Sie war das Topmodel unseres wichtigsten Kunden. Ehrlich gesagt hat sie mich furchtbar eingeschüchtert.»

DeDe lächelte. «Ja, sie hatte so eine Art. Die hat sie *noch*.»

«Sie war mit einer Freundin von mir befreundet. Mit Mona Ramsey, einer Werbetexterin.»

«Die beiden hatten eine Beziehung», sagte DeDe.

«Ja.» Mary Ann lächelte verlegen. «Das hab ich eigentlich auch gemeint. Manchmal kommt mir Cleveland noch in die Quere.»

DeDe gluckste und schaute weiter gebannt auf die untergehende Sonne. «Aber Sie kommen besser zurecht als ich. Ich hab mich immer nur mit dem beschäftigt, was ich gerade selber erlebt habe.»

Mary Ann dachte kurz nach. «Tja», sagte sie dann trocken, «aber was haben Sie nicht alles erlebt?»

DeDe warf ihr einen gequälten Blick zu. «Da haben Sie auch wieder recht», sagte sie.

«So was ist doch der Traum jeder Journalistin», stellte Mary Ann fest und fügte dann hastig hinzu: «Hoffentlich hört sich das nicht gefühllos an.»

«Nein. Ich weiß, was in der Geschichte steckt.»

«Da ist sicher ein Buch drin. Vielleicht sogar ein Fernsehfilm.»

DeDe entlockten solche Aussichten ein ironisches Lachen. «Mutter wird *entzückt* sein! ‹Sally Struthers in der Rolle der Societylesbe.› O Gott.»

Mary Ann kicherte. «Ich denke, wir kriegen da schon was Besseres hin.»

«Vielleicht ... aber ich bin auf das Schlimmste gefasst.»

Mary Ann sah ihre Beifahrerin ernst an. «Ich werde tun, was ich kann, um Ihnen zu helfen.»

«Ich weiß», sagte DeDe. «Und ich glaub Ihnen das auch. Aber es geht erst, wenn der Monat um ist, okay?»

Mary Ann nickte. «Obwohl ich gern den Grund dafür kennen würde.»

«Versprechen Sie mir, dass Mutter nichts davon erfährt, wenn ich Sie einweihe?»

«Natürlich.»

«Sie glaubt, dass ich die Zeit brauche, um mich zu erholen und mich wieder einzugewöhnen, bevor der Medienrummel losgeht. Das stimmt zwar, ist aber noch nicht alles. Die ganze Wahrheit war für Mutter immer schon ein bisschen zu viel.»

Mary Ann lächelte. «Das hab ich bemerkt.»

«Ich muss mit ein paar Leuten reden. Mit Leuten, die unter Umständen wissen ... was ich noch herausfinden muss.»

«Mit wem? Können Sie das sagen?»

«Mit Tempelmitgliedern», antwortete DeDe. «Und mit Leuten, die ihn gekannt haben.»

«Jones?»

DeDe nickte.

«Da könnten Sie gleich beim Gouverneur anfangen», sagte

Mary Ann. «Und bei der Hälfte der Stadtpolitiker. Der Kerl war ziemlich populär hier.»

DeDe lächelte matt. «Ich weiß. Jedenfalls schinde ich im Moment Zeit, weil ich noch nicht alle Fakten zusammen habe. Und die Vorstellung, als Verrückte abgestempelt zu werden, behagt mir kein bisschen.»

«Dazu würd es doch nie kommen.»

«In zwei Wochen», sagte DeDe, «sind Sie da vielleicht anderer Ansicht.»

Sie hielten an, um zuzusehen, wie der feuerrote Sonnenball im Meer versank.

«Ich glaub, ich hab vom Thema abgelenkt», sagte Mary Ann.

«Wann?»

«Sie wollten über D'orothea reden.»

«Tja, nun ... dazu gibt's eigentlich nicht viel zu sagen. Nur, dass sie sich was aus mir gemacht hat. Und dass sie mich oft zum Lachen gebracht hat. Und dass die Zwillinge sie verehrt haben. Und dass sie im Bett einfach himmlisch war. Und dass ich mir wünsche, dass sie ihren blöden sozialistischen Arsch aus Kuba rauskriegt und zu mir und den Kindern kommt. Das Übliche. Nicht viel.»

«Bis man's nicht mehr hat», sagte Mary Ann.

«Bis man's nicht mehr hat», sagte DeDe. Sie schaute einen Augenblick schweigend aufs Meer hinaus, ehe sie sich wieder an ihre Begleiterin wandte. «Ich bin froh, dass ich Sie habe. Sie sind eine unvoreingenommene Zuhörerin. Und Sie finden sich schnell mit allem zurecht.»

Mary Ann lächelte. «Da hat Billy Jean King eine Menge geholfen.»

«Hm?»

«Wahrscheinlich haben Sie das noch gar nicht gehört.»

«Ist sie auch lesbisch?»

«Na ja», sagte Mary Ann. «Sie hatte eine Affäre mit einer Frau. Macht sie das schon zur Lesbe?»

«Wenn sie es richtig angestellt hat, schon», erwiderte DeDe.

Überschwult

Schon seit fast einer Woche schien dauernd die Sonne, sodass Michael und Ned bei God's Green Earth alle Hände voll zu tun hatten. Weil das Geschäft in der Gärtnerei so lebhaft war, wurde es drei, bis sie sich zwischen all den anderen lebendigen Dingen, die etwas Schatten nötig hatten, hinsetzten und sich mit ihrem Yoplait befassten.

«Was meinst du, was ich machen soll?», fragte Michael.

«Ich weiß nicht, wovon du redest.»

«Von der Parade.»

Ned zuckte mit den Schultern. «Du gehst doch hin, oder?»

«Klar. Aber was soll ich *anziehen*? Der All-American-Boy-Look steht ganz hoch im Kurs, und den hab ich ziemlich gut drauf. Andererseits haben mich die Sisters of Perpetual Indulgence gefragt, ob ich dieses Jahr nicht als Nonne gehen will.»

Ned löffelte sich Joghurt in den Mund. «Ich würd mich für die Nonne entscheiden», sagte er.

Michael überlegte. «Hast du schon mal versucht, als Nonne jemand aufzureißen?»

«Was spricht dagegen? Es muss Nonnen geben, die's getan haben.»

«Keine Hürde ist für uns zu hoch, hm?»

Ned lachte. «Du könntest ja als All-American-Nonne gehen.»

«Was brauch ich da? Ein Ordenskleid aus Jeansstoff?»

«Jeans *unter* dem Kleid», sagte Ned lächelnd.

«Genau. Dann kann ich blitzartig in Aktion treten. Wie Superman. Die Idee gefällt mir, Ned – Stil *und* Inhalt. Du findest auch auf alles eine Antwort.»

Der Gärtner musterte ihn von oben bis unten und sagte dann lächelnd: «Schwester Mary Mouse, hm?»

Sie blieben im Halbschatten sitzen und aßen schweigend zu Ende.

Dann sagte Michael: «Wird es dir manchmal über?»

«Meinst du die Gärtnerei?»

«Nein. Das Schwulsein.»

Ned lächelte. «Was glaubst du?»

«Es geht mir nicht ums Schwulsein an sich», sagte Michael. «Das würd ich um nichts auf der Welt hergeben. Ich *liebe* Männer.»

«Das hab ich bemerkt.»

«Ich meine eher die schwule Kultur», fuhr Michael fort. «Die Partys im Galleria. Die T-Shirts mit den Lass-uns-vögeln-Slogans. Die Jockstraps in vierzehn verschiedenen Schattierungen und diese blöden verspiegelten Sonnenbrillen, die dir dein eigenes Gesicht zurückwerfen, wenn du in eine Kneipe gehst. Falsche Soldaten, falsche Polizisten, falsche Sportler. Geil hier, geil da. Ich hab die Nase dermaßen voll davon, Ned. Man muss doch noch auf andere Art nicht normal sein können.»

Ned warf grinsend seinen Joghurtbecher in den Abfalleimer. «Du kannst ja lesbisch werden.»

«Keine schlechte Idee», erwiderte Michael. «Die Lesben

machen 'ne Menge Dinge, die ich gern tun würde. Sie haben richtige *Rendezvous*! Sie schreiben sich gegenseitig schlechte Gedichte. Weißt du ... wir ziehen so oft über sie her, weil sie gern kerlig sein wollen, aber was tun *wir* denn? Als Teenager hab ich mir in Orlando auf der Straße immer Sorgen gemacht, ob ich ... na ja, ob ich auch wie ein richtiger Mann daherkomme. Jetzt geh ich hier die Castro Street lang und mach mir die gleichen Sorgen. Wo ist da der Unterschied?»

Ned zuckte mit den Schultern. «Hier verprügelt dich deswegen keiner.»

«Das stimmt natürlich.»

«Und es *zwingt* dich niemand, ins Fitnesscenter zu gehen, Mouse. Es zwingt dich niemand, einen auf Kerl zu machen. Wenn du gern ein schwächlicher Dichter sein und irgendwo in einer Dachkammer vor Weltschmerz vergehen möchtest, hält dich sicher niemand davon ab.»

«*Die* Möglichkeiten stehn mir offen, hm?»

«Sie stehn allen offen», sagte Ned.

«Warum nutzen sie sie dann nicht?»

«Sie?», fragte Ned.

«Na ja, ich hab ...»

«Du hast schon ‹sie› gemeint. Du hast alle außer dir gemeint. Denn du bist der einzige empfindsame, der einzige wirkliche Mensch, stimmt's?»

Michael verzog das Gesicht. «Das ist nicht fair.»

«Sieh mal», sagte Ned und legte Michael den Arm um die Schulter, «schließ dich nicht so ab. Es gibt in dieser Stadt zweihunderttausend Tunten. Wenn du sie alle über einen Kamm scherst, bist du nicht besser als die Moral Majority.»

Michael sah ihn an. «Ja, aber ich weiß, dass du genau weißt, was ich meine.»

«Ja, klar.»

«Es ist alles so schrecklich normiert», sagte Michael. «Da kommt so ein Knabe aus Sioux Falls oder sonst woher nach San Francisco, kauft sich im All-American Boy seine Uniform, übt, wie er sich in einer dunklen Ecke vom Badlands dementsprechend hinstellen muss, und sein ganzes Leben besteht nur aus Pose und Positur und schnellem Sex. Es ist viel zu einfach. Das Geheimnisvolle fehlt.»

«Fehlt es bei dir denn?»

Michael lächelte. «Aber nein.»

«Dann fehlt's bei dem Knaben vielleicht auch nicht. Es kann doch sein, dass er das ganze Getue braucht, um sich von Sioux Falls zu befreien.»

Nach längerem Schweigen: «Ich hör mich furchtbar alt an.»

Ned schüttelte den Kopf. «Du bist nach der Tournee einfach ein bisschen überschwult. Das geht mir auch manchmal so. Allen geht es manchmal so. Es hat keiner je behauptet, dass es einfach ist, Michael.» Er drückte Michael fester an sich. «Soll ich dir helfen, dein Ordenskleid zu nähen?»

Michael bekam große Augen. «Du nähst?»

«Klar», sagte Ned, «wenn ich nicht gerade in einer dunklen Ecke vom Badlands steh.»

Eine wenig originelle Sünde

Prue suchte krampfhaft nach den richtigen Worten. «Er ist einfach ... anders, Pater. Er ist anders als alle Männer, die ich je gekannt habe.»

«Irgendwie», antwortete der Priester, «fällt es mir gar nicht schwer, das zu glauben.»

«Er ist unaufdringlich und liebenswürdig und intuitiv ... er hat großen Respekt vor der Natur, und er hat Gott besser verstanden als sonst jemand, den ich je gekannt habe.»

«Und er ist verdammt gut im Bett.»

«Pater!»

«Legen wir die Karten doch mal auf den Tisch, Mädchen. Wir sind hier schließlich nicht bei Saks in der Umkleidekabine.»

Prue antwortete nicht gleich. Sie saß starr in der Dunkelheit und horchte auf die schlurfenden Schritte draußen vor dem Beichtstuhl. «Pater», sagte sie schließlich, «ich glaube, es wartet jemand.»

Durch das Loch in der Trennwand drang ein Seufzer. «Es wartet *immer* jemand», klagte der Priester. «Das ist jeden Monat um diese Zeit so. Kann das Ganze nicht bis zu unserem Dienstagstermin warten?»

«Nein.»

«Na dann.»

«Es ist lieb von Ihnen, dass Sie ...»

«Erzählen Sie schon, meine Liebe.»

«In Ordnung ...» Nach kurzem Zögern fuhr Prue fort. «Wir haben tatsächlich miteinander geschlafen.»

«Weiter.»

«Und ... es war gut.»

Der Priester räusperte sich. «Ist er ... sauber?»

Eisiges Schweigen.

«Sie verstehen mich doch recht, mein Kind, oder? Ich rede von der Hygiene, nicht von der Moral. Ich meine, Sie wissen ja nicht, wo er herkommt, oder?»

Prue senkte die Stimme zu einem zornigen Flüstern. «Er ist makellos sauber!»

«Schön. Man kann nicht vorsichtig genug sein.»

«Sie brauchen mir gar nicht erst zu sagen, wie ... anders er ist, Pater. Ich weiß das selbst am allerbesten. Und ich weiß auch, dass ich ihn nötig habe. Ich kann nicht essen ... ich kann nicht schreiben ... ich kann nicht einfach dort weitermachen, wo ich vor ihm aufgehört habe. Ich kann nicht, Pater. Verstehen Sie, was ich sagen will?»

«Natürlich, mein Kind.» Seine Stimme klang diesmal viel sanfter. «Was hat er übrigens für Zähne?»

«Herrgott noch mal!»

«Prue, reden Sie leiser. Oder haben Sie vergessen, dass Mrs. Greeley draußen wartet.»

Nach längerem Schweigen: «Wie soll ich Sie in alles einweihen, wenn Sie mich nicht ernst nehmen?»

«Ich nehme Sie *absolut* ernst, Liebste. Die Frage nach seinen Zähnen hat einen bestimmten Grund. Ich wüsste dann eher, wie ... äh, vorzeigbar er ist. Sieht er denn akzeptabel aus? Mal abgesehen von seinen Kleidern? Ich meine, würden wir ihn aufpeppen müssen?»

«Das ist ja unglaublich!»

«Beantworten Sie einfach meine Frage, mein Kind.»

«Er sieht ... großartig aus», stotterte Prue. «Er ist ein gut aussehender Mann in mittleren Jahren mit schöner Haut und schönen Zähnen. Und sein Wortschatz ist besser als meiner.»

«Also muss er nur noch zu Wilkes?»

«Wozu?»

«Damit er bestehen kann. Wozu sonst? Der Mann braucht einen neuen Anzug, Liebste. Früher oder später haben wir alle mal bestehen müssen. Henry Higgings hat sich um Eliza gekümmert; Sie können sich um Luke kümmern. Ganz einfach, *n'est-ce pas*?»

Prue war entsetzt. «Luke lässt das garantiert nicht zu.»

«Haben Sie ihn gefragt?»

«Das würde mir nicht im Traum einfallen. Er ist so ein stolzer Mann.»

«Fragen Sie ihn.»

«Das kann ich nicht.»

Der Priester seufzte. «Na gut.»

«Wo sollte das überhaupt passieren?»

«Was?»

«Seine ... Verwandlung. Er kommt garantiert nicht mit zu mir nach Hause. Was sollte ich dort auch tun? Ihn im Wandschrank verstecken, wenn meine Sekretärin da ist? Eine absolut lächerliche Vorstellung.»

Pater Paddy überlegte kurz. «Geben Sie mir noch ein bisschen Zeit, Liebste. Ich habe da so eine Idee.»

«Nämlich?»

«Das braucht ein bisschen Vorbereitung. Ich gebe Ihnen rechtzeitig Bescheid. Gehen Sie jetzt. Pater Paddy wird's schon richten.»

Prue sammelte also ihre Siebensachen ein und verließ den Beichtstuhl.

Mit finsterer Miene blickte Mrs. Greeley ihr nach, als sie die Kathedrale verließ.

Weiße Nacht

Ihre letzten Bandaufnahmen lagen bereits fünf Tage zurück.

«Schön, dass Sie gekommen sind», sagte DeDe. «Ich hatte zu Hause schon einen leichten Gefängniskoller.»

Sie aßen in einem Fischrestaurant in Half Moon Bay zu Abend. DeDe trug ein Hermès-Tuch um den Kopf und eine extragroße Sonnenbrille. Mary Ann fühlte sich an Jackie O. und ihr Einkaufsoutfit für Griechenland erinnert.

«Ich dachte, Sie wären das schon gewöhnt», sagte Mary Ann.

«Was?»

«Das Eingesperrtsein. Zuerst Jonestown, dann das Übergangslager für schwule und lesbische Kubaflüchtlinge.»

«Was Eingesperrtsein wirklich heißt», sagte DeDe und schnitt eine Grimasse, «weiß man erst, wenn man es mal mit hundert Drag Queens aus Lateinamerika erlebt hat.»

Mary Ann grinste. «Grausig, hm?»

«*Laut*. Tag und Nacht Kastagnetten. Ay-ay-ay-ayyy, bis es einem hinten rauskommt.»

Mary Ann lachte und beschäftigte sich dann wieder mit ihren Muscheln. Sollte sie jetzt fragen? Konnte sie einen taktvollen Einstieg in das Thema finden? «Äh ... DeDe?»

«Ja?»

«Geht es Ihnen denn gut? Ich meine ... ist irgendwas?»

DeDe legte ihre Gabel nieder. «Warum fragen Sie?»

«Na ja ... Ihre Mutter meinte, Sie hätten Albträume.»

Schweigen.

«Sagen Sie's ruhig, wenn ich zu neugierig bin. Ich hab gedacht, es hilft Ihnen vielleicht, wenn Sie drüber reden.»

DeDe schaute auf das Sony-Aufnahmegerät, das Mary Ann mit dem ersten Geld von Mrs. Halcyon gekauft hatte. «Und gutes Material würde dabei auch gleich abfallen.»

Mary Ann war wie erschlagen. Sie stellte das Gerät sofort ab. «DeDe, ich würde nie ...»

«Bitte. Ich hab's nicht so gemeint. Tut mir leid.» DeDe fasste sich mit zittriger Hand an die Stirn. «Schalten Sie's wieder ein. Bitte.»

Mary Ann schaltete es wieder ein.

«Ich bin nervös», sagte DeDe. Sie massierte sich die Schläfen. «Tut mir leid ... ich sollte das nicht an Ihnen auslassen ... ausgerechnet. Ja, ich habe Albträume.»

«Wegen ... ihm?»

DeDe nickte.

«Wie gut haben Sie ihn eigentlich gekannt?»

DeDe zögerte. «Ich hab nicht zum engeren Kreis gehört, wenn Sie das meinen.»

«Wer dann?»

«Na ja ... meistens die, die mit ihm schliefen. Er hatte so eine Art Clique aus jungen weißen Frauen, die im Namen der Revolution dauernd gefickt wurden. Manchmal fickte er zehn- oder zwölfmal am Tag. Er prahlte ständig damit. So bekam er die Leute unter Kontrolle.»

«Aber er hat nie ...?»

«Er wusste über D'orothea und mich Bescheid und fand es ganz furchtbar. Nicht, dass wir lesbisch waren, sondern dass er uns nicht haben konnte.»

«War das so wichtig für ihn?»

DeDe zuckte mit den Schultern. «Seine Leistungen auf dem Gebiet sind ja bekannt. Larry Layton hat er zwei Frauen abspenstig gemacht, und mit einer von den beiden hatte er ein Kind. Er fickte alles, was er kriegen konnte. Sogar ein paar von den Männern.»

«Aha.»

«Mit mir ... war er nur einmal zusammen. Im Jane Pittman Gardens.»

Mary Ann schaute verwirrt drein.

«Das war unser Schlafraum», erklärte DeDe. «Mehrere Schlafräume waren nach berühmten Schwarzen Frauen benannt. Ich war an dem Abend krank, hatte Fieber. D'orothea und die meisten anderen nahmen an einer Weißen Nacht teil ...»

«Hm ...?»

«Da wurde Selbstmord geübt. Jemand anderes muss die Veranstaltung geleitet haben, denn Jones kam in den Schlafraum und stieg zu mir ins Bett.»

«O Gott.»

«Er sagte ganz ruhig, dass er es an der Zeit finde, den Zwillingen zu zeigen, wer ihr Vater sei.»

Mary Ann schüttelte ungläubig den Kopf.

«Und dann ... hat er mich vergewaltigt. Die Zwillinge lagen gleich daneben in ihrem Bettchen und schrien die ganze Zeit. Als er endlich ging, beugte er sich über sie, küsste sie ganz zärtlich und sagte: ‹Jetzt gehört ihr für immer mir.›»

«Scheußlich.»

«Er meint es ernst.»

Mary Ann nahm ihre Hand. «Meinte», sagte sie ruhig.

DeDe wandte sich ab. «Gehen wir was trinken.»

Der Walkman-Mann

Es war später Nachmittag, die Tageszeit, zu der sich der Sonnenschein durch die grünen Stäbchenrollos aus Plastik ins Twin Peaks ergoss und die Gäste wie Fische in einem überfüllten Aquarium aussehen ließ.

Michael saß gegen die Fensterscheibe gelehnt – wie eine Schnecke im Aquarium, fand er, passiv, voyeuristisch, mit seinem ganz eigenen Tempo. Er hatte noch seinen God's-Green-Earth-Overall an.

Der Mann neben ihm hatte einen Walkman. Als er sah, dass

Michael ihn beobachtete, nahm er den Kopfhörer mit den winzigen Lautsprechern ab und hielt ihn Michael hin. «Willst du mal reinhören?»

Michael lächelte erfreut. «Was läuft?»

«Abba.»

Abba? Der Kerl war gebaut wie ein Kleiderschrank, hatte einen monströsen Schnäuzer und schimmernde braune Augen. Wie konnte er da *dermaßen* kitschigen Euro-Pop hören? Andererseits hatte er auch ein Qiana-Hemd an. Vielleicht wusste er es nur nicht besser.

Michael wich der Konfrontation aus. «Eigentlich», sagte er, «steh ich nicht besonders auf Walkmen. Ich krieg nämlich immer Platzangst. Ich hab's gern, wenn ich von meiner Musik auch weggehen kann.»

«Bei der Arbeit find ich sie ganz gut», sagte der Mann. «Wenn viel Schreibkram zu erledigen ist. Ich rauch dann beim Mittagessen einen Joint, komm zurück, setz die Dinger auf und lass mich davontragen.»

«Klar. Ich kann mir schon vorstellen, dass das hilft.»

«Du bist doch im Chor, nicht?», fragte der Mann.

«Mhm.»

«Ich war bei eurer Begrüßung», sagte der Mann. «Da war ja was los!»

«War das nicht toll?», sagte Michael grinsend. Noch fünf Tage danach spürte er das belebende Prickeln dieses Augenblicks. Mehrere Tausend Leute hatten ihre Busse an der Ecke 18th und Castro in Empfang genommen.

«Ich hab gesehen, wie du den Boden geküsst hast», sagte der Mann.

Michael zuckte verlegen mit den Schultern. «Ich schätze, ich bin einfach gern hier.»

«Ja ... ich auch.» Er fummelte am Walkman herum. Offenbar wusste er nicht weiter. «Abba gefällt dir aber nicht, hm?»

Michael schüttelte den Kopf. «Tut mir leid», antwortete er so freundlich wie möglich.

«Was für Zeug gefällt dir denn?»

«Na ja ... in letzter Zeit macht mich Countrymusic ziemlich an.» Michael lachte. «Ich weiß nicht, was da über mich gekommen ist.»

«Heteromusik», sagte der Mann.

«Ich weiß. In Orlando ... als Kind ... hab ich das Zeug gehasst wie die Pest. Vielleicht ist es bloß die alte Kiste mit den Schwulen, die ihre Unterdrücker nachmachen. Wie die Typen, die am Tag gegen Polizeibrutalität angehen und sich am Abend wie Bullen anziehen.»

Der Mann lächelte matt. «Du hast so was noch nie gemacht, hm?»

«Nie», sagte Michael. «War das Fettnäpfchen Nummer zwei?»

Der Mann schüttelte den Kopf. «Ich hab so was auch noch nie gemacht.»

«Na dann ... ist dir eigentlich klar, wie viel wir gemeinsam haben?» Michael streckte die Hand aus. «Ich bin Michael Tolliver.»

«Bill Rivera.» Ein *Latino*, dachte Michael. Das wurde ja immer besser.

«Ich hab einen Freund», fuhr Michael fort, «der ist immer ins Trench gegangen, wenn dort Uniformabend war, weil er so gern mit Leuten gevögelt hat, die wie Bullen oder Nazis oder Soldaten ausgesehen haben. Einmal ist er mit einem Kerl im Bullenfummel nach Haus gegangen, und da hatte der doch ein unglaubliches Loft in South of Market, mit Neonröhren überm

Bett und Hightech-Zeugs überall ... zum Dahinschmelzen! Nur hat mein Freund kein Wort gesagt, denn er sollte ja ein Gefangener sein und der andere ein Bulle, und ein Gefangener sagt nun mal nicht ‹Was für eine tolle Wohnung!› zu einem Bullen. Er hat mir erzählt, dass er es kaum ausgehalten hat, bis sie endlich mit dem Sex durch waren, damit er den Typen fragen konnte, wo er seine Punktstrahler herhat. Ich glaub nicht, dass ich so viel Selbstdisziplin habe. Ich will gleich vom Fleck weg sagen können: ‹Was für eine tolle Wohnung!› Ist das zu viel verlangt?»

Der mächtige Schnurrbart stellte sich auf, als der andere lächelte. «Bei *meiner* Wohnung schon.»

Michael lachte. «Sie muss auch nicht toll sein.»

«Schön.»

«Es muss auch gar nicht mal *deine* Wohnung sein. Meine steht auch zur Verfügung.»

«Wo wohnst du?»

«Auf dem Russian Hill.»

«Komm», sagte der Mann, «zu mir ist es näher.»

Er wohnte in der 17th Street im Mission. Seine winzige Einzimmerwohnung war langweilig eingerichtet, doch es gab ein paar liebenswerte Entgleisungen in den Kitsch (ein Mike-Mentzer-Poster, eine Lavalampe, eine Plastik-Cable-Car als Übertopf für einen halb toten Philodendron).

Michael war enorm erleichtert. Bill Rivera hatte keinen schlechten Geschmack – er hatte gar keinen. Schwule ohne jeden Geschmack waren oft die allergeilsten. Außerdem, dachte Michael, würde er in dem Fall, dass wir je zusammenwohnen sollten, wahrscheinlich mir die Einrichtung überlassen.

Dann entdeckte er die Handschellen auf dem Nachttisch.

«Äh ... entschuldige?»

Bill schaute auf. Er saß auf der Bettkante und zog seine Hush Puppies aus. «Ja?»

Michael hielt die Handschellen hoch, als würde er Beweisstück Nummer eins zeigen. «Du stehst doch nicht auf so was, oder?»

Bill schüttelte den Kopf. «Damit verdien ich bloß mein Geld.»

«Hm ...?»

«Ich bin Bulle. Heißt das, dass du wieder gehen willst?»

«Moment ...» Michael war sprachlos.

Bill stand auf, zog eine Kommodenschublade auf, holte etwas heraus und streckte es seinem Ankläger entgegen. «Meine Dienstmarke, okay?»

Michael sah die Marke an, dann Bill, dann wieder die Marke.

«Okay?», fragte Bill.

«Okay», sagte Michael.

Wie betäubt setzte er sich neben den Polizisten aufs Bett und machte sich über seine Schuhbänder her. «Was für eine tolle Wohnung», sagte er.

Das Pygmalion-Projekt

Prue hatte schon drei Blätter wieder aus der Schreibmaschine gerissen, als ihre Sekretärin ins Zimmer kam.

«Pater Paddy ist am Telefon», sagte sie. «Er sagt, es dauert nicht lange.»

Prue stöhnte leise und griff nach dem Hörer. «Ja, Pater?»

«Ich weiß, dass Sie Redaktionsschluss haben, Liebste, aber Sie müssen mir ein paar Fragen beantworten.»

«Schießen Sie los.»

«Wie sieht's mit Ihren Terminen aus? In den nächsten drei Wochen oder so.»

Prue zögerte. «Was soll das werden?»

«Na, na! Was sind wir doch wieder unfreundlich heute. Geben Sie einfach Antwort, mein Kind.»

Prue schaute in ihren Terminkalender. «Okay», sagte sie. «Sieht eigentlich ganz gut aus.»

«Schön. Sehen Sie zu, dass es so bleibt.»

«Pater ...»

«Und sagen Sie Ihrem Waldschrat, dass er seine Tanzkarte ebenfalls frei halten soll. Ich hab was vor mit Ihnen beiden.»

«Was?»

«Nur mit der Ruhe. Alles zur rechten Zeit, mein Kind, alles zur rechten Zeit.»

«Pater, ich weiß ja nicht, was Sie aushecken, aber ich kann Ihnen gleich sagen, dass Luke nicht ... na ja, er ist keiner von den Menschen, die sich von anderen etwas befehlen lassen.»

«Auch nicht von Ihnen?»

«Natürlich nicht!»

«Aber es ist doch so, Prue: Wenn er sich *wirklich* etwas aus Ihnen macht ... wenn er ein Teil Ihres Lebens sein möchte, dann sollte er auch bereit sein, sich mit Ihnen irgendwo ... in der Mitte zu treffen.»

«Darüber haben wir uns schon unterhalten. Es gibt keine Mitte.»

«Da bin ich aber ganz anderer Meinung! Es gibt etwas, das seiner Liebe zur Natur und Ihrem Sinn für Angemessenheit entgegenkommt. Mein Gott, Mädchen ... sind Sie denn glücklich?»

Nach längerem Schweigen: «Nein.»

«Nein», wiederholte Pater Paddy. «Sind Sie nicht. Und *war-*

um sind Sie nicht glücklich? Weil Sie in dieses Wesen verliebt sind und Tag und Nacht mit ihm zusammen sein möchten.» Der Geistliche legte eine spannungssteigernde Pause ein und senkte dann die Stimme, um mehr Nachdruck zu erreichen. «Und genau das sollen Sie haben, Liebste. Ich werde Ihnen zu dem verhelfen, was Sie haben möchten.»

Prue seufzte hörbar. «Wenn Sie mir nicht sagen wollen, was es ist, wie soll ich dann ...»

«Schon gut, schon gut ...»

Also sagte er es ihr.

Der Countdown

Die Schlange für *Jäger des verlorenen Schatzes* war so hoffnungslos lang, dass Mary Ann und Brian beschlossen, auf ihre Kinopläne zu verzichten und zu Hause fernzusehen.

«Das ist mir sowieso lieber», sagte Mary Ann, als sie ihr McChicken-Sandwich aus seinem Styroporsarg hob. «Meine letzte Junk-Food-und-Fernseh-Orgie ist schon ewig her.»

Brian schluckte einen Riesenbissen Big Mac hinunter und wischte sich mit dem Handrücken über den Mund. «Jedenfalls schlägt es nicht aufs Portemonnaie.» Er warf Mary Ann einen schelmischen Blick zu. «Aber das braucht dich im Moment ja nicht zu kümmern, was?»

Mary Ann machte ein finsteres Gesicht. «Warum reibst du mir das dauernd hin?»

Brian zuckte mit den Schultern. «Warum musst du damit auch so geheimnisvoll tun? Wem soll ich's denn erzählen, hm? Eine alte, mit Gin abgefüllte Dame aus der feinen Gesellschaft setzt dich auf ihre Gehaltsliste, und du tust so, als würd ich eine

Unbedenklichkeitsbescheinigung von der Staatsschutzabteilung brauchen, damit ich auch nur mit dir reden darf.»

«Ach, Brian. *Du* fängst doch dauernd damit an.»

«Gib mir einen Hinweis, und ich bin sofort ruhig.»

Mary Ann zögerte. «Wenn ich's dir erzähle ...»

Brian strahlte vor Freude über seinen Triumph.

«Wenn ich's dir erzähle, Brian, dann musst du mir versprechen, dass du's niemand weitersagst. Aber wirklich, Brian. Es ist mir verdammt ernst damit.»

Brian setzte ein Pokerface auf und hielt die Hand hoch. «Ich schwöre feierlich. Ein Pakt unter Liebenden!»

«Ich hab's noch nicht mal Michael erzählt.»

Brian verneigte sich. «Ich fühle mich geehrt.»

«DeDe ist wieder da», sagte Mary Ann.

«Moment mal ...»

Mary Ann nickte. «Mrs. Halcyons Tochter. Die aus Guyana verschwunden ist.»

Brian pfiff durch die Zähne. «Heiliger Strohsack.»

«Sie hat die letzten zweieinhalb Jahre in Kuba gelebt.»

«Was ist mit ... wie hieß sie noch ... Monas alte Freundin?»

«D'orothea. Die beiden haben zusammengelebt ... mit den Zwillingen, die DeDe von dem Botenjungen von Jiffy's hat. D'orothea ist noch in Kuba. Und DeDe versteckt sich in Hillsborough. Ihre Mutter hat mich angestellt, damit ich mich um die Presse kümmere, sobald DeDe mit der Geschichte an die Öffentlichkeit geht.»

Brian zog die Augenbrauen hoch. «*Sobald* sie es tut? Es ist Wochen her, dass du in Hillsborough warst. Warum hat sie's immer noch nicht publikgemacht? Wozu versteckt sie sich?»

«Das krieg ich auch nicht auf die Reihe. Sie behauptet, dass sie erst noch mit ein paar Tempelmitgliedern über was reden muss. Sie will mir noch nicht sagen, worum's dabei geht.»

Brian grinste boshaft. «Wahrscheinlich ist sie auf der Suche nach einem guten Verlag. Die Hälfte von der Jonestown-Sippe schreibt gerade ein Buch.»

Mary Ann schüttelte den Kopf. «Es geht um was sehr viel Ernsteres. Außerdem schreib *ich* das Buch, sobald die Zeit dafür reif ist.»

«Gut.»

«Ich weiß nur nicht, *was* ich schreiben werde.»

«Nicht so gut.»

«Wem sagst du das! Aber es fehlt noch was ganz Entscheidendes, Brian ... etwas, das sie Tag und Nacht verfolgt. Ich kann's fast greifen, wenn wir miteinander reden.»

«Was?»

«Keine Ahnung.» Mary Ann fröstelte plötzlich. «Mensch, ich krieg richtig Gänsehaut davon. Ich hab zugesagt, dass ich bis nächste Woche nichts verrate. Aber dann kann ich mit dem Sender verhandeln. Sie hat mir versprochen, dass sie mich informiert, sobald sie rausgefunden hat ... na ja, was sie eben rausfinden will.»

«Es hört sich an, als hätte sie Angst vor Gegenbeschuldigungen.»

«Daran hab ich auch gedacht», sagte Mary Ann, «aber das ergibt keinen rechten Sinn. Wenn schon die anderen Überlebenden auf dem Talkshowkarussell mitfahren, wie du gesagt hast, was hat *DeDe* dann zu befürchten?»

«Vielleicht spinnt sie ganz einfach.»

«Das glaub ich nicht», sagte Mary Ann. «Sie ist eine ziemlich gestandene Person.»

«Diese beschränkte Göre ...?»

«Sie hat sich sehr verändert, Brian. Das machen wahrscheinlich die Kinder. Sie *lebt* jetzt für sie. Kann sein, dass sie eine kleine Paranoia hat, was die Sicherheit der beiden angeht, aber nach dem, was sie durchgemacht hat, ist das wohl normal.»

«Vielleicht solltest du ja die Paranoia haben», sagte Brian.

«Warum?»

«Wie willst du ausschließen, dass andere Reporter was spitzkriegen, bevor du an die Öffentlichkeit gehst?»

Mary Ann zuckte zusammen. «Ja, klar, aber sie ist so vorsichtig, wie's nur geht. Wenn Besuch kommt, versteckt sie sich jedes Mal in einem der Gästezimmer. Und außer Haus geht sie auch kaum.»

«Nur, um andere Tempelmitglieder zu besuchen, hm?»

Sie wusste nur zu gut, was er meinte.

Sie lagen im Bett und sahen sich Tom Snyder an, als das Telefon klingelte.

Mary Ann ging ran. «Ja?»

«Mary Ann ... hier ist DeDe.» Ihre Stimme klang dünn und verängstigt. Mary Ann schaute zur Digitaluhr auf der Kommode. Sie zeigte 1:23.

«Hallo», sagte Mary Ann. «Wie geht's Ihnen?» Sie nahm an, dass DeDe wieder ihre Albträume hatte.

«Wir müssen uns treffen», sagte DeDe.

«Klar. Selbstverständlich. Wann?»

«Morgen Vormittag?»

«Könnten wir uns auf Nachmittag einigen? Brian und ich wollten ...»

«Bitte.» Das Wort hallte nach wie ein Schrei in einer Gruft. Mehr brauchte Mary Ann nicht zu hören.

«Wo?», fragte sie.

«Hier auf Halcyon Hill. Ich will das Haus nicht verlassen.»

«Um Himmels willen, DeDe, was …?»

«Kommen Sie einfach, okay? Und bringen Sie Ihr Tonband mit. Wir können hier frühstücken. Entschuldigen Sie mein Verhalten. Morgen erkläre ich Ihnen alles.»

Als Mary Ann auflegte, lächelte Brian sie freundlich an. «Das Rollschuhlaufen ist gestrichen, hm?»

«Leider, ja», sagte sie.

«Was ist los?»

«Wenn ich das bloß wüsste», sagte Mary Ann.

Nichts zu verlieren

Es dauerte gerade mal einen halben Tag, bis Prue Giroux Feuer und Flamme war für die wilde Romantik von Pater Paddys Plan. Am nächsten Morgen eilte sie in den Park hinaus, und als sie in Lukes Arme gekuschelt dalag, versuchte sie es mit *ihrer* Überredungskunst.

Er schaute in eisigem Schweigen zur Decke hoch.

«Und?», fragte Prue.

«Du würdest es tun?», sagte er endlich.

«Ich würde es tun, wenn ich hoffen könnte, dass es uns einander näherbringt.»

«Und das erwartest du?»

«Möglich.»

Erneutes längeres Schweigen.

«Und schaden tut's doch auch keinem, wenn es nicht klappt, oder? Wir haben nichts zu verlieren, Luke.»

«Ich hasse die Bourgeoisie», antwortete er mit finsterem

Gesicht. «Ich hab fast mein ganzes Leben damit zugebracht, sie zu zersetzen ... oder vor ihr wegzulaufen.»

Die Kolumnistin wurde zornig. «Soll das heißen, dass *ich* die Bourgeoisie bin?»

Er beugte den Kopf und küsste sie auf die Stirn. «Im Gegensatz zu vielen anderen schönen Dingen bist du am schönsten, wenn man dich aus deinen Zusammenhängen herauslöst.»

«Aber ... herausgelöst *wäre* ich dort ja. Es würde nur uns beide geben, wenn wir es so wollten. Zwei Wochen ganz für *uns*, Luke.»

«Und was dann?»

«Ich weiß nicht. Spielt das eine Rolle? Hast *du* nicht gesagt, ich soll nicht ans Immer denken?»

Damit hatte sie ihn. Er lächelte anerkennend und schüttelte langsam den Kopf. «Prue, ich hab nicht die richtigen Sachen für so was, nicht die ...»

«Darum kann ich mich kümmern.»

«Ich will keine Almosen von dir.»

«Dann ist es eben eine Leihgabe. Nach zwei Wochen fällt alles wieder an mich zurück. Mein Gott, du verkaufst doch nicht deine *Seele*, Luke.»

«Das werden wir erst sehen.»

«Hör mal», sagte sie ungehalten, «du sagst mir ständig, dass ich mich schämen würde, mit dir zusammen gesehen zu werden. *Beweis* mir das mal, wenn du kannst!»

«Prue ...»

«In Wirklichkeit ... schämst du dich, mit *mir* gesehen zu werden. Du bist so ein Snob, Luke. Du bist der größte Snob, der mir je begegnet ist!»

«Wenn du das brauchst ... bitte, mach nur weiter so.»

«Was hast du denn zu verlieren, Luke?»

Er wälzte sich auf die andere Seite.

«Kannst du dich erinnern, was du in unserer ersten Nacht gesagt hast? Du hast gesagt, du wirst mich bedingungslos lieben, zu meinem Vergnügen ... und so innig oder auch nicht, wie ich es möchte. Also ... jetzt möchte ich was. Tu's mir zuliebe, Luke.»

«Ich hab doch von *hier* geredet.» Er sagte es leise und zur Wand hin.

Doch sie wusste, dass sie gewonnen hatte.

DeDes Geschichte

Mary Ann schaltete das Sony-Aufnahmegerät ein. «Ich fürchte, ich bin ein bisschen durcheinander. Ich weiß nicht recht, wo ich anfangen soll.»

«Das ist nicht Ihre Schuld», sagte DeDe. «Ich hab ja noch nicht alle Karten aufgedeckt.» Das Gewebe um ihre Augen war so dunkel, fiel Mary Ann auf, dass man meinen konnte, sie hätte sich gerade erst die Nase operieren lassen. *Was war nur passiert?*

«Wo sind die Kinder?», fragte Mary Ann.

«Mit Mutter und Emma oben. Ich will sie nicht dabeihaben, wenn wir uns unterhalten. Alle vier nicht.»

«Ach so.»

«Ehrlich gesagt, weiß ich nicht recht, was Sie im Moment von mir halten. Sie haben wohl allen Grund, mich als klinischen Fall zu betrachten.»

«Nie und nimmer.»

DeDe lächelte matt. «Besser wird's jedenfalls nicht, das

kann ich Ihnen versprechen. Sie wissen ja sicher, dass Jim Jones nicht ganz gesund war.»

«Das ist noch milde ausgedrückt.»

«Ich meine auch körperlich. Er hatte Diabetes und überhöhten Blutdruck. Eine von den Frauen, die mit ihm schliefen, hat mir erzählt, dass er pro Tag nicht mehr als tausendsiebenhundert Kalorien zu sich nehmen sollte, aber er war süchtig nach Limo und süßem Gebäck. Außerdem hatte er chronischen Husten.»

«Das hab ich gelesen», sagte Mary Ann.

«Er hustete die ganze Zeit. Viele Tempelmitglieder dachten, es käme davon, dass er ihre Leiden übernahm.»

«Das versteh ich nicht.»

«Na ja, wissen Sie, er hat Leute gesund gemacht. Oder jedenfalls so getan. Viele sahen in ihm einen Heiler. Er hielt Heilsitzungen ab, bei denen er für jemand betete, der, sagen wir mal, Krebs hatte ... dann verließ er den Raum, kam kurz darauf mit einer Handvoll Hühnermagen wieder und behauptete, das wäre der Krebs.»

«Soll das heißen ...»

«Er hatte ihnen den Krebs aus dem Körper gerissen.»

«Und das haben die Leute geglaubt?»

«Manche schon. Andere haben so getan, weil sie seine Ziele guthießen.»

«So haben sich hier auch viele verhalten.»

«Ja. Und viele von den armen Seelen glaubten, dass er ihre Krankheit übernahm, sobald er sie davon heilte. Das war seine Variante des Gangs nach Golgatha. Seine Krankheit war umso beklagenswerter – bekamen wir zu hören –, weil es in Wahrheit *unsere* Krankheit war und er sie für uns auf sich nahm.»

«Wie entsetzlich.»

DeDe zuckte mit den Schultern. «Sie machen sich keine Vorstellung, wie nobel und gut es ihn damals aussehen ließ.»

«Aber *Sie* haben es ihm nicht abgekauft, oder?»

«Die Sache ist doch die», sagte DeDe beinahe gereizt, «dass der Mann krank war. Alle konnten das sehen. Heute lässt sich rückblickend leicht sagen, dass wohl vieles davon psychosomatisch war oder so ... aber damals wirkte das alles verdammt echt. Auch seine Arthritis. Die Schwellungen an seinen Handgelenken und Händen waren ziemlich auffällig. Ich war schockiert, als ich sie zum ersten Mal sah. Eines Tages kam ich in die Krabbelstube und fand ihn dort mit den Zwillingen ...»

«Es gab dort eine Krabbelstube?»

DeDe dachte kurz nach. «Sie hieß Cuffy Memorial Baby Nursery, um genau zu sein.»

«Cuffy», wiederholte Mary Ann. «Wie niedlich.»

«Cuffy war ein Schwarzer Befreiungskämpfer aus Guyana.»

«Ach so.»

«Auf jeden Fall stand Dad ... stand Jones in der Krabbelstube, hielt den kleinen Edgar im Arm und sang ihm etwas vor ... und dazu diese großen geschwollenen Hände. Es wirkte mitleiderregend und grausig zugleich. Es wäre wohl normal gewesen, wenn ich mich geekelt hätte, aber ich spürte nur ein merkwürdiges Mitleid ... und einen panischen Schrecken natürlich. Ich schlich mich näher, um zu hören, was er sang, aber es war gar nicht die übliche Revolutionshymne. Es war ‹Bye Baby Bunting›.»

Mary Ann war drauf und dran, «Also nee!» zu sagen, fing sich aber im letzten Moment noch. «*Irgendwas* Anständiges muss er doch gehabt haben, sonst wären Sie nicht so lang geblieben. Sie hatten noch nicht mal Fluchtpläne, bis Sie von dem Zyankali erfuhren, oder?»

DeDe nickte. «Es lag wahrscheinlich an seiner Krankheit. Er wirkte durch sie weniger bedrohlich, eher verletzlich. Und zum Teil lag es daran, dass ich … dort alles gewöhnt war. Es war eine beschissene kleine Welt, aber wenigstens wusste ich, wie sie funktionierte. Verstehen Sie, was ich meine?»

Mary Ann nickte. Sie musste unwillkürlich an Halcyon Communications denken.

«Die Wahrheit ist», fuhr DeDe fort, «dass ich eine Idiotin war. Ich hab damals doch tatsächlich geheult, als er uns zusammenrief und verkündete, dass er Krebs hätte.»

«Wann war das?»

«Im August, glaub ich. Anfang August. Kurz danach kam ein Arzt namens Goodlett aus San Francisco. Er untersuchte Jones und sagte, er könne keinen Krebs entdecken. Es handle sich wahrscheinlich um eine Pilzinfektion der Lunge. Jedenfalls versuchte er, Jones davon zu überzeugen, dass er den Dschungel verlassen musste, damit man Tests machen und eine genaue Diagnose stellen konnte. Doch Jones hatte furchtbare Angst davor, auch nur einen Tag aus Jonestown wegzugehen. Charles Garry traf besondere Vorkehrungen, damit er in Georgetown untersucht werden konnte – das heißt, ohne festgenommen zu werden –, aber Jones hatte Angst, dass es während seiner Abwesenheit zu einem Aufstand kommen könnte.»

«Das heißt, er hat noch klar *gedacht*.»

«Wenn es um die Macht ging, immer», sagte DeDe. «Aber klar, ein bisschen später setzte dann die Sucht ein. Quaaludes zusammen mit Kognak, Elavil, Placidyl… Valium, Nembutal und so weiter und so fort. Marceline sah, wie er vor ihren Augen verfiel, und erkannte, dass etwas getan werden musste.»

«Wer war Marceline?»

«Seine Frau.»

«Ach ja», sagte Mary Ann hastig. Sie kam sich von Minute zu Minute dümmer vor. «Ich hatte schon fast vergessen, dass er verheiratet war.»

Dicke Freunde

Brian und Michael verbrachten den Samstagvormittag beim Rollschuhlaufen im Golden Gate Park – trotz der schnittigen, professionell wirkenden Rollschuhe, die Mrs. Madrigal ihnen letzte Weihnachten geschenkt hatte, eine höchst riskante Unternehmung.

«Du hast geübt», rief Brian vorwurfsvoll, als sie am de Young Museum vorbeischlingerten. «Das ist gegen die Regeln, klar?»

«Wer sagt denn so was?»

«Mary Ann sagt, dass du am Dienstag zum Rollschuhlaufen warst. Mit deinem Bullenfreund.»

«Das war in der *Halle*. Das zählt nicht.»

«Wo wart ihr?»

«Auf der Rollschuhbahn in El Sobrante. Dort tummelt sich der Farrah-Fawcett-Nachwuchs gleich tonnenweise. Die Kleinen brauchen für ihre Föhnfrisuren garantiert *Tage* ...»

«Mädchen?»

«Das hättest du wohl gerne. Schnittchen. Ein unglaublicher Anblick. Ich sollte dich und Mary Ann mal mitnehmen. Wir können mit dem Bus fahren.»

«Fährt da ein Sonderbus hin?»

Michael nickte. «Er klappert ein halbes Dutzend Schwulenkneipen ab, und an der Rollschuhbahn setzt er dann alle raus. Das macht total Spaß. Beim Nachhausefahren ist im Bus dann Schmusen angesagt.»

Brian lächelte verklärt. «Daran kann ich mich noch erinnern.»

«Ich auch. Nur hab ich's nie zu Highschoolzeiten gemacht. Letzten Dienstag war's das erste Mal überhaupt. Obwohl ich mich noch erinnern kann ... an die Jungs und Mädels, die hinten im Bus im Finstern saßen, Bread hörten und schmusten, wenn wir von Auswärtsspielen unserer Baseballmannschaft zurückfuhren.»

Brian streckte die Hand aus, um Michael an der Kreuzung zum Stehen zu bringen. «Pass auf», sagte er. «Verlier dich nicht in deinen Erinnerungen. Am Wochenende ist es hier lebensgefährlich.»

«Trotzdem, stell dir das mal vor. Ich musste einunddreißig werden, bis ich jemand im Bus küssen konnte. Ich seh das als einen Meilenstein.»

«Es ist sogar noch mehr», neckte Brian ihn. «Manche Leute schaffen es nie, einen Bullen zu küssen, und erst recht nicht im Bus. Es war doch der Bulle, oder?»

Michael heuchelte Empörung. «Natürlich!»

«He ... was versteht ein Stecher wie ich schon davon?»

Michael grinste. «Wo hast du das Wort denn her?»

Die Ampel schaltete um. Vorsichtig und ohne jede Grazie liefen sie auf dem grobkörnigen Asphalt weiter. «Von einem der Typen bei Perry's», antwortete Brian. «Er hat erzählt, dass die Schwuchteln uns so nennen.»

«Aber nicht die Schwuchtel, die gerade mit dir unterwegs ist», sagte Michael.

«Ich weiß.» Brian verlor fast das Gleichgewicht, als er sich zu ihm umdrehte.

Michael packte ihn am Arm. «Sachte ... sachte ...»

«Jedenfalls», sagte Brian, als er nicht mehr ganz so wackelte, «trifft's auf mich noch nicht mal zu. Ich bin sechsunddreißig und hab noch nie was gezeugt.»

Als sie zur anderen Seite kamen, steuerte Michael auf eine Bank zu und setzte sich. Brian plumpste mit einem lauten Seufzer neben ihn.

«Fändest du's denn schön?», fragte Michael.

«Was?»

«Kinder zu haben.»

Brian zuckte mit den Schultern. «Klar. Aber Mary Ann nicht. Jedenfalls nicht im Moment. Sie macht gerade Karriere.» Er lächelte milde. «Falls du das noch nicht bemerkt haben solltest.»

Michael lockerte die Schnürsenkel seiner Rollschuhe. «Wo ist sie heute überhaupt?»

«Zum Mittagessen. Auf der Halbinsel.»

«Was macht sie *da* denn?»

«Es geht um ... was Berufliches.»

Sie saßen einige Zeit mit nackten Füßen nebeneinander und beobachteten schweigend das Geschehen rundherum. Schließlich sagte Michael: «Ich finde, dass ihr beide heiraten solltet.»

«Ja, wirklich?»

«Mhmm.»

«Hast du ihr das schon gesagt?»

«Nicht direkt», erwiderte Michael.

Brian grinste. «Ich auch nicht.»

«Warum nicht?»

Brian riss eine Handvoll Gras aus. «Ach ... weil ich glaube, dass ich die Antwort schon kenne ... und die will ich mir momentan nicht antun. Außerdem hat das Alleinleben 'ne Menge Vorteile.»

«Nenn mir mal einen.»

«Man kann ins Waschbecken pinkeln.»

Michael lachte. «Du machst das auch, hm?» Plötzlich drückte er Brians Bein ganz fest und rief: «O Gott, guck mal *da*!»

«Wo?»

«Da drüben ... am Gewächshaus. Die aufgetakelte Blondine, die in die Limousine steigt.»

«Und?»

«Das ist Prue Giroux.»

«Wer?»

«Du weißt doch ... diese abgedrehte reiche Trulla, die für die *Western Gentry* schreibt.»

«Kenn ich nicht.»

«Sie grinst wie 'ne Cheshire Cat», sagte Michael. «Wo sie wohl hinfährt?»

Immer Ärger mit Dad

«Jedenfalls», fuhr DeDe fort, «*wusste* Marceline, wie krank er war. Es hat ihr ständig Sorgen gemacht.»

«Sie haben sie gekannt?»

DeDe nickte. «Wir waren fast so was wie Freundinnen. Und sie hatte wirklich den Durchblick.»

«Trotzdem hat sie nichts ...?»

«Lassen Sie mich erzählen, okay? Ich will das hinter mich bringen. Ein russischer Arzt namens ... ich glaube Fedorowskij ... da muss ich in meinem Tagebuch nachsehen ... dieser Arzt kam im Herbst nach Jonestown und meinte, Jones hätte ein Emphysem. Marceline flog damals extra nach San Francisco, um Dr. Goodlett mitzuteilen, dass Jones' Fieber schlimmer wurde. Er erklärte ihr, er könnte die Verantwortung für die

Behandlung nicht übernehmen, solange Jones nicht aus dem Dschungel kommt und sich anständig behandeln lässt. Mit anderen Worten, er wollte nichts damit zu tun haben. Da hat Marceline anscheinend beschlossen, sich an ein ehemaliges Tempelmitglied zu wenden, das in San Francisco lebte. Der Mann war einer von Jones' ergebensten Jüngern, aber er war geistig schwer gestört ... so schwer, dass Jones ihm nicht erlaubt hatte, in Jonestown mitzumachen.»

«Wie hieß der Mann?», fragte Mary Ann.

«Keine Ahnung. Marceline hat mir das nie gesagt. Der springende Punkt ist ... dass der Kerl eine geradezu gespenstische Ähnlichkeit mit Jones hatte ... der gleiche Körperbau, der gleiche Hautton, das gleiche kantige Gesicht. Das verstärkte er sogar noch, indem er Koteletten und eine verspiegelte Sonnenbrille trug.»

«Aber ... warum?»

DeDe zuckte mit den Schultern. «Alle anderen wollten Jones *folgen*. Er wollte Jones *sein*.»

«Hat Marceline Ihnen das gesagt?»

«Mhm. Und ich hab es mit eigenen Augen gesehen.»

«In Jonestown?»

DeDe nickte. «Ich sah, wie die beiden sich einmal abends trafen. Jones und der Kerl. Sie waren kaum auseinanderzuhalten. Nach Marcelines Darstellung sah der Plan so aus, dass der Hochstapler das ganze Unternehmen leiten sollte, bis Jones zur ärztlichen Behandlung nach Moskau konnte. Alles in allem höchstens eine Woche, sagte sie. Den Großteil seiner Aufgabe sollte er mithilfe des Lautsprechersystems erledigen und nur ab und zu ein bisschen herumgehen, um die Leute bei der Stange zu halten. Der Mann wurde wirklich in *alles* eingewiesen, sogar in die Selbstmordübungen. Weil Jones krank war, erwartete natürlich niemand, dass er so klang wie sonst ... oder dass er am Alltagsleben im Lager teilnahm. Er hatte bloß *da zu sein* und zu verhindern, dass eine Revolte ausbrach.»

«Dann ist es also ... so gekommen? *Jones ist abgereist?*»

«Ich weiß nicht. Zwei Tage nach der Ankunft des Hochstaplers im Lager erzählte mir Captain Duke von dem Zyankali. Ich bin nicht so lange geblieben, um es rauszufinden. Zum ersten Mal in meinem Leben war ich verdammt froh, dass ich den Höhepunkt verpasste.»

«Wann ... sind Sie dann also weg?»

«Zwei Tage bevor der Kongressabgeordnete und die anderen auf der Landebahn ermordet wurden.»

«Heißt das, dass vielleicht dieser Mann ... dieser Hochstapler ... den Massenselbstmord befohlen hat?»

«Ja.»

«Und dass vielleicht er es war ...»

Als Mary Ann stockte, beendete DeDe den Satz. «... der gestorben ist.»

«O mein Gott!»

DeDe blinzelte sie ungerührt an.

«Das ist ... DeDe, das ist *grotesk*.»

«Allerdings, nicht?»

«Aber ... die Regierung ... hat die Leichen damals doch sicher untersuchen lassen. Jemand muss ... ich weiß nicht ... was wird da gemacht? Eine Blutuntersuchung oder so?»

DeDe lächelte nachsichtig. «Es gab neunhundert Leichen, vergessen Sie das nicht.»

«Ich weiß, aber ...»

«Eine der Leichen lag direkt vor dem Thron, mit dem Kopf auf einem Kissen. So aufgedunsen, wie sie war, sah sie zumindest *aus* wie Jones ... und vermutlich fand man bei ihr auch seinen Ausweis. Glauben Sie, dass man sich die Mühe machte, seine Fingerabdrücke zu überprüfen?»

«Hat es keine Autopsie gegeben?»

«Doch», sagte DeDe, «und ich hab schon alles versucht, um den Bericht zu finden. Deshalb brauchte ich auch *Zeit*, verstehen Sie? Wenn mir jemand den schlüssigen Beweis liefern würde, dass er tot ist ...»

«Was ist mit den Tempelmitgliedern?»

DeDe verzog das Gesicht. «Die waren keine Hilfe. Sie wollten nichts davon hören. Sie haben mich behandelt, als wär ich verrückt oder so.»

Mary Ann schwieg dazu.

«Mary Ann ... bitte ... schreiben Sie mich noch nicht als hoffnungslosen Fall ab.» DeDe sah sie flehentlich an, und ihre Augen füllten sich mit Tränen. «Das Verrückte kommt erst noch.»

Mary Ann nahm ihre Hand. «Erzählen Sie weiter», sagte sie. «Ich bin ganz Ohr.»

«Ich weiß nicht, was ich machen soll», sagte DeDe schluchzend. «Ich hab das Davonlaufen so was von satt ...»

«Weinen Sie doch nicht, DeDe. Es kann nicht so schlimm sein, wie ...»

«Ich hab ihn *gesehen*, Mary Ann!»

«Was?»

«Gestern. Im Steinhart Aquarium. Meine Mutter hat mich völlig verrückt gemacht, und deshalb bin ich in die Stadt gefahren ... nur, um ein bisschen rumzulaufen. Ich war zuerst bei einem Konzert im Park ... bin danach ins Aquarium gegangen ... und unter den Leuten dort hab ich ihn gesehen.»

«Sie haben ... Jones gesehen?» Mary Ann war fassungslos.

DeDe nickte. Ihr Gesicht war angstverzerrt.

«Was hat er gemacht?»

«Geguckt ...» Sie war kaum noch zu verstehen. Als Mary Ann spürte, wie auch ihre Unterlippe zu zittern anfing, drückte sie DeDes Hand noch fester.

«Geguckt?», fragte sie vorsichtig.

DeDe wischte sich mit der freien Hand über die Augen und nickte. «Die Fische angeguckt. Genau wie ich.»

«Es ist furchtbar duster da drin. Sind Sie sicher, dass Sie ...?»

«*Ja!* Er hat schlanker ausgesehen, und entschieden gesünder, aber er war's. Ich wusste es in dem Moment, als ich ihm in die Augen sah.»

«Er hat Sie *gesehen*?»

«Er hat mir zugelächelt. Es war grauenhaft.»

«Wie haben Sie reagiert?»

«Ich bin zurück zum Auto gerannt und nach Hause gefahren. Seither hab ich das Haus nicht mehr verlassen. Ich weiß, wie sich das anhört, glauben Sie mir. Sie hätten allen Grund ...»

«Ich glaube Ihnen.»

«Wirklich?»

«Ich glaube, dass es für Sie real ist. Das genügt mir.»

DeDe hörte auf zu schluchzen. Sie funkelte Mary Ann wütend an und riss dann verärgert ihre Hand weg. «Sie halten mich für hysterisch, was?»

«DeDe, ich finde, Sie waren unglaublich tapfer ...»

«*Tapfer?* Sehen Sie mich doch an! Ich hab eine Scheißangst! Glauben Sie, ich weiß nicht, was die Polizei sagen würde ... was die ganze verdammte Welt sagen würde über das arme kleine Mädchen aus reichem Hause, das in Jonestown durchgeknallt ist? Schauen Sie doch nur, wie *Sie* reagieren. Und Sie wollen meine Freundin sein!»

«Ich bin Ihre Freundin», sagte Mary Ann lahm.

«Dann sagen Sie mir doch, was ich machen soll. *Was soll ich mit meinen Kindern machen?*»

Gangie

Klein Edgar und seine Schwester Anna rannten freudestrahlend über den braunen Rasen von Halcyon Hill, kamen auf die Terrasse zu ihrer Großmutter und zwickten sie von links und rechts ins Bein.

«Gangie, Gangie ... guck mal!»

Frannie stellte ihre Teetasse auf die Glasscheibe des Tischs und lächelte die beiden Vierjährigen an. «Was habt ihr denn da, ihr zwei Süßen? Was wollt ihr Gangie zeigen?»

Klein Anna stieß ihr Fäustchen nach vorne, machte es auf und gab eine kleine graue Kröte zur Besichtigung frei, die wie ein Herz pulsierte. Frannie rümpfte die Nase, bemühte sich aber redlich um einen anerkennenden Ton. «Na ... seht euch das mal an! Weißt du, was das ist, Edgar?»

Edgar schüttelte den Kopf.

«Das ist ein Frosssch», sagte Anna mit einer gewissen Selbstgefälligkeit.

Edgar warf seiner Zwillingsschwester einen verächtlichen Blick zu. «Ich hab ihn gefunden», erklärte er trotzig, als wollte er für sein Versagen bei der Benennung des Tiers einen Ausgleich schaffen.

«Wisst ihr, er ist wirklich wunderschön», sagte Frannie in süßlichem Ton, «aber ich denke, ihr solltet ihn dorthin zurückbringen, wo ihr ihn gefunden habt.»

«Wieso?», fragten beide gleichzeitig.

«Na ja ... weil er eines von Gottes kleinen Geschöpfen ist,

und außerdem kommt er mir noch sehr klein vor. Wahrscheinlich fehlt ihm seine Mommy. Ihr würdet doch auch nicht wollen, dass jemand euch von *eurer* Mommy wegholt, oder?»

Vier Mandelaugen wurden ganz groß. Die Zwillinge schüttelten gleichzeitig den Kopf.

«Na also ... dann lauft jetzt los und setzt ihn genau dort wieder ab, wo ihr ihn gefunden habt. Und wenn ihr zurückkommt, hat Gangie eine große Überraschung für euch.»

Frannie sah zu, wie die beiden an den Rand des Rosengartens zurückhasteten, und erfreute sich an der klassischen Schlichtheit des Geschehens. Sie war überzeugt, dass sie die gleichen Sätze gesagt hatte – und am gleichen Ort –, als DeDe in dem Alter gewesen war.

«Kann ich mal mit dir reden, Mutter?»

Als die Matriarchin sich umdrehte, sah sie sich der erwachsenen DeDe gegenüber, die schlank und schön und ungewöhnlich ... entschlossen wirkte. «Hallo, mein Schatz. Wird Mary Ann uns beim Tee Gesellschaft leisten?»

«Sie ist gerade zur Tür raus», sagte DeDe.

Frannie gab ihrer Tochter einen flüchtigen Kuss auf die Wange und schaute dann liebevoll zu den Zwillingen hinüber. «Sie sind eine solche Freude. Ich kann es dir gar nicht sagen.»

DeDes Lächeln wirkte matt. «Sie haben dich anscheinend rasch ins Herz geschlossen. Mutter ... können wir uns kurz unterhalten?»

«Selbstverständlich, mein Schatz. Ist etwas Unangenehmes passiert?»

DeDe schüttelte den Kopf. «Ich glaube, dass es dir gefallen wird. Ich *hoffe*, dass es dir gefallen wird.»

Emma hielt die Kinder in der Küche mit Eiscreme bei Laune, während DeDe mit ihrer Mutter im Wintergarten saß und ihr erklärte, was sie vorhatte.

«Mary Ann wird die Geschichte publik machen», sagte sie. «Aber noch nicht gleich ... vielleicht in einer Woche oder so. Das haben wir noch nicht genau festgelegt. Das Entscheidende ist ... ich finde, du und die Zwillinge sollten nicht in der Stadt sein, wenn es so weit ist.»

«Was?»

«Überleg doch mal, Mutter. Es wird ein riesiges Aufsehen geben. Ganz egal, was wir machen. Und ich möchte nicht, dass du oder die Kinder einem derartigen Druck ausgesetzt werdet.»

«Das ist lieb von dir, mein Schatz, aber früher oder später muss es ja doch sein, nicht?»

DeDe nickte. «Bis zu einem gewissen Grad ... aber bis dahin hat es sich ein bisschen gelegt, und du wirst dann besser damit fertig.» DeDe reichte ihrer Mutter eine Seite aus dem Reiseteil des *Chronicle*. «Ich finde das hier ganz toll. Da steht, dass es das geräumigste Schiff im Einsatz ist und dass es nach ...»

«DeDe, was soll das ...?»

«Lass mich ausreden, Mutter. Es sticht nächste Woche zu einer zweiwöchigen Kreuzfahrt nach Alaska in See. Du wirst die Gletscher sehen und in Sitka die entzückenden alten Russenhäuser ...»

«DeDe, ich finde deine Rücksichtnahme rührend, aber ... na ja, ich fühle mich hier wohl, mein Schatz. Und ich glaube wirklich nicht, dass mir das Aufschen zu viel ...»

«Ich will die Kinder aus der Stadt haben, Mutter!»

Frannie war betroffen von der Heftigkeit, mit der DeDe es sagte. «Schatz, ich tue alles, was du willst. Ich verstehe nur nicht, warum es dir so ... na ja, so *wichtig* ist.»

DeDe fing sich wieder. «Frag nicht, Mutter, sondern hilf mir. Bitte. Es ist eine wunderbare Reise. Die Zwillinge werden begeistert sein, und du wirst sie viel besser kennenlernen können. Es ist genau das Richtige.» Sie sah Frannie beinahe wehleidig an. «Meinst du nicht auch?»

Die Matriarchin zögerte, bevor sie ihre Tochter schließlich umarmte. «Doch, ich finde es ganz reizend», sagte sie.

A Starr is born

Die Kleider von Wilkes Bashford waren ungefähr eine halbe Stunde vor Pater Paddy in Prues Haus eingetroffen.

«Was sagen Sie dazu?», fragte der Geistliche atemlos. «Daniel Detorie hat mir beim Aussuchen geholfen. Ich *weiß*, dass ich bei den Polohemden über die Stränge geschlagen habe, aber die Farben sahen so appetitlich aus, dass ich nicht widerstehen konnte.»

«Sie sind hübsch», erwiderte Prue beinahe gleichgültig. Sie begriff langsam, dass sie unter Schock stand, weil jetzt klar war, dass es dazu kommen würde. *Es würde tatsächlich dazu kommen.* Sie zauberte sich ein Lächeln für den Priester ins Gesicht. «Ich kann gar nicht fassen, wie wunderbar Sie zu mir sind.»

«Quatsch», sagte Pater Paddy. «Das Vergnügen war ganz auf meiner Seite, Liebste. Ich hab mich bei Wilkes noch nie so austoben können.» Er hob einen blauen Blazer aus einem Karton. «Der ist von Brioni», sagte er. «Ich habe hin und her überlegt, ob ich den Polo-Blazer nehmen soll, der vierhundert gekostet hätte, aber lang nicht so gut *geschnitten* war wie der von Brioni. Und weil es uns bei der ganzen Sache auf den Effekt ankommt, erschienen mir achthundert durchaus angemessen. Hat er sich schon die Haare schneiden lassen?»

«Ich glaube nicht», sagte Prue.

Pater Paddy verdrehte die Augen. «Er kann doch nicht aufs Schiff, wenn er aussieht wie der Wilde von Borneo, Liebste!»

«Ich weiß», sagte Prue, «aber wenn wir ihm die Haare mit Gel nach hinten ...»

«Das können Sie vergessen. Ich werd am Sonntag mit der Maniküre auch noch einen Friseur rüberschicken.» Er seufzte hingebungsvoll. «Mein Gott, macht das Spaß, was?»

«Ich bin immer noch so nervös», sagte Prue.

«Aber nicht doch. Die Sache läuft.» Der Priester zog ein Päckchen aus der Brusttasche. «Sehen Sie, mein Kind, hier sind die Tickets. Sie gehen am Sonntag zwischen drei und halb fünf an Bord. Lukes Kabine liegt auf demselben Deck wie Ihre, nur zwei Türen weiter. Sie können um eine halbe Stunde versetzt an Bord gehen, wenn Sie möchten. Dann schöpft niemand Verdacht. Ich hoffe doch ... dass er die Nacht zum Sonntag hier verbringt, oder?»

Prue nickte. «Ich hab meiner Sekretärin das Wochenende freigegeben.»

«Sehr schön. Kluges Mädchen.»

Prue runzelte die Stirn, als sie sich die Tickets ansah. «Moment mal ... auf dem Ticket hier steht Sean P. Starr.»

«Richtig», sagte Pater Paddy grinsend. «Stets zu Diensten.»

«Aber ... Luke kann sich doch nicht für Sie ausgeben, Pater.»

«Warum nicht?»

«Es ist einfach zu riskant. Was ist, wenn er seinen Ausweis vorzeigen muss?»

Der Priester zuckte mit den Schultern. «Dann zeigt er eben meinen vor. Der ist im Reisearrangement enthalten, mein Kind.»

«Das ist sehr nett von Ihnen, aber ... na ja, Luke würde das nie tun. Das weiß ich.»

«Was tun?»

«Als Priester auftreten.»

Pater Paddy hielt ihr seinen Ausweis hin. «Zeigen Sie mir, wo da was von Priester steht. Er wird ganz einfach Sean Starr sein, seines Zeichens Bonvivant und Weltenbummler, ein charmanter Junggeselle im besten Alter, der auf einer Kreuzfahrt nach Alaska rein zufällig eine gewisse charmante Klatschkolumnistin kennenlernt, die ebenfalls im besten Alter ist. Was könnte natürlicher sein als das? Oder *romantischer*, wenn wir schon dabei sind? Ihre Leser werden davon begeistert sein.»

Prue lachte zum ersten Mal an diesem Tag. «Sie sind absolut heimtückisch, Pater.»

Der Geistliche nahm das Kompliment mit einer bescheidenen Verbeugung an. «Alles Weitere hängt von Ihnen ab, mein Kind. In weltlichen Dingen kann die Kirche nicht mehr tun. Wenn ich Sie wäre, würde ich allerdings stark auf seinen Hintergrund als Vermögensverwalter abheben. Haben Sie nicht gesagt, dass er so was mal gemacht hat?»

Prue nickte. «Vor ziemlich langer Zeit. Bevor er Prediger war.»

«Wunderbar. Dann stimmt es sogar. Das ist immer praktisch.» Er beugte sich vor und gab Prue einen ungestümen Schmatz auf die Wange. «Ach, Prue ... Sie haben ein tolles Abenteuer vor sich, ein *ganz* tolles Abenteuer.»

Die Kolumnistin hörte sich kichern. «Ja, nicht?»

«Außerdem verhelfen Sie dem armen Kerl zu einem neuen

Anfang. Darauf können Sie stolz sein ... *und* Sie können in Ihren Briefen darüber berichten. Ich will es *anschaulich* und im Detail, Liebste. Das ist meine Entlohnung für meine Dienste. Übrigens ... lieben Sie ihn denn?»

«O ja!»

«Dann wird er geschlagene zwei Wochen an nichts anderes denken, Liebste. Er wird an nichts anderes denken und sein altes Leben einfach sausen lassen. Manche Menschen sind füreinander geschaffen, mein Kind, und wenn sie zueinander finden, ist fast alles möglich. So ... und welcher Friseur wäre Ihnen recht?»

In Hillsborough war es DeDe, die letzte Ratschläge erteilte.

«Entspann dich, Mutter, das ist die Hauptsache. Entspann dich, und erfreu dich an deinen Enkelkindern ... aber sag um Himmels willen niemand, dass es deine sind, sonst machst du das ganze Vorhaben zunichte.»

«Was soll ich denn dann sagen?»

«Ganz einfach. Dass die Kleinen bei dir in Pflege sind. Es sind vietnamesische Waisenkinder, die du den Sommer über zu dir genommen hast.»

Die Matriarchin reagierte ungehalten: «Das glaubt mir doch kein Mensch!»

«Warum nicht? Es ist einleuchtender als die Wahrheit, oder?»

Schweigen.

«Ich weiß, wie groß die Versuchung sein wird, deinen Stolz zu zeigen, Mutter. Aber das darfst du nicht. Auf gar keinen Fall. Wenn wir erst an die Öffentlichkeit gegangen sind, hast du noch Zeit genug, um mit deinen Bekannten zu feiern.»

«Und wenn ich jemand treffe, den ich kenne?»

«Das ist eher unwahrscheinlich. Kreuzfahrten sind schon seit Jahren nur noch was für die Mittelschicht. Wenn aber doch, bleibt die Geschichte die Gleiche. Sag jedes Mal ‹Pflegekinder›, wenn du ‹Enkelkinder› meinst, und die Sache ist geritzt. Okay?»

Frannie nickte widerwillig. «Irgendwie ist das furchtbar albern.»

«Mutter.» DeDe klang jetzt ganz geschäftsmäßig. «Es mag dir albern vorkommen, aber es ist unheimlich wichtig. Hast du verstanden? Jemand kann es noch so gut mit uns meinen, und eh wir wissen, wie uns geschieht, lässt er gegenüber der Presse was durchsickern. Denk dran, was Daddy immer gesagt hat: ‹Durch ein loses Mundwerk ist schon manches Schiff gesunken.›»

Frannie sah ihre Tochter naserümpfend an. «Auf das Durchsickern und Sinken kann ich gut verzichten. Danke.»

DeDe lachte nervös. «Die Wortwahl war daneben. Tut mir leid. Ach, Mutter, ich wünsch dir, dass du eine wunderbare Zeit erlebst!»

«Das werde ich», sagte Frannie lächelnd. «Das heißt, *wir*.»

Reise aus der Vergangenheit

Auf der Landungsbrücke vor der *Sagafjord* wimmelte es von Passagieren, doch Prue hatte nur für einen Augen. «Sehen Sie ihn sich an», gurrte sie. «Haben Sie schon mal was Schöneres gesehen?»

Pater Paddy bekreuzigte sich – eine ganz und gar passende Reaktion angesichts ihres Beobachtungsobjekts. Denn das Wesen im Brioni-Blazer *war* schön, war ein geschmeidiges, feingliedriges Rennpferd von Mann, das man ohne Weiteres für einen Diplomaten oder internationalen Finanzfachmann halten konnte.

«Am liebsten würde ich zu ihm hinlaufen und ihn umarmen», sagte Prue.

«Immer sachte», murmelte der Geistliche. «Es mag ja sein, dass Kleider Leute machen, aber Sie dürfen ihm erst an die Wäsche, wenn das Schiff auf See ist.»

Prue kicherte nervös. «Sie sind schrecklich, Pater.»

«Hat Luke sein Ticket?»

Prue nickte. «Ich hab ihm das für die Olaf-Trygvasson-Suite gegeben, weil ich die Henrik-Ibsen-Suite selbst haben wollte. Sie hat für mich was Literarisches.»

«Völlig richtig», sagte Pater Paddy. «Möchten Sie, dass ich mit an Bord komme?»

«Sehr freundlich. Aber ich glaube, ich komme alleine zurecht.»

Der Priester zog eine Augenbraue hoch. «Das möchte ich doch hoffen.»

«Es reicht jetzt, Pater!»

Pater Paddy gluckste und umarmte seine Freundin. «Ich wünsche Ihnen eine herrliche Zeit, Liebste. Hoffentlich lernen Sie an Bord einen *tollen* Mann kennen.»

«Irgendwie hab ich das Gefühl, dass das passieren wird», sagte Prue lächelnd.

«Aber lernen Sie ihn *erst* kennen, wenn sich die passende Gelegenheit dazu ergibt.»

Prue nickte. «Verstanden.»

«Und denken Sie daran, ihn Sean zu nennen, wenn andere in der Nähe sind.»

«Werd ich.»

«Und machen Sie sich um Himmels willen keine Sorgen, weil Frannie Halcyon an Bord ist.»

«Was?»

«Ich hab sie vorhin auf dem Pier entdeckt. Es kann natürlich sein, dass sie nur jemand verabschiedet. Auf alle Fälle steht Ihnen jede Romanze zu, die sich vielleicht ... zufällig ergibt, sobald Sie an Bord sind. Luke ist mehr als vorzeigbar, und ich zweifle, ob Frannie ...»

«Wo ist sie?», fragte Prue. «Gott, wie mich das nervös macht!»

«Ach, Prue ... Kopf hoch. Sie machen Urlaub, vergessen Sie das nicht!»

Prue lächelte tapfer. «Ich werde mich bemühen.»

«Gott segne Sie», sagte Pater Paddy.

«Ciao-ciao», antwortete Prue.

Auf dem Pier drängten sich drei nervös miteinander plaudernde Frauen um zwei kleine Kinder.

«Ihr müsst mir versprechen», sagte DeDe und ging in die Hocke, «dass ihr immer alles tut, was Gangie sagt.»

Klein Anna hängte sich wie ein Koalabär an DeDes Hals.

«Warum kommst du nicht mit, Mommy?»

«Ich kann nicht, Schatz. Mommy muss ein paar Sachen erledigen. Aber ich hol euch hier wieder ab, wenn ihr zurückkommt. Das versprech ich dir.»

«Ist D'orothea dann auch da?»

«Vielleicht, Schatz. Mommy weiß das jetzt noch nicht.»

Mary Ann ging neben DeDe in die Hocke und wandte sich an die Kinder: «Ihr werdet so viel Spaß haben. Wisst ihr, auf dem Schiff kann man Filme angucken. Und oben in Alaska werdet ihr wunderbare Tiere sehen.»

«Was für Tiere?», fragte Klein Edgar.

Mary Ann machte ein ratloses Gesicht. «Was für Tiere?», wandte sie sich halblaut an DeDe.

«Äh ... Elche, glaub ich. Oder Elchen?»

«*Große* Tiere», erklärte Mary Ann. «Mit einem großen Geweih.» Als sie das Gesicht des kleinen Mädchens sah, fügte sie hastig hinzu: «Aber sie sind sehr lieb ... wie ein großer alter Hund oder so.»

DeDe stand auf und umarmte ihre Mutter. «Danke, dass du das tust. Ich hab dich sehr gern. Hoffentlich ist wenigstens das klar.»

«Ist es», sagte Frannie und fing zu weinen an. «Das war immer klar, mein Schatz.»

DeDe kramte ein Kleenex aus ihrer Handtasche und tupfte ihrer Mutter damit die Augen ab. «Es ist besser so», sagte sie. «Bei ihrer Gangie sind sie sicher.»

«Wo könnten sie sicherer sein als zu Hause?»

«Ach komm ... du weißt doch, dass das Aufsehen ...»

«Es geht nicht nur um das Aufsehen, nicht?» Frannie fixierte ihre Tochter mit einem Blick, der die Wahrheit einklagte.

DeDe drehte sich um und warf das Kleenex weg.

«Nicht?», hakte Frannie nach.

Ein markerschütterndes Tuten von der *Sagafjord* kündigte die bevorstehende Abfahrt an.

«Los geht's», sagte DeDe einen Tick zu gut gelaunt.

«DeDe, ich möchte, dass du ...»

DeDe brachte sie mit einer weiteren Umarmung zum Schweigen. «Es wird schon alles gut gehen, Mutter ... glaub mir.»

Nur nicht den Überblick verlieren

Larry Kenan lachte nicht – er *wieherte* –, als Mary Ann ihre Bitte äußerte. «Das ist ja stark, Gnädigste! Das ist ja wirklich stark!»

«Tut mir leid, wenn ...»

«Sendezeit *reservieren*?»

«Sie brauchen es nicht zu wiederholen, Larry. Ich hab schon verstanden.»

«Sendezeit reserviert man nicht einfach ... wie ein Zimmer im Hilton oder so ...»

«Klar. Schon kapiert.»

«Sendezeit *gestaltet* man ... und wir müssen doch wissen, wie die Gestaltung aussieht, stimmt's?»

«Stimmt.» Mary Ann stand auf und ging zur Tür.

Der Nachrichtenchef schaute weiter himmelwärts auf Bo Derek. «Halt!», sagte er.

Mary Ann blieb an der Tür stehen. «Ja?»

«Wenn Sie 'ne Story haben, sollten Sie uns was davon erzählen. Sie haben sogar die *Verpflichtung*, uns was davon zu erzählen. Als Journalistin.»

«Ich bin keine Journalistin», sagte Mary Ann knapp. «Das haben Sie gerade selbst gesagt.»

«Ich hab gesagt, dass Sie *noch* keine Journalistin sind. Und selbst wenn Sie eine wären, könnt ich keine freie Sendezeit an Sie vergeben, ohne zu wissen, um was es geht, verdammt noch mal!»

«Ich hab es Ihnen schon erklärt», sagte Mary Ann ruhig. «Ich kann erst heute in einer Woche darüber reden.»

«Warum tun Sie's nicht einfach dann, hm?»

«Eben.»

«Aber glauben Sie ja nicht, dass Sie damit auf Sendung gehen können.»

«Larry ...»

«Haben Sie mich verstanden, Gnädigste? Wir haben Profis, die wir für so was bezahlen. Und Sie bezahlen wir für was anderes. Aber ’ne Quellenangabe im Nachspann wär denkbar. *Vielleicht.* Ich hab ja keine Ahnung, welchen Fang Sie da gemacht haben, aber erwarten Sie nicht, dass Sie damit über Nacht zu einer zweiten Bambi Kanetaka werden.»

Mary Ann unterdrückte ein «Da sei Gott vor!» und ging zur Tür hinaus. So viel zu Plan A.

Plan B würde sowieso sehr viel mehr Spaß machen.

DeDe zeigte sich für die Idee aufgeschlossen. «Es ist mir egal, wie wir es anstellen», sagte sie. «Ich interessiere mich mehr für das Wann.»

«Wäre Dienstag okay?», fragte Mary Ann.

«Heute in einer Woche?»

Mary Ann nickte. «Dann bleibt uns noch eine Woche, um den Aufwasch zu erledigen, bevor Ihre Mutter und die Kinder zurückkommen. Die Reise war wirklich eine gute Idee ... schon allein aus logistischen Gründen.»

DeDes Miene verdüsterte sich. «Aber Sie halten mich immer noch für ein bisschen paranoid.»

«Ich halte Sie für gewissenhaft.»

«Betreiben Sie keine Wortklauberei.»

«DeDe, ich ...»

«Jim Jones ist tot, nicht? Er muss tot sein. Sie haben es doch in den Nachrichten gesehen!»

Der Ausbruch ärgerte Mary Ann. «Mir liegt nur eins am Herzen», sagte sie entschieden. «Dass Sie die Chance kriegen,

Ihre Geschichte unter fairen Bedingungen zu erzählen ... und so abgesichert wie möglich. Es geht um einen irren Knüller, DeDe. Basta. Meine Meinung spielt dabei keine Rolle. Wichtig ist ... dass die Fragen gestellt werden. Die Antworten rücken sich später von allein zurecht.»

«Sie haben recht», sagte DeDe resigniert.

«Es wird nicht leicht. Das weiß ich. Wenn es Ihnen lieber ist, können Sie sich auf eine schriftliche Erklärung beschränken, und ich stelle mich den Fragen der Presse allein. Dann können Sie und die Zwillinge verschwinden, noch einmal Urlaub machen und ein neues Leben anfangen,»

DeDe lächelte wehmütig. «Ja, schwer wird's.»

«Ich weiß, dass die erste Zeit hart sein wird, aber ...»

«Es wird so lang schlimm sein, bis ich Gewissheit habe. Ich hab den Kerl gesehen, Mary Ann. Ich war mir noch in keiner Sache so sicher.»

Mary Ann taxierte sie kurz. «Okay ... sagen wir mal, Sie haben ihn tatsächlich gesehen.»

DeDe wartete.

«Sagen wir, er hat es bis Moskau geschafft, und sein Doppelgänger ist statt ihm gestorben. Die ganze Welt hält ihn für tot, doch er lebt, es geht ihm gut, und er wohnt in Moskau. Warum, um alles in der Welt, sollte er nach San Francisco zurückkommen, im Steinhart Aquarium herumspazieren und sich dort sehen lassen?»

Schweigen.

Mary Ann reagierte behutsam. «Solche Fragen wird man Ihnen stellen, DeDe. Ich möchte, dass Sie sich darauf gefasst machen.»

«Auf so was werd ich nie gefasst sein», sagte sie grimmig.

Mary Ann stand auf, setzte sich neben DeDe und umarmte sie unbeholfen. «Tut mir leid. Mein Gott, ich ... wissen Sie, wir können die Sache mit dem Doppelgänger auch weglassen, wenn Sie möchten. Wir brauchen nur zu sagen, dass Sie wieder da sind, und den Rest lassen wir ...»

«Nein!» DeDe schüttelte energisch den Kopf. «Ich will dieses Arschloch drankriegen. Ich will, dass die Sache aus der Welt geschafft wird. Ich hab keine Lust, den Rest meines Lebens herumzukrebsen und mich zu fragen, ob er auf mich wartet ... und ob ... ob die Kinder ...»

«Und wenn Sie den Doppelgänger gesehen haben?»

DeDe schüttelte erneut entschieden den Kopf. «Bestimmt nicht.»

«Wie können Sie da so sicher sein?»

«Ich bin es einfach, das ist alles.»

«Er hat sich überhaupt nicht verändert? Dann müssten ihn die Leute doch erkennen.»

«Würden Sie ihn erkennen?», fragte DeDe. «Mensch, wer erwartet denn, ausgerechnet *ihm* über den Weg zu laufen.»

«Mhm. Ich versteh, was Sie meinen.»

«Außerdem ... er *hat* sich irgendwie verändert. Vielleicht ist es seine Nase ... ich weiß nicht. Vielleicht hat man ihm in Moskau das Gesicht operiert. Herrgott, wenn Sie mir nur glauben würden! *Ich* erinnere mich an die Vergangenheit, Mary Ann. Ich werde *nicht* dazu verdammt sein, sie zu wiederholen!» DeDe zuckte wie unter einem Schlag zusammen. *«O Gott!»*

«Was ist?», fragte Mary Ann.

«Nichts», sagte DeDe. «Ich bete immer noch seinen Jargon nach, das ist alles.»

«Welchen Jargon?»

DeDe tat es mit einem Achselzucken ab. «Bloß so ein dummes Zitat, das er über seinem Thron hängen hatte.»

Geschmackstest

«Tut mir leid, dass ich so spät dran bin», sagte Bill Rivera, als er sich im Welcome Home zu Michael an den Tisch setzte. «Aber der Freund vom Bruder von meinem Ex-Freund ist gerade erst abgereist.»

«Moment mal. Der ...?»

Der Polizist lächelte. «... Freund vom Bruder von meinem Ex-Freund. Das war vielleicht 'ne schwere Geburt bei dem Kerl.»

«Was? Dass er nach San Francisco gekommen ist, oder dass er schwul geworden ist?»

«Mehr oder weniger *beides* ... und dieser Dreckskerl hat sich dazu ausgerechnet meine Wohnung ausgesucht. Aus heiterem Himmel hat er bei mir vor der Tür gestanden. Mit vierzehn verschiedenen Fummeln!»

«Etwa ... Leder?»

«Leder, Cowboyzeugs, Signaltücher für die Arschtasche, Tittenklemmen, dreiteilige Anzüge ... alles.»

Michael lächelte. «Und rate mal, wer ihn überall rumführen sollte.»

Bill schüttelte den Kopf. «Ich hab den Kerl kaum gesehen. Er hat gerade lang genug reingeschaut, um zu schlafen, seine Verkleidung zu wechseln oder meine Poppers zu klauen, und dann ist er auch schon wieder abgezischt. Er ist vom Alta Plaza ins Badlands gezogen, von dort ins Caldron und dann wieder zurück, während ich zu Hause Fernsehen geguckt habe. Als er heute Vormittag gegangen ist, hat er auf einmal ein ganz ernstes Gesicht gemacht und gesagt: ‹Weißt du, Bill, diese Stadt ist so was von dekadent. Ich könnte hier nie leben.› Am liebsten hätt ich das Arschloch mit seinem Harness erwürgt.»

Michael lachte und reichte Bill die Speisekarte. «Die aus L.A. sind die Allerschlimmsten.»

«Der Kerl ist aus Milwaukee. Dort denken sogar die Schwuchteln, dass wir's hier schon zu weit getrieben haben.»

Michael grinste, weil ihm plötzlich etwas einfiel. «Hast du schon von dem Feuer gehört, das es letzte Woche in der Muni-Metro-Station an der Castro gegeben hat?»

Der Polizist schüttelte den Kopf.

«Es war nur was Kleines», erzählte Michael weiter. «Aber es kam gleich ein ganzer Gerätewagen angerauscht ... mit einem halben Dutzend geilen Feuerwehrmännern drauf. Sie blieben gegenüber dem Castro Theatre stehen, konnten aber nicht in die Metro-Station rein, ohne sich vorher durch einen Hoedown zu schlängeln, den die Foggy City Squares dort veranstaltet haben.»

«Übersetz das mal», sagte Bill.

«Eine schwule Volkstanzgruppe. Sie führten vor der Bank of America einen großen Squaredance auf. Sie klatschten und schrien ‹Jippie› und sangen ‹The Trail of the Lonesome Pine›. Nur Männer. Einfach toll. Am meisten hab ich aber drüber gestaunt, wie die Feuerwehrmänner dreingeschaut haben: gleichgültig wie nur was. Sie haben allen ganz freundlich zugenickt und sich einfach an die Arbeit gemacht ... als würden sie bei *jedem* Löscheinsatz an einer Squaredance-Gruppe aus lauter Männern vorbeikommen. So was kann's auf der ganzen Welt nur hier geben. Deswegen leb ich wahrscheinlich auch hier. Und weil ein paar von den Bullen ein bisschen merkwürdig sind.»

Bill grinste. «Mehr als ein bisschen.»

«Gerade richtig», sagte Michael. «Auf Country & Western fährst du nicht so besonders ab, was?» So viel hatte er Bills Reaktion auf sein Squaredance-Garn schon entnommen.

Der Bulle gab einen nichtssagenden Grunzer von sich.

«Ich frage, weil ... na ja, ich hab überlegt, ob du Lust hättest, mit mir zum Rodeo zu fahren.»

Bill schaute von der Speisekarte hoch. «Zum schwulen?»

Michael nickte.

Bill runzelte die Stirn. «Noch mehr Schwuchteln, die so tun, als wären sie Cowboys, hm?»

«Nicht alle», erwiderte Michael. «Manche tun so, als wären sie Tammy Wynette.»

Mary Ann ließ sich ihre Überraschung anmerken, als Michael kurz vor Mitternacht vor ihrer Tür stand. «Ich dachte, du wolltest dich heute Abend mit deinem Mann in Blau treffen.»

«Hab ich ja auch.»

«Aha.»

«Er schläft nicht gern mit Leuten», sagte Michael. «Die ganze Nacht über, mein ich.»

Mary Ann verzog das Gesicht. «Muss ja toll sein mit ihm.»

Michael zuckte mit den Schultern. «Ich glaub, wir sind nur wegen dem Sex zusammen. Was soll's. Er hat sowieso Schlaf!-Schlaf!-Schlaf!-Bettwäsche.»

«Er hat *was*?»

«Das kennst du doch ... die Bettwäsche, wo ‹Schlaf! Schlaf! Schlaf!› draufsteht. Passend zu den Handtüchern mit ‹Trockne dich ab! Trockne dich ab! Trockne dich ab!›. Es ist furchtbar, Engelchen. Er hat einen unglaublichen Geschmack.»

«Moment mal! *Ich* hatte früher auch solche Bettwäsche.»

«Echt?»

«Ja, echt! Was ist daran so schlecht?»

«Darum geht's doch gar nicht», sagte Michael. «Es geht darum ... dass wir kaum gemeinsame Interessen haben.»

«Außer dem Sex.»

Michael nickte. «Außer dem *großartigen* Sex. Und der gleicht komischerweise sogar die geschmacklose Bettwäsche aus. Ganz zu schweigen von einer Gürtelschnalle, auf der dick und fett BILL steht, und von einem Duschvorhang mit einem nackten Mann drauf.»

«Ich finde, du bist ein furchtbarer Snob», sagte Mary Ann missbilligend.

«Kann sein», sagte Michael, «aber so kommt's wenigstens zu keiner Überreaktion auf den großartigen Sex. Wenn Bill nur einen Funken Stil hätte, wär ich wahrscheinlich längst in ihn verknallt.»

«Und das möchtest du nicht?»

«Nein.»

«Warum nicht?»

Michael dachte kurz nach. «Es ist wie mit dem Pullover hier. Hast du den überhaupt schon gesehen?»

«Er ist hübsch», sagte Mary Ann. «Die Farbe steht dir. Ist das Kaschmir?»

Michael nickte. «Fünfzehn Dollar im Secondhandladen von der Town School.»

«Das ist ja fast geschenkt!» Sie nahm prüfend ein Stück Ärmel zwischen die Finger. «Und er ist noch wie neu, Mouse.»

«Nicht so voreilig.» Michael hob den Arm und ließ ein dimegroßes Loch am Ellbogen sehen.

«Du könntest einen Flicken draufsetzen», schlug Mary Ann vor.

«Nie im Leben. Davon red ich ja gerade. Ich *mag* dieses Loch, Mary Ann. Weil es da ist, brauch ich mir um meinen neuen Kaschmirpullover keine Sorgen zu machen. Ich hab den Stil, das Gefühl und den Luxus von Kaschmir, aber kein großes Getue und Gefürchte. Er *hat* schon eine Macke, verstehst du, und deswegen kann ich mich entspannen und ihn genießen. Mit Bill geht's mir ganz genauso.»

«Und wie steht er zu dir?»

«Für ihn bin ich sein Fickverhältnis. Basta.»

«Wie romantisch.»

«Du sagst es. Deswegen flücht ich mich auch in seinen scheußlichen Geschmack und red mir ein, dass es mit ihm sowieso nie klappen würde. Selbst wenn er *nicht* so niederschmetternd unsentimental wäre. Selbst wenn er nicht auch noch *Meat* auf der Klospülung liegen hätte.»

«Ich glaub, da frag ich lieber nicht nach», sagte Mary Ann.

«Es ist ein Buch», sagte Michael.

«Gott sei Dank. Erzähl mir was Nettes. Was hast du denn in der letzten Zeit von Jon gehört?»

Michael schaute leicht irritiert drein. «Du kannst ihn wohl in jedes Gespräch reinquetschen, was?»

«Na und?», sagte Mary Ann. «Er war auch mein Freund. Er war großzügig und attraktiv ... und er hat dich für den tollsten Kerl überhaupt gehalten. Er war Kaschmir ohne Loch, Mouse. Und das war doch nicht gerade schrecklich, oder?»

Michael seufzte gequält. «Ich hör nichts von Jon, okay?»

«Okay. Tut mir leid.»

Er versuchte erst gar nicht, die Wehmut in seinem Blick zu kaschieren. «Du hast auch nichts gehört, oder?»

Prue Giroux trug Stöckelschuhe, stellte Frannie fest. *Stilettos*, auf denen sie bedenklich eierte, als sie über das regennasse Promenadendeck der *Sagafjord* ging. Ihr Kleid war wie üblich völlig unpassend – es schlenkerte an ihr herum, war cremefarben und sah entsetzlich aus.

Dagegen wirkte ihr Begleiter mit seinem eleganten blauen Blazer, dem gestärkten weißen Kragen und der grauen Seidenkrawatte so lässig-elegant wie der Duke of Windsor. Du lieber Himmel, dachte Frannie, wie schafft sie das bloß?

Prue wirkte einen Augenblick lang unschlüssig, als sie Frannie im Liegestuhl entdeckte. Gleich darauf lächelte sie ein wenig übertrieben und fasste nach dem Arm ihres Gefährten, als wäre dieser eine Trophäe, die sie vorführen wollte.

«Sind Sie nicht auch ganz begeistert?», flötete sie und meinte damit die Küstenlandschaft.

«Hmhm», erwiderte Frannie. «Zauberhaft.»

«War Alert Bay nicht ganz entzückend? Man fühlte sich gleich an die kleinen Keramikdörfer erinnert, die man zur Weihnachtszeit bei Shreve's kauft!»

Und manchmal, dachte Frannie, ist man viel zu gewöhnlich, um es sich leisten zu können, dauernd von «man» zu sprechen.

«Haben Sie Mr. Starr schon kennengelernt?», fragte die Kolumnistin.

Die Matriarchin blieb in ihre Decke gehüllt liegen, lächelte so erhaben wie möglich und hielt ihm die Hand hin. «Guten Tag», sagte sie.

«Mr. Starr ist Vermögensverwalter und kommt aus London», sagte Prue strahlend.

Die Frau ist unmöglich, dachte Frannie. Wer sonst würde die

Referenzen seines Kavaliers unaufgefordert und mit solchem Eifer von sich geben? «Ich mag London sehr», sagte sie unbestimmt.

Der arme Mann schien sich schrecklich unwohl zu fühlen. «Ich bin kein ...»

«Er kommt nicht aus England», unterbrach Prue ihn und umfasste seinen Arm noch fester. «Ich meine ... er ist Amerikaner und arbeitet in London.»

«Aha», sagte Frannie.

Der Mann bestätigte Prues Erklärung mit einem Nicken. Man sah ihm an, dass er ihre unverbesserliche Aufdringlichkeit erniedrigend fand. Tja, dachte Frannie, das ist wohl eine Kreuzfahrtromanze, die das Ende der Reise nicht erleben wird.

«Wo sind denn die beiden entzückenden Waisenkinder?», fragte Prue.

Frannie tat ihr Möglichstes, um sich ihre Verärgerung nicht anmerken zu lassen. Das «Waisenkinder»-Getue war genauso Bestandteil ihres Urlaubsarrangements wie die Melancholie und eine leichte Seekrankheit. «Sie sind im Kino», sagte sie beiläufig, «und sehen sich Bugs Bunny an.»

Das wärmste Lächeln, das man sich vorstellen kann, stahl sich auf Mr. Starrs aristokratisches Gesicht. «Es sind so hübsche Kinder», sagte er. «Sie müssen sehr stolz auf sie sein.»

«Und *wie*», platzte Frannie heraus, fügte aber rasch hinzu: «Obwohl sie natürlich nicht *mir* gehören ... aber ich bin ganz allein auf der Welt, und das Zusammensein mit ihnen macht mir so viel Freude, dass ... na ja, was sollte ich mit meiner Zeit sonst auch anfangen?»

Mr. Starrs Antwort klang beinahe vertraulich, als würde er Frannie schon seit Jahren kennen. «Ich finde Ihr Verhalten außergewöhnlich großzügig», sagte er.

Die Matriarchin wurde rot. «Na ja, ich ... herzlichen Dank, aber ... na ja, es bringt auch einiges an Befriedigung mit sich ...» Ihre Stimme verlor sich ins Unbestimmte. Mr. Starr liebkoste sie fast mit seinem Blick. Frannie spürte bereits eine Harmonie zwischen ihm und ihr, die er ihrer Überzeugung nach mit Prue Giroux garantiert nicht erlebte.

«Darüber sollten wir bei Gelegenheit ein bisschen plaudern», sagte Prue.

«Äh ... wie bitte?» Mr. Starrs außergewöhnlicher Blick hielt Frannie immer noch in Bann.

«Über das Pflegekinderprogramm», sagte Prue. «Meine Leser würden sicher liebend gern Ihren Kommentar dazu hören.»

«Ach so, ja», murmelte Frannie abwesend. «Das könnte ... sehr nett werden.»

«Ich weiß, dass Sie sie lieben», sagte Mr. Starr zu Frannie. Prues Anwesenheit nahm er fast nicht mehr zur Kenntnis. «Man kann es Ihnen vom Gesicht ablesen. Und wo Liebe herrscht ... entsteht ein Band, das unabhängig ist vom Blut.»

Prue verzog das Gesicht. «Vom Blut?»

Frannie lächelte nachsichtig. *Was für eine dumme Gans.* «Ich glaube, Mr. Starr meint die Blutsverwandtschaft, Prue.» Sie wandte sich wieder ihrem neuen Bewunderer zu. «Ich liebe die beiden, als wären sie meine eigenen, Mr. Starr.»

Er zwinkerte beinahe unmerklich. «Ich weiß», sagte er. Was für eine wunderbare Antwort, dachte Frannie und versuchte herauszufinden, was ihr am Gesicht dieses Fremden so *vertraut* vorkam.

«Kennen Sie in San Francisco zufällig einen Pater Paddy Starr?», fragte Frannie.

«Das hab ich ihn schon gefragt», kam es prompt von Prue. «Ich wollte das nämlich auch wissen.»

Frannie lächelte. «Sie haben den gleichen Namen. Ich dachte nur ... dass da ...»

«Nein», sagte Mr. Starr. «Vermutlich gibt es etliche Starrs.»

«Mhm», sagte Frannie.

«Übrigens», fügte Mr. Starr hinzu, «wenn Sie einen Babysitter brauchen sollten, stelle ich mich gerne zur Verfügung.»

«Sehr freundlich», sagte Frannie strahlend. «Aber ich glaube, das ist nicht nötig.»

«Ich kann mit Kindern gut umgehen», sagte er.

Frannie nickte. Davon war sie überzeugt.

Aurora borealis

Der Großteil der Passagiere versammelte sich an diesem Abend zum Rumba-Wettbewerb im Ballsaal, doch Prue und Luke standen auf dem Lidodeck, kuschelten sich unter umgehängten norwegischen Wolldecken aneinander und betrachteten das Wunder des Nordlichts. «Mein Daddy hatte recht», sagte Prue. Ihr Blick haftete an dem hellblauen Band, das den schwarzen Samthimmel über den gesamten Horizont hinweg säumte. «Jetzt verstehe ich, was er meinte.»

«Womit?», fragte Luke.

«Ach ... es ging um die Schönheit, glaube ich. Er hat mir aufgetragen, das Leben nie langweilig zu finden, denn es gibt so viel Schönes, das man sich nicht einmal vorstellen kann, bevor man es mit eigenen Augen sieht. Ich habe mein Leben lang vom Nordlicht gehört, aber nie wirklich ... daran geglaubt ... bis jetzt.»

Luke antwortete, indem er sie noch enger an sich heranzog.

«Wahrscheinlich», fügte Prue hinzu, «habe ich bis jetzt auch an *uns* nie wirklich geglaubt. Gott weiß, wie sehr ich es mir gewünscht habe, aber ich habe mir nie zugestanden, mich ganz darauf einzulassen. Es kam mir alles zu unwirklich vor, fast schon wie ein Hirngespinst.»

Luke nahm ihr Gesicht in seine Hände. «Es ist alles wirklich, Prue. Jede Kleinigkeit.» Sein Lächeln wirkte so strahlend wie Schaumkronen vor dem Hintergrund eines dunklen Meers. «Nur diese verfluchten Klamotten vielleicht nicht.»

«Du siehst *großartig* aus», schwärmte Prue. «Ich bin so stolz auf dich, Luke. Hast du *gesehen*, wie die alten Klatschtanten dich alle anstarren, wenn wir in den Speisesaal kommen? Sie *verschlingen* dich mit ihren Augen! Wenn ich es nicht besser wüsste, würde ich sogar ein wenig nervös werden.»

Luke wurde beinahe barsch: «Kannst du diese Äußerlichkeiten nicht mal vergessen?»

Prue war gekränkt. «Luke ... ich sag dir doch nur, was ich empfinde.»

«Ich weiß, ich weiß.» Sein Ton klang besänftigend.

«Ich bin *glücklich*, Luke. Das ist schon für sich allein ein kleines Wunder. Ich hab nicht einmal gewusst, was das Wort bedeutet, bis ich dich kennengelernt habe. Weißt du ... am liebsten würde ich aus voller Brust singen.» Sie lächelte über ihre ungestüme Äußerung. «Ich hab mir immer große Mühe gegeben, damit die Leute mich für flippig halten. Aber jetzt, Luke, komme ich mir zum ersten Mal im Leben auch flippig vor. Und das soll ewig so bleiben.»

Er drehte sich weg und betrachtete wieder das Nordlicht. «Zwei Wochen sind keine Ewigkeit.»

Prue legte die Stirn in Falten. «Luke ...»

«Mach keine Pläne, Prue. Sonst entgleitet dir der Augenblick.»

«Was ist, wenn ich mehr möchte als den Augenblick?»

«Mehr kannst du nicht haben. Können wir nicht haben.»

«Warum? Es gibt doch überhaupt keinen Grund, warum es nicht weitergehen sollte, wenn wir wieder in San ...»

«Es gibt viele Gründe.»

«Was? Warum können wir nicht einfach ...»

«Psst, mein Schatz ... psst.» Er drückte sie an sich und streichelte ihre Haare, als wäre sie ein Kind. «Du willst so viel, mein Engel ... so viel.»

Sie löste sich von ihm. Sie war plötzlich verunsichert und suchte verzweifelt nach einem Halt. «Ist es zu viel verlangt, wenn ich auf dem aufbauen will, was wir haben? Mein Gott, Luke ... habe ich mich etwa getäuscht? Habe ich in deinen Augen etwa nicht die Liebe gesehen?»

«Doch», sagte er und nickte. «Doch, das hast du.»

«Was ist dann los?»

Er betrachtete sie kurz und schüttelte dann bedächtig den Kopf. «Wem machen wir denn was vor, Prue? Deine Bekannten würden uns dieses Theater nie abnehmen.»

«Luke ... meine Bekannten würden *hingerissen* sein von dir.»

«So wie die alte Vettel mit den vietnamesischen Waisenkindern? Nein danke! Es interessiert mich nicht, die Bourgeoisie zu umschmeicheln ... und das würden diese Leute innerhalb von zehn Minuten *merken.*»

Prue war pikiert und machte kein Hehl daraus. «Wenn du's genau wissen willst: Die alte Vettel, wie du sie nennst, hat ihre Tochter und ihre beiden Enkelkinder in Guyana verloren. Die Waisenkinder sind offensichtlich ihr Versuch, sich für den Verlust ihrer ...»

«Wie heißt sie?»

Die Heftigkeit seiner Frage erschreckte sie. «Frannie Halcyon. Ich hab euch doch vorgestellt, oder?»

«Nein. Wie die Tochter heißt.»

«Ach so. DeDe Day. DeDe Halcyon Day. Die Zeitungen haben sich damals schier überschlagen. Du musst es auch gelesen ... Luke, stimmt was nicht?»

Er stand stocksteif da. Seine Hände umkrampften die Reling. Eine Ader in seinem Hals pulsierte, und seine Atmung hörte sich merkwürdig unregelmäßig an.

Prue versuchte, den Schaden wiedergutzumachen. «Luke, ich weiß, dass du sensibel bist. Das sollte kein Vorwurf sein, dass du ...»

Er drehte sich um und schaute sie an. «Ist schon gut ... schon gut. Entschuldige, dass ich dich angeraunzt habe. Kannst du mir verzeihen? Würdest du mir verzeihen?»

«Ach, Luke!» Sie nahm ihn in die Arme und weinte an seiner Schulter. «Ich liebe dich, mein Schatz. Ich würde dir alles verzeihen.»

«Ich bete darum, dass das nie nötig wird», sagte er.

Gedankenübertragung

Seit Neuestem erledigte Mary Ann ihre Bankgeschäfte in der Zweigstelle der Bank of America an der Columbus Avenue. Sie verkehrte in diesem eleganten alten Wahrzeichen von North Beach erstens, weil dort ein Woody-Allen-Film gedreht worden war *(Woody, der Unglücksrabe)*, und zweitens, weil die Angestellten dort freundliche und schwatzhafte Italienischstämmige waren.

Auch an diesem Tag wurde sie nicht enttäuscht.

«Mein Mann und ich haben uns nie angepasst», verkündete eine besonders energische Angestellte von Ende dreißig. Sie gab diese Information mit solchem Ernst preis, dass man beinahe glauben konnte, Mary Ann hätte sie von ihr verlangt.

«Ach, wirklich?», sagte Mary Ann.

«Nie. *Nie.* Vor ewigen Zeiten, als anständige Mädchen mit anständigen Jungs noch nicht ohne ehelichen Segen zusammengelebt haben, waren Joe und ich natürlich doch auf dem Trip. Dann haben plötzlich *alle* einfach so zusammengelebt. Was machen wir also? Wir heiraten. Okay, als Nächstes stellt sich raus, das Bevölkerungswachstum ist auf null, und *niemand* kriegt mehr Kinder. Richtig? Falsch. Joe und ich kriegen ein Kind nach dem anderen. Jetzt sind Kinder plötzlich wieder furchtbar schick, und viele Frauen in meinem Alter machen Mutterschaft und Midlife-Crisis auf einen Schlag durch. Unsere Kinder sind aber schon Teenager und ziemlich selbstständig. Joe und ich können also unsere Midlife-Crisis in aller Ruhe und vor allem *geplant* angehen. Er hat beschlossen, sich einen Porsche zu kaufen und eine Affäre mit einer Neunzehnjährigen anzufangen. Meine Pläne gehen so ziemlich in dieselbe Richtung. Ich sag Ihnen ... da kommt schon so 'n bisschen Schadenfreude auf.»

Der reizende Lebensabriss – und der Scheck von Frannie Halcyon, den sie eben eingereicht hatte – ließen Mary Ann auf dem ganzen Heimweg schmunzeln.

Dann aber nahm sie sich die Zeit, um über ihre eigenen Optionen nachzudenken:

Kinder würde sie natürlich haben. Das war schon immer klar gewesen. Aber wann? Sie war jetzt dreißig. *Wann?* Nachdem sie beruflich Tritt gefasst hatte? Wann würde das sein? Waren Kinder gleichbedeutend mit Heirat? *So* modern war sie ja auch wieder nicht, oder? Was war mit Brian? Würde eine Heirat seine Verunsicherung wegen ihrer aufwärtsstrebenden Karriere verstärken? *Wollte* er in dieser Situation überhaupt heiraten? War es fair, ihn um Geduld zu bitten? Würde er warten?

Wer sollte als Erstes fragen?

Sie schliefen in dieser Nacht bei ihr. Kurz vor dem Morgengrauen merkte sie, dass er aufstand. Sie wälzte sich auf die andere Seite und schlief noch ein bisschen. Als sie eine halbe Stunde später wach wurde, saß er nackt im Ohrensessel gegenüber dem Bett.

«Tun wir's doch einfach», sagte er leise.

Sie rieb sich die Augen. «Was?»

«Heiraten.»

Sie blinzelte ein paarmal, bevor sie verschlafen lächelte. «Das war Gedankenübertragung», sagte sie.

«Ja?»

«Es hat mich den ganzen Tag beschäftigt. Ich hab's dann auf den Stier geschoben, der grad in der Venus steht. Was hast du für eine Entschuldigung?»

Er zuckte mit den Schultern. «Ich hab gedacht, dass ich dir den Antrag besser mache, *bevor* du auf dem *People*-Titel bist.»

Sie grinste. «Da kannst du dir noch Zeit lassen.»

«Nein. Ich bin stolz auf dich. Und das sollst du auch wissen. Du wirst ganz groß rauskommen, Mary Ann, und du hast es auch wirklich verdient. Du bist nämlich ein toller Mensch.»

Sie schaute ihn lange liebevoll an. Dann klopfte sie auf den Platz neben sich. «Warum bist du nicht im Bett?»

«Wechsel nicht das Thema. Bewundern kann ich dich auch von hier.»

«Wie's dem Herrn beliebt.» Außerdem stimmte es; sie spürte es beinahe körperlich.

«Wann ist die Pressekonferenz?», fragte er.

«Am Dienstag.»

Brian pfiff durch die Zähne. «Das ist ja schon bald.»

«Eigentlich ist es gar keine Pressekonferenz. Sie geben mir keine Sendezeit, ohne dass sie wissen, was ich damit anstelle, und ich hab nicht vor, jetzt schon was zu verraten.»

«Was tust du dann?»

«Ich hab doch meine eigene Sendung, oder?»

Als es ihm dämmerte, schüttelte Brian fassungslos den Kopf. «Mensch, das ist brillant!»

Mary Ann nahm sein Kompliment mit einem huldvollen Nicken entgegen. «Wie viele Jonestown-Flüchtlinge gibt's schon, die in der Nachmittagsfilmshow Wiederauferstehung feiern? Ich denke, wir können die Bombe hochgehen lassen und dann warten, dass jemand *anderes* die Pressekonferenz organisiert.»

«Was für eine Bombe ist es denn?»

«Wieso?»

«Ich meine ... gib mir doch mal 'ne kleine Vorschau.»

«Na ja ...» Mary Ann überlegte kurz. Über DeDes Doppelgängertheorie wollte sie noch nicht reden. Die war ihr immer noch zu unsicher. «Erstens ist sie in einer Blechtonne, die für tropische Fische gedacht war, den Fluss runtergefahren. Und zweitens hat Jones sie vergewaltigt, als sie einmal bettlägerig war.»

«Mensch», murmelte Brian. «Das finden die Leute sicher spannend.»

«Ja, es reicht für einen Auftritt.»

«Glaubst du, ihr könnt das in fünf Minuten alles abhandeln?»

Mary Ann schüttelte den Kopf. «Das versuchen wir gar nicht erst. Wir skizzieren nur das Wichtigste, und den Rest kriegt dann der Meistbietende. Ich hab es gern, wenn so was nach meinen Vorstellungen läuft. Apropos, komm doch ins Bett.»

«Du hast meine Frage noch nicht beantwortet.»

«Ich weiß.»

«Eigentlich musst du's auch nicht. Ich wollte dich nur fragen, bevor der ganze Wirbel losgeht. Du solltest es schon mal wissen.»

«Und das freut mich.» Sie lächelte ihn zärtlich an. «Du weißt gar nicht, wie.»

Claire

«Wo, Gangie, *wo*?»

Klein Edgar hüpfte vor Begeisterung, als er von der *Sagafjord* aus die Wale zu erspähen versuchte, die steuerbords gesichtet worden waren. Seine Schwester Anna war etwas weniger beeindruckt und stand ruhig neben ihm.

Frannie hockte neben den beiden Vierjährigen und zeigte aufs Meer hinaus. «Siehst du? Dort drüben ... der große Wasserstrahl. Das ist der Wal. Er hat auf dem Rücken ein Loch, und da bläst er das ganze Wasser durch.»

Edgar runzelte die Stirn. «Hat ihn wer angeschossen?»

«Nein, mein Schatz ... warum sollte ...? Ach so, das Loch. Na ja, weißt du ... alle Wale haben so ein Loch, damit sie ... damit sie das Wasser da rausblasen können.» Frannie seufzte leise und warf Claire McAllister einen flehenden Blick zu. «Helfen Sie mir doch.»

Claire lachte kehlig. «Wozu ein Wal ein Loch hat? Wenn man *mir* so eine Frage stellt, ist das immer gefährlich, Liebes!»

Frannie kicherte. Claire war eine ehemalige Revuesängerin undefinierbaren Alters und hatte eine chronische Schwäche für anzügliche Bemerkungen und schlüpfrige Witze. Ihre sehr roten Lippen und ihre sehr schwarzen Haare erinnerten einen dunkel an Ann Miller, doch Claire hatte dem Showbusiness schon vor langer Zeit Lebewohl gesagt. Im Moment war sie mit dem drittreichsten Mann von Oklahoma verheiratet.

«Schon gut», sagte Frannie lächelnd. «Vergessen Sie's.»

Claire lächelte die Zwillinge freundlich an. «Die beiden sind einfach süß, Frannie. Wie sagen sie immer zu Ihnen?»

Frannie wurde rot. «Äh ... Gangie. Das ist nur ein Kosename. Frannie ist ein bisschen zu persönlich ... und Mrs. Halcyon wäre dann doch etwas zu ... formell.»

«Gangie», wiederholte Claire. In ihren Augen blitzte etwas Schelmisches auf. «Hört sich ja sehr nach Grannie an.»

Frannie zupfte nervös an einer Haarsträhne über dem Ohr. «Na ja ... ich ... äh ... fände das gar nicht mal schlecht. Sie kommen mir schon wie meine eigenen vor.»

«Mhmm», sagte Claire. Das Schelmische war noch da.

«Tja», rief Frannie und wandte sich wieder den Zwillingen zu, «jetzt haben wir die Wale gesehen, und jetzt ist es Zeit für ein kleines Nickerchen, meint ihr nicht auch?»

Die Kinder protestierten stöhnend.

Als Frannie sie an die Hand nahm und mit ihnen wegging, zwinkerte Claire ihr verschwörerisch zu. «Bis nachher im Garden, Liebes.»

Das «Garden» war die Garden Lounge, eine elegante Bar auf dem Verandadeck, wo eine Gruppe namens San José Trio dezente Musik machte. Frannie und Claire zogen sich täglich dorthin zurück und schwelgten in hübschen, altmodischen Interpretationen von Melodien wie «Over the Rainbow» oder «Londonderry Air».

«Wo ist Jimbo?», fragte Frannie, als ihre Mai Tais serviert wurden. Claires Mann war sonst fast immer dabei. Wegen seiner liebevollen Aufmerksamkeit gegenüber Claire fühlte sich Frannie manchmal reichlich einsam.

Claire zwinkerte theatralisch. «In dem verfluchten Casino, wo sonst? Ich hab mir schon gedacht, dass er früher oder später Hummeln im Hintern kriegt. Ich hab ihm gesagt, er soll ruhig nach Herzenslust spielen ... und ich würd mir einen netten Gigolo angeln.»

Frannie lächelte. «Es gibt hier doch keine ...?»

«Und ob es welche gibt, Liebes! Sie heißen natürlich anders, aber die Jungs von der Besatzung wissen auch so, dass man von ihnen ... na ja, sagen wir mal *erwartet*, dass sie mit den alten Weibern tanzen. Ich hab bei meinem letzten Versuch auch einen Treffer gelandet!»

Frannie lachte. «Aber weiter geht das doch wohl nicht, oder?»

«Haben Sie denn Lust auf mehr?» Claire brüllte vor Lachen. «Vergessen Sie's, Liebes. Die meisten von denen sind schwul. Der Knabe, der die Jazzgymnastik macht, ist mit dem Stepptänzer liiert, und der Zauberer hat nur Augen für den hübschen Sommelier. Und das ist nur die Besatzung! Von den Passagieren will ich gar nicht erst reden, Liebes. Diese Mrs. Clinton zum Beispiel ... die Diabetikerin, die in Begleitung reisen muss, damit sie nicht zu viel Zucker zu sich nimmt? Pah! Von wegen Begleiterin. Üppig, sag ich nur, *üppig*. Der Klatsch ist auf diesem Kasten fast noch besser als das Essen. Wunderbar! Ich bin süchtig nach Kreuzfahrten. Obwohl sie auch nicht mehr das sind, was sie mal waren. Es geht weniger glanzvoll zu heutzutage. Die wirklich Reichen fahren nicht mehr auf solchen Pötten. Aber es gibt nichts Schöneres, als auf See zu sein, Liebes ... nichts! Mein Gott, sehen Sie sich nur den Nebel um den Berg da oben an!»

Frannie schaute bereits. Edgar hätte das gefallen, dachte sie. Auf Urlaubsreisen in die Tropen war er immer ein schrecklicher Brummbär – und das liebenswürdigste Wesen, wenn es klare, kalte Luft und grauen Himmel gab.

Frannie stellte ihren Mai Tai ab und lächelte entschuldigend. «Tut mir leid, Claire. Mein Timing ist mal wieder schauderhaft.»

«Liebes, haben Sie irgendwas ...?»

Die Matriarchin legte sachte die Hand auf ihren Bauch. «Nur eine leichte ... Übelkeit.»

«O Gott, Sie sind *wirklich* ein wenig grün. Und ich schwätze Ihnen hier die Ohren voll.» Claire sah auf die Uhr. «Sie haben Glück. Der Doktor hat noch Sprechstunde. Sie sollten sich mal etwas Dramamine geben lassen, Liebes. Er ist unten im B-Deck gleich neben dem Aufzug.»

Frannie stand auf und bedankte sich. «Wissen Sie seinen Namen?»

«Fielding», erwiderte Claire. «Sie können ihn gar nicht verwechseln. Er ist ein tolles Mannsbild.»

Kleider machen Cowboys

Nach Reno zu urteilen, war die Ziffer 6 endgültig zum Synonym für billige Motels geworden. Neben dem originalen Motel 6 (wo man vor langer Zeit tatsächlich sechs Dollar die Nacht verlangt hatte) standen für Michael und Bill noch das Western 6 Motel (gleich hinter einem Danny's) und das 6 Gun Motel (neben den Nevada State Fairgrounds) zur Wahl.

Sie einigten sich auf das 6 Gun, weil Michael meinte, dass sie das Cowboy-Motto, unter dem ihr Wochenende stand, voll ausreizen sollten. Er wurde nicht enttäuscht. Auf den Nachtschränkchen des Motels fand er aufrecht stehende Pistolen vor, über denen sich Lampenschirme wölbten. Außerdem hing in der Lobby ein monströser Schaumgummicowboyhut an der Wand.

«Ach, der Westen!», stieß Michael hervor, als er die Vorhänge auseinanderriss, um die Sonne hereinzulassen.

Bill packte weiter aus. «Du lebst doch im Westen.»

«Klar», sagte Michael, «aber manchmal muss man nach Osten fahren, um im Westen anzukommen.»

«Wie ist die Aussicht?»

«Überwältigend, 'ne Tankstelle und dahinter Hügel.»

Bill gluckste. «Toll.»

«Außerdem sind da noch sieben – gezählte sieben – Homosexuelle, die sich auf den zwei Quadratmetern Gras zwischen uns und der Tankstelle sonnen. Mensch, weiß diese Stadt überhaupt, was auf sie zukommt?»

Bill zuckte mit den Schultern. «Die einarmigen Banditen können das schwule und das normale Geld nicht auseinanderhalten.»

«Ich weiß nicht», sagte Michael. «In den Zeitungen steht,

dass der Vizegouverneur anscheinend nicht besonders begeistert war. Außerdem sind sie seit der Schlagzeile im *Examiner* sicher ein bisschen nervös, wenn Schwuchteln nach Nevada kommen.»

«Seit welcher Schlagzeile?»

«Du weißt doch ... die MGM-Grand-Geschichte: Schwuler Sex löst Hotelfeuer aus.»

«Ach so, ja.»

«Stell dir das mal vor», sagte Michael. «Die ganze Stadt könnte heute Nacht in Flammen aufgehen.»

Ein beleuchtetes Plastikschild am Highway kündigte den Autofahrern das große Ereignis an: RENO NATIONAL GAY RODEO. Als Bill mit seinem Trans Am auf den staubigen Parkplatz einbog, begann Michael laut zu spekulieren: «Was glaubst du, wie viele von den Kerlen richtige Cowboys sind?» Er hatte ein persönliches Interesse an dieser Frage. Seine vor einer Woche gekauften Danner-Stiefel hingen bleischwer an seinen Füßen; sein blaugrün-beiges Cowboyhemd wirkte an ihm so deplatziert wie ein Polohemd an einem Matrosen auf Landgang.

«Der da», sagte Bill, «ist schon mal keiner.» Er deutete auf einen drahtigen Brünetten, der ein T-Shirt mit der Aufschrift «HENGSTRITT – 5 $» trug.

Michael fiel auf, dass es noch andere Anzeichen der Verclonung gab: die vielen softeisfarbenen Bodyshirts; die vielen Strohhüte, die denen bei All-American Boy verdächtig ähnlich sahen; die vielen fitnesscentergestählten Oberkörper, auf denen T-Shirts mit dem Aufdruck «FANG MICH MIT DEINEM LASSO, UND DU DARFST MICH REITEN» klebten.

Ein feiner Großstadtpinkel, der auch deutlich als solcher erkennbar war, hatte seinen Brustwarzenring aus gegebenem

Anlass gegen eine kleine Silberspore eingetauscht, doch Michael fand die Geste nicht sehr überzeugend.

«Allmächtiger!», keuchte er, als er die bombastischen Brustmuskeln erblickte, die am Eingang der Rodeoarena zur Schau gestellt wurden. «Wo kommen die Typen bloß alle her?»

«Jedenfalls nicht von der Ranch», sagte Bill. «Echte Cowboys haben einen Bierbauch.»

«Sei nicht so miesepetrig. Irgendeiner muss doch echt sein.»

«Klar», erwiderte Bill, «da drüben steht ein echter Kellner aus dem Neon Chicken.»

Bills unterentwickelte Fantasie ging Michael allmählich auf die Nerven. In der Arena konzentrierte er sich ganz auf das Geschehen – eine deftige Show mit Kälberfangen, Bullenreiten und Wildekuhmelken. Beim letztgenannten Wettbewerb traten eine Lesbe, eine Drag Queen und ein «richtiger Mann» gemeinsam an – was an sich schon eine beeindruckende Leistung war.

Bis zum Nachmittag hatten die meisten Zuschauer ihre Hemden und T-Shirts ausgezogen, sodass auf den Tribünen ein satter Mahagoniton vorherrschte. Das Bier floss so reichlich, dass kaum einer der Versuchung widerstehen konnte, bei den Texas Mustangs mitzuklatschen, die als «einzige schwule Country-&-Western-Band im Lone Star State» angekündigt wurde.

«Mir gefällt so was», sagte Michael zu Bill. «Die Leute sind entspannt, und das Affektiertsein fällt schwerer.»

«Schon», sagte Bill, «aber wart mal bis heute Abend.»

«Bis zur Tanzerei, meinst du?»

Bill nickte ein bisschen zu selbstgefällig. «Wenn sie sich erst mal den Staub abwaschen, kommen überall wieder die Discohäschen zum Vorschein.»

Michael weigerte sich, ihm recht zu geben.

Arzt, heile dich selbst!

Frannies Fassungslosigkeit fand ihre Entsprechung im Gesicht des hübschen blonden Arztes, der sie in seiner Praxis auf dem B-Deck der *Sagafjord* empfing.

«Mrs. Halcyon! Mein Gott!»

Frannie lächelte und reichte ihm die Hand. «Dr. Fielding.»

«Das freut mich aber», sagte der Doktor. «Ich hatte keine Ahnung, dass Sie an Bord sind. Diesmal bin ich nämlich die Passagierliste nicht durchgegangen, und ... na, es ist schon eine Weile her, was?»

Frannie nickte. Die extreme Peinlichkeit der Situation machte ihr bereits zu schaffen. Sie stand schließlich dem Mann gegenüber, der die Zwillinge auf die Welt geholt hatte. Würde sie gezwungen sein, auch ihm wegen der «Waisen» in ihrer Obhut etwas vorzumachen? Und würde er ihr glauben?

«Ich komme mir so dumm vor damit», sagte Frannie matt.

Das Lächeln des Doktors strahlte die gleiche blendende Frische aus wie seine Uniform. «Womit?», fragte er.

Frannie berührte ihre Körpermitte. «Ich habe Magenprobleme. Reife Frauen sollten doch eigentlich nicht mehr seekrank werden, oder?»

Der Doktor zuckte mit den Schultern. «Ich fürchte, da macht die Seekrankheit keine Unterschiede. Ich bin auch nicht wirklich gefeit davor und fahre schon ein Jahr zur See. Wie weit oben sind Sie denn?»

«Wie bitte?»

«Wo Ihre Kabine ist. Haben Sie eine von den Suiten?»

Frannie nickte. «Auf dem Terrace-Sun-Deck.»

«Das hab ich mir gedacht», sagte der Doktor grinsend.

«Wieso?»

«Na ja ... der Seegang überträgt sich da oben stärker. Sobald die See ein bisschen unruhig wird, bekommen es die Luxussuiten als Erstes zu spüren.» Er zwinkerte ihr gewinnend zu. «Das Fußvolk hier unten im Schiffsbauch hat es da etwas leichter.»

Frannie wurde von Minute zu Minute übler. «Dann kann ich wohl kaum etwas tun, oder?»

Der Doktor öffnete einen weißen Metallschrank. «Sie nehmen eine kleine Dramamine und legen sich hin.» Er reichte Frannie eine Tablette und einen Pappbecher voll Wasser. «Haben Sie Zeit, mir ein bisschen Gesellschaft zu leisten? Es ist ein ruhiger Tag. Wir bleiben wahrscheinlich ganz ungestört.»

Frannie ging bereitwillig darauf ein. Kein Wunder, dass DeDe diesen Mann angebetet hatte.

Sie streckte sich auf der Liege aus, und er setzte sich auf einen Stuhl daneben. Nach Tagen, die sie mit den Zwillingen bereits auf See war, tat es gut, dass jemand *sie* bemutterte.

Sie schwiegen beide längere Zeit, bis er sagte: «Es tut mir leid, was mit DeDe und den Kindern passiert ist, Mrs. Halcyon. Ich habe erst ... einige Zeit danach davon erfahren.»

Sie meinte, ihr Herz würde zerspringen. Sie lechzte danach, diesem liebenswürdigen, mitfühlenden Menschen von ihren großartigen Neuigkeiten zu berichten. Stattdessen sagte sie: «Danke, Dr. Fielding. DeDe hatte sie schrecklich gern.»

Nach einer neuerlichen Pause sagte er: «Ich hab damals gerade in Santa Fe gearbeitet, als ich davon gelesen habe.»

«Ach ja?» Sie stürzte sich auf die Gelegenheit, über etwas anderes zu sprechen.

«Ich hatte dort einige Zeit eine gynäkologische Praxis, bevor ich mich wieder auf die Allgemeinmedizin verlegt und mir diesen Job besorgt habe. Mein Leben ist damals etwas ... aus dem

Ruder gelaufen ... und mit der Arbeit hier bin ich dem Anheuern auf einem Bananendampfer ja schon sehr nahe.»

«Sie müssen inzwischen die ganze Welt gesehen haben», sagte Frannie. «Beneidenswert.»

«Es ist ... nicht schlecht», antwortete der Doktor. Seine Stimme hatte einen wehmütigen Unterton, der Frannie neugierig machte.

«Alaska ist wirklich ungewöhnlich», sagte sie. «Es ist so *riesig* ... und erst die Fjorde! Sie sind geradezu wagnerianisch ... so überwältigend, so erschütternd. Ich bedaure nur ...» Sie unterbrach sich.

«Was bedauern Sie?»

Frannie lächelte schwach und blickte zur Decke. «Mir war entfallen, dass Sie ihn nie kennengelernt haben.»

«Wen?»

«Edgar, meinen Mann. Er fehlt mir sehr auf dieser Reise. Wenn man verwitwet ist, Doktor, schmerzt eines am allermeisten: dass man seinen Spielkameraden verloren hat. Man hat den Menschen verloren, mit dem man einen Berg betrachten konnte und dabei wusste, was beide dachten ... den Menschen, mit dem man gemeinsam schweigen konnte. Es dauert lange, bis man das erreicht hat ... und es fällt schwer, darauf zu verzichten.»

«Ich weiß», sagte er.

«Sie sind nicht verheiratet, oder?»

«Nein.»

«Hatten Sie schon einmal einen Menschen, mit dem Sie ...?»

«Einmal», antwortete er. «Einmal habe ich so etwas erlebt.»

«Dann wissen Sie, wie das ist.»

«Ja.»

Frannie zögerte, weil sie mit einem Mal fürchtete, zu persönlich zu werden. Dann fragte sie: «Wie haben Sie ... sie verloren?»

Schweigen.

«Tut mir leid», sagte die Matriarchin. «Ich wollte nicht ...»

«Schon gut», sagte der Doktor. «Ich weiß genau, was Sie mit den Bergen meinen: dass sie nicht mehr so aussehen wie damals.»

Auf Schmusekurs

Über der Tanzfläche der Nevada State Fairgrounds drehte sich ein eineinhalb Meter großer verspiegelter Stiefel samt Sporen und streute seinen glitzernden Segen unter die versammelten Massen. Die Veranstaltung trug das Motto «Stand By Your Man», und genau das taten die meisten Tänzer auch.

Michael blickte zu dem glitzernden Fetisch hinauf und seufzte. «Hat das nicht Pep?», fragte er Bill.

Der besah sich den Stiefel für den Bruchteil einer Sekunde und verzog gleich darauf das Gesicht. «Scheiße!»

«Was ist?», fragte Michael.

«Ich hab keine Poppers besorgt.»

Michael lächelte. «Hier wird doch sowieso Country und nicht Disco gespielt.»

«Nein», sagte Bill. «Ich meine ... für nachher.»

«Ach so.»

«Vielleicht verkaufen sie im Chute welche.»

«Mir ist das ziemlich ...»

«Die wissen dort sicher, wo man welche kriegt.»

«Ich brauch keine», sagte Michael. «Wenn du welche willst, dann ...»

«*Brauchen* tu ich auch keine», blaffte Bill ihn an. «Ich will bloß welche.»

Michael wollte keinen Streit. «Gut», sagte er gelassen. «Was sollen wir tun?»

«Ich mach mich vom Acker und fahr in die Stadt», antwortete Bill. Er hörte sich jetzt weniger aggressiv an. «Du kannst ja hier die Stellung halten. Es wird nicht lang dauern. Okay?»

Michael nickte. Die ungewollt ländliche Ausdrucksweise seines Freunds hatte ihn schon beinahe versöhnt. *Sich vom Acker machen. Die Stellung halten.* Genauso gut hätten sie den Wagen zu einer Ausfahrt nach Dodge City anspannen können. «Okay», sagte er lächelnd. «Ich bleib hier.»

Bill kuschelte sich kurz an ihn, flüsterte ihm «Du scharfer Kerl, du!» ins Ohr und verschwand in der Menge.

Es war so was wie eine Flucht, wurde Michael klar. Bill konnte die Musik nicht ausstehen. Mithilfe seines Walkman und einer Air-Supply-Kassette war er beim Rodeo über die Runden gekommen. Doch die Aussicht darauf, sich einen ganzen Abend lang den Countrysongs von Ed Bruce, Stella Parton und Sharon McNight auszusetzen, verkraftete er offenbar nicht.

Michael war erleichtert. Er fühlte sich an diesem Abend zerbrechlich und gefühlsduselig – ihm war himmelschreiend romantisch zumute –, und er wusste, dass diese Empfindungen neben Bills nervtötendem Realismus nicht lange Bestand gehabt hätten. Was ihn störte, waren nicht die Poppers – er fuhr selbst auf das Zeug ab –, sondern die gefühlstötende Art, mit der sie den Sex manchmal auf ein sportliches Ereignis reduzierten, das nach zeitlicher Abstimmung, Wendigkeit und entschieden zu viel Vorausplanung verlangte.

Wie viel Arbeitszeit, fragte er sich, hatten sie im zerwühlten

Bett schon mit der Suche nach dem dämlichen braunen Fläschchen verschwendet?

Dabei war es eigentlich nicht Bills Schuld. Er *genoss* den Sex mit Michael. Er genoss ihn genauso, wie er das Kinogehen mit Michael genoss oder angeregte Männergespräche mit Michael oder ausschweifende nächtliche Pizzamampfereien mit Michael. Er hatte nur offenbar nie den Drang verspürt, das alles mit ein bisschen Romantik auszupolstern. Aber das war nicht Bills Problem; es war das von Michael.

Michael stellte sich an den Rand der Tanzfläche und schaute zu, wie die Paare Schulter an Schulter dahinschlurften, als sie den Cotton-Eyed Joe tanzten. Michael spürte, dass im Saal eine urwüchsige Freude herrschte – das Ereignis war begeisternd, weil es so unerwartet war. Tunten tanzten Cowboytänze. Wer hätte das gedacht? Jungs, die in Galveston und Tucson und Modesto groß geworden waren, tanzten die Volkstänze ihrer Heimatgegend, und das *endlich* mit dem Partner ihrer Wahl.

Da spielte es fast keine Rolle mehr, dass am Highway Teenager den Neuankömmlingen «Schwuchtel» hinterherschrien. Hier drin gab es ohne Weiteres genug Brüderlichkeit, um selbst dem Teufel Paroli zu bieten.

Ed Bruce watschelte auf die Bühne. Er war ein massiger Kerl vom Typ Marlboro Man, etwas über vierzig, und er sang von Golfspielen und Frauchen zu Hause, als würde er in Oklahoma City vor einer Versammlung der Veterans of Foreign Wars auftreten. Sein großer Hit – «Mamas, Don't Let Your Babies Grow Up to Be Cowboys» – gewann in dieser ziemlich unmöglichen Umgebung einen köstlichen ironischen Akzent.

Vor zwanzig Jahren, dachte Michael, waren schwule Männer damit zufrieden gewesen, in der Carnegie Hall Judy Garland zuzukreischen. Jetzt konnten sie eng umschlungen miteinander tanzen, während ein Nashville-Cowboy ihnen ein Ständchen brachte. Michael musste unwillkürlich schmunzeln.

Wie durch ein Wunder bekam er mitten aus dem Gewühl eine Reaktion. Es war ein kräftig gebauter Bär, dessen Lächeln für einen Mann von seiner Statur entwaffnend scheu wirkte. Er prostete Michael mit seiner Bierdose freundlich zu.

Michael erwiderte die Geste. Das Herz klopfte ihm bis zum Hals.

Der Mann kam auf ihn zu.

«Ganz gut, hm?» Er meinte die Musik.

«Wunderbar», sagte Michael.

«Kannst du auch Engtanz?», fragte der Mann.

«Klar», log Michael.

Wie lasse ich mich führen?

Mit seinen eins fünfundsiebzig geriet Michael neben dem Mann, der ihn zum Tanzen aufforderte, zum Zwerg.

Und es gab noch eine weitere Komplikation: Dieser baumstarke Sexbolzen erwartete eindeutig, dass Michael sich *führen* ließ – etwas, woran Michael seit seinem Abschlussball an der Orlando High im Jahr 1968 keinen Gedanken mehr verschwendet hatte. Und damals hatte sich natürlich Betsy Ann Phifer führen lassen.

Michael erinnerte sich, dass es einen Trick gab. Ned hatte ihn im Trinity Place gelernt, wo jeden Dienstagabend Squaredance getanzt wurde: *Streck den rechten Arm leicht vor und berühr sein rechtes Bein so – im Rahmen des Schicklichen natürlich –, dass du die Bewegung seines Körpers spürst.*

Aha. So weit, so gut.

Es war etwas merkwürdig, alles andersrum zu machen, aber auch irgendwie toll. Michael lehnte den Kopf an die große braune Türmatte auf der Brust seines Partners und nahm den Rhythmus der Musik auf.

Ed Bruce war noch immer auf der Bühne. Er sang jetzt «Everything's a Waltz».

Der Mann trat Michael auf den Fuß. «Entschuldige», sagte er.

«Macht nichts», sagte Michael.

«Es ist alles noch was neu für mich.»

«Nicht nur für dich», sagte Michael grinsend.

Ihm fiel ein, dass in San Francisco vor gar nicht allzu langer Zeit Männer *tatsächlich* eng getanzt hatten. Er rief sich die Schlussphase dieser Ära – so circa 1973 – in Erinnerung. Schon der bloße Anblick hatte ihn abgestoßen: Erwachsene Männer tanzten im Rendezvous Wange an Wange, schwitzige Hand an schwitziger Hand, und im Hintergrund quälte sich die Streisand mit «People» ab.

Dann war Disco gekommen, ein Jahrzehnt des simulierten Vögelns, der gesichtslosen Körper, die sich einem mystischen Stammesritus hingaben – was für Michael etwas Beglückendes und zugleich Einschüchterndes hatte. Woran es dieser Epoche gemangelt hatte, das fanden einige Leute jetzt in der Countrymusik. Nämlich: Romantik.

«Wo kommst du her?», fragte Michael.

«Arizona», antwortete der Mann.

«Könnt ich den Ort kennen?»

«Kaum. Das Kaff heißt Salome. Fünfhundert Leute.»

Dann war er ein *echter* Cowboy. Das erklärte die Hände. Sie fühlten sich an wie Elefantenhaut. Bill konnte ihm den Buckel runterrutschen. «Salome», wiederholte Michael mit dem Zungenschlag des Kerls (Saloam). «Wie bei Oscar Wilde?»

«Bei wem?»

Michaels Herz schlug schneller. *Er hat noch nie was von Oscar Wilde gehört.* Du lieber Gott, ein Volltreffer? «Ach, vergiss es», sagte er. «Ist unwichtig.»

War es auch. Michael fühlte sich in den Armen dieses Mannes rundum *wohl.* Selbst sein linkisches Verhalten war liebenswert. Entscheidend war aber nicht der Mann, hielt Michael sich vor Augen, sondern waren die Umstände. Zwei dominante Kulturen – die eine sehr hetero, die andere sehr schwul – hatten ihm dieses simple Vergnügen immer verwehrt. Er hätte heulen können vor Freude.

«Bist du ... äh ... beim Rodeo mitgeritten?», fragte er.

«Fürchte nein. Ich bin bloß Bauarbeiter.»

Bloß Bauarbeiter! War er gestorben und in den Himmel gekommen? Warum hatte ihm niemand gesagt, dass es einen Ort gab, an dem er mit einem Bauarbeiter eng tanzen konnte?

«Wie kommst du in Salome zu ... zu so was wie hier?», fragte Michael.

Der Mann rückte gerade so weit von Michael ab, dass sein Lächeln zu sehen war. «Ich fahre nach Phoenix.» Er beugte sich vor und küsste Michael unbeholfen seitlich auf den Mund. «Du bist ein netter Kerl», sagte er.

«Du auch», sagte Michael.

Sie tanzten schweigend weiter. Dann raunte ihm der Mann mit einem heiseren Flüsterton ins Ohr: «Hör mal ... hättest du Lust, heut Abend mit mir zu schlafen?»

Mit ihm schlafen. Nicht vögeln. Nicht ficken. Michael verschlug es fast die Sprache. «Eigentlich ... bin ich ... mit einem Freund da. Er ist ... nur gerade weg.»

«Ach so.» Seine hörbare Enttäuschung wärmte Michael bis ins Mark.

«Ich könnte dir meine Telefonnummer geben. Wenn du mal nach San Francisco kommst, könnten wir vielleicht ...»

«Schon okay.»

«Du warst noch nie dort, hm?»

«Bis jetzt nicht», sagte der Mann.

«Ich glaub, es würde dir gefallen. Ich könnte dir die Stadt zeigen.»

«Ich komm nich viel rum», sagte der Mann.

Michael entschied sich dagegen, einen Besuch in Salome vorzuschlagen. «Hör mal», sagte er, «glaubst du mir, wenn ich dir sage, dass ich's mit dir gerade toller finde als beim ganzen Sex, den ich dieses Jahr schon hatte?»

Der Mann grinste. «Echt?»

«Kein Vergleich», sagte Michael.

«Ich tret dir doch dauernd ...»

«Das ist mir egal. Ich find's toll.»

In der Brust des Mannes dröhnte es, als er lachte.

«Du machst das ganz wunderbar», sagte Michael. «Halt mich nur weiter fest, okay?»

«Klar.»

Michael schmiegte sich also wieder an, um in den Armen des liebreizenden Fremdlings zu träumen, bis Bill mit den Poppers zurückkam.

Gletscherkunde

Als die *Sagafjord* nach Juneau kam, gingen Prue und Luke mit den übrigen Passagieren an Land und erkundeten das kleine Grenzstädtchen – eine Siedlung, die von der örtlichen Handelskammer als «Amerikas größte Hauptstadt» apostrophiert wurde.

«Das muss ein Witz sein», sagte Prue, die sich über die Broschüre in ihren Händen wunderte.

Luke schüttelte den Kopf. «Sie meinen die Ausdehnung.»

«Aber, wie ...?»

«Juneau erstreckt sich über mehr Quadratkilometer als jede andere Hauptstadt. Hier oben ist alles aus der Proportion geraten. Von hier bis zu den Aleuten am anderen Ende des Staats ist es weiter als von San Francisco nach New York.»

Prue dachte kurz nach. «Irgendwie ist das ein bisschen beängstigend.»

«Warum?»

«Ich weiß nicht. Wahrscheinlich, weil man sich da so klein vorkommt. Als könnte die Landschaft ... einen verschlucken. Man könnte hier verschwinden, ohne Spuren zu hinterlassen.»

Luke lächelte sie an. «Das passiert auch. Darum geht's ja.»

Prue schüttelte sich. «Aber nicht für mich.»

«Warte, bis du erst den Gletscher siehst.»

«Welchen Gletscher?»

Luke legte ihr den Arm um die Taille. «Ich hab mir gedacht, wir mieten ein Wasserflugzeug und fliegen über die Eisfelder. Es heißt, man fühlt sich Gott dort so nahe wie nirgendwo sonst.»

Prue schaute beunruhigt drein. «Kann *er* nicht einfach zu uns kommen?»

Luke tippte ihre Nasenspitze an. «Was ist mit dir, mein Schatz?»

«Nichts ... nur ... na ja, diese kleinen Flugzeuge und mein Magen kommen meistens nicht so gut miteinander aus.»

«Es dauert nur eine Dreiviertelstunde.»

Er zog sie enger an sich und hielt sie fest, bis sie nachgab. Ihr wurde bewusst, dass er in mancher Beziehung schon zu ihrem Talisman geworden war, der sie vor Gefahren schützte.

Das Flugzeug glitt über die Wasseroberfläche wie eine Libelle im Tiefflug, bevor es sie in den schiefergrauen Himmel über Juneau hinauftrug. Außer Prue und Luke gab es noch vier andere Passagiere: ein ziemlich junges Ehepaar aus Buenos Aires und zwei Bibliothekarinnen, die gemeinsam auf Reisen waren.

Luke saß direkt hinter dem Piloten und unterhielt sich unhörbar mit ihm, während Prue zusah, wie die fremde Welt unter ihr sich aus dem Dunkelblauen ins Dunkelgrüne und dann ins Weiße verwandelte. Nein, ins *Graue*. Ein blaugraues Plateau, so weit das Auge reichte – ein lebendiges Gebilde, an den Rändern gewellt wie Lava, archaisch und schön und auf unerklärliche Weise beklemmend.

Sie war etwas erleichtert, dass der Gletscher Grenzen hatte. Splitternd und zischend stürzte er in die dunkle See, deren Wasser knisterte, als wäre es elektrisch geladen. Als das Wasserflugzeug tiefer ging, spähte Prue in Spalten, die so strahlend blau waren, dass sie unnatürlich wirkten – blau wie der tödliche Kern eines Atomkraftwerks.

«Sieh doch, Luke ... diese Farbe!»

Doch ihr Liebhaber war ganz in seine Unterhaltung mit dem Piloten vertieft, und der Motorenlärm übertönte ihre Stimme.

Prue rückte näher an ihn heran. «Luke ...»

Er hörte sie nicht. Mit gespannter Miene fragte er den Piloten weiter aus. Prue konnte nur zwei Wörter verstehen. Der Pilot wiederholte sie seltsamerweise.

Verärgert ließ sie sich in den Sitz zurückfallen. Dieser Augenblick hätte allein ihnen gehören sollen: ihr und Luke. Das kumpelhafte Getue mit dem Piloten war unentschuldbar egoistisch und gedankenlos. Als Luke sich schließlich wieder zurücklehnte und ihre Hand drückte, ließ sie ihn spüren, dass sie schmollte.

«Ist was mit dir?», fragte er.

Sie wartete einen Pulsschlag lang. «Sag mal, was sollte *das* denn?»

«Was?»

«Mein Gott! Du hast in einem fort gequatscht.»

Er drückte ihre Hand noch einmal. «Entschuldige. Das war nur ... Fachsimpelei. Ich hab mich wohl zu sehr hinreißen lassen.»

«Was sollte das mit dem ‹per pedes›?»

Luke sah sie verständnislos an. «Wie?»

«Du hast irgendwas von ‹per pedes› gesagt.»

«Nein, hab ich nicht.» Seine Miene unterstrich die Entschiedenheit, mit der er es sagte.

«Luke, ich hab dich gehört. Du hast was, was von ... ‹per pedes› gesagt. Und der Pilot hat es wiederholt. Gerade eben.»

Er musterte sie kurz, lächelte dann und schüttelte den Kopf. «Das hast du falsch verstanden, Schatz. Wir haben über was Geografisches geredet.» Er hob die Hand wie ein Pfadfinder. «Ehrenwort. Du hast nichts verpasst.»

Prue ließ das Thema fallen. Zum einen interessierten die anderen Passagiere sich inzwischen für ihren Verdruss. Zum anderen sollte dieser Moment etwas Außergewöhnliches bekommen, unbelastet bleiben von irdischen Ängsten. Luke empfand es anscheinend genauso. Er schenkte ihr für den Rest des Flugs seine ungeteilte Aufmerksamkeit. Nur einmal drehte er sich kurz zur Seite, um auf der Innenseite eines Streichholzbriefchens eine kurze Notiz zu machen.

«Was war das?», fragte sie lächelnd. «Eine Gedächtnisstütze?»

Luke blickte zerstreut auf.

«Ich mach das auch immer», fügte sie hinzu, um nicht neugierig zu erscheinen. «Mein Hirn ist wie ein Sieb.»

Er lächelte matt und steckte das Streichholzbriefchen in die Brusttasche zurück.

«Lass uns heute Abend tanzen gehen», sagte er.

Wem sagen wir's zuerst?

Als Michael wieder im God's Green Earth war, überschüttete er den ewig nachsichtigen Ned mit seinen Rodeoerlebnissen. Doch das Heldenepos litt durch die Wiedergabe. Michaels kurzes Zwischenspiel mit dem eng tanzenden Bauarbeiter kam wie eine abgedroschene Wichsfantasie heraus und war nicht mehr das einzigartige, wundervolle Ereignis, als das er es ursprünglich empfunden hatte.

Weil er die Stimmung vom Wochenende wiederbeleben wollte, schaltete er am Abend auf KSAN eine Country-Sendung ein, doch Willie Nelson bekam inmitten von Rattanmöbeln und Dekokitsch einen sonderbar schalen Beigeschmack. Cowboys sammelten nun mal kein buntes Geschirr.

Also spazierte er nach unten und rauchte auf der Bank im Vorgarten einen Joint. Das Dope, die Stille und die schmale

Mondsichel, die in den Bäumen hing, wirkten zusammen und machten ihn nachdenklicher als sonst.

Nachdenklich? Ach was! Er war schlicht deprimiert.

Nichts Umwerfendes natürlich. Es war eine Allerweltsdepression, geboren aus Langeweile, Einsamkeit und einem unausweichlichen Gespür für die immense Belanglosigkeit des Lebens. Er wusste, dass sie vergehen würde. Er würde sie schon vertreiben.

Doch was sollte er an ihre Stelle setzen?

Die Uhr zeigte 3:47, als das Telefon ihn aufweckte.

Er taumelte aus dem Bett und riss den Hörer hoch.

«Wenn das jetzt nichts Tolles ist!», ließ er den Anrufer wissen.

«Ist es aber», kam als Antwort. Mary Anns Kichern war nicht zu verkennen. Michael machte es sich in einem Sessel bequem. «Was ist los, mein Schatz?»

«Brian und ich heiraten!»

«Jetzt?»

Erneutes Kichern. «Nächsten Monat. Du bist doch nicht sauer, oder?»

«Sauer?»

«Weil wir dich geweckt haben. Wir wollten es offiziell machen. Und unser erster Gedanke war, dich anzurufen.»

Michael war so gerührt, dass er am liebsten geheult hätte. Doch was folgte, war nichts als Schweigen.

«Mouse? Bist du noch dran? Du *bist* sauer, was? Hör zu, wir können morgen früh drüber ...»

«Hast du 'ne Klatsche? Es ist *toll*, mein Schatz!»

«Ja, nicht?»

«Es wurde auch Zeit», sagte Michael. «Bist du schwanger?»

Mary Ann brüllte vor Lachen. «Nein! Ist das nicht unglaublich?»

«Brian etwa?»

Er hörte, wie sie mit Brian redete. Sie lagen offenbar im Bett. «Er will wissen, ob du schwanger bist.»

Brian übernahm den Hörer. «Das Miststück hat mir ’nen Braten in die Röhre geschoben.»

Michael lachte. «Jemand musste es ja tun.»

«Bist du allein?», fragte Brian.

«Wie kommst du denn *darauf*?», sagte Michael. «Sag Raoul hallo.»

«He, schon gut ...»

«Keine Bange», sagte Michael lachend. «Ich hab ihn nur erfunden.»

«Du bist ein Arsch.»

«Ich weiß. Tut mir leid.»

«Ich hatte mir schon einen Frankokanadier mit Bartstoppeln vorgestellt.»

«Komisch», sagte Michael, «ich mir auch. Mensch, Brian ... es ist so was von toll.»

«Ja ... na ja, wir wollten, dass du's als Erster erfährst.»

«Das gehört sich auch so», sagte Michael.

«Wir lieben dich, Mann. Aber jetzt geb ich dir wieder Mary Ann. Sie hat noch mehr Neuigkeiten für dich.»

«Mouse?»

«Ja?»

«Habt ihr im Laden einen Fernseher?»

Michael überlegte kurz. «Ned hat einen tragbaren, den er manchmal von zu Hause mitbringt.»

«Sehr schön. Sag ihm, dass er ihn am Dienstag mitbringen soll. Ich will, dass du dir die Show anschaust.»

«Bargain Matinee?»

«Gibt's noch 'ne andere? Den Film brauchst du dir nicht anzuschauen ... nur meinen kleinen Halbzeitauftritt. Ich denke, du wirst deinen Spaß dran haben.»

«Lass mich raten. Du hast rausgefunden, was man mit leeren Clorox-Flaschen Hübsches anstellen kann.»

«Schau dir einfach die Show an, du Klugscheißer.»

«Roger.»

«Und jetzt schlaf weiter. Wir lieben dich.»

«Ich weiß», sagte Michael.

Aber er schlief besonders gut, weil sie es gesagt hatte.

So ein netter Mann!

Claire McAllisters Ehemann war wieder mal im Casino, und die ehemalige Revuesängerin mit den rabenschwarzen Haaren suchte auf dem Promenadendeck der *Sagafjord* Frannies Gesellschaft. Frannie war begeistert, als sie sie sah.

«Holen Sie sich einen Stuhl», sagte sie lächelnd und legte ihren Roman von Danielle Steel beiseite. «Ich habe schon seit einer Ewigkeit mit niemand Erwachsenem mehr geredet.»

Claire schnitt eine freundliche Grimasse. «Sehen Sie hier irgendwo Erwachsene?»

«*Sie* tun es auch», sagte Frannie. «Glauben Sie mir.»

Claire senkte ihren eindrucksvollen Körper auf einen Liegestuhl aus Aluminium und seufzte theatralisch. «Wo *sind* die kleinen Goldstücke denn nun?»

Frannie brachte sie zum Schweigen, indem sie den Zeigefinger auf die Lippen legte. «Reden wir nicht davon, Claire. Es ist fast zu schön, um wahr zu sein.»

«Was?»

Frannie machte eine ausholende Armbewegung. «Das hier. Das Alleinsein. Die gesegnete Entspannung. Wie Sie wissen, *vergöttere* ich die Kinder, aber ...»

«Sie haben 'nen Babysitter gefunden!»

Die Matriarchin nickte triumphierend. «Er ist selber auf die Idee gekommen, der arme Kerl. Hoffentlich verschluckt er sich an dem Bissen nicht.»

«Kenn ich ihn?», fragte Claire und breitete eine Decke über ihren Schoß.

«Ich glaube schon», sagte Frannie. «Es ist Mr. Starr.»

Claire wusste nichts damit anzufangen.

«Sie wissen doch», setzte Frannie nach. «Der amerikanische Börsenmakler aus London.»

«Dieses gut aussehende Teil, das mit der aufgeblasenen Blondine unterwegs ist?»

Frannie lächelte geziert. «Eigentlich reisen sie ja nicht miteinander.»

«Scheiße, von wegen.»

«Sie haben sich auf dem Schiff kennengelernt», erklärte die Matriarchin. Claires Kraftausdruck hatte ihr die Schamröte ins Gesicht getrieben. «Sie ist eine ... entfernte Bekannte von mir. Klatschkolumnistin in San Francisco. Ich fürchte, sie ist ein bisschen gewöhnlich.»

Claire schnaubte verächtlich. «Man könnte meinen, sie ist die Königin von Saba. So dick, wie sie mit ihrem vornehmen Getue aufträgt. Was der elegante Kerl bloß in ihr sieht.»

Frannie zuckte mit den Schultern. «Sie ist ziemlich hübsch, finden Sie nicht auch? Außerdem hat man mir erzählt, dass sie gut zuhören kann. Beklagen kann ich mich jedenfalls nicht, denn sie hat mich mit *ihm* bekannt gemacht. Ich glaube, ich bin zum ersten Mal seit unserer Abreise aus San Francisco ganz entspannt.»

«Mögen ihn die Kinder denn?»

«Sie sind Feuer und Flamme! Er kennt so viele tolle Geschichten und Späße.» Frannie überlegte kurz. «Wissen Sie, unter Erwachsenen ist er ziemlich launenhaft ... nicht mürrisch oder rüde eigentlich ... bloß in sich gekehrt. Bei den Kindern ist er aber ein richtiges Energiebündel! Er bemüht sich dauernd, sie zu beeindrucken. Er ist wie ein Kind, das um die Aufmerksamkeit eines Erwachsenen buhlt, statt dass es umgekehrt wäre.»

«Dann passt er doch ganz wunderbar», sagte Claire.

Frannie nickte. «Ich finde es wichtig, dass die Kinder einen Mann um sich haben.» Sie führte diese Theorie nicht weiter aus, aber es bereitete ihr Vergnügen, sie einer so vernünftigen und praktisch veranlagten Frau wie Claire vorzutragen. Die Kinder hatten schließlich nie einen Vater gehabt ... nur diese Frau, die in Guyana und auf Kuba DeDes Begleiterin gewesen war. So was war einfach nicht normal, sagte sich Frannie. Gott sei Dank für Mr. Starr!

«Sagen Sie», meinte Claire nach einiger Zeit des Schweigens, «Jimbo hat was Geschäftliches zu erledigen, wenn wir heute Nachmittag anlegen. Wie wär's, wenn wir zwei Sitka unsicher machen? Es gibt eine entzückende russische Kirche dort und ein paar fantastische Geschäfte mit Muschelschnitzereien. Zwei Mädels auf Landgang ... was halten Sie davon?»

Frannie zögerte. «Na ja ... ich ...»

«Ich *weiß*, wie umwerfend das Angebot ist, aber überschlagen Sie sich mal nicht vor Begeisterung!»

Frannie lächelte entschuldigend. «Ich habe nur überlegt ... na ja, die Kinder.»

«Kann Ihr Mr. Starr sie Ihnen nicht eine Weile abnehmen?»

Frannie zog die Augenbrauen hoch. «Das hat er mir eigentlich angeboten.»

«Wunderbar! Dann ist es abgemacht!»

«Ich habe aber das Gefühl, dass ich ihn ausnutze.»

«Hören Sie mal, Liebes, wenn der Kerl auf Kinder steht, dann ist das *sein* Problem und nicht Ihrs. Sie sollten lernen, ein Geschenk des Himmels anzunehmen, wenn es Ihnen in den Schoß fällt!»

Frannie gab lächelnd nach. «Sie haben recht. Schließlich soll das ja ein Urlaub sein.»

«Genau», sagte Claire.

Als Frannie die Zwillinge eine halbe Stunde später abholen ging, fand sie sie kichernd unter einem «Fort», das Mr. Starr aus zwei Liegestühlen und einer Decke gebaut hatte. Vor langer, langer Zeit hatte Edgar für DeDe so was auch häufig gebaut.

Ohne sich bemerkbar zu machen, blieb Frannie vor dem Wolldeckenunterschlupf stehen und genoss die fröhliche Musik, die die Stimmen ihrer Enkelkinder für sie waren.

Dann sang Mr. Starr ihnen etwas vor:

«Bye baby bunting, Daddy's gone a-hunting, gone to get a rabbit skin to wrap the baby bunting in ...»

Das Vertrautheitsgefühl, das dieses alte Kinderlied auslöste, war genau die Bestätigung, die die Matriarchin brauchte.

Das Wissen, dass sich bestimmte Dinge nie änderten, war beruhigend.

Aber bitte mit Vorhaut!

Mrs. Madrigals kantiges Gesicht wirkte noch strahlender als sonst, als sie nach der schweren gusseisernen Bratpfanne griff, die in der Barbary Lane 28 immer Frühstück bedeutete.

«Ich kann's noch gar nicht glauben», sagte sie. «Zwei Eier oder drei, mein Lieber?»

«Drei», sagte Michael. «Ich auch nicht. Ich hab den beiden monatelang zugeredet, aber nicht gedacht, dass sie schon reif sind für eine so feste Bindung. Mary Ann vielleicht noch eher als Brian.»

Mrs. Madrigal schlug drei Eier in die Pfanne, warf die Schalen weg und wischte sich an ihrer paisleygemusterten Schürze die Finger ab. «Ich hab die beiden miteinander bekannt gemacht. Hast du das gewusst?»

«Nein.»

«Ja, es stimmt», sagte die Vermieterin strahlend. «Gleich nachdem Mary Ann eingezogen war. Ich hab ein kleines Abendessen veranstaltet, und dabei hat Mary Ann mir von ihrer Befürchtung erzählt, dass es in San Francisco vielleicht nicht genug normale Männer gibt.» Mrs. Madrigal lächelte wehmütig. «Das war natürlich, bevor sie über mich Bescheid wusste. Hätte sie's *damals* schon gewusst, hätten wir sie wohl für immer an Cleveland verloren.»

Michael lächelte. «Sie haben sie und Brian also miteinander bekannt gemacht?»

«Nicht direkt. Ich hab Brian gesagt, dass Mary Ann Hilfe beim Möbelrücken braucht. Für den Rest waren sie dann selber zuständig. Weizentoast oder Roggen, mein Lieber?»

«Weizen, bitte.»

«Selbstverständlich ist ein völliges Desaster draus geworden. Brian war ein schamloser Weiberheld, und Mary Ann war gerade furchtbar in Beauchamp Day verliebt – Gott steh ihr bei.» Die Vermieterin schüttelte wehmütig und halb belustigt den Kopf. «*Danach* ist sie immer mit dem Detektiv ausgegangen, den Monas Mutter auf mich angesetzt hatte.»

Michael nickte ernst.

«Ich war immer recht froh drüber, dass er verschwunden ist. Du nicht auch?» In ihrem Grinsen lag alle Schadenfreude, zu der sie fähig war. «Obwohl ich mich frage, was mit ihm passiert ist.»

Michael wand sich wie ein Aal. Er ging diesem Thema aus dem Weg, so gut es nur ging. Nur Mary Ann war Zeugin gewesen, als der Detektiv bei Lands End eine Klippe hinuntergestürzt war, und sie hatte dieses Geheimnis niemand außer Michael offenbart. Es gab ein paar Dinge, die man selbst vor Mrs. Madrigal lieber geheim hielt.

«Danach war Burke Andrew dran», setzte Michael die Aufzählung einfach fort. «Und mit ihm die Kannibalen aus der Grace Cathedral.»

Mrs. Madrigal verdrehte theatralisch ihre untertassengroßen Augen. «Sie hat vielleicht ein Händchen, was?»

«Ja. Aber ich glaub, sie ist endlich an den Richtigen geraten.»

«Das glaub ich auch», sagte die Vermieterin. «Dabei bin ich ehrlich gesagt etwas überrascht.»

«Warum?»

«Ich weiß nicht genau. Ich hab bloß so ein Gefühl im Bauch, dass sie irgendwas vorhat. Sie kommt mir in letzter Zeit so abwesend vor. Dass sie sich ums Heiraten Gedanken macht, hätt ich am allerwenigsten erwartet.»

«Und was», fragte die Vermieterin, als sie sich zum Essen setzten, «hat unser Rumtreiber in der letzten Zeit so erlebt?»

Michael tat so, als würde der Marmeladentopf seine gesamte Aufmerksamkeit fordern. «Ach ... eigentlich kaum was.» Er wusste, dass ihre Frage seinem Liebesleben galt, doch er war nicht in der Stimmung, darüber zu reden. «Ich glaub, ich hab wieder mal einen zölibatären Anfall. Ich bin viel zu Hause und seh fern.»

«Und wie ist *das*?»

«Was?»

Die Vermieterin schnippte sich einen Krümel aus dem Mundwinkel. «Das Fernsehen.»

Michael lachte. «Meine Lieblingssendung war diese Woche eine Reportage über Beschneidung.»

«Tatsächlich?» Mrs. Madrigal butterte sich noch ein Stück Toast.

«Die war zum Schreien», sagte Michael. «Es wurde ein Beschneidungsspezialist interviewt, der Don Wong heißt.»

«Nein!»

Michael hob die Hand zum Schwur. «Ich schwöre bei Gott.»

«Und was hatte er zu sagen?»

Michael zuckte mit den Schultern. «Bloß, dass es heutzutage keinen akzeptablen Grund mehr gibt, kleine Jungs gleich nach der Geburt zu verstümmeln. Mein Gott. Wie lang brauchen die Leute, bis sie mal was schnallen? Meine Mutter ist nun wirklich nicht die Fortschrittlichste, aber *das* war ihr schon vor dreißig Jahren klar.»

Mrs. Madrigal lächelte. «Du solltest ihr zum Dank eine kleine Karte schicken.»

«Das Komische ist ... dass ich es als Kind nie leiden konnte. Im Duschraum war ich immer der einzige Junge, der nicht beschnitten war, und das ging mir damals total gegen den Strich. Mama hat immer gesagt: ‹Gib bloß acht, dass du da unten immer sauber bist, Mikey, dann wirst du mir eines Tages noch sehr dankbar sein. Gott hat dir nichts Falsches mitgegeben.›»

«Eine kluge Person», sagte Mrs. Madrigal.

Michael nickte begeistert. «Man hat mich diese Woche zu einer Orgie eingeladen.»

Die Vermieterin setzte ihre Tasse ab.

«Nur für Unbeschnittene.»

Sie sah ihn in gespielter Entgeisterung an.

«Keine Bange», sagte Michael. «Es war eine Wohltätigkeitsveranstaltung.»

«Ach, wirklich?»

«Für den Chor.»

«Aha.» Mrs. Madrigals ausdrucksloses Gesicht blieb unergründlich. «Ein Vorhautfestival. Wird da am Eingang nachgesehen, oder was?»

Michael lachte. «Ich weiß. Es hört sich ziemlich blöd an. Trotzdem ... ich bin froh, dass sich die Einstellung dazu geändert hat. Es gibt absolut keinen Grund, warum man sich an seinen Geschlechtsteilen herumschnippeln lassen sollte.»

Die Vermieterin schaute auf ihre Teetasse hinunter und unterdrückte ein Grinsen, bis Michael eilig nachbesserte: «Es sei denn, man will sich verändern.»

Mrs. Madrigal blickte wieder hoch und zwinkerte ihm zu.

«Noch etwas Kaffee, mein Lieber?»

Der Daddy ist weg

Ein eifrig genutztes Pelzhandelsmonopol hatte Sitka im letzten Jahrhundert zu einem ausgesprochen russischen Erscheinungsbild verholfen: ein russisches Blockhaus, russische Grabzeichen überall, Kosakentänzer, die vor den Touristen auftraten, und sogar eine hübsche russische orthodoxe Kirche in der Stadtmitte.

Prue war vollkommen fasziniert.

«Ist das nicht unglaublich, Luke? Wenn man sich vorstellt, dass das noch Amerika ist!»

Luke jedoch war mit den Waisenkindern beschäftigt. Er kniete vor ihnen auf der Straße und zupfte die kleinen pelzbesetzten Parkas zurecht, die er ihnen eine halbe Stunde zuvor gekauft hatte. Wenn sie die Kapuzen aufsetzten, sahen die Kinder wie kleine Eskimos aus – und schon fast zu putzig, um noch als lebendige Wesen durchzugehen.

«Ist es dafür nicht ein bisschen zu warm?», fragte Prue. «Das Wetter ist hier doch praktisch wie in San Francisco.»

Er blickte zerstreut zu ihr hoch. «Ich kümmer mich gleich um dich.»

Er hatte ihr nicht einmal zugehört. Normalerweise wäre sie vielleicht verärgert gewesen. Prue konnte Leute nicht ausstehen, die – wie Frannie Halcyon und ihre Freundin Claire zum Beispiel – von Luke so viel Aufmerksamkeit forderten, dass Prues Anteil an seiner Zuwendung kleiner wurde.

Doch mit den Kindern war das etwas anderes. Wenn Prue die beiden mit Luke sah, musste sie daran denken, warum sie von dem schmuddeligen, schlecht angezogenen Phantom, das sich im Golden Gate Park um ihren Wolfshund gekümmert hatte, so beeindruckt gewesen war. Luke verhielt sich zu Kindern genauso wie zu Tieren – als einer, der sich ihnen verbunden fühlte und ihre Empfindungen respektierte.

Dem kleinen Mädchen war das schon längst klar. «Mr. Starr», zwitscherte es und zog ihn am Arm. «Fahren Sie Flugboot mit uns. *Bitte.* Fahren Sie Flugboot mit uns.»

Prue lächelte. «Du hast ihnen von unserem Ausflug mit dem Wasserflugzeug erzählt.»

Luke schaute nicht zu ihr hoch. «Die beiden begreifen schnell.»

«Sie sprechen so gut Englisch», bemerkte Prue. «Für Vietnamesen, meine ich.»

Luke zog den Reißverschluss am Parka des kleinen Jungen zu. «Sie sind Flüchtlinge. Vielleicht sind sie von Amerikanern aufgezogen worden ... keine Ahnung.» Seine Stimme hatte eine leicht sarkastische Note, die ihr zu verstehen gab, dass sie sich um ihren eigenen Kram kümmern sollte. Sie kam sich plötzlich vor, als wäre sie in ein privates Gespräch geplatzt.

Der kleine Junge fiel in das Geschrei ein: «Flugboot! Ja! Fahren Sie Flugboot mit uns!»

«Edgar ... nicht jetzt!»

Eine kleine Unterlippe schob sich vor. «Sie haben es versprochen.»

«Er heißt Edgar?»

Luke beachtete sie nicht.

«Frannies Mann hieß Edgar. Glaubst du, dass sie ihm den Namen gegeben hat?»

«Prue, würdest du bitte mal die Klappe halten! Ich hab mit *den zwei* Kindern schon genug zu tun!» Sein heftiger Ausbruch traf sie völlig unvorbereitet, doch dann sah sie, dass die Kinder *wirklich* verstört waren. Sie quengelten leise – nicht in aufsässiger Weise, sondern so, als fühlten sie sich hintergangen.

«Luke», sagte sie behutsam, «wenn du ihnen einen Ausflug mit dem Wasserflugzeug versprochen hast ... mir würd es nichts ausmachen, noch mal zu fliegen. Ehrlich.»

Luke stand auf. Er war gründlich verärgert. Seine Halsschlagader hatte zu pochen begonnen. «Ich hab ihnen überhaupt nichts versprochen», murmelte er. «Komm, wir haben seit dem Frühstück nichts gegessen.»

Prue bemühte sich um einen beschwichtigenden Ton. «Ja, ein bisschen was zu essen täte uns allen ganz gut.» Sie lächelte die Waisenkinder an. «Ich wette, hier in Alaska gibt es leckere Eiscreme. Sollen wir mal nachsehen?»

Sie blickten mit nassen Augen zu ihr hoch – traurige runde Gesichter, umrahmt von Pelz – und fassten dann nach ihren Händen.

Luke ging eingeschnappt vor ihnen her.

Seine Stimmung hatte sich beträchtlich gebessert, als sie ins Restaurant kamen, einen billigen Kiefernholz-und-Resopal-Laden neben der Kirche.

«Der falsche Hase schmeckt nicht schlecht», sagte er. «Wie ist dein Salat?» Es war ein reichlich lahmer Entschuldigungsversuch, aber immerhin ein Versuch.

Prue beschloss, ihn anzulächeln. «Grauenhaft. Aber das geschieht mir ganz recht. Warum musste ich auch in Alaska Salat bestellen?» Sie wandte sich den Kindern zu. «Ihr habt eure Hotdogs ja rasend schnell verputzt.»

Die Waisenkinder strahlten sie mit senfverschmierten Gesichtern an. Sie staunte, wie rasch Kinder eine schmerzliche Situation vergessen konnten. Dann griff sie über den Tisch und streichelte Lukes Hand. «Meinst du, ich kann es wagen, mal für kleine Mädchen zu verschwinden?»

«Mach nur», sagte er augenzwinkernd. «Die Erfahrung wird dir guttun.»

Die Toilette roch penetrant nach Desinfektionsmitteln, war aber überraschend sauber. Prue blieb fünf Minuten, verrichtete ihr Geschäft und dankte den übersinnlichen Mächten, dass ihr erster bedeutender Konflikt mit Luke noch vor der Explosion verpufft war.

Als sie ins Lokal zurückkam, war ihr Tisch leer. Luke und die Waisenkinder waren verschwunden.

«Entschuldigen Sie», sprach sie den Mann hinter dem Tresen an. «Sind denn mein Freund und die Kinder vielleicht ...»

«Sie haben bezahlt und sind gegangen», sagte der Mann.

«*Was*? Sie sind gegangen? Wo wollten sie hin? Haben sie was gesagt?»

Der Mann zuckte mit den Schultern. «Ich hab gedacht, Sie wissen Bescheid.»

Panik in Sitka

Als der Mann hinter dem Tresen die Bestürzung in Prues Gesicht sah, rang er sich ein freundliches Lächeln ab. «Vielleicht denkt er, dass Sie ... einfach nachkommen.»

«Er hat *gar nichts* gesagt?»

«Nein, Ma'am. Er hat gezahlt und ist gegangen.»

Prue schaute ihn entsetzt an und drehte sich noch einmal zu dem leeren Tisch um. Sie sah, dass Luke Trinkgeld dagelassen hatte. Was, in drei Teufels Namen, ging hier vor? War das seine Art, sie zu bestrafen? Die kleine Kabbelei um den Ausflug mit dem Wasserflugzeug rechtfertigte eine derart kindische Nummer bestimmt nicht.

Und wie kam er dazu, die Waisenkinder hineinzuziehen in dieses ... dieses ... was auch immer es war? Prue war wütend und wegen der Demütigung ganz rot im Gesicht. Er würde ihr schon eine sehr triftige Erklärung bieten müssen.

Sie verließ das Restaurant und schaute die Straße in beide Richtungen hinunter. Die drei waren nirgends zu sehen. Zu ihrer Rechten bot die kleine grau-weiße russische Holzkirche einem nicht abreißenden Strom von Touristen Zuflucht. Vielleicht war es *das*. Vielleicht waren die Kinder unruhig geworden, während sie auf der Toilette war, und Luke hatte sie zur nächsten logischen Station ihres Rundgangs durch Sitka geführt.

Vielleicht hatte er erwartet, dass sie von selbst darauf kam.

Sie betrat die Kirche, spendete zwei Dollar, blieb hinten stehen und blickte sich forschend um. Sie erkannte mehrere Leute von der *Sagafjord*, darunter die laute Dunkelhaarige, die immer mit Frannie Halcyon zusammensteckte, doch Luke und die Waisenkinder waren nicht da.

Als sie wieder draußen in der Sonne stand, ließ sie sich ihre Möglichkeiten durch den Kopf gehen. Falls Luke es tatsächlich darauf anlegte, ihr so etwas wie eine Lektion zu erteilen, dann konnte er ihr gestohlen bleiben. Wenn es sein musste, konnte sie sich die Stadt auch allein ansehen. Andererseits, was war, wenn ihn etwas Unvorhergesehenes zum Verlassen des Restaurants *gezwungen* hatte?

Aber was konnte in den fünf Minuten schon passiert sein?

Sie ging rasch zum Restaurant zurück und sah sich durch das verschmierte Fenster noch einmal darin um.

Nichts.

Bleib ruhig, ermahnte sie sich. *Es gibt eine Erklärung dafür.* Falls er vorgehabt hatte, sie aus der Fassung zu bringen, dann war es ihm vortrefflich gelungen. Doch das würde sie ihn nie merken lassen. Sie würde nicht zulassen, dass er sie weinen sah.

Sie änderte den Kurs und ging in Richtung Schiff. Unterwegs schaute sie besorgt die Querstraßen hinunter. Als sie drei Straßen von der Kirche weg war, kam sie an einer kleinen Gasse vorbei, in der ihr ein kleines pelziges Wesen auffiel.

Es war eines der Waisenkinder. Das kleine Mädchen.

Es stand am Ende der schmalen Gasse vor einem verwitterten Holzhaus – ein ausnehmend hübsches Bild.

«He!», rief Prue.

Das kleine Mädchen blieb einen Augenblick lang regungslos und schaute nur verwirrt; dann hob es zaghaft die Hand und winkte.

Ihr Name, dachte Prue. *Wie hieß sie noch!*

Als es ihr einfiel, schrie sie noch einmal: «Anna! Ich bin's! Ist Mr. Starr auch da?»

Die Antwort stellte sich in Form eines großen Schattens ein ... und dann in Gestalt von Luke selbst, der von links heranstürzte und das verblüffte Kind schnappte.

«Luke! Um Himmels willen, was machst du denn?»

Sein Kopf bewegte sich so ruckartig wie der eines Roboters, als er sich umdrehte und in ihr entsetztes Gesicht blickte. Die unmenschliche Wut in seinem Blick ließ ihr das Blut in den Adern gefrieren. Wer war dieser Mann? *O Gott, wer war er?*

Sie rannte schreiend auf ihn zu: «Was hab ich getan, Luke? Sag mir, was ich getan habe!»

Aber er war schon wieder verschwunden und rannte mit Anna unter dem Arm durch eine andere Gasse davon.

Prue hetzte mit wild klopfendem Herzen hinterher. Sie sah, wie Luke ein unbebautes Grundstück überquerte und dann in einem Dickicht aus Unkraut und wild wachsenden Blumen verschwand. Wo war das andere Waisenkind eigentlich? *Was hatte er mit Edgar gemacht?*

Als sie ihm folgen wollte, blieb sie mit dem Absatz an einer rostigen Bettfeder hängen und wurde mit einem heftigen Ruck zu Boden gerissen. Sie lag ungläubig da und würgte an ihren Schluchzern, während das Blut aus dem Knöchel strömte.

«LUKE», schrie sie. «BITTE, LUKE, ICH BLUTE ... BITTE ... BITTE ...»

Doch es war kein Laut zu hören.

Noch platt auf dem Bauch liegend, riss Prue unter einem ausrangierten Kühlschrank einen ölverschmierten Lappen hervor. Nachdem sie die Fliegen verscheucht hatte, die sich dort bereits versammelt hatten, presste sie den Lappen hektisch gegen ihren Knöchel.

Sie drückte sich in eine sitzende Stellung hoch und lehnte sich an den Kühlschrank. Als ihr der Horror ihrer Situation bewusst wurde, bekam sie glasige Augen:

Ein Mann ohne Nachnamen, ein Mann, den sie geliebt hatte, ein Mann, der den Ausweis von Pater Paddy Starr bei sich trug, hatte in einer Kleinstadt im Südosten Alaskas die Pflegekinder von Frannie Halcyon entführt. Und die *Sagafjord* legte in knapp zwei Stunden ab.

Jetzt ging's ans Eingemachte.

Die Gräueltat

Prue fiel ein, was sie vor langer Zeit bei den Camp Fire Girls gelernt hatte. Mithilfe eines zweiten ölverschmierten Lappens machte sie eine Aderpresse und wickelte sie rasch um ihren Knöchel.

Nach drei Minuten lockerte sie die Bandage weit genug, um festzustellen, dass die Blutung gestillt war, und stand vorsichtig auf. Sobald sie den Knöchel belastete, trat ein perlgroßer rubinroter Blutstropfen aus. Sie tupfte ihn behutsam ab und stand wimmernd da, bis sie sich sicher genug fühlte, um zu gehen.

Dann machte sie sich auf den Weg zum Schiff.

Als sie das unratübersäte Grundstück verließ, hörte sie hinter sich eine wütende Stimme: «He, Sie da!»

Sie zuckte zusammen. Als sie sich umdrehte, erblickte sie einen bulligen rothaarigen Mann von Ende vierzig. Er steckte in einem Overall und hatte eine Hacke dabei, die er wie einen Speer hielt.

«Gehört der Dreckskerl zu Ihnen?»

Prue hatte Mühe, ihre Stimme wiederzufinden. «Ich ... wenn Sie ... äh ...»

«Hören Sie mal, Gnädigste ... ich bring die Drecksau um, wenn's sein muss! Ich find raus, wer er ist, und dann ...» Er unterbrach sich, als er das Blut auf Prues Knöchel sah. «Was is los?», sagte er in einem Ton, der nun eine Spur weniger hysterisch war.

«Ich bin gestürzt», sagte sie matt. «Ich hab mich an der Bettfeder dort geschnitten. Schreien Sie mich bitte nicht an.» Sie begann zu schniefen. «Ich verkrafte das nicht mehr. *Nein!*»

Der Mann ließ seine Hacke fallen und ging auf sie zu. «Hat er das getan?»

«Ein Mann in einem blauen Blazer?»

«Ja. Kennen Sie ihn?»

Prue nickte niedergeschlagen. «Ich bin ... ihm nachgelaufen. Haben Sie gesehen, wo er hin ist?»

«Da durch», sagte der Mann und deutete auf einen windschiefen Holzzaun, in dem zwei Bretter fehlten. «Quer durch meinen Garten, der Scheißkerl!»

Vielleicht fünf Sekunden lang spielte Prue mit dem Gedanken, ihn zu verfolgen, doch sie brachte keine Kraft mehr auf, und es war ihr klar, dass Luke mit den Waisenkindern längst weg war. Sie bedankte sich bei dem Mann und fügte im Weggehen noch hinzu: «Ich hoffe, er hat Ihren Garten nicht kaputtgemacht.»

Der Mann explodierte. «Von wegen Garten!» Er packte sie am Handgelenk und zog sie zu dem Loch im Zaun. «Ich werd Ihnen mal was zeigen, Gnädigste!»

Um Himmels willen, was würde er ihr zeigen? Was hatte Luke nur angestellt?

Durch das Loch kamen sie in einen kleinen Hinterhof, der von dem zugemüllten Grundstück nebenan praktisch nicht zu unterscheiden war. Eine Reihe weiß lackierter, mit Petunien bepflanzter Traktorreifen war das einzige Zugeständnis an den Schönheitssinn. Vor dem Zaun an der Rückseite stand eine Art Schuppen mit Unterteilungen für ... ja, wofür? ... Käfige?

Der Mann führte sie zu dem Schuppen.

«So, und jetzt erklären Sie mir mal, was das soll!»

Als Prue hinschaute, schrie sie laut auf, dann wurde ihr übel, und schließlich kotzte sie hinter dem Schuppen ins Unkraut.

Der Mann stand zuerst betreten daneben und bot ihr dann sein Taschentuch an.

«Ihr Freund ist verrückt, Gnädigste. Was soll man da sonst sagen?»

Eine halbe Stunde später lief Frannie auf dem Promenadendeck der *Sagafiord* nervös hin und her. Da vor ihnen bereits zwei andere Kreuzfahrtschiffe angelegt hatten, lag ihr Schiff im

Hafen vor Anker. Mehrere Barkassen pendelten zwischen dem Schiff und dem Anleger hin und her. Die Matriarchin fixierte jede einzelne Barkasse.

«Wenn etwas passiert ist, werde ich mir nie verzeihen, dass ...»

«Gar nichts ist passiert», sagte Claire. «Immer mit der Ruhe, Liebes. Sie sind schlimmer als 'ne junge Mutter.»

«Aber wir legen in einer Stunde ab.»

«Das wissen die zwei.»

«Aber ich kenne diese Giroux. Sie ist eine flatterhafte Person. Wahrscheinlich hat sie den Kerl in einen Laden verschleppt und kümmert sich ...»

«Sehen Sie mal», rief Claire und deutete auf den Kai, «gerade kommt wieder eine Barkasse!»

Frannies Anspannung ließ augenblicklich nach. «Gott sei Dank!»

Claire schalt sie grinsend: «Sie sind vielleicht 'n ängstliches Ding!»

«Auf welches Deck führt die Gangway?»

«Aufs A-Deck, glaub ich.»

«Ich werde sie abholen», sagte Frannie.

«Soll ich mitgehen?»

Frannie lächelte. «Ich weiß, dass Sie mich albern finden. Manchmal kann ich aber nicht anders. Und es gibt auch keine vernünftige Erklärung dafür.»

Ihre Ängste lösten sich auf, sobald sie auf der Barkasse die blonden Locken der Klatschkolumnistin entdeckte.

«Na, sehen Sie?», sagte Claire.

Doch dann fiel ihnen auf, dass Prue allein war.

DeDe Day's D-Day

Mrs. Madrigal stutzte den Efeu im Vorgarten, als Mary Ann zur Arbeit ging.

«Fährst du in den Sender, meine Liebe?»

Mary Ann nickte. «Heute ist ein großer Tag. Ein *richtig* großer Tag.»

Die Vermieterin legte die Schere auf den Boden und richtete sich auf. «Meinst du deine kleine Überraschung?»

«Sie wissen davon?»

Mrs. Madrigal lächelte. «Michael hat mir davon erzählt. Er hat nicht gesagt, was kommt ... nur, wann es kommt. Ich hab keine Vorstellung, was es ist.»

«Es ist eine tolle Überraschung. Und erst recht eine tolle Story, wenn ich das mal sagen darf.»

«Ein Heiratsantrag *und* eine tolle Story? Wie viele Meilensteine kann man noch in eine Woche packen?» Die Vermieterin fasste Mary Ann an den Schultern und drückte ihr einen Kuss auf die Wange. «Schon im Vorhinein herzlichen Glückwunsch, meine Liebe. Ich hab immer gewusst, dass du es schaffst.»

Mary Ann strahlte. «Danke.»

«Außerdem möcht ich ein kleines Fest organisieren. Für dich und Brian.»

«Eigentlich», sagte Mary Ann, «hatte ich gehofft, dass Sie die Hochzeit organisieren.»

Die Begeisterung der Vermieterin spiegelte sich in ihrem Gesicht. «Oooh, *liebend* gern. Du meinst hier?»

Mary Ann nickte.

Mrs. Madrigal sah sich im Vorgarten um. «Dann wollen wir mal sehen. Das Jawort könnt ihr euch unter dem Gartentor geben. Mit 'nem neuen Anstrich sieht's wieder aus wie neu.

Außerdem könnten wir einen Cellisten kommen lassen ... oder eine Harfenistin ... eine Harfenspielerin wär himmlisch.» Sie wirkte fast mädchenhaft, als sie in die Hände klatschte. «Es ist so wunderbar ... meine kleine Familie ... Gott hat es ganz besonders gut gemeint mit uns, Mary Ann.»

«Ich weiß», sagte sie.

Und zum ersten Mal seit Jahren meinte sie es auch so.

Allmählich wurde ihr klar, dass ihre Rache süßer sein würde, als sie je zu träumen gewagt hatte. Larry Kenan sorgte selbst dafür, indem er sich noch aasiger benahm als sonst. «Na, wie geht's unsrer streitbaren kleinen Journalistin heute?»

Mary Ann schaute nicht vom Schreibtisch auf. Sie ordnete ihre Karteikarten zu DeDe, straffte und stellte um, damit alles in ihre fünf Minuten passte. Keine leichte Aufgabe.

Der Nachrichtenchef blieb an der Tür stehen und hakte die Daumen in seine Gentlemen's-Jeans. Sie spürte sein höhnisches Grinsen wie einen Sonnenbrand auf ihrer Kopfhaut. «Hören Sie mal», sagte er, «Denny muss noch die Requisiten für Ihren heutigen Auftritt zu Gesicht kriegen.»

«Stimmt», murmelte Mary Ann und ordnete weiter ihre Karten.

«*Sofort*, Gnädigste.»

Mary Ann blickte ungerührt zu ihm hoch. «Es ist bloß ein Naturschwamm, Larry.»

Er reagierte mit lautem verächtlichem Schnauben. «Und wozu soll der gut sein?»

Mary Ann senkte den Blick wieder. «Als Alternative zu Tampons.»

Einen Augenblick lang herrschte Stille, dann begann Larry wie blöd zu keckern.

Mary Ann griff nach einem Stift und schrieb eine völlig nichtssagende Notiz in ihren Kalender. «Finden Sie das Toxic-Shock-Syndrom besonders witzig, Larry?»

«Ganz und gar nicht», sagte der Nachrichtenchef und wandte sich zum Gehen. «Es freut mich bloß, dass Sie so *tiefgehende* journalistische Arbeit leisten. Hals- und Beinbruch, okay?»

Der Film, in den Mary Anns Show eingebettet war, hieß *Eine zu viel im Bett*, und Mary Ann fand den ironischen Bezug zu ihrer Story sehr sinnig: Doris Day kehrt nach sieben Jahren, die sie auf einer einsamen Insel festgesessen hat, nach Hause zurück. Bei ihrer überraschenden Ankunft erfährt sie, dass ihr Mann, James Garner, kurz vor der Heirat mit Polly Bergen steht. Und in der Pause tritt DeDe Day auf. Einfach fabelhaft.

Um Viertel nach zwei klingelte Mary Anns Telefon.

«Mary Ann Singleton.»

«Ich bin's, Mary Ann. DeDe. Hören Sie mir genau zu: Haben Sie schon was gesagt?»

«Wo sind Sie? Sie sollten doch hier sein, bevor ...»

«Haben Sie denen schon was gesagt?»

Mary Ann war bestürzt. DeDe schien unter Druck zu stehen. «Natürlich nicht», erwiderte sie. «Wir warten doch, bis wir auf Sendung sind.»

«Ich kann aber nicht, Mary Ann. Das heißt, wir können nicht.»

«Moment mal!»

«Mutter hat gerade angerufen! Die Kinder sind entführt worden!»

«Was? In Alaska?»

«Er hat sie, Mary Ann. Ich bin mir fast sicher.»

«O Gott ... wirklich? Wie ist das möglich?»

«Zum Reden ist jetzt keine Zeit. Ich fliege in einer Stunde nach Sitka. Kommen Sie mit?»

«DeDe, ich ...»

«Ich bezahle alles.»

«Darum geht's nicht. Meine Sendung fängt doch ...»

«Ich brauch Sie, Mary Ann. *Bitte.*»

«Okay. Klar. Wo treffen wir uns?»

«Am Flughafen. Nehmen Sie sich ein Taxi. Und sagen Sie keinem ein Wort davon, Mary Ann ... *kein Wort!*»

Wo ist nur die Romantik geblieben?

Es ging das Gerücht um, dass die Typen mit den geilsten Bodys nach und nach aus dem City Athletic Club ins Muscle System ein Stück die Market Street hinunter gewechselt waren, doch Michael fand das schwer zu glauben.

An diesem Tag gab es im Club zum Beispiel wieder die reinste Hengstparade – geschmeidige, in freier Natur gebräunte Körper, die heldenhaft gegen die Hightech-Tyrannei der Nautilus-Maschinen angingen. Alles in allem ein zutiefst entmutigender Anblick.

Denn Michaels Körper bedurfte ebenfalls der Gestaltung. Und zwar dringend.

Nach einer qualvollen Dreiviertelstunde, die er am Beinstrecker und am Rückenstrecker, mit Schulterpressen und Trizepsdrücken verbracht hatte, zog er sich in den hollywoodgroßen Whirlpool zurück, in dem schon Ned sich wie ein alternder Gladiator aalte.

Michael ließ sich sachte in das blubbernde Wasser gleiten. «Es ist wie ein ungeschriebenes Gesetz», sagte er.

«Was?», fragte Ned.

«Bin ich in Form, bin ich nicht verliebt. Bin ich verliebt, bin ich nicht in Form.»

Ned lachte und drückte ihm spielerisch den Nacken. «Wer ist der Glückliche?»

«Oh, vielen Dank», sagte Michael.

«Aber, hast du nicht gesagt ...»

«Ich weiß, ich weiß. Aber es gibt keinen Glücklichen. Ich könnte was Nettes gebrauchen.»

Ned streckte die Beine aus und ließ sich auf dem Rücken treiben. «Was ist mit deinem Bullen? Ich dachte, er hat die Erde erbeben lassen.»

Michael schüttelte den Kopf. «Nur das Bett.»

Der Gärtner lachte.

«Außerdem»; fügte Michael hinzu, «hab ich es satt, mich immer an die Liebe ranzuschmeißen. Ich bin viel vorsichtiger als früher.»

«Aha.» Ned lag noch immer auf dem Rücken. Er drehte den Kopf zur Seite und grinste Michael an.

«Das *stimmt*», beharrte Michael. «Man muss vorsichtig sein. Manche Typen haben die Liebe sowieso abgeschrieben und geben sich zufrieden mit einer Liste von zehn Leuten, mit denen sie tollen Sex haben können. Du hast vielleicht das Gefühl, dass du dich verliebst, doch in Wirklichkeit bewirbst du dich bloß um die Aufnahme in die Liste. Und das soll alles sein?»

«Hast du's in seine Top Ten geschafft?», fragte Ned grinsend.

«Ich hab nicht speziell Bill gemeint», sagte Michael.

«Ach so.»

«Außerdem glaub ich, dass ich jetzt eher zu den Golden Oldies gehör. Aber das macht auch nichts. Beim Gefälligkeitssex bin ich sowieso 'ne Niete. Aber warum erzähl ich *dir* das überhaupt? Du hast doch selber eine Liste.»

Ned ließ die Beine sinken und setzte sich wieder auf. «Das ist mir lieber als das Gerenne in die Bars und der Ex-und-hopp-Sex. Es gibt einen Haufen Argumente für den Sex mit Freunden, Michael.»

«Vielleicht. Aber ein bisschen Romantik wär schon nett. Ein Hauch von Gefühl.»

«Schön. Dann hol es dir, Bubba.»

Michael lächelte. «Weiß Gott, ich geb mir Mühe.»

«Das hast du wohl letzte Woche im Glory Holes auch getan, was?»

«Auf meine Art schon. Ach, Scheiße, ich weiß auch nicht. Wahrscheinlich hab ich so meine Phasen. Manchmal komm ich mir vor wie der geilste Bock auf der Welt ... und dann brauch ich nichts als 'n scharfen Kerl, der mir im Dunkeln die Titten zwirbelt und ‹Kumpel› zu mir sagt. Ich meine ... anonymer Sex ist manchmal so toll, dass man fast glauben könnte, es gibt einen Gott.»

Ned bespritzte ihn mit Wasser. «Das liegt nur daran, dass du dann vor einem *kniest*, Bubi!»

Michael lachte. «Aber so geht's mir nur zeitweise. Sobald 'ne andere Mondphase ist, möcht ich gleich wieder verheiratet sein. Ich möcht im Bademantel vor dem Fernseher sitzen und mir mit meinem Freund *Masterpiece Theatre* anschauen. Ich möcht Sachen *planen* – Ausflüge in die Berge, Essengehen in Chinatown, Abokarten für irgendwas. Ich wünsch mir Ordnung und Verlässlichkeit und jemand, der mir NyQuil bringt, wenn ich mich beschissen fühle. Und trotzdem weiß ich ... dass sich auch das wieder legt. Wenigstens für 'ne Weile. Ich *weiß*, dass wieder Zeiten kommen, wo ich auf Männerfang gehen will. Ich bin doch viel zu abenteuerlustig. Mich gruselt's bei dem Gedanken, den Rest meines Lebens mit einem einzigen Menschen zu verbringen. Wie soll ich aus dem Schlamassel denn rausfinden?»

Ned zuckte mit den Schultern. «Du suchst dir einen, der das alles versteht. Und dich gerade deswegen liebt.»

Michael sah seinen Freund kurz an, bevor er unter Wasser tauchte. Als er wieder hochkam, sagte er: «Warum werd ich im Whirlpool schwermütig? Das kommt sicher von der doofen Hochzeit.»

«Du meinst die von Mary Ann und Brian?»

Michael schüttelte den Kopf. «Die von Chuck und Di.»

«Ist die denn heute?»

«Morgen früh. Um drei nach unserer Zeit.»

«Na, dann werd ich wohl darauf verzichten», sagte Ned.

«Ich nicht. Di ist doch toll. Er ist ein bisschen trottelig, glaub ich, aber sie ist ein prima Kerl. Und wo ich doch so auf Romantik stehe.»

Ned betrachtete Michael liebevoll und stupste ihn dann spielerisch ans Knie. «God save the Queen», sagte er.

«Los jetzt», sagte Michael grinsend und stieg aus dem Wasser, «Mary Anns Show kommt gleich.»

Die Suche beginnt

Der Air-Alaska-Flug nach Seattle dauerte fast zwei Stunden. Der nach Sitka – mit einer kurzen Zwischenlandung in Ketchikan gleich hinter der Grenze zu Alaska – ungefähr drei. Mary Ann war völlig erschlagen.

DeDe hielt dagegen erstaunlich gut durch.

«Wie machen Sie das bloß?», fragte Mary Ann, als sie am Flughafen von Sitka in ein Taxi stiegen.

DeDe lächelte matt. «Was?»

«Na ja ... ich wär schon längst zusammengebrochen. Ich darf gar nicht daran denken.»

DeDe suchte in ihrer enormen Handtasche nach einem Pfefferminz. «Meinen Zusammenbruch hab ich schon hinter mir. Nach Mutters Anruf hab ich geschlagene fünf Minuten nur geschrien. Und damit basta.» Sie steckte sich ein Pfefferminz in den Mund. «Bei dem, was ich zu tun habe, wär es mir nur im Weg.»

Der leicht John-Wayne-hafte Unterton dieser Bemerkung beunruhigte Mary Ann. «Meinen Sie nicht doch, dass wir jemand benachrichtigen sollten? Ich meine ... wenn schon nicht die Polizei, dann wenigstens jemand, der weiß, wie ...»

«Auf keinen Fall. Falls wir's wirklich mit ihm zu tun haben, ist ein Medienrummel das Letzte, was wir brauchen. Der Kerl verträgt's nicht, wenn man ihn in die Enge treibt. Er würde nur ausklinken.»

«Aber ein gewisser Schutz wär doch sicher ...»

«Sobald wir ihn finden», sagte DeDe. «Sobald wir wissen, dass wir ihn zu fassen kriegen, ohne dass den Kindern was passiert ... aber wirklich erst dann.»

DeDe sagte *sobald*, fiel Mary Ann auf; nicht *falls*. Es gab keinen Beweis dafür, dass die Zwillinge noch in Sitka waren, doch DeDe setzte weiter darauf. Ein beherzterer Mensch, der ein Vorbild für positives Denken abgeben konnte, war wohl kaum vorstellbar.

Der Taxifahrer fragte: «Wo soll's hingehen?»

«Ins Potlach House.» DeDe drehte sich zu Mary Ann um. «Das Schiff ist anscheinend heute Nachmittag ausgelaufen.

Deswegen haben sich Mutter und Prue Giroux dort einquartiert.» Sie grinste höhnisch. «Ein merkwürdigeres Paar als die beiden gibt's wohl kaum ...»

«Was haben sie den Leuten auf dem Schiff erzählt?»

«Nichts», sagte DeDe. «Darauf hab ich sie eingeschworen. Sie haben nur gesagt, dass sie noch ein bisschen in Sitka bleiben wollen, und sind von Bord gegangen. Das hat sich vermutlich arg fadenscheinig angehört, aber wir hatten keine andere Wahl. Im Moment wär schon die *kleinste* Nachricht über die Entführung tödlich.»

Mary Ann spürte, wie sie eine Gänsehaut bekam. Sie hatte noch nie erlebt, dass jemand «tödlich» in einem so wörtlichen Sinn verwendete. «Ich bin überrascht, dass Ihre Mutter nicht die Polizei gerufen hat.»

«Ich auch», sagte DeDe. «Gott sei Dank hat sie mich zuerst angerufen. Aber ich bin sicher, dass Prue den Anstoß gegeben hat. Schließlich war es *ihr* Liebhaber. Und mit der Polizei wollte sie auf keinen Fall zu tun kriegen. Es ist weiß Gott keine Geschichte, die sich für ihre Kolumne eignet.»

«Sie hat ihn erst auf dem Schiff kennengelernt. Da können wir sie doch wirklich nicht verantwortlich machen für ...»

«Sie *sagt*, dass sie ihn erst dort kennengelernt hat.»

Mary Ann runzelte die Stirn. «Tut mir leid, aber ich versteh mal wieder nicht, was Sie meinen.»

«Ich glaub, sie weiß mehr, als sie Mutter erzählt hat», erklärte DeDe. «Und ich glaube, Mutter weiß mehr, als sie uns sagt.»

«Worüber?»

DeDe seufzte. «Ich weiß nicht ... es ist nur ... na ja, irgendwas an ihrem geliebten Mr. Starr hat sie schließlich doch davon überzeugt, dass er durchgeknallt ist.»

«Klar, das glaube ich auch», sagte Mary Ann.

«Nicht die Entführung, sondern was anderes.»

«Oh.»

«Sie hatte schon dazu angesetzt, aber dann hat sie nicht weitergeredet. Vermutlich wollte sie mir was ersparen. Aber das finden wir schon noch raus, was?» DeDes ironisches Lächeln wirkte herzerweichend tapfer.

Mary Ann griff nach ihrer Hand und zwang sich, ihre Tränen zu unterdrücken. «Machen Sie's nicht schlimmer, als es schon ist», sagte sie.

«Geht das überhaupt?», fragte DeDe.

Das Taxi fuhr gerade über eine elegant geschwungene weiße Brücke, als der Fahrer ihre Aufmerksamkeit auf einen erloschenen Vulkan lenkte, der hinter einem Archipel aus kleinen Inseln majestätisch aufragte. Die Stadt lag direkt vor ihnen – sauber und kompakt wie Disneyland. Als Schauplatz eines unvorstellbar bedrohlichen Geschehens wirkte sie nicht sehr überzeugend.

Mary Ann schaute auf die Uhr. Es war neun Uhr dreizehn. Dämmerung.

DeDe besah sich den Hafen von Sitka. «Sieht ganz hübsch aus, was?»

«Ja ... ganz nett.»

«Ich hab eine Scheißangst», sagte DeDe.

«Ich auch», sagte Mary Ann.

Das Verhör

DeDes erstes Treffen mit ihrer Mutter fand auf Mary Anns Vorschlag ohne sie statt. Mary Ann verbrachte die Zeit in ihrem Zimmer im Potlach House, machte ein Nickerchen und war im

Stillen erleichtert, dass sie dieser schmerzlichen Begegnung entgangen war.

DeDe kam eine Stunde später wieder. Sie ließ sich in einen Sessel neben Mary Anns Bett fallen.

Mary Ann setzte sich auf und rieb sich die Augen. «War's hart?»

DeDe nickte.

«Wie geht's ihr?»

«Schon besser», sagte DeDe seufzend. «Ich hab ihr eine Quaalude gegeben.»

«Die Ärmste», sagte Mary Ann.

DeDe massierte sich mit den Fingerspitzen die Stirn. «Sie weiß noch weniger als wir. Manchmal kann ich's gar nicht fassen, wie sehr sie auf der Leitung steht.»

«Was ist mit Prue?»

DeDe zupfte zerstreut an der Sessellehne herum. «Sie kommt als Nächste dran. Ich wollte sie nicht ausquetschen, solange Mutter dabei war. Das würde sie zu sehr einschüchtern. Es wird so schon schwer genug, die Wahrheit rauszufinden.»

«Wie gut kennen Sie sie?», fragte Mary Ann.

«Nicht besonders.» DeDe lachte bitter. «Ich hab ihr mal was gebeichtet, aber das ist auch alles.»

«Was soll das heißen?»

«Sie hat ihre Mittagsrunden, die sie ‹Forum› nennt», erklärte DeDe. «Sehr imposant. Man sitzt mit einem Ehrengast zusammen und entblößt sein Innenleben. Es ist so eine Art Bewusstseinsentwicklung für soziale Aufsteigerinnen. Prätentiös und peinlich. Ich war dabei, als es um Vergewaltigung ging. Ein ‹persönliches Plauderstündchen zum Thema Vergewaltigung› hat sie das genannt.» DeDe schüttelte angewidert den Kopf. «Mein Gott.»

«Aber ... Sie haben gesagt, Sie hätten ihr was gebeichtet.»

«Ich hab erzählt, dass man mich vergewaltigt hat.»

«Wann war das?»

«Ach ... vor fünf Jahren.»

«Ich hab gar nicht gewusst, dass Sie schon *vor* Jonestown vergewaltigt worden sind.»

«Bin ich auch nicht», sagte DeDe. «Ich hab das bloß so erzählt.»

«Warum?»

DeDe zuckte mit den Schultern. «Wegen des Gruppendrucks vermutlich. Außerdem war ich kurz davor mit Lionel im Bett, und da brauchte ich einen Sündenbock. Ganz schön widerlich, hm?»

«War Lionel ...?»

«Ganz recht. Der Vater der Zwillinge.»

«Der Botenjunge?», fragte Mary Ann.

«Das war er damals. Mutter hat erzählt, dass ihm der Laden jetzt gehört. Und mittlerweile bin ich in Guyana von Prue Giroux' verfluchtem Liebhaber tatsächlich vergewaltigt worden.»

«Wir können aber nicht mit Gewissheit sagen, dass er es war», hielt Mary Ann dagegen. Sie hatte bereits davor beschlossen, dass in dieser Krisensituation jemand den Advocatus Diaboli spielen musste.

«Kommen Sie», sagte DeDe, «ich brauche jetzt Ihre Hilfe.»

Sie fanden weniger heraus, als sie erhofft hatten.

«Wie ich schon sagte», beharrte Prue, «hat er bloß erzählt, dass er ein amerikanischer Börsenmakler ist, der in London lebt. Mein Gott, wir waren auf einer Kreuzfahrt. Da fragt man wirklich nicht viel mehr.»

«Sean Starr», wiederholte DeDe.

Die Kolumnistin nickte, wich aber DeDes Blick aus. «Er war ganz verrückt nach den Kindern, und *alle* haben ihn gemocht. Da war es meiner Meinung nach völlig normal, dass Ihre Mutter ihm die Kinder anvertraut hat. Er hatte gute Manieren ... sah gut aus ... ein *eleganter* Mann.» Sie schüttelte betrübt den Kopf. Ihre Augen waren immer noch rot vom Weinen. «Ich kann's einfach nicht verstehen.»

Mary Ann setzte sich neben Prue. «Wissen Sie», sagte sie sanft, «es ist ja nicht so, dass wir Ihnen nicht glauben.» (Das war natürlich nicht ganz wahr; DeDe wirkte extrem misstrauisch.) «Es ist nur so, dass es uns sehr helfen würde, wenn Sie sich an Einzelheiten erinnern könnten ... egal, *welche* Details es auch sind.»

«Na ja ... er war Ende vierzig, würde ich sagen. Er war gut angezogen.»

«Wie gut?», fragte DeDe.

«Ach, Sie wissen schon. Blazer, Seidenkrawatten ... so in der Richtung. Sehr dezent.»

«Haben Sie vielleicht Fotos von ihm?», fragte Mary Ann.

«Der Schiffsfotograf hat ein oder zwei gemacht.»

Mary Ann schaute aufgeregt zu DeDe und wandte sich dann wieder an Prue: «Könnten wir die sehen?»

«Ich hab keine gekauft», sagte Prue. «Sie sind noch auf dem Schiff.»

DeDe sah aus, als wollte sie die Kolumnistin im nächsten Moment ohrfeigen. «Und an seinem Verhalten ist Ihnen nichts Ungewöhnliches aufgefallen? Gar nichts?»

Prue schüttelte den Kopf. «Erst, als wir nach Juneau gekommen sind. Da hat er angefangen, sich komisch zu verhalten.»

«Was heißt ‹komisch›?»

«Ich weiß nicht ... launisch, zerstreut. Als wir mit einem Wasserflugzeug über die Gletscher geflogen sind, hat er kein Wort mit mir geredet. Er hat die ganze Zeit mit dem Piloten gequatscht.»

«Über *was* hat er gequatscht?», fragte DeDe beinahe scharf.

«Er hat immer wieder ‹per pedes› gesagt», sagte Prue.

Mary Ann bekam große Augen. «Vielleicht sind sie doch nicht mit dem Flugzeug weg!»

«‹Per pedes›», wiederholte DeDe. Sie ignorierte das Brainstorming ihrer Begleiterin und fragte: «Lateinisch?»

Prue runzelte die Stirn. «Was?»

«Er hat sicher ‹per pedes› gesagt und nicht ‹Wie geht es?› oder so? Das klingt doch ganz ähnlich?»

Prue schaute verwirrt drein. «Ich glaub schon. Ich hab gehört, wie der Pilot es wiederholt hat. Aber es war sehr laut im Flugzeug.»

«Und das war alles?», fragte DeDe.

«Was?»

«Sonst nichts Auffälliges passiert?»

«Nicht bis Sitka», sagte Prue. In ihrem Gesicht zeichnete sich plötzlich blankes Entsetzen ab. «Nicht, bis er ... sie mitgenommen hat ... und ...» Sie presste die Hand vor den Mund und würgte an ihren Schluchzern.

«Und *was*?», drängte DeDe.

«Die ... die Kaninchen.»

DeDe explodierte. *«Die Kaninchen?»*

«Hat Ihre Mutter Ihnen das nicht erzählt?» Prue starrte sie entgeistert an.

«Nein.»

«O Gott», sagte die Kolumnistin.

«*Was für* Kaninchen?», fragte DeDe.

Prue schaute zur Seite. Ihre Unterlippe zitterte heftig. «Bevor er die Kinder mitgenommen hat, waren wir nicht weit von hier in einem Restaurant. Ich musste mal für kleine Mädchen … und als ich zurückkam, war er verschwunden.»

DeDe nickte ungeduldig. «Das hat Mutter uns schon erzählt.»

«Jedenfalls», fuhr die Kolumnistin fort, «hab ich in beiden Richtungen die Straße hinuntergeschaut …»

«Und dann haben Sie Anna in einer kleinen Gasse entdeckt.» Mary Ann versuchte, die Geschichte zu beschleunigen, denn DeDe verlor zusehends die Geduld mit Prue.

Prue nickte mit Leichenbittermiene. «Als ich gesehen hab, wie er sie davongeschleppt hat, hab ich mich auf das leere Grundstück gesetzt …»

«Was?», donnerte DeDe.

«Ich war *verletzt*. Ich bin hinter ihm hergelaufen, aber ich hab mich am Knöchel geschnitten.» Zum Beweis hob sie ihren Fuß. «Dann ist dieser Mann gekommen und hat mich angeschrien, weil er geglaubt hat, dass ich zu Lu... dass ich zu Mr. Starr gehöre. Ich hab ihm aber erklärt, dass ich …»

«Moment mal! Was haben Sie gerade gesagt?»

Prue schaute sie hasserfüllt an. «Nichts.»

«Und ob Sie was gesagt haben, verflucht noch mal! Ihnen hat ein ganz anderer Name auf der Zunge gelegen!»

Mary Ann warf DeDe einen Blick zu und sagte ruhig: «Warum lassen wir sie nicht zu Ende erzählen?»

Prue nahm das als ihr Stichwort, um fortzufahren. «Er hat mich also in seinen Garten gezerrt …»

«Wer?»

«Dieser Mann ... der mit ...»

«Okay, okay.»

«Er hatte Kaninchenställe dort ... so Verschläge ... und rundherum war alles voll Blut ... und er hat mich gezwungen ...» Sie sah aus, als würde es ihr gleich hochkommen. Sie presste die Hand vor den Mund und schloss die Augen. Als sie sie wieder aufmachte, heulte sie fast. «Er hat mich gezwungen, mir die zwei Kaninchen anzuschauen, denen ... jemand das Fell abgezogen hatte.»

«O Gott», murmelte Mary Ann.

DeDe blieb ungerührt. «Hat Ihr Freund das getan?»

Prue nickte. Sie kämpfte mit den Tränen. «Es ist so furchtbar. Ich kenn sonst niemand, der so was ...»

«Waren die Felle noch da?», fragte DeDe. Mary Ann überlief es kalt. Worauf wollte DeDe bloß hinaus?

Prue dachte kurz nach. «Ich glaub nicht. Aber vor lauter Blut hab ich ...»

«Und von diesem *eleganten* Mann, wie Sie ihn beschreiben, wissen Sie nicht *mehr*, als dass er ein amerikanischer Börsenmakler ist, der in London lebt. Was hat er eigentlich ausgerechnet auf *dieser* Kreuzfahrt gesucht?»

«Was soll das heißen?», sagte Prue.

«Finden Sie nicht auch, dass das hier für ihn ein bisschen weit ab vom Schuss ist?»

Die Kolumnistin schüttelte langsam den Kopf. «Nein. Ich meine ... er hat anscheinend genug Geld, um ...»

«War er Ihr Liebhaber?»

Prue war sprachlos.

«War er's?»

«Ich wüsste nicht, was ...»

«Ich frage aus einem bestimmten Grund. Haben Sie ihn je ausgezogen gesehen?»

Prues Empörung war kolossal. «Jetzt reicht's aber! Das mit Ihren Kindern tut mir leid, aber Sie haben kein Recht ...»

«Es wird Ihnen sogar noch mehr leidtun, wenn erst mal die Polizei davon erfährt. Von der Presse ganz zu schweigen.»

Prue begann zu schluchzen. «Woher hätte ich denn wissen sollen, dass er so was ...»

«Ich weiß.» DeDes Ton war jetzt freundlicher. Sie griff nach der Hand der Kolumnistin. «Es ging ja nicht nur Ihnen so.»

Prue heulte weiter, bis ihr aufging, was DeDe damit meinte. «Sie *kennen* ihn?», fragte sie entgeistert.

«Ich glaube, ja», sagte DeDe leise. Sie wandte sich an Mary Ann. «Die Angelegenheit ist etwas delikat. Würden Sie uns für einen Moment entschuldigen?»

Mary Ann schoss hoch. «Natürlich ... ich ... wann sollen wir uns ...?»

«Ich komm dann rüber in unser Zimmer», sagte DeDe. «In einer halben Stunde?»

«Gut», sagte Mary Ann.

Es wurde eher eine Stunde.

Als DeDe erschien, sah sie völlig erschöpft aus. «Können wir irgendwo was trinken gehen?»

«Sicher. Sind Sie okay?»

«Klar.»

«Konnten Sie denn rausfinden, ob ...»

«Er ist es», sagte DeDe.

«Woher wissen Sie das?»

DeDe ging ans Fenster und starrte in die Dunkelheit hinaus. «Spielt das eine Rolle?»

Mary Ann zögerte. «Früher oder später schon.»

«Könnten wir dann ... später drüber reden?»

Es folgte verlegenes Schweigen. Dann sagte Mary Ann: «Ich musste die ganze Zeit an die Kaninchen denken.»

«Ja?»

«An das Kinderlied, das er immer gesungen hat: ‹Bye baby bunting, Daddy's gone a-hunting ...›»

DeDe sagte den Schluss auf: «‹Gone to get a rabbit skin to wrap the baby bunting in.›»

«Sie haben schon daran gedacht», sagte Mary Ann.

«Ja», antwortete DeDe matt, «ich hab schon daran gedacht.»

An der Heimatfront

Mary Anns Telefon klingelte wie verrückt.

Brian stand auf dem Treppenabsatz vor ihrer Wohnungstür und überlegte, ob er sich verantwortlich fühlen sollte. Sie hatte ihn nicht *gebeten*, sich während ihrer Abwesenheit um ihre Angelegenheiten zu kümmern. Mehr noch – sie hatte ihm nicht einmal gesagt, wohin sie fuhr. Und diese Kränkung war ihm so peinlich, dass er sie keinem eingestehen wollte.

Der Anrufer ließ allerdings nicht locker.

Mehr aus Neugier als sonst was rannte er die Stufen zu seiner winzigen Wohnung hoch und begann eine hektische Suche nach seinen Schlüsseln zu Mary Anns Wohnung.

Als er sie gefunden hatte, lief er wieder nach unten, schloss die Tür auf und hechtete zum Wandtelefon in Mary Anns Küche.

«Ja doch, ja.»

«Wer spricht?», fragte eine Männerstimme.

«Sid Vicious. Und wer spricht dort?» Er konnte es nicht leiden, wenn sich Leute am Telefon nicht zu erkennen gaben.

Nach langem Schweigen: «Ist das die Wohnung von Mary Ann Singleton?» Der Kerl war verärgert, wie Brian mit einigem Vergnügen feststellte.

«Sie ist gerade nicht in der Stadt. Versuchen Sie's doch in ein paar Tagen wieder.»

«Wissen Sie, wo sie hin ist?»

Das war zu viel. «Hören Sie mal ... wer sind Sie denn überhaupt?»

«Larry Kenan», erwiderte der Anrufer. «Ms. Singletons Boss.» Seine Stimme triefte vor Sarkasmus.

«Ach so ... ich verstehe. Mary Ann hat Sie mal erwähnt. Der Nachrichtenchef, stimmt's?»

«Genau.»

«Ich bin Brian Hawkins. Ihr Verlobter.» Es war das erste Mal, dass er diesen Ausdruck auf sich anwandte. Es hörte sich seltsam altmodisch an, doch er freute sich immens darüber. Jetzt war alles offiziell, dachte er.

«Schön», sagte der Nachrichtenchef. «Dann können Sie ihr sagen, dass sie ganz schön in der Scheiße sitzt.»

«Worum geht's denn?», fragte Brian. Er versuchte, seinem Ton einen Anflug von verantwortungsbewusster Besorgtheit zu geben.

«Es geht darum», blaffte Larry, «dass sie uns gestern versetzt hat. Und zwar zwanzig Minuten vor der Sendung! Darum geht's, Mr. Hawkins.»

Brian schaltete schnell. «Hat sie es Ihnen nicht gesagt?»

«Was?»

«Ihre Großmutter ist gestorben. Ganz unerwartet. In Cleveland.» Brian zuckte bei dieser abgedroschenen Ausrede zusammen. Es gab wohl nichts, wofür eine tote Großmutter nicht schon hatte herhalten müssen.

«Tja ... das tut mir leid ... aber hier hat sie kein Wort davon gesagt ... nicht ein Wort. Es gibt schließlich so was wie Professionalität. Wir waren aufgeschmissen. Pater Paddy hat den Film ansagen müssen.»

«Das hab ich gesehen», sagte Brian. «Und ich fand ihn ziemlich gut.»

«Tja, sagen Sie Ihrer Freundin, dass sie besser am Freitag bei mir auf der Matte steht – oder sie fliegt. Verstanden?»

Brian hätte ihm am liebsten gesagt, er solle ihm den Buckel runterrutschen. Stattdessen sagte er: «Bis dahin ist sie sicher wieder da. Sie meldet sich garantiert bei mir. Dann werd ich es ihr gern ausrichten. Tut mir leid. Es war bestimmt keine Absicht ...»

«Am Freitag», sagte Larry Kenan. «Wenn nicht, dann *finito*.»

Brians Gesicht glühte vor Zorn, als er auflegte. Obwohl sein Ärger größtenteils dem Nachrichtenchef galt, war er auch Mary Ann böse, weil sie ihm zu wenig Informationen gegeben hatte, um sie ausreichend decken zu können.

Was steckte überhaupt hinter ihrer überstürzten Abreise? Wahrscheinlich hatte es mit ihrer Story über DeDes Rückkehr aus Guyana zu tun. Und das konnte sogar heißen, dass sie noch in der Stadt war – vielleicht saß sie in Hillsborough und legte letzte Hand an ihr Werk.

«Ich verreise.» Das war alles gewesen, was sie ihm gesagt hatte. «Ich bin wahrscheinlich ein paar Tage weg. Mach dir also keine Sorgen um mich. Ich ruf dich an, sobald ich kann. Ach, ich bin so glücklich, dass wir heiraten.»

Prima. Aber wo war sie?

Er fand ihren Adresskalender und schlug die Nummer der Halcyon-Residenz in Hillsborough nach. Als er sie wählte, bekam er ein Hausmädchen an den Apparat, das *Vom Winde verweht* entsprungen sein musste. Es sagte, dass niemand da sei.

Sobald er aufgelegt hatte, klingelte das Telefon erneut. Er bemühte sich diesmal um einen freundlicheren Ton, als er wieder abhob.

«Ist Mary Ann zu sprechen?» Die Frauenstimme kam ihm merkwürdig bekannt vor.

«Sie ist in Cleveland», antwortete er, damit keine Widersprüchlichkeiten entstanden. «Sie müsste am Freitag wieder zurück sein.»

«Könnten Sie ihr was ausrichten?»

«Klar.»

«Sagen Sie ihr, dass ich die Unterlagen gefunden habe, die sie im Sender liegen gelassen hat. Ich muss sie unbedingt sprechen. Es ist sehr dringend.»

«Okay. Und wer spricht, bitte?»

«Bambi Kanetaka. Soll ich's buchstabieren?»

«Nein», sagte Brian. «Ich weiß schon. Sie sind die Moderatorin, nicht? Eine Berühmtheit.»

«Sagen Sie ihr, dass mich die Story total heiß gemacht hat.»

Brian unterdrückte ein Lachen. Nach Mary Anns Schilderungen war Bambi Kanetaka ohnehin dauernd heiß – in anderer Hinsicht.

«Sagen Sie ihr, dass ich Larry nichts verrate, bis sie mich anruft ... aber sie *muss* mich so bald wie möglich anrufen. Wenn nötig sogar aus Cleveland. Haben Sie verstanden?»

«Ich denke schon», sagte Brian.

Und jetzt?, dachte er. *Was nun?*

Per pedes

Mary Ann hatte im Potlach House eine unruhige Nacht. Zweimal wurde sie durch DeDes Schreie wach, und sobald sie wieder in den Schlaf sank, fiel sie ihren eigenen Albträumen zum Opfer. Um halb acht rettete sie der Morgen.

DeDe war bereits auf. Sie trank eine Tasse schwarzen Kaffee und studierte eine Landkarte. Als sie merkte, dass Mary Anns Augen offen waren, lächelte sie entschuldigend und sagte: «*Die Nacht der lebenden Toten*, hm?»

Mary Ann lächelte zurück. «Wir schaffen das schon.»

«Wollen Sie Kaffee?»

«Ich glaub, ich warte noch», sagte Mary Ann. «Ich steh so schon genug unter Strom.»

DeDe schaute wieder auf die Landkarte. «Wir frühstücken mit Prue, wenn es Ihnen recht ist. Sie soll uns zu dem Kerl mit den Kaninchen führen. Und hinterher, dachte ich, könnten wir bei den Autoverleihern und den Flugdiensten nachfragen.»

Es folgte längeres Schweigen. Mary Ann rang mit der aberwitzigen Aussichtslosigkeit ihrer Suche. Dann sagte sie: «DeDe ... glauben Sie nicht ...?» Doch sie unterbrach sich, weil sie nicht riskieren wollte, illoyal zu erscheinen.

«Was?», hakte DeDe nach. «Sagen Sie's.»

«Na ja ... ich hab einfach das Gefühl, dass wir Zeit verlieren, wenn wir alles selber machen. Aber wenn wir zur Polizei gehen, geben sie eine Fahndung raus. Oder tun sonst irgendwas.»

«Das wäre dasselbe wie eine Pressemitteilung.»

«Wir müssen ihnen ja nicht sagen, welchen Verdacht wir haben ... nur, dass er sich die Kinder geschnappt hat.» Für Mary Ann zählte sowieso nur eines: *dass* die Zwillinge entführt worden waren. Der Entführer war ihr nicht so wichtig.

DeDe schenkte sich Kaffee nach. «Entscheidend ist aber nicht, was die Polizei weiß, sondern, was *er* weiß.»

«Aber er wird doch nicht annehmen, dass wir …?»

«Ich *kenne* diesen Kerl, Mary Ann. Sie vergessen das immer wieder.»

«Aber, wie können Sie so sicher sein, dass er nicht … die Kaninchen sind doch Beweis genug für seine …»

«Die Kaninchen sind nichts als Symbolik … und schlechte noch dazu. Er hat eine Schwäche für große Gesten. Das war bloß seine Art … den Daddy zu spielen.»

«Aber, warum glauben Sie, dass er den Kindern nichts antut?»

DeDe zuckte mit den Schultern. «Weil er sie liebt.»

«Das kann doch nicht Ihr Ernst sein!»

«Jedenfalls sieht *er* das so. Was ist in Jonestown denn passiert? Wann hat das Morden denn angefangen? Als sich die Außenwelt in seinen persönlichen Traum von Frieden und Liebe eingemischt hat. Dem Massaker bin ich entgangen, Mary Ann, und ein zweites werd ich nicht zulassen. Wenn ich meine Kinder lebend zurückhaben will, muss ich sie finden, bevor die Medien auf Jones aufmerksam werden. So einfach ist das.»

Das Frühstück war eine Qual. Prue war ein Nervenbündel, und Mrs. Halcyon war sogar ein noch größeres Nervenbündel. DeDe blieb, was man ihr hoch anrechnen musste, die ganze Zeit ruhig und sprach ihre Mutter und die Kolumnistin im Austausch für deren absolutes Stillschweigen über die Ereignisse von aller Schuld frei. Prue hatte keine Schwierigkeiten, sich dieser Bedingung zu unterwerfen; Mrs. Halcyon tat es nur sehr widerstrebend.

DeDe ließ natürlich nicht durchblicken, dass sie wusste, wer der Entführer war.

Auf dem Weg zum Flughafen zeigte Prue ihnen das Haus, in dem der Mann mit den Kaninchen wohnte. Mary Ann notierte sich rasch die Adresse. Ihr wurde von Minute zu Minute unheimlicher zumute. Eine halbe Stunde später waren Prue und Mrs. Halcyon mit Ziel San Francisco in der Luft, und Mary Ann und DeDe unterhielten sich mit dem letzten bekannten Zeugen der Entführung.

«Ich war grad in der Küche, wie's passiert ist», sagte der Kaninchenzüchter. «Er ist mit den Kindern bei den Ställen gewesen. Erst wie ich hier draußen war, hab ich mitgekriegt, was passiert ist, aber da war's schon zu spät.»

Mary Ann machte ein reumütiges Gesicht. «Es tut uns schrecklich leid um ...»

«Und er hat nichts gesagt?», unterbrach DeDe sie. «Gar nichts?»

«Zum Teufel noch mal, nein! Er ist einfach ausgebüxt. Später hab ich dann ein Streichholzbriefchen gefunden hier draußen. Das muss ihm wohl runtergefallen sein. Aus dem Red Dog Saloon in Juneau. Hilft Ihnen das was?»

«Haben Sie das Briefchen noch?», fragte DeDe.

«Moment», sagte der Mann. Er ging ins Haus und kam gleich darauf mit dem Streichholzbriefchen wieder. DeDe drehte es einmal um und machte es dann auf. Mit Filzstift stand dort ein Wort geschrieben: Diomedes.

«Diomedes», sagte DeDe an den Mann gerichtet. «Wissen Sie, was das bedeutet?»

Der Mann schüttelte den Kopf. «Tut mir leid.»

In Gedanken legte DeDe das Streichholzbriefchen schon ad acta. Stirnrunzelnd sagte sie: «Wahrscheinlich hat es gar nichts zu bedeuten.»

«Moment!», stieß Mary Ann hervor.

«Ja?»

«Diomedes. *Das* hat Prue gehört. Nicht ‹per pedes› – Diomedes!»

Definitionen

Diomedes.

Das hörte sich irgendwie nach Wissenschaft an. Nach was Chemischem vielleicht. Man konnte auch auf eine Figur aus der Antike wie Diogenes oder Archimedes schließen. Mary Ann folgerte jedoch, dass die Wurzeln des Begriffs in der Geografie zu finden sein mussten, da Mr. Starr das Wort im Gespräch mit einem Piloten benutzt hatte.

«Sie haben wahrscheinlich recht», sagte DeDe und steckte das Streichholzbriefchen ein. «Obwohl es völlig untypisch ist für ihn, dass er so unvorsichtig ist und einen Hinweis zurücklässt. Am besten überprüfen wir vorher die Stellen, die sich von der Logik her anbieten.»

Ihre erste, per Taxi angesteuerte Station war eine Autovermietung am Hafen. DeDe wandte sich in bemerkenswert unbekümmertem Ton an eine überaus gepflegte junge Frau, deren Uniform in zwei Grüntönen gehalten war:

«Es könnte sein, dass ein Freund von uns gestern bei Ihnen einen Wagen gemietet hat. Und da dachten wir, ob Sie vielleicht mal nachsehen könnten ... wenn es Ihnen nichts ausmacht.»

Das Lächeln der jungen Frau löste sich auf. «Solche Informationen geben wir prinzipiell nicht weiter.»

«Mein Gott, warum denn nicht?»

Mary Ann trat näher heran und legte DeDe beschwichtigend

die Hand auf den Rücken. «Ah ... es ist eigentlich ein bisschen dumm. Er hat uns gesagt, wir sollen unbedingt dieselbe Autovermietung nehmen wie er, aber wir haben vergessen, ihn nach dem Namen zu fragen. Dumm, nicht?»

Die Frau ließ sich nicht erweichen. «Unsere Kundendaten sind vertraulich. Ich fürchte, es wäre eine Verletzung der Privatsphäre, wenn wir solche Informationen weitergeben würden. Wenn Sie allerdings einen Wagen mieten möchten, stehe ich Ihnen gerne ...»

«Herrgott noch mal, wir sind doch hier auf keiner Raketenbasis!» DeDe war gereizt wie nie.

Diesmal packte Mary Ann sie am Ellbogen. «Sie bräuchten gar nicht im Computer nachzusehen. Unsere Freunde sind leicht zu erkennen.»

«Ich dachte, es wäre nur *eine* Person.»

«Ein Erwachsener», stellte Mary Ann klar, bevor DeDe etwas sagen konnte. «Ein attraktiver Mann um die fünfzig und vier Jahre alte Zwillinge. Ein Junge und ein Mädchen.»

«Sie sind eurasisch», ergänzte DeDe.

«*Was* bin ich?», brauste die Frau auf.

DeDe stöhnte. Ehe sie wieder loslegen konnte, sagte Mary Ann: «Die Kinder sind Chinesenmischlinge. Sie hatten pelzbesetzte Parkas an. Ich denke, Sie würden sich an sie erinnern, wenn ...» Die Frau war zur Salzsäule erstarrt; weitere Fragen waren zwecklos. Mary Ann wandte sich an DeDe, die vor Wut kochte: «Ich denke, wir gehen besser.»

DeDe erdolchte ihre Widersacherin mit Blicken, bis diese außer Sichtweite war.

In der nächsten Autovermietung verhandelte DeDe allein, während Mary Ann sich in einem Motel direkt daneben nach einem Lexikon erkundigte. Der Mann am Empfang zog ein arg mitgenommenes Buch hervor, in dem Mary Ann gleich in der Eingangshalle nachschlug.

Sie fand Folgendes:

Diomedes, grch. Mythos: 1) König von Argos, ein Held des Trojan. Krieges (5. Gesang der «Ilias»). 2) König in Thrakien, Sohn des Ares. Seine Menschenfleisch fressenden Rosse bezwang Herakles und warf ihnen D. selbst zum Fraß vor.

Als DeDe aus der Autovermietung kam, wartete Mary Ann schon auf der Straße.

«Was gefunden?», fragte DeDe.

«Nein, leider nicht.»

«Gab es kein Lexikon?»

«Doch. Aber Diomedes war nicht drin.»

«Da drüben ist ein Buchladen. Vielleicht kann man uns da weiterhelfen.»

Mary Ann schüttelte den Kopf. «Ich glaub, das ist ein totgeborenes Kind.» Kluges Mädchen, sagte sie zu sich. Dir fällt auch zu allem der passende Spruch ein.

DeDe blieb hartnäckig. «Auf dem Schild steht: ‹Spezialabteilung zu Alaska›. Wenn jemand was weiß, dann hier. Den Versuch ist es auf jeden Fall wert. Los jetzt.»

Überall in dem kleinen Buchladen lagen stapelweise verstaubte Bücher: auf Regalen, auf Tischen, auf dem Fußboden. Aber es war kein Mensch zu sehen.

«Hallo!», brüllte DeDe.

Keine Antwort.

«Ich finde, wir sollten an den Anlegern für die Wasserflugzeuge nachfragen», sagte Mary Ann und schob sich zentimeterweise in Richtung Ausgang.

«Halt ... ich hör jemand.»

Der Besitzer, ein Doppelgänger von Ichabod Crane, tauchte

aus dem hinteren Raum auf. «Ja, meine Damen. Kann ich Ihnen helfen?»

«Ich hoffe», sagte DeDe. «Wir brauchen eine Auskunft. Wissen Sie, was das Wort ‹Diomedes› bedeutet?»

Der Mann lächelte sofort und ließ eine beträchtliche Zahnlücke sehen. «Sie meinen *die* Diomedes.» Er hätte genauso gut über alte Freunde sprechen können, über die Martins oder die Browns. «Was wollen Sie darüber wissen?»

«Zuerst», sagte DeDe, «was sie eigentlich sind».

«Inseln», antwortete der Buchhändler.

«Gott sei Dank!», sagte Mary Ann.

DeDe drehte sich zu ihr um und sah sie fragend an. «Warum Gott sei Dank?»

Mary Ann wurde rot. «Ich ... na ja, ich freu mich bloß, dass es jemand weiß.»

«Und wo liegen sie?» DeDes Frage war wieder an den Besitzer des Ladens gerichtet.

«Weit nördlich von hier. In der Beringstraße. Niedliche kleine Dinger. Little Diomede und Big Diomede. Die kleine ist etwa zehn Quadratkilometer groß. Die große etwa ... äh, fünfzig oder so. Keine Bäume. Nur Felsen und Eskimos. Die beiden liegen nur ein paar Kilometer auseinander.»

«Gibt's dort ... irgendwas Besonderes?», fragte Mary Ann.

Der Mann grinste wie ein Halloween-Kürbis. «Ja, aber das hat nichts damit zu tun, was sie *sind*, sondern wo sie *liegen*.»

«Was heißt das?», fragte DeDe.

«Na ja», sagte der Mann. «Little Diomede liegt in den Vereinigten Staaten und Big Diomede in Russland.»

Auf dem neuesten Stand

«Dieses Dreckschwein», murmelte DeDe, als sie wieder in ihrem Zimmer im Potlach House waren. «Dieses miese bolschewistische Dreckschwein. Herrgott noch mal ... Russland!»

Mary Ann kam sich hilfloser vor als je zuvor. «Ich hatte ganz vergessen, wie nah wir dran sind», sagte sie.

«Wahrscheinlich *lebt* er dort», ergänzte DeDe. «Er hat, was er wollte, und jetzt ist er auf dem Weg nach Hause.»

«Aber die Kreuzfahrt war *unsere* Idee, DeDe. Woher hätte er wissen sollen, was wir vorhatten? Woher hätte er ...?»

«Vielleicht hat er einfach Glück gehabt. Woher soll ich das wissen? Aber was bringt die Spekuliererei denn? Vielleicht ist er jetzt schon in Moskau!»

«Nicht unbedingt», sagte Mary Ann, die DeDes Alaskakarte studierte. «Dazu hätte er fantastische Flugverbindungen gebraucht. Die nächste größere Stadt in der Nähe der Diomedes-Inseln ist Nome, und bis dort sind's von hier aus fast zweitausend Kilometer. Von da aus müsste er mit einem kleineren Flugzeug auf die Inseln. Außerdem gibt's zwischen Little Diomede und Big Diomede garantiert irgendwelche Reisebeschränkungen. Das ist ein ganz schön komplizierter Ablauf.»

«Wenn jemand das schafft, dann er.»

«Aber dazu braucht man Geld», konterte Mary Ann.

«Prue hat behauptet, dass er jede Menge davon hat. In Jonestown hatte er auch Unmengen ... ganze Koffer voll ... genug, um damit bis ans Lebensende durchzukommen. Wenn er wollte, könnte er sich mit Bestechung von hier bis Timbuktu durchschlagen.»

Mary Ann suchte krampfhaft nach etwas Tröstlichem. «Wissen Sie, in gewisser Weise hilft uns das alles sogar. Ich meine ... es engt unser Suchgebiet ein. Der Mann im Buchladen hat gesagt, dass Little Diomede nur zehn Quadratkilometer groß ist. Da bleibt kein Flugzeug, das dort zu landen versucht, unbemerkt ... falls er's wirklich drauf anlegt, nach Russland zu kommen.»

«Ja», sagte DeDe mürrisch. «Wahrscheinlich.»

«Wenn wir die Behörden in Nome anrufen, können die ...»

«Nein. Keine Polizei!»

«Wir brauchen ja nicht zu erzählen ...»

«Nein. Ich hab Ihnen schon gesagt, wie ich dazu stehe.» DeDe schnappte sich ihre Tasche und ging zur Tür. «Zwei Straßen weiter ist ein Reisebüro. Ich klär das mal mit den Flügen nach Nome. In zwanzig Minuten bin ich wieder da.»

«DeDe ...»

«Wir müssen nur früher dort sein als er. Wenn's nicht anders geht, mieten wir halt ein Flugzeug. Sobald er auf der Insel landet, sitzt er in der Falle. Mein Gott, wir müssen uns beeilen!» DeDe hielt an der Tür inne. «Ach so ... ich nehme doch an, dass Sie mitkommen, oder?»

Mary Ann zögerte, bevor sie so zuversichtlich wie möglich lächelte. «Das nehmen Sie zu Recht an», sagte sie.

Sobald DeDe gegangen war, rief Mary Ann Brian bei Perry's an.

«Ich bin's», sagte sie vielleicht ein bisschen zu fröhlich. «Ich lebe, und es geht mir gut.»

«Und *wo* lebst du?» Er war begreiflicherweise eingeschnappt.

«Entschuldige, Brian. Ich hab so was nicht erwartet.»

Nach einer langen Pause: «Ich hab ja schon mal von Bräuten gehört, die kalte Füße gekriegt haben, aber *das* ist einfach lächerlich.»

Sie lachte nervös. «Du weißt, dass es damit nichts zu tun hat.»

«Geht's um ... die Jonestown-Story?»

«Ja.»

«Mensch! Du *bist* doch nicht in Jonestown, oder?»

Ein weiteres Lachen. «O Gott, nein. Es geht mir gut. Ich bin mit DeDe unterwegs, und wir müssten in ein paar Tagen wieder zurück sein. Entschuldige, dass ich so ein Geheimnis mache um die ganze Sache, aber ich hab DeDe mein Wort gegeben, dass ich noch nichts verrate.»

«Du fehlst mir unheimlich.»

«Du mir auch.» Einen Moment lang dachte sie, sie würde gleich heulen. Stattdessen sagte sie vergnügt: «Es wird toll, wenn ich erst mal Mrs. Hawkins bin!»

«Ja?»

«Und ob!»

«Du brauchst meinen Namen nicht anzunehmen, weißt du.»

«Vergiss es», sagte sie. «Ich bin doch aus Cleveland.»

Endlich lachte er. «Komm nach Hause, hörst du?»

«Ja, klar. Bald. Wie geht's den anderen?»

«Gut, glaub ich. Michael sagt, dass er momentan keinen Sex hat. Aber wer hat den schon? O Gott ... das hätt ich fast vergessen. Dieses Arschloch vom Sender hat angerufen. Er hat gesagt, dass du ... ich zitiere wörtlich ... ‹fliegst›, wenn du am Freitag nicht da bist.»

«Larry Kenan?»

«Mhm. Ich glaub, er meint es ernst.»

«Mhm. Das bricht mir das Herz.»

«Ich hab erwartet, dass du das sagst. Außerdem hat Bambi Kanetaka angerufen und gesagt, dass du im Sender ein paar

Notizen vergessen hast. Sie lässt dir bestellen, dass sie damit zu Larry geht, wenn du sie nicht sofort anrufst. Worum geht's denn überhaupt?»

Es dauerte einen Augenblick, bis Mary Ann die Katastrophe begriff. «O *nein*», stöhnte sie. «Es geht um meine Notizen zu DeDe und der ganzen ... o Gott, das ist furchtbar, Brian. Hör zu, ich muss sie auf der Stelle anrufen. Ich melde mich bald wieder bei dir, okay?»

«Klar, aber ...»

«Ich liebe dich. Ciao-ciao.»

Im Clinch

Es war so ein dämlicher Fehler – so ein dämlicher, klischeehafter, vernichtender Fehler. Selbst wenn sie besorgt und aufgeregt gewesen war – wie hatte sie sich nur nach Alaska davonmachen können, ohne die verräterischen Notizen aus dem Sender mitzunehmen?

Wenigstens hatte nicht Larry sie gefunden. Das war ein gewisser Trost. Bambi war natürlich schon schlimm genug, aber bei ihr bestand die Hoffnung, dass man ihre Beschränktheit und/oder Eitelkeit nutzen konnte, um zu verhindern, dass sie die Geschichte an die große Glocke hängte.

Mary Ann wälzte das Problem ein paarmal hin und her, schlug dann in ihrem Adressbuch Bambis Nummer nach und rief unter ihrer Durchwahl an.

«Hallo.» Bambis Stimme, flott und geistlos wie immer, wurde im Hintergrund von Andy Gibbs Falsett untermalt.

«Bambi, hier ist Mary Ann.»

«Aha! Sind Sie noch in Cleveland?»

Cleveland? Hatte Brian ihr das erzählt? «Äh ... ja ... was gibt's denn?»

«Hat Ihnen Ihr Freund das nicht gesagt?»

«Na ja ... er hat von irgendwelchen Notizen geredet, aber daraus bin ich nicht recht klug geworden.»

«Klingelt's denn, wenn ich Jonestown sage?»

Mary Ann zählte. Eins ... zwei ... drei ... vier. «Ach so», rief sie, «mein Treatment. Wie peinlich! Ich hoffe, Sie haben es nicht *gelesen*. Es ist noch schrecklich abgedroschen im Moment.»

«Ihr Treatment?»

«Für einen Film. Mir ist da so eine dumme Idee für einen Thriller gekommen, und eine Freundin von mir, die einen Agenten aus Hollywood kennt, hat gemeint, ich soll mir ein paar Sachen aufschreiben, bevor ich damit anrücke.»

«Oh.»

«Ich fürchte, dass so was als Schwarzarbeit gilt. Deshalb wär ich Ihnen sehr dankbar, wenn Sie Larry nichts ...»

«Die Geschichte über Jim Jones haben Sie sich *ausgedacht*?»

«Warum nicht?», sagte Mary Ann. «Viele Autoren denken sich Geschichten über ... sagen wir mal Jack the Ripper aus. Er war das Schreckgespenst seiner Zeit; und unseres ist Jones.»

«Und das Ding mit seinem Doppelgänger ...?»

«Ziemlich doof, was?»

Schweigen.

«Ach, na ja», sagte Mary Ann seufzend, «es ist mein erster Versuch. Ich werd sicher besser mit der ...»

«Aber Ihre Besetzung gefällt mir», sagte Bambi.

«Hm?»

«DeDe Day als die Frau, die mit ihren Zwillingen im Schlepptau aus Guyana entkommt. Wie raffiniert, eine Person aus dem realen Leben so einzusetzen. Das ist so ausgefallen, dass es fast schon wieder wahr sein könnte, nicht?»

Schweigen.

«Nicht, Mary Ann?»

Das Spiel war wohl aus. «Bambi, hören Sie mal zu ...»

«Nein, Sie hören *mir* zu. Es ist meine Pflicht, Larry die Notizen zu geben, Mary Ann. Ich wollte, dass Sie das wissen. Offen gesagt, bin ich überrascht, dass Sie so eine dicke Story an der Angel hatten und sich nicht von einem Profijournalisten Rat geholt haben.»

Sie meinte natürlich *sich*. «Ich hatte vor, mit der Nachrichtenredaktion zu reden», sagte Mary Ann. «Ich fand nämlich, dass Sie ideal wären als ...» Die Lüge blieb ihr im Hals stecken wie eine verdorbene Auster. «Die Story gehört Ihnen, Bambi. Das versprech ich Ihnen. Nur müssen Sie noch ... ein bisschen warten.»

«Das können Sie vergessen. Nachrichten lassen sich nicht zurückhalten. Der Prozess gegen Larry Layton läuft gerade auf Hochtouren. Meinen Sie nicht, dass die Story *einigen* Einfluss haben könnte auf den Fall?»

«Kaum», erwiderte Mary Ann. «Er steht vor Gericht, weil er den Kongressabgeordneten auf der Landebahn umgebracht hat. Aber zu dem Zeitpunkt war DeDe gar nicht mehr da.»

«Ach ... Ihr Treatment wird ja immer besser.»

In ihrer Verzweiflung schlug Mary Ann alle Vorsicht in den Wind. «Bambi ... DeDes Kinder sind in großer Gefahr. Schon die *kleinste* Nachricht über die ... Gegebenheiten könnte ihren Tod bedeuten. Ich würde Ihnen die Einzelheiten ja gern erklären, aber das geht nicht. Ich flehe Sie an ... geben Sie mir bitte eine Woche ...»

Die Nachrichtenmoderatorin lachte höhnisch.

«Dann drei Tage.»

«Wenn Sie im Nachrichtengeschäft je was werden wollen, Mary Ann ... *müssen* Sie sich einen gewissen inneren Abstand zulegen. Falls die Kinder in Schwierigkeiten sind, ist das eine schreiende Ungerechtigkeit, aber die Öffentlichkeit hat ein Recht, davon zu erfahren. Nachrichten kann man suchen, aber man kann sie sich nicht aussuchen.»

Das war dämliches Gesabbel, und Mary Ann wusste es nur zu gut. Alle Journalisten, mit denen sie zu tun hatte, suchten die ganze Zeit bloß aus. «Können wir wenigstens drüber reden, bevor Sie Larry davon erzählen?»

«Wir reden doch schon drüber.»

«Ich meine persönlich.»

«Liebend gern. Aber Sie sind in Cleveland.»

«Mein Flieger geht morgen Vormittag», sagte Mary Ann. «Wir könnten uns in meiner Wohnung treffen ... sagen wir, um drei. Das wär für *Sie* doch nur gut. Ich könnte die Sachen zurechtrücken, die Ihnen noch nicht so ganz klar sind, bevor Sie zu Larry gehen.»

«Na gut. Aber am Freitag erzähl ich's ihm definitiv.»

«Okay. Ich weiß das zu schätzen, Bambi. Haben Sie was zu schreiben?»

«Legen Sie los.»

«Ich wohne in der Barbary Lane 28, Wohnung 3. Wenn mein Flieger Verspätung hat oder so, dann lässt mein Freund Brian Sie rein. Aber bitte verlieren Sie bis dahin kein Wort darüber. Okay?»

«Okay», sagte Bambi.

Nachdem sie aufgelegt hatte, rief Mary Ann noch einmal Brian an.

«Hallo», sagte sie grimmig, «ich muss dich um einen großen Gefallen bitten.»

Kirchliche Fehlbarkeit

Als er Prues Stimme erkannte, kicherte Pater Paddy und sagte durch das Sprechgitter des Beichtstuhls: «Wirklich, meine Liebe, wir können uns nicht immer hier treffen!»

Prue blieb sachlich. «Das ist ein ... offizieller Besuch, Pater.»

«Das heißt, ich soll die Klappe halten, hm?»

«Was ich sage, *muss* vertraulich bleiben», flüsterte Prue. «Ich hab Frannie Halcyon versprochen, niemand was zu erzählen. Es geht offenbar um Leben und Tod.»

«Mein Gott, Mädchen! Was ist auf dem Schiff denn passiert? Ich hab noch *gedacht*, dass es ein bisschen früh ist für Ihre Rückkehr. Erzählen Sie mir nicht, dass Luke und Sie sich ...»

«Luke ist verschwunden, Pater!»

«Was!»

Sie hörte, wie der Geistliche im Beichtstuhl herumruckte.

«Was ist mit Ihnen?», fragte Prue.

«Ich such meine Zigaretten», antwortete er. «Haben Sie Geduld mit mir, meine Liebe.» Nach weiterem Rucken hörte Prue das katzenhafte Fauchen von Pater Paddys Feuerzeug. «In Ordnung», sagte er, als er schließlich den Rauch ausblies. «Erzählen Sie alles von Anfang an, meine Liebe.»

Sie brauchte zehn Minuten, um die Katastrophe in groben Zügen zu schildern. Als sie fertig war, ließ Pater Paddy ein leises, ungläubiges Stöhnen hören.

«Und?», sagte Prue.

«Hat er meinen Ausweis noch?», erkundigte sich der Priester.

«Ja. Leider. Es tut mir leid, Pater … ich …»

«Sie brauchen sich nicht zu entschuldigen, meine Liebe. Die blöde Idee war ja von mir. Aber, was ist mit Frannie Halcyon? Hat sie zwischen *dem* Sean Starr und mir eine Verbindung hergestellt?»

«Soweit ich weiß nicht», sagte Prue. «Ich bezweifle, dass sie Ihren Vornamen kennt. Sie war wegen der Kinder völlig aus dem Häuschen und zu keinem geordneten Gedanken mehr …»

«Aber Mary Ann könnte es rauskriegen.»

«Sie *kennen* sie?», fragte Prue.

«Wir sind beim gleichen Sender. Ich nehme meine *Honest-to-God*-Show immer direkt nach ihrer Sendung auf. Als sie am Dienstag nicht auftauchte, musste ich für sie einspringen. Niemand wusste, wo sie war, und ich wusste natürlich auch nicht, dass sie … mein Gott, das wird langsam heikel!»

«Mich beunruhigt», sagte Prue, «dass DeDe Luke offenbar … kennt.» Schon allein bei dem Gedanken schossen ihr von neuem die Tränen in die Augen.

Pater Paddy hatte sie wohl schniefen gehört. «Meine Liebe … Sie meinen doch nicht … im biblischen Sinn?»

«Doch!», schluchzte die Kolumnistin.

«Du meine Güte», sagte der Priester. «Hat Sie Ihnen *gesagt*, dass sie und er mal zusammen waren?»

«Nicht direkt. Aber sie weiß was über ihn, das sie schlecht wissen könnte, wenn sie mit ihm nicht … intim gewesen wäre.»

Der Priester schnaufte vernehmlich. *«Und zwar?»*

Prue zögerte. «Ich wüsste nicht, wofür das wichtig wäre. Sie *weiß* es einfach, das ist alles.»

Langes Schweigen. «Tja, dann ... ich glaube, draußen wartet Kundschaft.»

«Aber, Pater ... was soll ich *tun*?»

«Sie haben schon alles getan, mein Kind. Sie haben denen erzählt, was Sie wissen.»

«Aber von der Hütte im Park hab ich nichts erzählt ... oder von dem falschen Ausweis. Und ich hab nicht erzählt, dass ich Luke schon vor der Reise gekannt habe.»

«Das spielt keine Rolle. Es ist völlig klar, dass Sie in irgendwelche amourösen Kabbeleien zwischen DeDe und Luke geraten sind. Sicher tut es weh, so etwas zu akzeptieren, aber Sie dürfen sich von Ihren Gefühlen nicht zu etwas Unüberlegtem hinreißen lassen. Ich an Ihrer Stelle würde mal einige Zeit von der Bildfläche ...»

«Aber er hat doch ihre Kinder mitgenommen, Pater!»

«Na ja, das ist natürlich schrecklich ... aber Ihr kleines Intermezzo mit Luke ist wohl kaum der Grund für DeDes Notlage. Woher kennt sie ihn überhaupt? Haben Sie nicht gesagt, dass sie sich seit ihrer Rückkehr aus Kuba in Frannies Haus versteckt gehalten hat?»

«Ich weiß nicht genau. Vielleicht ... Sie glauben doch nicht, dass sie ihn aus Guyana kennt, oder?»

«Ich hab mich schon gefragt, wann Sie auf den Gedanken kommen.»

«Sie meinen ... ein Tempelmitglied?»

«Das wäre sicher möglich», sagte der Geistliche. «Sagen Sie, wollen Sie in so was denn wirklich hineingezogen werden, meine Liebe?»

«Ich stecke doch schon *mittendrin*, Pater. Wenn sie ihn finden und er Ihren Ausweis bei sich hat ...»

«Dann werde ich ihnen die Wahrheit sagen.»

«Aber ...»

«Ich werde ihnen erzählen, dass ich circa vor einem Monat meine Brieftasche im Park verloren habe. Und Sie werden das bestätigen, denn Sie waren damals mit mir unterwegs. Und damit wird die Sache gegessen sein. Haben Sie mich verstanden, meine Liebe?»

«Ich glaube schon», sagte Prue.

«Schön. Dann gehen Sie jetzt. Und seien Sie ein braves Mädchen. Es kommt alles wieder in Ordnung ... das verspreche ich Ihnen.»

«Aber ... was ist, wenn er ihnen von mir erzählt?»

«Dann werden sie sich zwischen dem Wort einer reputierlichen Kolumnistin und dem eines Kindesentführers entscheiden müssen. Das sollte nicht allzu schwer sein. Jetzt aber raus mit Ihnen! Die Kundschaft wartet. Und, Prue ... lassen Sie das alles hinter sich, meine Liebe.»

«In Ordnung.»

«Das heißt: Halten Sie sich von der Hütte fern.»

«Okay», sagte Prue niedergeschlagen.

«Gottes Segen», sagte Pater Paddy.

Tee

Sie kam pünktlich auf die Minute. Brian hatte es nicht anders erwartet.

«Sie sind Bambi», sagte er so herzlich wie möglich und hielt ihr die Hand hin. «Ich bin Brian, Mary Anns Freund. Ich schau Sie mir immer im Fernsehen an.»

Sie erwiderte seinen Händedruck kaum. «Sie ist nicht da, hm?» Während sie es sagte, sah sie sich forschend im Zimmer um, als könnte sie Mary Ann dabei erwischen, wie sie unter einem Tischtuch hervorlugte oder sich hinter einem Vorhang versteckte. «Ich hab nämlich nicht viel Zeit, wissen Sie.»

«Sie hat gerade vom Flughafen angerufen», sagte Brian. «Sie hatte wohl Schwierigkeiten, in Denver einen Anschlussflug zu kriegen ... der Fluglotsenstreik. Geben Sie mir doch Ihre Jacke. Ich bin sicher, dass sie bald da ist.»

Bambi schlüpfte aus ihrer bronzemetallicfarbenen Windjacke, behielt die dazu passende Schultertasche aber bei sich. Während Brian die Jacke über einen Stuhl hängte, grinste er mit kalkulierter Jungenhaftigkeit und sagte: «In natura sehen Sie sogar noch besser aus.»

«Danke», sagte Bambi.

Wieder ein Grinsen. Diesmal zog er leicht den Kopf ein. «Sie kriegen das wohl oft zu hören, hm?»

Die Nachrichtenfrau zuckte mit den Schultern. «Man hört's aber immer wieder gern.»

Brian lümmelte sich auf das Sofa und spreizte lässig seine in Jeans steckenden Beine. «Ihren Bericht über die gebrochene Gasleitung fand ich übrigens toll. Gut recherchiert und mit kühlem Verstand präsentiert.»

«Das haben Sie sich angeschaut?»

Brian nickte. «Auf drei Sendern sogar. Ihr Bericht war der einzige, der es auf den Punkt brachte. Setzen Sie sich. Machen Sie sich's doch bequem.»

Bambi zog sich einen Marcel-Breuer-Sessel heran und setzte sich. Ihre Handtasche behielt sie auf dem Schoß. «Dabei hätte man mir die Story fast nicht gegeben», sagte sie.

«Echt?»

Die Nachrichtenfrau nickte. «Man glaubt kaum, wie groß die Vorurteile gegen Frauen sind, wenn sie an die richtig harten

Katastrophen ranwollen. Aber ich lass einfach nicht locker.» Sie lächelte tapfer.

«Recht so!», sagte Brian. «Wissen Sie was ... ich mach mir eine Tasse Tee. Wollen Sie auch welchen?»

Bambi schüttelte den Kopf. «Ich vertrag das Koffein nicht.»

«Es ist Kräutertee», sagte Brian. «Den mischt unsere Vermieterin selbst. Er beruhigt unheimlich. Sie sollten ihn mal probieren.»

«Na ja ... von mir aus.»

Fünf Minuten später kam er wieder. Seine Hand zitterte leicht, als er ihr die Tasse reichte. Sie nippte zaghaft daran und ließ dann ihrem gekonntesten Sechs-Uhr-Lächeln freien Lauf. «Er schmeckt *fa-bel-haft*! Was ist da drin?»

«Ah ... Hibiskusblüten, Orangenschalen ... all so Zeug.»

«Hat sie auch einen Namen dafür?»

«Oh, äh ... Alaskan Twilight, glaub ich.»

Bambi nahm einen zweiten Schluck. «Mmmm ...»

Brian machte mit seinem seichten Geschwätz noch ein paar Minuten weiter, bis die Nachrichtensprecherin zu nuscheln anfing. Einen schrecklichen Augenblick lang sah es so aus, als würde sie begreifen, was mit ihr geschah, denn sie starrte ihn verwirrt und zornig an. Dann fielen ihr die Augen zu, und sie sackte im Sessel nach vorn.

«Heiliger Strohsack», murmelte Brian. Er stand auf und untersuchte Bambi; sie war bewusstlos, atmete aber noch. Als er ihren Kopf nach hinten kippte, lief ein Speicheltropfen aus dem Mundwinkel der Nachrichtensprecherin.

«Okay», sagte er laut.

Die Tür zum Flur ging auf. Zuerst tauchte Michaels Kopf auf, dann der von Mrs. Madrigal. Die Stirn der Vermieterin war von tiefen Sorgenfalten zerfurcht. «Bist du sicher, dass sie ...?»

«Es ist ihr nichts passiert», versicherte Brian ihr. «Was ist in dem Zeug eigentlich drin?»

«Das spielt keine Rolle», sagte Mrs. Madrigal. «Es ist was rein Pflanzliches.»

«Und es hält eine Viertelstunde vor?»

«Mehr oder weniger», antwortete die Vermieterin. «Aber ich würd's nicht drauf anlegen. Michael, mein Lieber, wenn du sie an den Beinen fasst, kann Brian sie an den Armen nehmen. Und ich sorg dafür, dass die Luft rein ist.»

Michael kniete sich neben den schlaffen Körper und packte die Nachrichtensprecherin an den Fußgelenken. «Wir könnten sie *spielend* kaltmachen.»

«Michael!» Mrs. Madrigal war nicht zu Scherzen aufgelegt.

Brian und Michael hoben ihre Beute hoch, bis sie sie auf Hüfthöhe hatten, und wankten mit ihr auf den Flur hinaus.

«Alaskan Twilight», sagte Michael grinsend. «Das hält man ja im Kopf nicht aus!»

Freie Kost und Logis

Die Nacht war bereits angebrochen, als Mrs. Madrigal auf dem Dach der Barbary Lane wieder zu ihren «Jungs» stieß.

«Tja», sagte sie, als sie sich zwischen die beiden zwängte und sie um die Hüften fasste, «sie ist so mies gelaunt wie immer, aber ihr Appetit hat sich entschieden gebessert.»

Brian schaute erleichtert drein. «Am Anfang hab ich ja gedacht, sie legt's auf einen Hungerstreik an.»

«Hat sie zu schreien aufgehört?», fragte Michael.

Die Vermieterin nickte. «Ich glaub, ich hab sie überzeugt, dass der Keller schalldicht ist. Um die Nachbarn brauchen wir uns nicht zu sorgen. Selbst wenn sie laut wird, hört man sie nur bis in die Diele. Bei Besuchern sieht's allerdings anders aus.»

Michael schaute zu den Lichtern auf der Bay hinaus. «Es ist wie in *Der Sammler*», sagte er.

«Sie hat allen Komfort», betonte die Vermieterin. «Ein bequemes Bett, einen Heizstrahler, meine sämtlichen Agatha-Christie-Krimis. Ich hab ihr sogar Monas alten Fernseher hingestellt.» Sie wandte sich an Michael. «Was hast du mit ihrem Auto gemacht?»

«Ich hab's auf der Leavenworth abgestellt. Fünf oder sechs Blocks von hier.»

Brian runzelte die Stirn. «Das verwischt unsere Spuren aber nicht unbedingt.»

«Tja», sagte Michael schulterzuckend, «wenn du hier in der Nähe ein Sumpfloch weißt ...»

«Das reicht schon mit der Leavenworth», sagte Mrs. Madrigal. «Ich rechne nicht damit, dass wir sie länger als zwei oder drei Tage hierbehalten. Ich hoffe es jedenfalls nicht. Sie hat gesagt, dass sie am Freitagnachmittag im Sender sein muss. Und spätestens dann wird jemand argwöhnisch.»

«Das hat Mary Ann schon geregelt», sagte Brian.

«Wie?», fragte Michael.

«Sie hat im Sender angerufen und gesagt, dass sie und Bambi hinter einer großen Story her sind und nicht vorm Wochenende zurückkommen. Der Nachrichtenchef war ganz schön stinkig, aber er hat's ihr abgekauft. Was hätt er sonst auch tun sollen?»

«Dann weiß also sonst niemand, dass DeDe und die Kinder am Leben sind?»

«Niemand außer dem Entführer», sagte Brian.

«Und sie haben noch keine Vorstellung, wer er ist?»

Brian schüttelte den Kopf. «Irgendein Kerl, den Mrs. Halcyon auf dem Schiff kennengelernt hat. Mary Ann ist überzeugt, dass sie nur dann eine Chance haben, die Kinder lebend zurückzuholen, wenn die Medien keinen Wind davon kriegen.»

«Mehr braucht's für mich gar nicht», sagte Mrs. Madrigal.

«Sie hätt uns nicht gebeten, das zu tun», schob Brian nach, «wenn die Lage nicht hochgradig brenzlig wäre.» Er wandte sich der Vermieterin zu. «Haben Sie ihr eigentlich Mary Anns Notizen abgenommen?»

Mrs. Madrigal nickte. «Ich hab sie in meinen Tresor gesperrt.»

«Sehr schön. Wir werden schon ohne Schaden rauskommen aus der Sache. Ich meine ... es ist ja nicht so, als würden wir sie foltern oder Lösegeld für sie verlangen.»

«Wie recht du doch hast», sagte Michael ungerührt. «Vielleicht denken wir nicht groß genug.»

«Also Michael!» Mrs. Madrigal wies ihn mit einem strafenden Blick zurecht.

Brian wandte sich an die Vermieterin: «Ich find's toll, dass Sie hier mitmachen. Mary Ann hat gesagt, dass sie die gesamte Verantwortung übernimmt, wenn sie zurück ist.»

Mrs. Madrigals Lächeln wirkte verständlicherweise etwas müde. «Ich mach es nicht nur ihr zuliebe, weißt du.»

«Was heißt das?»

«Es geht mir um die Kinder», erklärte die Vermieterin. «Ich hab eine ganze Woche geheult, als ich gelesen habe, dass sie in Guyana verschwunden sind.»

«Sie haben sie *gekannt*?», fragte Michael.

Mrs. Madrigal lächelte matt und schüttelte den Kopf. «Ich hab ihren Großvater gekannt.»

«Mary Anns alten Chef?»

Erneutes Nicken.

«Sie meinen, Sie ...?»

«Wir hatten kurz vor seinem Tod eine sehr angenehme kleine Affäre. Nichts Weltbewegendes, aber ... nett.»

Die beiden Männer sahen sie verblüfft an.

Auf ihre damenhafte Art genoss die Vermieterin die Verwirrung der beiden. «Wenn ich mich nicht täusche, heißt eins von den Zwillingskindern nach mir. Ich nehme an, das kleine Mädchen.»

«Stimmt», sagte Brian lachend. «Sie heißt Anna. Mary Ann hat mir das erzählt. Mensch, Sie sind ja vielleicht 'ne Nummer!»

«Der kleine Junge heißt Edgar», fügte Mrs. Madrigal hinzu. «Edgar und Anna. Ist die Symbolik nicht ganz wunderbar? Unserer Affäre ist durch diese Kinder ein Denkmal gesetzt worden. Und sie werden wohlbehalten und gesund nach Hause zurückkommen. Selbst wenn ich dafür dieses lächerliche Weibsbild im Keller erwürgen muss.»

Michael sah sie bewundernd an. «Das gibt doch das perfekte ‹höhere› Motiv ab!»

Die Vermieterin gab ihren beiden Jungs einen unbeschwerten Puff. «Wie wär's mit ein paar Brownies für meine Komplizen?»

«Wann hatten Sie denn *dafür* noch Zeit?», fragte Michael.

«Tja ... ich hab für unsern Logiergast einen ganzen Schwung davon gemacht, und es sind noch 'ne Menge übrig.»

«Sie haben sie *vollgeknallt*?»

Mrs. Madrigal schaute entschlossen drein. «Ich möchte, dass sie sich wohlfühlt.»

«Die Frau weiß, wie man mit Gefangenen umzugehen hat», sagte Brian.

Die Diomedes-Inseln

Nach mehrstündiger Suche fanden Mary Ann und DeDe in Nome einen Eskimo-Buschpiloten, der ihren Anforderungen exakt entsprach. Er hieß Willie Omiak, und sein Cousin Andy hatte die letzten vier Jahre als National Guardsman auf Little Diomede Dienst getan.

«Er kann's behalten», verkündete Willie, der dazu den Motorenlärm überschreien musste. «Mir ist Nome schon klein genug. Ich hab's mal einige Zeit in Wales versucht, und sogar dort bin ich verrückt geworden.»

«Sie meinen ... auf den Britischen Inseln?» Mary Ann konnte sich diesen rundgesichtigen, braunhäutigen jungen Kerl nicht unter lauter Walisern vorstellen.

Der Eskimo grinste. «In Wales, Alaska. Das ist von den Diomedes-Inseln aus die erste Stadt auf dem Festland. Wir werden dort tanken und uns die Wettermeldungen ansehen. Sind Sie sicher, dass Sie auf Little Diomede übernachten wollen?»

«Nicht ganz», sagte DeDe. «Kommt drauf an.»

«Holiday Inn gibt's dort keins», sagte Willie lächelnd.

«Wir kommen auch so zurecht.»

«Sicher», sagte der Pilot. «Vielleicht kann Andys Familie Sie aufnehmen.» Er zwinkerte Mary Ann zu. Offenbar hatte er gespürt, welche Frage sich ihr sofort gestellt hatte. «Keine Bange. Sie haben noch nie in Iglus gewohnt. Meistens in Hütten aus Erdsoden, die auf Stelzen stehn. Vor sechs oder sieben Jahren hat ihnen das Bureau of Indian Affairs ein paar neue Häuser hingestellt. Mit Wänden aus Polyurethan ... entschieden wärmer.»

«Das kann ich mir vorstellen», sagte Mary Ann. Im Stillen war sie allerdings betrübt, dass man selbst die Eskimos schon so weit angepasst hatte, dass Kunststoffe für sie selbstverständlich waren.

«Was ist mit der Verteidigung?», fragte DeDe, während die kleine einmotorige Cessna die Küste nordwestlich von Nome entlangflog.

«Was soll damit sein?»

«Na ja, ich meine ... wo Russland nur vier Kilometer weg ist.»

«Andy hat erzählt», sagte Willie Omiak, «dass sie drei M-14-Gewehre, einen Granatwerfer und eine Granate haben. Als Scout hat man nicht gerade einen Ganztagsjob.»

«Als Scout?»

«Als Eskimo Scout», erklärte der Pilot. «Das ist die offizielle Bezeichnung für die Alaska National Guardsmen. Die meiste Arbeit gibt's wahrscheinlich im Winter, wenn man einfach so übers Eis gehen kann. Aber heutzutage macht das kaum noch jemand. 47 haben die Russen den Vater von Andy fast zwei Monate festgehalten, weil er Verwandte besuchen wollte und dazu über die Meerenge marschiert ist. Mein Gott, es waren nur Verwandte. Vom Kalten Krieg hat hier keiner was gewusst.»

«Haben die Russen auf Big Diomede Streitkräfte stationiert?», fragte Mary Ann.

Willie Omiak grinste. «Die sind ungefähr so einschüchternd wie die unsrigen. Ein Kerl sitzt auf dem höchsten Punkt der Insel in einer kleinen Hütte.»

«Was macht er?»

«Er schaut», antwortete der Pilot. «Und unser Mann schaut zurück. Niemand hat noch einen Grund, nach Big Diomede zu fahren. Unsere Verwandten sind in den Fünfzigern zum Großteil aufs sibirische Festland verfrachtet worden. Und nach

Little Diomede zieht's auch niemand mehr. Was hat *Sie* eigentlich auf die Idee gebracht?»

«Wir suchen jemand», sagte DeDe.

«Einen Eskimo?»

«Nein», antwortete DeDe. «Einen Amerikaner.»

Willie Omiak sah seinen Passagier an, drehte sich dann um und sagte augenzwinkernd zu Mary Ann: «Wir vergessen mal, dass sie das gesagt hat, was?»

Sie schienen aus dem Nichts aufzutauchen – zwei schroffe Granitfelsen, geeint in der Abgeschiedenheit, getrennt durch die Politik. Auf dem kleineren war ein Dorf zu sehen, ein Häufchen schindelverkleideter und mit Teerpappe gedeckter Häuser, die sich an den Fuß einer fünfhundert Meter hohen Klippe schmiegten.

«Das ist Ingaluk», sagte Willie Omiak, als sie zwischen den beiden Inseln dahinflogen. «Dort unten ist es Donnerstag. Auf Big Diomede ist es schon Freitag.»

Mary Ann spähte hinunter. «Sie meinen ...?»

«Wir fliegen direkt über der Internationalen Datumsgrenze.» Er grinste sie über die Schulter hinweg an. «Finden Sie's hier verwirrend genug?»

Er hatte recht. Es war unheimlich. Zwei Kontinente, zwei Ideologien, zwei Nationen – fein säuberlich getrennt durch heute und morgen. Gab es einen sinnigeren Ort für die Suche nach zwei verängstigten Kleinkindern, deren Schicksal sich gefährlich zwischen zwei Polen bewegte?

Als die Cessna nach unten sauste, konnte Mary Ann eine Schule und eine Kirche erkennen. Dann tauchte die Landebahn auf: ein mit Ölfässern markiertes Rechteck aus Asphalt in der Nähe des Strands und ein halbes Dutzend Leute, die auf ihre

Landung warteten. «Da drüben ist Andy», schrie Willie Omiak, als das Flugzeug über das Rollfeld rumpelte.

«Er freut sich anscheinend mächtig über Ihren Besuch», sagte Mary Ann.

Der Pilot klopfte auf die Ledertasche neben sich. «Ich hab den neuen *Playboy* dabei», sagte er grinsend.

Mary Ann ließ ihr Kichern sein, als sie die nackte Angst in DeDes Augen sah. Sie hatten ihre Jagdbeute bis ans Ende der Welt verfolgt. Was, wenn es zu spät war?

Redaktionsschluss

Prue saß an ihrer Coronamatic und weinte still in sich hinein. Da ihr Dienstmädchen, ihre Sekretärin und ihr Chauffeur sich im Haus aufhielten, war ein sichtbares (oder hörbares) Zeichen für ihren Schmerz völlig undenkbar.

Sie spannte ein Blatt Papier in die Maschine. Es hing schlaff wie eine Kapitulationsfahne da und war eine schreckliche Metapher für die Leere, die sie seit Lukes Verschwinden spürte. Was gab es eigentlich noch zu schreiben? Wofür lohnte es sich noch zu leben?

Als sie das Blatt wieder herausriss, klingelte das Telefon. «Ja?»

«Also, Prudy Sue, jetzt mal raus damit.»

«Mit was denn?» Victoria Lynchs Direktheit war eine lästige Masche, die sie einsetzte, um ihre Intuition herauszustreichen. Prue weigerte sich mitzuspielen.

«Das weißt du doch. Mit einem ehrlichen Bekenntnis. Teufel noch mal, was ist los mit dir? Seit du aus Alaska zurück bist, hängst du nur noch durch.»

Schweigen.

«Bei der Placentaparty gestern Abend hast du total elend ausgesehen.»

Prue hätte ihr am liebsten den Kopf abgerissen. «Ich kann Placentapartys nicht *ausstehen*, kapiert?»

(Die Party hatte im weitläufigen Garten von John und Eugenia Stonecypher in Pacific Heights stattgefunden. In Fortführung einer geheiligten Familientradition hatte das Paar Eugenias jüngste Nachgeburt im Pflanzloch eines blühenden Pflaumensetzlings vergraben – ein Ritual, das der kleinen Tochter der Stonecyphers Glück und ein langes Leben bescheren sollte. Prue hatte fast gekotzt.)

«Da kenn ich wirklich Amüsanteres», fügte sie hinzu.

«Du hast nicht angerufen», konterte ihre Freundin.

«Ich bin ein bisschen deprimiert», sagte Prue. «Was soll ich sagen?»

«Du kannst sagen, dass du mich anrufst. Du kannst dich auf deine Freundin verlassen, Prudy Sue. Aber, pass auf, ich hab eine ganz wunderbare Neuigkeit. Ich hab einen Laden gefunden, wo's Rioco gibt!»

«Was ist das?»

«Du weißt schon. Die brasilianische Cola, von der Binky uns im Frühjahr erzählt hat.»

«*Mir* hat sie nichts erzählt.»

«Jedenfalls ist da ein Haufen Dschungelspeed oder so was drin. Halb Rio dröhnt sich damit voll. Guarana. Hört sich an wie Fledermausscheiße, ist aber ein tolles Zeug. Und die Twin Peaks Grocery hat's jetzt. Was hältst du davon, wenn wir rausfahren?»

«Ich hab Redaktionsschluss, Vickie.»

«Wir könnten am Nachmittag fahren.»

«Vickie ...»

«Okay, dann *sei* halt deprimiert.»

«Es ist lieb von dir, dass du an mich gedacht hast.»

«Ich will nicht lieb sein, Prudy Sue. Ich will meine Freundin wiederhaben.»

Nach einer langen Pause kam ein Seufzer der Kolumnistin. «Ich geb mir Mühe, Vickie. Lass mir ein bisschen Zeit, okay?»

«Einverstanden. Aber lass den Kopf nicht hängen, Prudy Sue. Geh wenigstens ein bisschen an die frische Luft. Führ Vuitton aus.»

Das hatte es gebraucht: einen kleinen schwesterlichen Rat von einer alten Freundin.

Trotz der wiederholten Warnungen von Pater Paddy hatte sie gewusst, dass dieser Augenblick kommen würde. Wie hätte sie ihn umgehen sollen? Was hätte sie davon abhalten sollen, für wie kurz auch immer an den Ort zurückzukehren, an dem sie die glücklichsten Stunden ihres Lebens verbracht hatte?

Außerdem, vielleicht fand sie dort einen Hinweis; etwas, das DeDe bei der Suche nach Luke und den Zwillingen helfen würde.

Sie braucht DeDe ja nicht alles zu erzählen – nur so viel, um sie in die richtige Richtung zu lenken. Das konnte doch nicht schaden, oder?

Außerdem suchte sie selbst noch ein paar Antworten. Vielleicht konnte die Wahrheit, wie schmerzlich sie auch sein würde, sie aus ihrer lähmenden Melancholie befreien. Einen Versuch war es jedenfalls wert.

Und Vuitton musste ohnehin mal raus.

Ingaluk

Das Erste, was Mary Ann an Little Diomede auffiel, war eine Reihe grob gezimmerter Holzkisten, die oberhalb des Dorfs auf den Felsen thronten. Sie fragte Andy Omiak danach.

«Särge», antwortete er bereitwillig. «Der Boden ist die meiste Zeit steinhart gefroren. Wir müssen die Leute oberirdisch begraben.» Als er sah, was Mary Ann für ein Gesicht machte, ergänzte er: «Es ist nicht so schlimm, wie es sich anhört. Es ist so trocken hier, dass die Kisten länger halten als ... ihr Inhalt. Und was noch übrig bleibt, verstreuen die Hunde.»

Die Hunde waren das Nächste, was ihr auffiel. Dutzende, mit dickem Pelz und gelben Augen, streiften in bedrohlichen Rudeln über die Insel.

«Wir sind froh, dass wir sie haben», stellte Andy Omiak klar. «Sie sind unser Radar. Wenn von der anderen Insel mal jemand rüberkommt, kriegen wir das durch die Hunde mit.»

DeDe, die auf dem Marsch vom Rollfeld ins Dorf bisher geschwiegen hatte, wandte sich an den Eskimo Scout: «Und in die andere Richtung?»

Andy Omiak schaute skeptisch. «Sie meinen ...?»

«Wenn jemand auf die russische Insel übersetzen wollte, würden Sie das auch mitbekommen?»

«Ach so ... na ja ... dort drüben ist sie doch. Es war nicht schwer, jemand zu *sehen*, der's vielleicht probiert. Zu der Jahreszeit wird's nie dunkel ... warum fragen Sie eigentlich?»

DeDe ging im gleichen Tempo weiter und schaute stur geradeaus. «Wir rechnen damit, dass es jemand probiert. Das heißt, vielleicht hat er's schon probiert.»

«Einer vom Festland?»

DeDe nickte. «Ein Mann um die fünfzig und zwei vierjährige

Kinder. Ein Junge und ein Mädchen. Die beiden sind Eurasier und hatten Parkas an, sodass man sie vielleicht für Eskimos gehalten hat.»

Andy Omiak lächelte. «Garantiert nicht. Hier kennt jeder jeden. So was würden wir sofort sehen.»

Mary Ann fragte: «Wenn sie vom Festland kommen würden, müssten sie dann mit dem Flugzeug hierher?»

Der Eskimo Scout zuckte mit den Schultern. «Wahrscheinlich. Das ist der normale Weg. Aber er könnte auch mit dem Boot kommen ... aus Wales oder so. Nur hätt's für ihn wenig Sinn, hier haltzumachen. Warum sollte er nicht direkt nach Big Diomede fahren?»

Das war eine gute Frage – eine, die einen Schatten warf auf den Sinn ihrer Suche. Angesichts der umherstreifenden Hunde und der Eskimo Scouts war eine Reiseunterbrechung auf Little Diomede fast schon tollkühn. Warum nicht gleich nach Big Diomede fahren, wenn man überhaupt fuhr?

Willie Omiak, Andys Pilotencousin, trennte sich von ihnen, sobald sie zu Andys Haus kamen, einem stabilen Gebäude aus Holz und Teerpappe nahe dem Strand. «Ich bin auf dem Rollfeld», sagte er. «Schreien Sie, wenn Sie mich brauchen.»

«Danke», sagte DeDe und sah ihn ehrlich dankbar an. «Sie sind sehr freundlich.»

«Kein Problem. Ach so, reisen Sie denn morgen wieder ab?»

«Ich denke schon», sagte DeDe. «Kann ich Ihnen das später noch sagen?»

«Klar. Nana wird gut für Sie sorgen.»

Nana war seine Großmutter, ein rundliches und runzliges altes Weib, das Mary Ann an die Puppen aus getrockneten Äpfeln erinnerte, die es auf dem Renaissance Pleasure Faire zu kaufen gab. Da sie sehr wenig Englisch konnte, schenkte sie ihnen nur ein zahnloses Lächeln, als sie mit zwei dampfenden Bechern Kakao ankam.

Mary Ann verbeugte sich übertrieben, um ihre Dankbarkeit zu zeigen. «Wie reizend», sagte sie zu Andy Omiak.

«Wir kriegen nicht viel Besuch», sagte er grinsend. Er wandte sich in ihrer Sprache an seine Großmutter. Die alte Frau sah Mary Ann an, kicherte und huschte aus dem Zimmer.

«So», sagte Andy Omiak, «und jetzt sollten Sie mir vielleicht mal erzählen, was das alles soll.»

Peinliches Schweigen folgte. Dann sagte DeDe: «Jemand hat meine Kinder entführt.»

Der Eskimo Scout runzelte die Stirn. «Jemand, den Sie kennen?»

«Ja.»

«Aber ... warum?»

«Er will sie für sich haben», sagte sie. «Er ist verrückt. Wir glauben, dass er sie nach Russland bringen will.»

«Haben Sie die Festlandpolizei informiert?»

«Nein», sagte DeDe. «Niemand.»

«Warum nicht?»

«Es ist etwas kompliziert», sagte DeDe. «Wenn er erfährt, dass wir die Polizei eingeschaltet haben, tut er den Kindern vielleicht was an.»

«Sie müssen ganz schön in Sorge sein», sagte Andy Omiak.

«Ich dreh schon fast durch.»

«Und Sie wollen rausfinden, ob er die beiden nach Big Diomede gebracht hat?»

«Ja.»

Der Eskimo wollte etwas sagen, überlegte es sich anders und schaute zur Seite. «Ich könnte ganz schön in Schwierigkeiten kommen», sagte er schließlich.

«Ich fürchte, ich ...»

«Falls ich Ihnen helfe ... dürfen Sie es *niemand* sagen.»

«Versprochen», sagte DeDe.

Andy Omiak rückte näher heran und sagte in einem verschwörerischen Ton: «Ich kann Sie hinbringen.»

«Nach ...?»

Er nickte. «Es wär nicht das erste Mal.»

Mary Ann schaute von ihrem Kakao auf. «Moment mal. Sie meinen doch nicht etwa ...?»

«Aber ja», sagte der Eskimo. «Man kann rüber.»

«Ohne dass man beschossen wird?»

Andy Omiak grinste. «Es geht.»

Anna und Bambi

Mrs. Madrigal bereitete gerade das Tablett für Bambi Kanetaka vor, als Michael in die Küche kam.

«Was gibt's zu essen?», fragte er und hob den Deckel von einer Servierplatte. «Mmmm ... Papagei ... meine Lieblingsspeise!»

Die Vermieterin fuhr ihn an. «Das ist Fünf-Gewürze-Hähnchen, Michael! Außerdem wär ich dir dankbar, wenn du nicht so schnoddrig wärst!»

Michael zog reumütig den Kopf ein. «Schon gut ... tut mir leid.»

Mrs. Madrigal steckte eine rosa Rose in die kleine Vase auf dem Tablett. «Ich mach mir Sorgen um sie», sagte sie. «Ich glaube, sie ... verzweifelt langsam. Ich hab ihr schon so oft gesagt, dass wir ihr nichts Böses wollen, aber sie wird und wird nicht lockerer.»

«Es überrascht mich, dass Ihre Brownies nicht gewirkt haben.»

«Sie will raus», sagte die Vermieterin. «Basta. Sie hat sogar versprochen, kein Wort über DeDe zu verlieren, wenn ich sie freilasse.»

«Das glauben Sie ihr doch nicht, oder?»

«Ich kann es mir nicht leisten», sagte Mrs. Madrigal. «Nicht, solange auch nur das kleinste Risiko besteht, die Kinder zu gefährden. Außerdem werden unsere Schwierigkeiten nur noch größer, wenn ich sie freilasse, bevor der Fall *so oder so* gelöst ist. Wir müssen beweisen können, dass wir guten Grund hatten, sie ... festzuhalten.»

«Das Argument sticht», sagte Michael.

Mrs. Madrigal nahm das Tablett hoch. «Wahrscheinlich klärt sich alles von selbst. Tut es doch immer. Trotzdem mach ich mir Sorgen.»

Michael sah sie ernst an. «Wissen Sie, wir stecken da gemeinsam drin. Brian und ich haben drüber geredet. Wenn man Sie einsperrt, muss man uns auch mitnehmen. Und dann bestehen wir auf einer gemeinsamen Zelle.»

Die Vermieterin schenkte ihm ein Lächeln und gab ihm ein Küsschen auf die Wange. «Tut mir leid, dass ich dich angeschnauzt habe, mein Lieber. Es ist alles etwas ungewohnt für mich. Ich komm mir vor wie eine *Schwerverbrecherin.*»

Michael zwinkerte ihr zu. «Aber, das *bist* du doch auch, Blanche ... das *bist* du.»

Mrs. Madrigal war etwas mehr mit sich im Reinen, als sie die Treppe in den Keller hinunterstieg.

Vor der Tür horchte sie kurz, stellte dann das Tablett auf den Boden und sperrte das Vorhängeschloss auf. Bambi saß in dem zerschlissenen Lehnstuhl, den die Vermieterin aus dem Verkehr gezogen hatte, als Mona nach Seattle gegangen war.

«Essen», flötete Mrs. Madrigal und versuchte, sich fröhlich anzuhören, ohne Bambi herablassend zu behandeln. Sie stellte das Tablett auf einen alten Wäschekorb, den ihr Burke Andrew hinterlassen hatte. Bambi rührte sich nicht.

«Ich hab im Fernsehprogramm nachgesehen», sagte die Vermieterin. «Heute Abend kommt *The Barretts of Wimpole Street*. Ich dachte, Sie hätten vielleicht Lust darauf.»

Von der Nachrichtensprecherin kam ein tiefes Knurren.

«Ich weiß, dass es nicht leicht ist», fuhr Mrs. Madrigal fort, «aber es dauert jetzt nicht mehr lang. Es tut uns allen schrecklich leid, dass es so weit kommen musste, aber ...»

In einer einzigen blitzschnellen Bewegung sprang Bambi hoch und stürzte sich auf ihre Wärterin. Sie drängte die Vermieterin rückwärts, bis sie gegen das Brett stieß, auf dem die Schlüssel für das Haus hingen. Mrs. Madrigal schrie vor Schmerz, als die Nägel des Schlüsselbretts sich in ihren Rücken bohrten.

Sie sackte auf die Knie. Als sie hochschaute, sah sie das triumphierende Grinsen der Nachrichtensprecherin, die ihr einen ... zwei ... drei Fußtritte in den Magen verpasste. Beim dritten Tritt packte Mrs. Madrigal Bambis Knöchel und verdreht ihn heftig, womit sie einen Schrei von Samuraiqualität auslöste. Bambi stürzte auf den Betonboden, drückte sich dann auf Hände und Knie hoch und kroch in Richtung Tür.

Keuchend vor Schmerz griff Mrs. Madrigal nach den Schlingen eines Gartenschlauchs und zog sich in eine beinah aufrechte Position hoch. Etwas Warmes und Feuchtes – vermutlich Blut – sickerte ihr Rückgrat entlang und pappte ihr den Kimono auf den Rücken. Ihre Finger bekamen den Griff einer Schippe zu fassen. Sie schwang sie wie eine Keule und haute damit voll auf Bambis Hinterteil.

Einen Moment lang, aber wirklich nur einen Moment lang lag die Nachrichtensprecherin auf den Boden hingeklatscht da wie ein Hakenkreuz. Dann rappelte sie sich hoch, hastete durch die Tür und weiter die Treppe hinauf.

Mrs. Madrigal wankte, immer noch die Schaufel schwingend, hinter ihr her. Als Bambi die Treppe schon fast geschafft hatte, holte die Vermieterin weit aus und verpasste ihrer Widersacherin einen Schlag in die Kniekehlen. Bambi fiel recht unschön nach vorne und rutschte dann die Treppe hinunter, bis ihre Knöchel wieder in Reichweite der Vermieterin kamen.

Mrs. Madrigal zerrte die Nachrichtensprecherin in den Keller zurück, wickelte ihr rasch ein Stück Elektrokabel um die Knöchel, rannte zur Tür hinaus und schloss hinter sich ab.

Sie lehnte fast eine Minute an der Tür und schnappte nach Luft. Drinnen schrie Bambi ihre Verwünschungen. Oben klingelte jemand an der Haustür.

Mrs. Madrigal stieg langsam die Treppe hoch und hoffte im Stillen, dass der Besucher den Krach nicht gehört hatte.

Als sie den Mann vor der Tür sah, hätte sie am liebsten in seinen Armen geweint.

Es war Jon Fielding.

Auf Hausbesuch

Der Doktor kniete neben seiner Patientin, die mit dem Gesicht nach unten auf dem roten Samtsofa in ihrem Salon lag. «Okay … beißen Sie die Zähne zusammen, Mrs. M. Es brennt gleich ein bisschen.»

Ihr Körper verspannte sich, als er das kleine Loch in ihrem Rücken sanft betupfte. «Braves Mädchen», sagte er. «Es ist nicht annähernd so schlimm, wie's ausgesehen hat. Wie haben Sie das überhaupt angestellt?»

«Ach, ganz dumm», sagte Mrs. Madrigal. «Ich bin ausgerutscht und gegen einen Nagel geschlagen.»

«Wo?»

«Äh ... im Keller. Muss es genäht werden?»

«Nicht nötig. Ein Pflaster tut's auch. Haben Sie welches da?»

«Im Badezimmerschränkchen», sagte die Vermieterin. «Warten Sie, ich ...?»

«Sie bleiben, wo Sie sind. Sie sind unpässlich.»

Er kam gleich wieder zurück und drückte das Pflaster vorsichtig fest. «Das wär's», sagte er und stand auf. «Ich denke, Sie sind bald wieder auf dem Damm.»

Als sie sich aufsetzte, zupfte Mrs. Madrigal den blutgetränkten Kimono zurecht und band sich die seidene Kordel wieder um die Taille. «Tja», sagte sie liebevoll lächelnd zu Jon, «wie haben wir's ohne Doktor im Haus nur ausgehalten?»

Jon zuckte mit den Schultern. «Ich hab eigentlich gehofft, dass Sie mir das erzählen.»

Mrs. Madrigal musterte ihn kurz und verglich ihn mit dem schnieken Arrow-Collar-Blonden, der fast drei Jahre mit Michael zusammengelebt hatte. Er kam ihr dünner vor, ein bisschen hager sogar, doch sein klassisch nordisches Gesicht war schöner denn je. «Wie alt bist du jetzt?», fragte sie.

Lächelnd antwortete er: «Dreiunddreißig.»

«Es steht dir», sagte sie.

«Danke. Sie sehen auch ziemlich gut aus. Abgesehen von der Wunde, meine ich.»

Sie verbeugte sich graziös. «Ich freu mich, dass du da bist,

Jon. Wirklich. Michael ist oben, wenn du ihn sehen willst.» Um wieder etwas Ordnung in ihr Leben zu bringen, drückte sie mit beiden Händen an ihrer Frisur herum. «Du hast diesen Umweg doch sicher nicht eingeplant.»

«Eigentlich schon», sagte Jon. «Ich hab ja bei *Ihnen* geklingelt, nicht?»

«Dann fühle ich mich geehrt.»

«Ich hab gehofft, Sie könnten mich über den Stand der Dinge aufklären.»

«Ach so ... ich verstehe.» Sie zupfte an einer Strähne über dem Ohr.

«Ich habe mit Michael lange nicht mehr gesprochen, und ich bin nicht sicher, ob ...» Er hörte auf und warf den Kopf herum wie ein Tier, das Witterung aufnimmt. «Was war das?», fragte er.

«Was?»

«Ich weiß nicht recht ... ich glaube, es hat jemand geschrien. Haben Sie nichts gehört?»

«Vielleicht sind's die Kinder», sagte Mrs. Madrigal.

«Die Kinder?»

«Unten auf der Leavenworth ... mit ihren Skateboards. Das hört sich manchmal ziemlich schaurig an.»

«Es hat sich aber näher angehört.»

«Weißt du was, mein Lieber ... wenn du schon mit mir plaudern willst, warum spazieren wir dann nicht nach North Beach hinunter? Der Abend ist so mild, und wir könnten irgendwo nett essen.»

«Gern», sagte Jon, «aber ich zahle, okay?»

«Dein Rendezvous steht», sagte Mrs. Madrigal. Nachdem sie sich umgezogen hatte, drängte sie ihn durch die Diele und plapperte dabei so laut wie möglich. Bambis Ausbruch schien vorbei zu sein, doch Mrs. Madrigal stieß einen unhörbaren Seufzer der Erleichterung aus, als sie und Jon außer Hörweite waren.

Sie setzten sich zum Essen an einen Fensterplatz des Washington Square Bar and Grill.

«Wie geht's ihm?», fragte Jon, nachdem sie bestellt hatten.

Mrs. Madrigal schob nachdenklich die Unterlippe vor. «Er ist ein bisschen rastlos, glaube ich.»

«Wie kommt das?»

«Na ja, er betont andauernd seine Unabhängigkeit, aber ich glaube nicht, dass er sie besonders genießt.»

«Er hat aber Freunde», sagte der Doktor.

«Unmengen», sagte die Vermieterin.

«Das ist gut.»

«Freunde», sagte die Vermieterin lächelnd, «aber keinen *Freund*. Das wolltest du doch wissen, oder?»

Der Doktor wurde rot. «Vermutlich ja.»

«Schön.»

«Aber es ist schon so lang her ... fast zwei Jahre.»

«Und du glaubst, ihr könnt da weitermachen, wo ihr aufgehört habt.»

«Nein», sagte Jon, «ich dachte bloß ...»

«Ist schon in Ordnung, mein Lieber. Ich glaube auch, dass es geht.»

Er lächelte sie fast ängstlich an. «Ich bin mir nicht sicher, ob wir momentan damit umgehen könnten.»

«Warum nicht?»

Der Doktor zuckte mit den Schultern. «Die Dinge ändern sich.»

«Tun sie das? Weißt du, was ich glaube?»

«Was?»

«Du solltest nicht länger drum herumreden, denn du bist doch gekommen, um ihn dir zurückzuholen.»

«Ja, meinen Sie?»

«Mhm. Und ich glaube, ich werde dir helfen.» Ihre großen blauen Augen wurden noch größer.

Beschämt senkte der Doktor den Blick.

«Ich bin eine wunderliche alte Glucke», sagte Mrs. Madrigal. «Ich hab's gern, wenn alle meine Eier in einem Körbchen beisammen sind.»

Russland ruft

Andy Omiaks Vorschlag kam Mary Ann übertrieben tollkühn vor, und das sagte sie DeDe auch, sobald sie allein waren. «Was bleibt uns anderes übrig?», hielt DeDe dagegen.

«Na ja ... wir könnten die Festlandpolizei benachrichtigen. Dann können *die* die Suche betreiben.»

«Und mit Gewehren und Megafonen ausrücken, wie zur Bärenjagd. Wenn wir denen sagen, um wen's dabei geht, sind meine Kinder das Letzte, worum sie sich Sorgen machen.»

«Dann sagen wir's ihnen eben nicht. Wir sagen nur ... na ja, wir könnten ihnen die Wahrheit sagen.»

«Und die wäre?»

«Ein Schiffspassagier hat Ihre Kinder in Sitka entführt ... und wir glauben, dass er sie hierhergebracht hat.»

«Meinen Sie im Ernst, dass *er* denkt, wir hätten der Polizei das erzählt? Wissen Sie ... es ist eigentlich nicht nötig, dass Sie mich begleiten. Andy kommt ja mit, und er hat ein Gewehr und so. Es ist nicht fair, wenn ich Sie bitte ...»

«Vergessen Sie's», sagte Mary Ann. «Ich komme mit.»

«Ich würde mich schrecklich fühlen, wenn ...»

«Brauchen Sie nicht. Es ist meine Entscheidung.»

DeDe drückte ihre Hand. «Danke.»

«Außerdem», fügte Mary Ann hinzu, «war ich noch nie in Russland.»

Sie machten ein mehrstündiges Nickerchen, nach dem sich auch Andy wieder einstellte.

«Hatten Sie die Ruhe, sich's zu überlegen?», fragte er.

«Die Sache läuft», sagte DeDe. Mary Ann nickte zustimmend.

«Okay», sagte Andy. «In einer Stunde sollten wir los.»

Mary Ann verzog das Gesicht. «Bei Tageslicht?»

Der Eskimo grinste. «Wir haben kaum was anderes.»

«Ach so ... klar.»

«Außerdem», fuhr Andy fort, «ist das fast genauso sicher wie in der Dunkelheit. Zwischen acht und zehn ist der ganze Ort in der Schule.»

«Alle?», fragte DeDe.

«Alle zweiundachtzig», sagte Andy lächelnd.

«Zum Unterricht, oder was?»

Der Eskimo schüttelte den Kopf. «Einmal in der Woche kriegen wir vom Festland einen Film.»

«Ach so.»

«Heute Abend wird *Superman II* gezeigt. Ich glaub, da sind wir ungestört.»

«Wenigstens, was Ingaluk angeht.»

«Was meinen Sie damit?», fragte Andy.

«Die *Russen*», sagte DeDe. «Oder wollen Sie mir erzählen, dass die sich auch einen Film ansehen?»

«Ach so», sagte Andy ungerührt. «Wegen *denen* machen Sie sich mal keine Sorgen.»

Wie vorausgesagt, lag Ingaluk wie eine Geisterstadt da, als das Trio den Anlegeplatz in Andys fünf Meter langer Motorbarkasse verließ. Mary Ann sah mit großem Respekt zu den Klippen über dem Dorf hinauf. Die Felsen waren mit den von der Sonne gebleichten Särgen gesprenkelt wie mit Seemöwenscheiße. Dann wandte sie ihre Aufmerksamkeit der russischen Insel zu, die nur vier Kilometer entfernt war.

«Was ist mit dem Wachposten in der Hütte da drüben?», fragte sie den Eskimo. «Sieht er uns denn nicht, wenn wir über die Meerenge fahren?»

«Er sieht mich immer», sagte Andy. «Jede Woche zur gleichen Zeit.»

«Das versteh ich nicht.»

Andy lächelte. «Mein Vorgesetzter würde es auch nicht verstehen. Deswegen wär's mir auch sehr lieb, wenn Sie's für sich behalten könnten.»

«Aber klar.»

«Ich kenn jemand auf Big Diomede.»

«Aha.»

«Meine Freundin wohnt nämlich dort.»

DeDe und Mary Ann warfen sich einen raschen Blick zu. Es war Mary Ann, die dann nach Einzelheiten fragte. «Sie meinen, sie ...?»

«Sie ist Radartechnikerin. Der Kerl im Beobachtungsposten ist ihr Schwager. Wir sind so eine Art Familienbetrieb hier oben. Wenn Ihr Entführer es nach Big Diomede geschafft hat, dann weiß Jane das.»

Eine halbe Stunde später legte Andy mit dem Boot auf der Rückseite der großen Insel an, außer Sicht von Little Diomede.

«Warten Sie hier», sagte er zu den Frauen. «Es passiert Ihnen nichts. Wenn es Neuigkeiten gibt, können Sie später mit an

Land kommen.» Er sprang aus dem Boot und rannte auf dem Landesteg ans Ufer.

Im selben Moment tauchte auf der Felskante über dem Hafenbecken eine weibliche Gestalt auf, die von Fels zu Fels sprang und schließlich auf den Sand hüpfte. Dann lagen Andy und Jane sich in den Armen und wirbelten herum wie ein Liebespaar in einem kitschigen Werbespot.

Mary Ann fühlte sich den beiden merkwürdig verbunden und sah sich plötzlich als Deborah Kerr in *Der König und ich*.

Kuschelt euch eng aneinander heut Nacht – ich hatte auch mal eine Liebe wie die eure ...

Wie gewohnt war Brian da, wenn sie ihn brauchte, und ruhte sicher in ihrem Herzen.

Das Eskimoliebespaar sprach einige Zeit miteinander, weit außer Hörweite von DeDe und Mary Ann. Als Andy zurückkam, war ihm schon anzusehen, was er zu berichten hatte. «Tut mir leid», sagte er zu DeDe.

«Nichts?»

«Ich fürchte, nein», sagte er. «Sie waren einfach nicht hier.»

«Könnte sie uns wissen lassen, falls ...»

«Natürlich. Sie wird die Augen offen halten.»

Es folgte langes, quälendes Schweigen. Dann wandte sich Mary Ann an DeDe. «Was wollen Sie jetzt machen?», fragte sie.

Eine einzelne Träne kullerte DeDes Gesicht herunter. «Ich will nach Hause», sagte sie.

«Dann fahren wir», sagte Mary Ann. Sie suchte in ihrer Windjacke nach einem Kleenex und reichte es ihrer Freundin. «Wir geben aber nicht auf, DeDe, ich versprech Ihnen, dass wir sie finden.»

Als Andy das Boot vom Anleger abstieß, warf Mary Ann

einen letzten Blick auf die Sowjetunion. Jane stand immer noch da. Als sie sah, dass Mary Ann zu ihr hinüberschaute, lächelte sie scheu, hob dann die Hand und winkte.

Natürlich winkte Mary Ann zurück.

Wiedersehen mit Eden

Dichter Sommernebel hatte sich über den Golden Gate Park gelegt, als Prue zu den Baumfarnen gelangte. Es schauderte sie ein bisschen angesichts der beklemmenden Vertrautheit der Umgebung, doch sie stellte den Kragen ihres Montodoro-Trenchcoats hoch und stürzte sich in die Wildnis.

Vuitton lief vor ihr den Weg hinauf und jagte ein Eichhörnchen bis an den Rand des u-förmigen Kamms. Als sie ihn rief, entschloss er sich spontan, sie völlig zu ignorieren.

«Vuitton!», rief sie. «Komm sofort zurück!» Sie hatte schreckliche Angst, alleingelassen zu werden.

Der Wolfshund drehte sich um, wedelte ihr einen flüchtigen Gruß zu und machte einen Satz in die grünschwarzen Tiefen der Rhododendrensenke.

Sie lief schreiend hinter ihm her: «Vuitton! KOMM ZURÜCK, VERFLUCHT NOCH MAL!»

Es war natürlich zwecklos. Er wusste, wo er hinwollte. Er wusste sogar, wo *sie* hinwollte. Nur würde er früher dort ankommen als sie. Warum sollte sie sich davon solche Angst einjagen lassen?

Sie fand den vertrauten Weg durch die Rhododendrensenke und stapfte in ziemlichem Tempo drauflos. Ab und zu sah sie Vuittons champagnerfarbenes Fell durch das Blattwerk schimmern. Gerade, als sie den Strauch suchte, der den Zugang zu

Lukes versteckter Enklave markierte, heulte in der Ferne ein Nebelhorn auf.

Vuitton zeigte ihr wie gewohnt den Weg. Wild bellend machte der Wolfshund kehrt, brach durch den Strauch am Zugang und sprang um sein Frauchen herum.

«Hier!», befahl sie ihm. «Bei Fuß, Vuitton, bei Fuß!»

Doch er war schon wieder weg und tollte die abbröckelnde Böschung hinunter, die zur Hütte führte. Als Prue den Unterschlupf erblickte, kamen ihr Bedenken wegen ihres Vorhabens, die Hütte zu durchsuchen.

Doch Vuitton stand vor der Tür der Hütte und kläffte sich die Lungen aus dem Leib.

Da niemand auf sein Gekläff reagierte, stolperte Prue die Böschung hinunter und horchte vor der Tür. Als sie den Riegel probierte, stellte sie fest, dass die Tür nicht verschlossen war.

Drinnen schien alles beim Alten zu sein. Der große Schaumgummiblock war noch da. Genauso das Feldbett, der Stadtplan und Lukes geliebter Sinnspruch.

Es gab nicht allzu viele Möglichkeiten. Ihre Wahl fiel zuerst auf die selbst gemachte Holzkiste, in der Luke seine Sachen für Vuitton aufbewahrt hatte. Nur stand sie jetzt nicht mehr auf dem Boden. Sie stand auf dem Regal über dem Schaumgummiblock.

Als Prue danach griff, traf ihre Hand auf etwas Kaltes und Glitschiges. Sie schrie hysterisch auf und ließ die Kiste fallen. Dabei wurde ein großer Batzen Banane, der an der Rückwand der Kiste klebte, zerquetscht.

Sie stand zitternd da und wischte sich hektisch die Finger an ihrem Mantel ab. Vuitton hockte zu ihren Füßen und winselte aus Solidarität. «Es ist nichts passiert, Schnuckel», murmelte Prue. «Wir gehen gleich wieder.»

«Ich glaube, das ist auch besser so.»

Prues Blick schoss zur Tür der Hütte, an der sie sich einem uniformierten Polizisten gegenübersah, der vom Rücken eines mächtigen kastanienbraunen Hengsts auf sie herunterblickte.

«Oh ... Herr Wachtmeister», sagte sie. «Ich ... äh ... mein Hund ist hier reingelaufen, und ich ...»

Der Polizist lächelte sie an. «Ein hübscher Hund.»

«Oh ... ja, danke. Manchmal ist er ein schrecklicher Quälgeist.»

Der Wachtmeister beugte sich im Sattel vor und spähte in die Hütte. «Das ist vielleicht was, hm?»

Prue nickte schweigend. Wie lang hatte er sie schon beobachtet?

«Es war mal ein Geräteschuppen für die Gärtner, aber dann ist vor einem Jahr circa ein Penner eingezogen. Ich pass für ihn ein bisschen drauf auf.»

Prue schlich sich mit Vuitton an ihrer Seite aus der Hütte. Wenn sie selbst durch den Polizisten eingeschüchtert war, dann war es der Wolfshund durch das Pferd noch mehr.

«Entschuldigen Sie bitte, Herr Wachtmeister», sagte die Kolumnistin. «Aber es ist so ... faszinierend.»

Der Polizist lächelte. «Ja, nicht?» Er wirkte entschieden weniger unheilvoll auf Prue, als sie sah, dass er jung und hübsch war und einen Schlag ins Dunkelhäutige hatte – ein Latino wahrscheinlich.

Außerdem trug er einen Walkman.

«Das ist vielleicht eine Type», sagte der berittene Polizist.

Prue verstand erst gar nicht. Nachdem sie bei der Durchsuchung von Lukes Hütte erwischt worden war, plagten sie immer noch Schuldgefühle. «Ah ... tut mir leid. Was haben Sie gesagt?»

Der Wachtmeister lächelte nachsichtig. «Der Kerl, der hier wohnt. Das ist vielleicht einer. Eine von den Typen, die man nur in San Francisco findet.»

«Wahrscheinlich», sagte sie.

«Sie kennen ihn?»

«Nein», sagte sie hastig. «Ich meine ... ich nehme *an*, dass er so eine Type ist ... wenn man nach seiner Behausung geht. Sie ist so ... kurios. Und er hält wohl auf Ordnung.»

«Ich bin überrascht, dass nichts verwüstet ist», sagte der Polizist.

«Hm?»

«Er ist schon ein paar Wochen weg ... so lang wie noch nie. Ich glaub aber, dass er zurückkommt. Er hat sein Zeug dagelassen. Er war ein bisschen spinnig, aber zahm, wenn Sie wissen, was ich meine.»

«Ich denke schon», sagte Prue.

«Vielleicht schau ich besser mal nach.» Der Wachtmeister stieg ab und band sein Pferd an einem Baum fest. Als der Hengst sich bewegte, winselte Vuitton sein Frauchen nervös an. Der Polizist tätschelte den Wolfshund.

«Wie heißt er?»

«Vuitton», antwortete Prue.

«Ah ... was Französisches?»

«Mhm.»

«Und was heißt das?»

Prue sah keinen Sinn darin, es zu erklären. «Es ist einfach ein Eigenname.»

«Er sieht dem Hund ziemlich ähnlich, der sich immer mit Mark rumgetrieben hat.»

«Wer ist Mark?», fragte Prue.

«Der Kerl, der hier wohnt. Seinen Nachnamen kenn ich nicht.» Er lächelte die Kolumnistin an. «Soviel ich weiß, kennt *er* seinen Nachnamen auch nicht.»

Prue versuchte, sich ihre Verwirrung nicht anmerken zu lassen. «Ich nehme an, Sie wissen nicht sehr viel über ihn, wie?»

Der Wachtmeister zuckte mit den Schultern. «Was gibt's da viel zu wissen? Er zieht in der Gegend rum, ist 'n ziemlich anständiger Kerl, behauptet, dass er in Hawaii gelebt hat, hat dort wohl am Strand Mangos gegessen und 'ne Menge geschnorrt – nicht viel anders wie hier.»

«Wirklich?»

«Klar. Von der Sorte gibt's in San Francisco 'ne Menge. Sie schlafen in Pappkartons und schnorren ihr Essen, wenn die Restaurants zumachen. Das geht schon seit Kaiser Norton so.»

Prue runzelte die Stirn. «Aber der Mann hier ... na ja, er scheint doch irgendwie intelligent zu sein.»

«Wie wollen Sie das wissen?»

«Na ja ... der Sinnspruch an der Wand zum Beispiel ... dann die Stifte und der Stadtplan.»

Der Polizist grinste. «Wahrscheinlich bereitet er sich auf die Übernahme der Weltregierung vor oder so.»

«Sie halten ihn für verrückt?»

Der Wachtmeister zuckte mit den Schultern. «Vielleicht sind wir die Verrückten.»

«Ja», sagte Prue unbestimmt. «Möglich.»

«Ich weiß jedenfalls, dass er gebildet ist. Er hat in Harvard studiert, bevor er nach Australien gegangen ist.»

«Nach Australien?»

Der Polizist genoss ihre Verblüffung. «Das war vor Hawaii. Er war zuerst Vorarbeiter auf einer Schafranch. Dann ist er nach Sydney gezogen und hat ein Reisebüro aufgemacht. Kein schlechtes Leben, schätz ich mal ... alles in allem.»

«Nein», sagte Prue, «wahrscheinlich nicht.»

Der Wachtmeister schaute sich kurz in der Hütte um. «Sein Zeug ist wohl größtenteils noch da. Ich glaub, ich mach jetzt besser weiter mit meiner Runde. Es war nett, mit Ihnen zu plaudern, Miss Giroux.»

Prue war platt. «Woher wissen Sie meinen Namen?»

«Na hören Sie», sagte der Polizist lächelnd. «Sie sind ein Star. Ich hab Sie mal im Fernsehen gesehen.»

«Ach so», sagte Prue matt.

Der Wachtmeister stieg auf sein Pferd, beugte sich dann nach unten und streckte ihr die Hand hin. «Ich heiß übrigens Bill Rivera. Schönen Tag noch.»

Dann verschwanden der Hengst und sein Reiter wieder.

Prue blieb mit einem leichten Schock zurück.

Als die Stille sie wieder umschloss, ging sie noch einmal in die Hütte, um sie abschließend zu begutachten. Wenn sie schon so weit gekommen war, entschied sie, konnte sie das Drama auch zu Ende führen.

Die glitschverschmierte Kiste lag mit der Seitenwand auf dem Boden. Um sie nicht anfassen zu müssen, gab Prue ihr mit der Fußspitze einen Stoß, doch der Riegel bewegte sich kein Stück. Deshalb kniete sie daneben nieder und stocherte mit einem von Lukes Bleistiften an dem Riegel herum, bis der Deckel knarrend aufsprang.

In der Kiste lagen zwei graue Pelzstücke.

Zwei kleine Kaninchenfelle.

Hinter ihr sah Vuitton, der von dem Fund nichts ahnte, einen alten Freund durch die Sträucher kommen und rannte in den Nebel hinaus, um ihn zu begrüßen.

Unverhofft kommt oft

Als Jon und Mrs. Madrigal in die Barbary Lane zurückkamen, setzten sie sich auf die Bank im Vorgarten und rauchten einen Joint.

«Wie in alten Zeiten», sagte der Doktor.

Die Vermieterin schenkte ihm ein verträumtes Lächeln. «Fast.»

Er wusste, was sie meinte, und lächelte zurück.

«Er hat noch Licht an», sagte sie.

«Ja. Ich seh's.»

Der Joint war so harzig, dass er ausging, Mrs. Madrigal zündete ihn wieder an und reichte ihn an Jon weiter.

«Drängel ich zu sehr?», fragte sie.

«Ein bisschen», sagte er.

«Tut mir leid.»

«Ja, von wegen», sagte er grinsend.

Sie zog ihn liebevoll am Ohrläppchen. «Ich will für meine Kinder nur das Beste.»

Eine lange Pause. Dann: «Mir war nicht klar, dass ich noch zur Familie gehöre.»

Die Vermieterin gluckste. «Hör mal, mein Lieber ...

wenn du mich altes Weib mal erobert hast, dann fürs ganze Leben.»

«Gut, dass ich das weiß», sagte der Doktor.

«Komisch», sagte Mrs. Madrigal und deutete auf das erleuchtete Fenster. «Bei dem ist es genauso.»

Jon drehte sich zu ihr um und sah sie schweigend an.

«Glaub mir», sagte sie sanft. «Ich bin mir sicher. Er muss nur manchmal dran erinnert werden ... von den Leuten, die ihn lieben. Wenn du weißt, was ich meine.»

«Wenn ich's nicht wüsste», sagte Jon lächelnd, «würden Sie einen Lautsprecherwagen mieten und es hinausposaunen.» Er stand auf und gab ihr ein Küsschen auf die Wange. «Sind Sie sicher, dass niemand bei ihm ist?»

«Ich bin sicher», sagte die Vermieterin.

«Sie lassen sich wohl keinen Kerl entgehen, was?»

Sie schüttelte lächelnd den Kopf. «Keinen einzigen. Aber *so* hast du's ja sicher nicht gemeint.»

Michael stand wie vom Blitz getroffen in der Tür. «Jon ... mein Gott ... ich hab dich nicht mal läuten hören.»

«Hab ich auch gar nicht. Mrs. Madrigal hat mich reingelassen. Wir waren gerade miteinander essen.»

«Oh ... toll.»

«Darf ich reinkommen?»

«Klar ... natürlich. Schön, dass du da bist.»

«Danke. Find ich auch.»

«Schön ... echt.»

«Ich glaub, das reicht jetzt», sagte Jon lächelnd. Er trat über die Schwelle und umarmte Michael unbeholfen. «Tut mir leid, dass ich dich einfach so überfalle.»

«Kein Problem. Ich find's schön, dass du vorbeischaust.»

Michael verzog das Gesicht und gab sich eine Ohrfeige. «Mein Smalltalk wird schon noch besser. Ich versprech's.»

Jon lachte und sah sich im Wohnzimmer um. «Die Farbe gefällt mir.»

«Kann ich dir einen Drink anbieten? Oder 'ne Pepsi Light? Gras hab ich keins mehr da, aber ich könnt sicher welches schnorren bei ...»

«Ich hab gerade was geraucht», sagte Jon grinsend. «Ich bin zugekifft wie nur was.»

«Kein Wunder, dass dir die Farbe gefällt.»

Wieder ein Lachen, nervöser als das erste. «Nein ... im Ernst.»

«Das Schlafzimmer findest du garantiert grässlich», sagte Michael. «Ich hab das Aubergine abgeschafft.»

Jon machte ein gespielt grimmiges Gesicht. «Und welche Farbe hat es jetzt?»

«Languste.»

«Was ist das denn für eine Farbe?»

«So 'ne Art ... Creme.»

«Langusten sind cremefarben?»

Michael lachte und deutete auf einen Sessel. «Setz dich. Mein Gott, wo fangen wir nur an?»

«Na ja ... über Mary Ann und Brian weiß ich Bescheid. Mrs. M. hat es mir erzählt. Sie hat mich sogar zur Hochzeit eingeladen.»

«Toll.»

«Findest du wirklich? Ich bin hier eigentlich nicht mehr ... zu Hause. Ich möchte nicht, dass du dich unbehaglich fühlst.»

Michael verdrehte die Augen. «Seh ich so *aus?*»

«Aber es ist doch eine Familienfeier ...»

«Du *gehörst* zur Familie, Jon. Mary Ann wäre restlos enttäuscht, wenn du in der Stadt wärst und nicht zur Hochzeit kommen würdest. Wie lang bleibst du?»

«Eine Woche, zehn Tage.»

«Toll. In welchem Hotel?»

Der Doktor zeigte durch das Fenster auf die Bay hinaus. «Man kann's von hier sogar sehen.»

«Du wohnst am Wasser?», fragte Michael.

«*Auf* dem Wasser», sagte Jon. «Ich bin Schiffsarzt.»

«Du meinst ... bei der Marine?»

«Gott, nein. Auf einem Kreuzfahrtschiff ... auf einem norwegischen.»

Michael fiel die Kinnlade herunter. «Auf welchem?»

«Auf der *Sagafjord*.»

«Das ist ja nicht zu glauben!» Michael wirbelte herum und schaute zu dem großen weißen Schiff hinunter. «Das ist sie? Sie ist zurück? Das ist einfach unglaublich!»

«Es ist nur ein Job», sagte Jon, den Michaels Reaktion deutlich verunsicherte.

«Weiß es Mrs. Madrigal schon?»

«Sollte sie?», fragte Jon.

«Ja», sagte Michael. «Ich glaube, sie sollte.»

Im selben Boot

Michael ließ Jon in der Wohnung allein und eilte unter dem Vorwand, einen Joint schnorren zu wollen, nach unten zu Mrs. Madrigal.

«Hören Sie mal», sagte er. «Wie viel haben Sie ihm eigentlich erzählt?»

«Über was?»

«Na, zum Beispiel über die Mediengeisha, die wir im Keller eingesperrt haben.»

«Über solche Sachen haben wir gar nicht geredet», sagte die Vermieterin.

«Weiß er, wo Mary Ann ist? Weiß er über DeDe und die Zwillinge Bescheid? Er war auf der *Sagafjord*, Mrs. Madrigal! Er ist dort Schiffsarzt!»

«Was?»

«Ich kann's auch kaum fassen. Heiliger Strohsack ... was machen wir nur?»

Mrs. Madrigal musterte ihn kurz. «Die Entscheidung liegt bei dir, mein Lieber.»

«Bei mir?»

«Tja ... wenn er nicht mehr zur Familie gehört, ist es wohl unfair, wenn wir ihn in unser Komplott hineinziehen. Dann solltest du ihn bitten, dass er so schnell wie möglich geht.»

Schweigen.

«Es sei denn, du willst, dass er bleibt.»

Michael schaute sie finster an. «Er sagt, Sie haben ihn zur Hochzeit eingeladen.»

«Das stimmt. Ich denke, Mary Ann und Brian fänden das schön. Apropos, wo ist Brian? Haben Jon und er schon miteinander gesprochen?»

«Er arbeitet», sagte Michael.

«Ich könnte Jon in Burkes alter Wohnung einquartieren», bot Mrs. Madrigal an. «Falls du nichts dagegen hast.»

«Wie kommen Sie darauf, dass er in einem Haus, in dem eine entführte Moderatorin im Keller sitzt, überhaupt wohnen *will*?»

«Wir könnten ihn fragen und es herausfinden.»

Michael seufzte resigniert. «Tun Sie, was Sie nicht lassen können, okay?»

«Na ja», sagte die Vermieterin, «ich finde, wir schulden ihm eine Erklärung. Immerhin hat er die Kinder doch auf die Welt geholt, oder?»

Die Erklärung war eine gewaltige Herausforderung. Als Michael fertig war, konnte man Jon die Verwirrtheit ansehen.

«Moment mal! Das gibt gar keinen Sinn.»

«Wem sagst du das», sagte Michael.

«Soll das heißen ... die beiden Vierjährigen waren *DeDes* Kinder?»

Michael und die Vermieterin nickten unisono.

«Aber ... ich dachte, sie wären Mrs. Halcyons Pflegekinder ... vietnamesische Waisen.»

«Das hat sie nur gesagt, weil DeDe es so wollte», sagte Michael. «Sie wollten jedes öffentliche Aufsehen vermeiden, bis Mary Ann die Geschichte korrekt unter die Leute bringen kann.»

«Aber sie *sind* nicht entführt worden», sagte Jon.

Mrs. Madrigal schaute ihn erstaunt an. «Gott, was erzählst du denn da, Jon?»

«Sie sind nicht entführt worden», wiederholte der Doktor. «Ich war gestern mit ihnen im Kino.»

«Wo?», fragte Michael.

«Auf dem Schiff. Sean Starr war auch dabei. Und sie haben sich prima verstanden.»

Mrs. Madrigal rückte näher an den Doktor heran. «Jon, mein Lieber ... bist du sicher, dass wir von denselben Kindern reden?»

«Muss wohl so sein. Auf der Hinreise hab ich sie nicht mal zu sehen bekommen ... Wahrscheinlich, weil Mrs. Halcyon nicht wollte, dass ich ... aber auf der Rückreise hab ich sie öfters gesehen. Auf einem Kreuzfahrtschiff kann es nicht so viele vierjährige Asiatenkinder geben. Außerdem hat mir Sean *gesagt*, sie wären Mrs. Halcyons Pflegekinder.»

«Mensch», murmelte Michael.

«Was meinst du?»

«Na ja ... hast du's nicht merkwürdig gefunden, dass Mrs. Halcyon nicht mit an Bord war?»

«Ein bisschen schon», sagte Jon, «aber Sean hat erzählt, sie und Prue Giroux hätten sich entschlossen, noch etwas in Sitka zu bleiben. Außerdem hat er gesagt, dass er ein alter Freund der Familie ist, und deshalb hab ich angenommen ... na ja, ich hab angenommen, dass das *stimmt*. Er war ein ziemlich netter Kerl.»

«Hat er gesagt, wo er die Kinder hinbringt?», fragte Michael.

Jon schüttelte den Kopf. «Ich hab angenommen, dass er sie auf Halcyon Hill abgibt.»

Michael schüttelte den Kopf und stöhnte leise. Mrs. Madrigal sah hundeelend aus. «Haben wir gerade denselben Gedanken?», fragte Michael.

Die Vermieterin nickte. «Bambi.»

«Wer ist Bambi?», fragte Jon.

Michael sah ihn einen Augenblick an und wandte sich dann an Mrs. Madrigal. «Sie sind dran», sagte er.

Wie für die Familie geschaffen

Prue war über die Kaninchenfelle dermaßen entsetzt, dass sie erst hochschaute, als Vuittons Jaulen sie aufschreckte.

«Ruhig, Vuitton. Wir gehen gleich ... ich versprech's dir.»

«Das will ich aber nicht hoffen», sagte eine Stimme draußen vor der Tür.

Der Kolumnistin blieb fast das Herz stehen. Als sie sich hastig umdrehte, hockte Luke an der Tür und streichelte dem Wolfshund die Schnauze. Er schaute hoch und schenkte ihr ein strahlendes Lächeln. «Willkommen zu Hause, mein Schatz.»

«Luke, ich ...»

«Sag nichts, okay? Es ist mir egal, wo du warst, ich bin nur froh, dass du wieder da bist.»

Ungläubiges Schweigen.

«Ich hab gewusst, dass du zurückkommst», sagte Luke und stand auf. «Ich hab gewusst, dass du mich hier suchen wirst, wenn ich nur lang genug warte.» Er breitete die Arme aus, als würde er für eine Kreuzigung posieren. «Willst du dich nicht von Dad umarmen lassen?»

Ein unbestimmter Instinkt riet ihr, ihm zu gehorchen.

«Du zitterst ja», sagte er, als er sie in den Armen hielt. «Der Nebel ist ganz schön schlimm, hm?»

Sie nickte.

«Wie hast du's angestellt?», fragte er.

«Was?»

«Dass du das Schiff versäumt hast.»

Sie löste sich von ihm. «Mein Gott, Luke ... was redest du da? Das ist doch ... verrückt. Ich war die ganze Woche am Rand eines Nervenzusammenbruchs. Ich halt das nicht mehr aus, Luke ... ich kann nicht mehr. Wo sind die Kinder?»

«Sie sind hier», sagte er lächelnd. «Es geht ihnen gut.»

«Wo sind sie?»

«Nein, erst beantwortest du meine Frage.»

«Luke ... welche Frage?»

Sein kräftiger Zeigefinger strich über ihre Augenbraue. «Ich hab auf dich gewartet», sagte er ruhig. «Mindestens zwei Stunden. Ich war sehr in Sorge, Prue.»

«Wann? Wo?»

«In Sitka. Nach unserer kleinen ... Kabbelei in dem Lokal hab ich die Kinder aufs Schiff zurückgebracht und in meiner Kabine auf dich gewartet.» Sein Finger strich ihr über die Wange und machte an ihrem Kinn halt. «Es kam aber keine Prue. Das Schiff ist ohne dich abgefahren.»

«Du meinst ... du warst an Bord?»

«Du hast mich verlassen, Prue. Das hat vor dir noch nie jemand gemacht. Ich hoffe, das ist dir klar.»

«*Ich* hab *dich* verlassen? Hör mal, Luke ... du hast die beiden weggeschleppt! Das hab ich mit eigenen Augen gesehen!»

Luke zuckte mit den Schultern. «Ich war wütend. Ich wollte nicht, dass sie weiter mit dir zu tun haben ... nein, nicht mit dir, mit deinen Prinzipien ... mit dem ganzen bourgeoisen Gesabbel. Deine Welt *funktioniert* nicht, Prue. Das ist mir in Sitka klar geworden. Es hat schon seinen Grund, warum ich so lebe, wie ich lebe. Das siehst du doch jetzt sicher auch.»

Sie riss sich von ihm los und packte eines der Kaninchenfelle. «Ich seh nur *das hier*, Luke! Ich hab gesehen, was du den armen kleinen Dingern angetan hast!»

Er nahm das Fell und streichelte es zärtlich. «Hat dein Bruder in Grass Valley nie Kaninchen das Fell abgezogen?»

«Mach dich nicht lächerlich!»

«Und, hat er?»

Prue schaute weg. «Wie kommst du dazu, so was ...? Die Kaninchen haben doch nicht dir gehört, Luke. Du durftest sie nicht ... Es ist verrückt! Wozu rede ich überhaupt?»

Seine Hand bewegte sich den langen Schwung ihres Halses entlang und kam auf ihrem Schulterblatt zur Ruhe. «Du hast mir noch immer nicht gesagt, warum du nicht aufs Schiff zurückgekommen bist.»

«Aber ich war doch *dort*. Eine halbe Stunde hab ich dich in Sitka gesucht, und dann bin ich zurück, um Frannie Halcyon zu erzählen, dass ... du und die Kinder nicht mehr da waren.»

«Hast du's nicht in meiner Kabine versucht?»

«Zweimal. Sie war beide Male abgeschlossen.»

«Da muss ich mit den Kindern unterwegs gewesen sein. Ich war noch verärgert und hatte keine Lust, nach dir zu suchen. Ich bin einfach nicht auf die Idee gekommen, dass du nicht an Bord sein könntest, wenn das Schiff losfährt. Als mir klar geworden ist, dass du nicht da warst, Prue, konnte ich nicht mal um Hilfe bitten ... oder dich als vermisst melden. Ich war mit einem falschen Ausweis unterwegs. Aber, warum habt *ihr* eigentlich keine Vermisstenmeldung aufgegeben?»

«Das wollten wir ja», platzte Prue heraus. «Aber als uns klar wurde, dass das Schiff bald ablegen würde, hat Frannie DeDe angerufen ... und DeDe meinte, wir sollten sofort von Bord gehen und niemand auch nur ein ...»

«Moment mal. *Wen* hat sie angerufen?»

«DeDe. Ihre Tochter.»

«Hast du nicht gesagt, dass sie in Guyana gestorben ist?»

«Nein ... verschollen. Ich hab gesagt, dass sie verschollen ist. Und jetzt ist sie wieder zu Hause. Ach, Luke ... wir dachten wirklich, du wärst an Land. Ich hätte nie gedacht, dass du aufs Schiff zurückkommst nach ...» Sie unterbrach sich.

«Nach was?»

«Ach, ist nicht wichtig. Wirklich.»

Er beugte sich zu ihr hinunter und küsste sie sachte auf den Mund. «Das einzig Wichtige ist ... dass wir wieder zusammen sind, mein Herzblatt.»

«Luke, ich ...»

«Mit Leib *und* Seele. Eine Einheit.»

Schweigen.

«Diesmal funktioniert's, Prue. Das weiß ich. Es ist alles so viel einfacher, wenn man eine Familie hat.»

Telefonquartett

«Mutter?»

«DeDe! Gott sei Dank! Wo bist du?»

«In Nome. Hör zu, Mutter ...»

«Hast du sie gefunden?»

«Nein. Noch nicht. Ich komm nach Hause, Mutter. Ich wollte dir nur sagen ...»

«Es ist schrecklich! O Gott, es ist so *schrecklich*, DeDe. Hast du nicht gesagt, du kannst ...?»

«Ich hab's *versucht*, Mutter. Ich war sicher, dass ...»

«Du bist verrückt! Ich rufe jetzt sofort die Polizei an. Wir können das nicht länger allein machen. Das öffentliche Aufsehen ist mir jetzt *völlig* egal. Ich werde nicht ...»

«Es geht nicht um das öffentliche Aufsehen, Mutter. Es geht um Mr. Starr. Wir können es uns nicht leisten, dass er aus den Medien davon erfährt.»

«Und deshalb lässt du ihn mit deinen Kindern einfach entkommen? So etwas Verrücktes habe ich ja noch nie gehört! Du hast jedes Urteilsvermögen verloren, DeDe. Wenn jemand der Polizei so sehr misstraut, dass ...»

«Ich misstraue der Polizei nicht. Ich kenne nur deinen Mr. Starr.»

«Du hast ihn doch nie kennengelernt!»

Schweigen.

«DeDe?»

«Ich glaub, ich hab ihn *doch* kennengelernt, Mutter.»

«Was soll das? Wovon redest du da? DeDe ... Schatz, bitte ... du ängstigst mich zu Tode!»

«Tut mir leid, Mutter. Ich hab versucht, dir das zu ersparen, aber ich brauch jetzt deine Hilfe. Sei tapfer. Mir zuliebe. Geht das?»

«Natürlich. Wovon redest du?»

«Ist Emma da?»

«Selbstverständlich. Sie ist immer da.»

«Dann bist du nicht allein. Hast du noch Quaaludes?»

«DeDe ...»

«Ich will, dass du eine nimmst, sobald wir aufgelegt haben.»

«DeDe, ich werde die Polizei anrufen, sobald wir aufgelegt haben. Du weißt nicht mehr, was du tust. Das ist inzwischen vollkommen klar, und ich werde *nicht* diejenige sein, die ...»

«Setz dich hin, Mutter!»

«Ich *sitze* schon.»

«Gut. Jetzt hör mir zu ... Mutter, heul bitte nicht.»

«Ich kann nicht anders.»

«Ich bin morgen Vormittag zurück, Mutter. Dann reden wir noch mal über die Polizei.»

Schweigen.

«Aber du sollst jetzt schon Bescheid wissen über Mr. Starr, damit wir über alles sachlich reden können, wenn ich morgen nach Hause komme. Du hast gewonnen, Mutter. Ich mach alles, was du willst. Nur hör mir erst mal zu. Wir haben keine Zeit zu verlieren.»

«Mouse, hier ist Mary Ann.»

«Gott sei Dank! Wo bist du?»

«In Nome. Wir haben die Kinder nicht gefunden. Die ganze Mühe war für die Katz.»

«Sie sind *hier*, Schnuckelchen! Das heißt, irgendwo hier.»

«Was!»

«Jon hat sie während der Rückreise auf dem Schiff gesehen. Jon Fielding. Er ist Schiffsarzt auf der *Sagafjord*!»

«Das hast du dir ausgedacht!»

«Wenn's mal so wäre! Hat denn niemand *nachgesehen*, ob sie an Bord waren? Ich meine ... für mich hört sich das überhaupt nicht nach Entführung an. Und mittlerweile haben wir hier im Keller ein ziemlich verbiestertes Frauenzimmer sitzen.»

«Ich weiß. Darum kümmer ich mich schon. Ist sich Jon denn *sicher*?»

«Er ist sich sicher.»

Schweigen.

«Was jetzt, mein Schatz?»

«Gott!»

«Ich fürchte, das ist keine Antwort.»

«Hör zu, Mouse ... weiß Jon denn, wo sie hinwollten?»

«Er hat angenommen, dass sie in Halcyon Hill abgeliefert werden.»

«Das kannst du vergessen.»

«Jon hat gesagt, der Kerl ist ein Freund der Familie.»

«Tja, gerade *das* ist er nicht, Mouse. Er lügt. Der Kerl ist Amok gelaufen. Er hat die Kinder entführt!»

«Und ist dann ganz gemütlich mit ihnen auf dem Schiff nach San Francisco zurückgefahren.»

«Mouse ... ich weiß, dass sich das verrückt anhört ... aber das kommt daher, dass *er* verrückt ist. An der ganzen Sache ist was faul.»

«Da widersprech ich dir sicher nicht.»

«Wenigstens ist den Kindern nichts passiert.»

«Mhm. Bambi wird auch erleichtert sein, wenn sie das hört.»

«Ach Gott, Mouse ... es tut mir wirklich leid.»

«Gibst du sie denn jetzt frei?»

«Hm ... nein. Ich meine, die Kinder sind immer noch nicht aufgetaucht, und ... Herrgott, ich kann schon nicht mehr klar denken. Lasst sie mal besser eingesperrt, bis ich morgen zurück bin. Ich erklär euch dann alles lieber zu Hause. Sag bitte Mrs. Madrigal, dass sie sich keine Sorgen machen soll ... und sag Brian, dass ich ihn liebe. Ich hab versucht, ihn anzurufen, aber bei Perry's war besetzt.»

«Ich sag ihm, dass du angerufen hast. Pass auf dich auf, Schnuckelchen.»

«Du auch. Du fehlst mir.»

«Du mir auch», sagte Michael.

«Ach, und frag Jon doch ...»

«Er bleibt bis zur Hochzeit», sagte Michael.

«Wunderbar.»

«In Burkes Wohnung.»

«Nicht ganz so wunderbar.»

«Fang *du* nicht auch noch an», sagte Michael.

«Du hast nach den Kindern gefragt», sagte Luke, der Prue immer noch fest an seine Brust gedrückt hielt.

«Ja.»

Er schob sie auf Armeslänge von sich weg, betrachtete sie kurz und strahlte dann wie ein stolzer Vater. «Komm mit. Es wird dunkel. Wir sollten sie holen.»

Er führte sie über die Böschung in die Rhododendrensenke und fasste sie am Arm, als er sie durch das labyrinthartige Dickicht lotste.

Sobald sie die Senke hinter sich hatten, folgten sie dem u-förmigen Kamm, bis durch eine lichte Stelle im Unterholz der weiter unten liegende Sumpfsee zu sehen war. Und auch zwei kleine Gestalten, die am Ufer herumtollten.

«Edgar!», rief Luke. «Anna! Kommt her, Kinder. Zeit zum Schlafengehen.»

Die Zwillinge schauten zu ihnen hoch und protestierten lautstark.

«Keine Widerrede!», rief Luke. «Es ist schon fast dunkel.»

Also hasteten die Kinder über den steilen Pfad zum Kamm hoch. Als sie Prue erblickten, riefen sie freudig erregt ihren Namen. Sie ging vor den beiden in die Knie, ließ sich von ihnen umarmen und hatte ein merkwürdig mütterliches Gefühl dabei.

«Sie sehen gut aus», sagte sie zu Luke. Und das stimmte tatsächlich.

«Sie spielen am liebsten im Dreck», sagte er und verwuschelte Edgars Haare. «Hab ich recht, du Raubein?»

Prue zupfte ein Stückchen Zweig aus Annas Pullover.

«Sie werden so was von erleichtert sein», sagte sie.

«Wer?», fragte Luke.

«Frannie und DeDe.»

Schweigen.

«Wir können aus der Telefonzelle am de Young ein Taxi rufen», sagte Prue. «In einer Stunde haben wir sie nach Hause gebracht. Ach, Luke, mir fällt ein Stein ...»

«Ich will nicht, dass du vor den Kindern so redest!»

Seine Augen sprühten wieder vor Zorn.

«Ich wollte nicht ...»

«Sie *sind* zu Hause, Prue! Ich hab gedacht, dass wenigstens *du* das verstehst!»

«Luke ...»

«Sei still, Prue! Wir reden später drüber. Wenn die KINDER SCHLAFEN. Verstanden?»

In der Hütte sah sie zu, wie die Zwillinge sich auf zwei über den Boden gebreiteten Schlafdecken zusammenrollten. Luke deckte sie zu und drückte jedem von ihnen ein Kaninchenfell in die Hand. Dann schlich er auf Zehenspitzen in den Nebel hinaus. Prue nahm er mit.

«Wir gehen fort», flüsterte er.

«Wir können sie nicht einfach hierlassen ...»

«Nein. Wir vier, meine ich. Die ganze Familie. Wir sind jetzt komplett. Wir haben alles, was wir brauchen. Wir ziehen nach Südamerika und fangen ein neues Leben an, Prue. Allmächtiger! Ich bin so glücklich!»

«Luke ... die Kinder gehören nicht uns.»

«Wem denn sonst? Dieser alten Societyfregatte vielleicht? Sie sind nicht ihr eigen Fleisch und Blut. Sie hat sie über eine Agentur gekriegt, Prue. Das hat sie dir selbst erzählt.»

«Ich weiß, aber ...»

«Du wolltest doch immer Kinder, oder?»

Schweigen.

«Oder?»

«Luke, das hat doch damit nichts ...»

«Für eigene ist es zu spät. Na ... und jetzt hast du eben die! Und einen Liebhaber, der dich mehr liebt als das Leben selbst. Siehst du nicht, wie gerecht das alles ist? Wir kriegen genau das, was wir verdienen, Prue! Schau mir in die Augen und sieh deine Bestimmung!»

Sie schaute ihm in die Augen und sah Wahnsinn.

Nach kurzem Zögern sagte sie: «Einverstanden.»

«Einverstanden womit?»

«Ich komme mit euch mit. Es hört sich wunderbar an, Luke.»

Er zerdrückte sie fast durch seine Umarmung. «Gott sei Dank ... Gott sei Dank!»

«Wir können am Morgen aufbrechen», sagte sie. «Ich werd noch ein paar Sachen holen müssen ... und ein paar Kreditkarten. Wir können ein Flugzeug chartern. Wir kriegen das schon hin.»

Schniefend kämpfte er gegen seine Tränen an. «Es wird wie im Paradies. Du wirst sehen.»

Prue arbeitete sich behutsam voran. «Wunderbar. Dann komm ich also morgen früh wieder ...»

«Nein. Ich will, dass du bei den Kindern bleibst. Ich muss für ein paar Stunden weg.»

«Oh.»

«Es dauert sicher nicht lang. Komm, leg dich zu den Kindern. Ich muss noch ein paar Dinge ... regeln.»

«Ich verstehe.» Prue bekam vor Aufregung eine Gänsehaut. War das ihre Chance zur Flucht? Oder würde er einfach die Tür abschließen, wenn er ging?

«Kinder können so was von hartnäckig sein», sagte Luke, während er im Dunkeln Prues Nacken streichelte.

«Wie kommst du darauf?»

Ein tiefes Glucksen. «Er will sein Feuerwehrauto.»

«Der Junge?»

«Mhm. Es liegt bei der Alten zu Hause im Garten. Er sehnt sich schon seit Sitka danach. Ich hab ihm versprochen, dass ich es ihm bringe. Das ist ja wohl das Mindeste, was sein Dad für ihn tun kann.»

Schweigen.

«Findest du das albern?»

«Nein. Ganz und gar nicht. Ich find's süß.»

«Die Adresse hab ich auf seinem Gepäck gefunden. Hoffentlich stimmt sie auch.»

«In Hillsborough?»

«Mhm. Glaubst du, dass die Alte zu Hause ist?»

«Keine Ahnung.»

«Was ist mit ... wie heißt sie denn ... DeDe?»

«Das ist schwer zu sagen.»

«Dann werd ich vorsichtig sein.»

«Weißt du denn, wie du hinkommst?», fragte Prue. «Brauchst du Taxigeld? Es ist ziemlich weit dahin.»

Er strich ihr zärtlich über die Wange. «Ich schaff das schon.»

Dann führte er sie in die Hütte zurück, brachte sie zu Bett und küsste sie sanft auf die Augenlider.

«Bis bald», flüsterte er.

Als er ging und die Tür hinter sich schloss, horchte sie angestrengt auf das Klicken des Vorhängeschlosses.

Es kam nicht.

Schon da hatte sie das Gefühl, ihn verraten zu haben.

Die Flucht

Prue kauerte in der Dunkelheit, und ihr Atemgeräusch war wie das Brausen eines Orkans in ihren Ohren.

Die Zwillinge schliefen schon fest und kuschelten sich mit ihren Kaninchenfellen in die Ecke.

Lukes Schritte entschwanden in die Nacht.

Prue zählte langsam bis sechzig, bevor sie ihr Ohr an die Tür der Hütte presste.

Nichts.

Sie drückte die Tür ein Stück weit auf und spähte in die Dunkelheit hinaus. Sie konnte kaum etwas sehen, nur die frischen Fußabdrücke auf der sandigen Böschung, die Lukes Weggehen dokumentierten. Oben in den Eukalyptusbäumen machte der Wind ein Geräusch, als würde Seidenpapier zerknüllt.

Sie zog die Tür wieder zu, zuckte zusammen, als sie knarrte, kniete sich dann neben die Kinder und rüttelte sie sanft. «Anna ... Edgar ... aufwachen, ihr Schätzchen!»

Das kleine Mädchen rührte sich als Erste. «Was ist los?», fragte es laut.

«Psst», sagte Prue. «Wir müssen flüstern.»

Edgar setzte sich auf und rieb sich die Augen. «Wo ist Dad?», fragte er.

«Ah ... er ist nur kurz weg.» Sie fand die Jacke des kleinen Jungen und half ihm hinein. «Wir machen eine kleine Autofahrt. So was macht euch doch sicher Spaß, oder?»

«Wohin?», fragte Anna.

«Zu mir nach Hause», sagte Prue. «Ihr wart noch nie bei mir zu Hause.»

Edgar fing an zu quengeln. «Ich will nicht! Ich bin müde!»

Prue tastete im Finsteren nach Annas Mantel. Ihre Angst

wurde mit jeder Minute größer. Bis auf das Knebeln der Kinder gab es kaum etwas, das sie gegen den Lärm unternehmen konnte. «Wir müssen leise sein, mein Schatz. Kannst du Prue den Gefallen tun?»

Edgar ließ nicht locker. «Warum müssen wir weg?»

«Na ja ... es ist eine Überraschung ... für Dad.»

«Was für eine Überraschung?»

«Das wirst du schon noch sehen», flüsterte Prue.

Die Quengelei ging weiter.

«Willst du nicht deine Mommy sehen?», fragte Prue.

Edgar war plötzlich still.

«Deine Mommy?»

«Ist sie bei dir zu Hause?», fragte Anna.

«Noch nicht, aber bald», flüsterte Prue. «Sehr bald. Kommt jetzt ... probieren wir mal, wie leise wir sein können.» Prue führte die beiden die Böschung hinauf zur Senke und schreckte jedes Mal hoch, wenn unter ihren Füßen ein Zweig brach. Sobald sie in das Rhododendrendickicht kamen, war es dermaßen dunkel, dass Prue den Weg aus dem Gedächtnis finden musste.

«Ich hab Angst», sagte Anna und klammerte sich an Prues Hand.

«Schon gut, mein Schatz. Es wird gleich wieder heller.»

Das Kind begann laut zu weinen.

«Anna ... bitte, mein Schatz ... es passiert dir doch nichts. Edgar, sag deiner Schwester, dass sie keine Angst zu haben braucht.»

Schweigen.

«Edgar?»

Keine Antwort.

«*Edgar!* Mein Gott ... Edgar, wo bist du?»

Anna brach in lautes Schluchzen aus. Prue kniete nieder, nahm sie in die Arme und streichelte ihr über den Kopf. «Psst ... es ist ja nichts passiert, mein Schatz ... es ist ja nichts passiert. Wir müssen Edgar nur suchen, das ist alles.»

«Edgar!», rief sie mit gedämpfter Stimme.

«Wo seid ihr?», war ein kleines Stimmchen zu hören.

«Hier drüben», sagte sie und bemerkte gleich, dass die Ortsangabe nicht viel nützte.

«Wo?», schrie das Kind.

«Geh auf meine Stimme zu, mein Schatz.»

Sie war erleichtert, als sie hörte, dass sich etwas durch das Unterholz bewegte. Doch dann fiel ihr das Tempo auf, mit dem dieses Etwas näher kam. Ein Zweig knackte und klatschte ihr ins Gesicht. Sie und die kleine Anna schrien gleichzeitig auf, als ein unsichtbares Wesen durch die Sträucher brach, sie zu Boden warf und ihr seine große feuchte Zunge ins Ohr stieß.

«Vuitton!»

Aus lauter Dankbarkeit, dass er wieder bei seinem Frauchen war, bellte der Wolfshund aufgeregt. In ihrer Bestürzung über Luke hatte Prue ihn völlig vergessen.

«Es ist bloß mein Hündchen», sagte sie zu Anna. «Ist dir auch nichts passiert, mein Schatz?»

«Ich will zurück», schluchzte das Kind.

«Es wird alles gut ... das versprech ich dir. Edgar ... bist du das?»

Eine kleine Hand klammerte sich an ihr Bein.

«Ist das dein Hund?», fragte Edgar.

«Ja, mein Schatz. Er ist ein netter Hund.» Sie nahm die Kinder an die Hand und stand schwankend auf.

«Jetzt kann uns nichts mehr passieren.»

Wo war überhaupt das nächste Telefon?

Am de Young Museum?

Wenn Luke nach Halcyon Hill unterwegs war, sollte jemand Frannie Halcyon warnen.

So ein Quatsch

Es war fast neun Uhr abends, als Emma bei ihrer Herrin nach dem Rechten sah und feststellte, dass etwas nicht stimmte.

«Miss Frannie?»

Die Matriarchin sah mit halb geschlossenen Lidern zu ihr hoch – ein Zeichen, das Emma schon vor langer Zeit zu interpretieren gelernt hatte. «Ja ... Emma, meine Liebe?»

«Ich hab Ihnen heiße Milch gebracht», sagte das Hausmädchen grollend. «Ich hab gedacht, Sie brauchen vielleicht was zum Einschlafen.»

«Ach so ... nein danke, Emma.»

Das Hausmädchen stellte das Tablett auf die Frisierkommode und ging näher ans Bett. «Ham Sie wieder die Tabletten genommen?»

Schweigen.

Emma schob ärgerlich die Unterlippe vor. «Geben Sie mir eine Antwort, Miss Frannie!»

Die Matriarchin schaute weg. «Miss DeDe hat gesagt, ich soll!»

«Wo ist sie?»

«Wer?»

«Die Flasche. Wie viel ham Sie genommen?»

«Nur drei ... wie beim Aspirin.»

«Das is kein Aspirin, Miss Frannie! Sie geben mir jetzt die Flasche, einverstanden?»

Die Matriarchin deutete mit einer fahrigen Handbewegung zum Nachttisch. «Es waren die letzten. Mir geht's gut ... wirklich. Machen Sie sich keine Sorgen, meine Liebe.» Ihr klägliches kleines Lächeln wurde von der Träne, die ihr übers Gesicht lief, Lügen gestraft.

Emma schaute ihre Herrin böse an, setzte sich dann aber auf die Bettkante und griff nach ihrer Hand. «Was ist los?», fragte sie freundlich.

«Emma ... ich kann nicht ...»

«Und ob Sie können. Sie können mit Emma drüber reden. Das is so sicher wie Fort Knox.»

Die Lippen der Matriarchin öffneten sich zu einem leisen Schluchzen. Dann schlug sie die Hände vors Gesicht und schaukelte stumm mit dem Oberkörper vor und zurück. Erst als das Hausmädchen sich über sie beugte und sie in die Arme nahm, drang irgendwo aus dem tiefsten Inneren von Frannie Halcyon ein tiefes animalisches Stöhnen.

«Nur weiter so», sagte Emma. «Nur weiter so. Heulen Sie.»

Also lag Frannie einige Minuten lang in den Armen der alten Frau und schluchzte.

Dann sagte sie: «DeDe glaubt, dass Jim Jones die beiden hat.»

Emma machte sich los und schaute ihre Herrin an.

«Was reden Sie denn da?»

«Jim Jones», wiederholte Frannie. «Aus Guyana.»

«So ein Quatsch, Miss Frannie! Jim Jones ist tot!»

Frannie schüttelte lethargisch den Kopf. «Miss DeDe ... sie glaubt ... sie hat gesagt, dass er nicht gestorben ist ... sie sagt ...»

«Beruhigen Sie sich jetzt erst mal. Schlafen Sie.»

«Nein ... Sie sollten das wissen, Emma. In Guyana ist ein anderer gestorben. Mr. Starr ... *er* ist Jim Jones. Er ...»

«Sssch.»

«Die armen Kinderchen! Ich hab sie Jim Jones ausgeliefert, Emma. Ich hab sie ihm einfach so ...»

«Jetzt hören Sie mir mal zu, Miss Frannie! Sie ham Mr. Starr *gesehen*, oder? Jeder Idiot würd Jim Jones auf den ersten Blick erkennen! Jim Jones ist *tot*, Miss Frannie!»

«Nein ... er hatte eine Gesichts...»

«Ruhig jetzt.»

«... operation ... er hat sich ... Emma ...»

Dann wurde die Matriarchin ohnmächtig.

Zwanzig Minuten später klingelte das Telefon.

Emma hob in der Küche ab. «Halcyon Hill.»

«Oh ... sprech ich mit Edna?»

«Emma.»

«Hier ist Ms. Giroux, Emma. Ich muss dringend mit Mrs. Halcyon sprechen.»

«Tut mir leid, Miz Giroux. Sie schläft.»

«Emma, ich muss mit ...»

«Ich werd es ihr bestellen, Miz Giroux. Sie is nich mehr ansprechbar.»

«Emma ... bitte ... Sie müssen sie aufwecken ... *sofort*! Sagen Sie ihr, dass die Kinder bei mir zu Hause sind und dass ihnen keine Gefahr mehr droht ...»

«Gelobt sei Jesus Christus!», rief Emma.

«Aber sie muss sofort das Haus verlassen. Mr. Starr ist nämlich unterwegs.»

«Zu uns?»

«Er kann jede Minute kommen, Edna! Er ist wahnsinnig ... er hat völlig den Verstand verloren. Ich hab solche Angst, dass er ... sehen Sie bloß zu, dass Sie wegkommen. Bitte. Hat Mrs. Halcyon ihren Wagen da?»

«Ja, Ma'm, aber ich glaub nich ...»

«Sagen Sie ihr, sie soll sich gar nicht erst anziehen. *Laufen Sie einfach ... verschwinden Sie aus dem Haus!* Verstehen Sie, Edna?»

«Ja, Ma'm.»

Sie verstand nur zu gut.

So, wie sie waren

Als sie kurz nach zehn in Michaels Wohnung zurückkamen, war Michael sehr viel entspannter.

«Ehrlich gesagt», meinte er, als er sich auf das Sofa fallen ließ, «ich war überrascht, dass du's so gut aufgenommen hast.»

«Was?», fragte Jon, der sich für den Lehnstuhl entschied.

«Ach ... das mit unserer Keller-Bambi.»

Der Doktor zuckte mit den Schultern. «Ich hab doch mal hier gewohnt.»

Michael lächelte. «Es hat sich nichts geändert, hm?»

«Nicht viel. Ich war auf beinah alles vorbereitet.»

«Vernünftige Einstellung.»

Langes Schweigen.

«Und», sagte Jon, «läuft die Gärtnerei gut?»

«Sehr gut ... eigentlich sogar hervorragend.»

«Wie lang machst du das schon?»

Michael überlegte kurz. «Mehr als drei Jahre ... drei Jahre denselben Job. Mein Gott ... ist es Zeit, beim Guinness Buch der Rekorde anzurufen?»

Der Doktor lächelte. «Freut mich, dass es dir gefällt. Das macht viel aus.»

Michael nickte. «Es kann auch nur so klappen. Wenn man sich länger mit was beschäftigt, wird einem *alles* über.»

Der Doktor musterte ihn einen Augenblick. «Und auch *jeder*, mit dem man länger vögelt, hm?»

«He ...»

«Entschuldige. Das war unter der Gürtellinie.»

«Allerdings.» Michael fühlte sich stärker getroffen, als er erwartet hatte.

«Gehört die Gärtnerei immer noch Ned?», fragte Jon, der sich offensichtlich auf weniger Persönliches zurückziehen wollte.

Michael nickte. «In letzter Zeit redet er davon, dass er mich zum Teilhaber machen will.»

«Schön. Das ist ja eine gute Nachricht. Du solltest zu sparen anfangen.»

«Ich weiß», sagte Michael. «Nerv mich nicht damit.»

Jon bat mit seinem Lächeln um Verzeihung. «Hab ich mich so angehört?»

Michael schüttelte den Kopf und erwiderte sein Lächeln. «Es ist nur ... na ja ... ein wunder Punkt.»

«Das war's doch schon immer», sagte Jon.

Michael trommelte mit den Fingern auf der Sofalehne. «Tja ... das muss dir ja jetzt keine Sorgen mehr machen, nicht?»

Jon schwieg erst mal und schüttelte dann verwundert den Kopf. «Weißt du, sie überzeugt immer noch.»

«Wer?»

«Deine Masche vom tapferen Waisenkind in den Stürmen des Lebens. Der kleine Michael gegen den Rest der Welt. Sogar Mrs. Madrigal hast du damit eingewickelt. Sie glaubt, dass *ich dich* verlassen habe.»

Michael zuckte zusammen. «Das hab ich nie zu ihr gesagt.»

«War auch gar nicht nötig», sagte der Doktor. «Du hast einfach den Kopf hängen lassen und elend dreingeschaut. Das kennen wir ja. ‹Someday he'll come along› und so. Na, ich kann dir eines sagen, Michael: Er *ist* gekommen, und du hast ihn rausgeschmissen, weil du nicht die Traute gehabt hast, dich von deiner Fantasievorstellung zu verabschieden.»

«Von *welcher* Fantasievorstellung?» Michael war beinahe sprachlos.

«Das frag ich dich. Ein junger Dr. Kildare vielleicht? Was weiß ich ... egal, was es war, ich konnte die Rolle nicht spielen ... und du konntest den Gedanken nicht ertragen, dass der Kerl, der dich liebt, nicht anders ist als du. Zäh bist du ja, Michael ... trotz dem ganzen Quatsch vom traurigen jungen Mann ... aber nicht zäh genug, um mit so was fertigzuwerden!»

Michael starrte ihn wie betäubt an. «Ich kann dir gar nicht sagen, *wie* falsch du das ...»

«Ja? Wie läuft's eigentlich mit deinem Bullen?»

Michael sah ihn entgeistert an. «Was hat dir Mrs. Madrigal denn *nicht* erzählt?»

«Sie hat mir von dem Bullen erzählt», sagte Jon. «Und von dem Filmstar. Und von dem Bauarbeiter. Du lebst gar nicht wirklich, Michael ... du vögelst mit den Village People, und zwar mit einem nach dem anderen.»

«Jetzt halt aber mal die Luft an!»

«Ach, ist doch wahr», sagte Jon.

«Was geht dich das eigentlich ...?»

«Es geht mich *gar* nichts an. Da hast du recht. Es geht mich schon lange nichts mehr an ... und ich hätte auch nichts sagen sollen. Nur hat Mrs. Madrigal mich darum gebeten ... und ich wollte auch ... und dein Gesülze, dass dich niemand haben will, hängt mir zum Hals raus. Einer will dich haben, Michael ... als ob dir das nicht klar wäre. Und dabei weiß er selbst die schlimmsten Dinge über dich.»

«Jon ... entschuldige, wenn ich ...»

Der Doktor stand auf. «Es gibt nichts, wofür du dich entschuldigen müsstest.»

Michael blieb schweigend sitzen, als Jon zur Tür ging.

«Ich bleib bis nach der Hochzeit», sagte Jon. «Und ich versprech dir, dass ich dir keine Szene mehr mache.»

«Hast du ...? Kommst du mit Burkes Wohnung zurecht? Brauchst du frische Bettwäsche oder so was?»

«Danke. Mrs. M. hat für alles gesorgt.»

«Ich liebe dich», sagte Michael.

«Ich weiß», sagte der Doktor. «Ist das nicht das Schlimmste daran?»

Emma im Dilemma

Emma traute kaum ihren Ohren. Sie legte den Hörer auf und eilte wieder nach oben ins Schlafzimmer ihrer Herrin. Frannie Halcyon war völlig hinüber und schnarchte. Ein Arm baumelte wenig elegant über die Kante des Himmelbetts.

«Miss Frannie», flüsterte das Hausmädchen, als es sich über die Matriarchin beugte. «Aufwachen, Miss Frannie!»

Keine Reaktion.

«Mein Gott, Miss Frannie, *wachen Sie sofort auf!*» Emma fasste ihre Herrin an den Schultern und schüttelte sie sanft. «Er kommt, Miss Frannie ... Jim Jones kommt!»

Immer noch keine Reaktion.

«Gott steh mir bei!», murmelte Emma. Sie musste einsehen,

dass die Tabletten, dieses Teufelszeug, gründlich gewirkt hatten.

Sie holte aus dem Badezimmer ein Glas Wasser und schüttete der Matriarchin die Hälfte davon ins Gesicht. Frannie Halcyons Züge verzerrten sich kurz. Dann stieß sie ein halbherziges Stöhnen aus und wälzte sich auf den Bauch.

«Bitte ... o Gott, *bitte*, Miss Frannie ... Sie müssen wach werden! Jim Jones kommt!»

Emma riss die Decken vom Bett, wälzte die Matriarchin wieder auf den Rücken und zog ihre Beine aus dem Bett. Dann hievte sie sie in eine sitzende Position hoch.

Der Kopf der Matriarchin hing schlaff nach vorn. Sie murmelte etwas Unverständliches in ihr Dekolleté.

«Hören Sie mich?», fragte Emma.

«Grdlamarelp.»

«Bleiben Sie einfach sitzen. Ich bring Sie hier raus.»

Sie hetzte zum Wandschrank und suchte verzweifelt nach dem bodenlangen schwarzen Nerz ihrer Herrin. Als sie ihn gefunden hatte, eilte sie ans Bett zurück und machte sich daran, ihn ihrer Herrin über die Arme zu ziehen.

«Kommen Sie jetzt ... kommen Sie, Miss Frannie ... wir müssen gehen. Tun Sie's mir zuliebe, ja? Kommen Sie ...» Sie stellte sich vor ihre Herrin, schob die Hände unter die nerzumhüllten Arme und drückte mit aller Kraft nach oben.

«Hrpldanüber.»

«Helfen Sie mir, Miss Frannie ... Sie schaffen das schon. Stellen Sie sich auf die Beine ...»

Einen Moment lang schien es, als würde die Matriarchin das auch tun.

«Gut», sagte Emma. «Das ist wirklich gut. Und jetzt gehn Sie einfach los. Keine Bange. Emma hält Sie fest.»

Sekunden später fiel Frannie um wie ein erschossener Bär und quetschte Emma schmerzhaft auf den chinesischen Teppich. Dem Dienstmädchen gelang es irgendwie, sich keuchend zu befreien.

«Miss Frannie», schluchzte Emma. «Gott steh uns beiden bei.» Sie starrte ihre Herrin verzweifelt an, nahm dann ein Kissen vom Bett und schob es Frannie Halcyon unter den Kopf. Die Matriarchin schnaubte laut, wälzte sich herum und schlief ein.

Emma ging schnurstracks ins Badezimmer und griff nach der Flasche Rum, die ihre Herrin im Spülkasten der Toilette versteckt hielt. Sie trank zwei brennende Schlucke und stellte die Flasche wieder in ihr Versteck zurück.

Emma hatte so etwas noch nie getan, doch sie wusste ja, was ihr bevorstand.

Die Matriarchin bewahrte ihre Pistole in der untersten Schublade ihres Nachttischs auf. Es handelte sich um eine Neuanschaffung, wie Emma wusste – getätigt nur ein paar Tage nach Mrs. Reagans Ankündigung, dass sie sich selbst auf ein «klitzekleines Pistölchen» verließ.

Das Dienstmädchen nahm sie behutsam am Griff heraus, schlich sich aus dem Zimmer und schloss die Tür hinter sich.

Dann ging sie durch die Zimmer und machte überall das Licht aus.

Sie vergewisserte sich, dass die Haustür abgeschlossen war. Und die Küchentür.

Und die Tür des Wintergartens.

Als sie zurück ins Wohnzimmer wollte, hörte sie im Garten ein Geräusch.

Sie duckte sich hinter einen großen Korbstuhl, lugte über

den Rand und sah einen Mann, der sich durchs Gebüsch zwängte und dann den Rasen überquerte.

Mitten auf dem Rasen blieb er stehen, schaute von links nach rechts und taxierte das Haus.

Emma stürzte in die Küche und von dort in die Garage. Da die Garagentür noch offen war, schlüpfte sie hinaus in die Dunkelheit, rannte über den Rasen vor dem Haus und schlich sich durch den Laubengang seitlich am Haus, bis sie den Eindringling wieder im Blickfeld hatte.

Diesmal war sie hinter ihm.

Der Mann bewegte sich auf das Haus zu.

Dann versuchte er, die Tür zum Wintergarten zu öffnen.

«He, Sie!», rief Emma. *«Jim Jones!»*

Der Eindringling wirbelte herum und starrte die hagere alte Frau an, die mit einer Pistole in der Hand auf dem Rasen stand. Er hob in einer demütig bittenden Geste die Arme und sprach sein letztes Wort in einem überraschend gelassenen Ton.

«Schwester», sagte er.

Dann schoss ihn Emma in die Stirn.

Nicht schwul

Nur ein paar Minuten nachdem Jon gegangen war, stand Brian vor Michaels Tür.

«Na, wie geht's unserer Medienwitwe?», fragte Michael.

«Beschissen», antwortete Brian. «Hast du Lust auf einen Spaziergang?»

«Klar», sagte Michael, «aber nur, wenn *mein* Seelenschmerz mitdarf.»

«O nein ... was ist es diesmal?»

Michael verdrehte die Augen. «Was ist es jedes Mal?»

«Äh ... Jon?»

«Ins Schwarze getroffen.»

«Ich hab ihn oben gesehen», sagte Brian. «Bleibt er für immer?» Michael schüttelte den Kopf. «Nur bis zur Hochzeit ... soviel ich weiß.»

«Möchtest du, dass er bleibt?»

Michael seufzte genervt. «Du arbeitest nicht zufällig als Kundschafter für Mrs. Madrigal?»

«Ich hab nur gedacht, dass das kompliziert werden könnte.»

«Noch komplizierter?»

«Ich meine ... mit Bambi und so.»

«Ach Gott», sagte Michael, dem es plötzlich wieder einfiel. «Es ist alles schon komplizierter. Du hast das Neueste noch gar nicht gehört!»

Auf dem Weg zum Marina Green erzählte er Brian, dass Jon die «entführten» Zwillinge gesichtet hatte.

«Weiß es Mary Ann schon?», fragte Brian.

Michael nickte. «Sie hat angerufen, während du arbeiten warst. Sie kommt übrigens morgen früh nach Hause.»

«Gott sei Dank. Mensch, was machen wir bloß mit Bambi?»

«Das frag ich mich auch. Jon hat erzählt, dass sie sich mit Mrs. Madrigal schon einen heftigen Kampf geliefert hat.»

«Wann?»

«Heute Abend.»

«O Gott.» Brian schüttelte den Kopf. «Das ist ja das reinste Irrenhaus.»

Michael lächelte. «Das hat Jon auch gesagt.»

Es folgte längeres Schweigen. Dann sagte Brian: «Ist er da, weil er dich zurückhaben will?»

«Ja», sagte Michael. «Ich glaub schon.»

«Und? Willst du das?»

Michael drehte sich um und sah seinen Freund an. «Kann ich erst mal passen?»

Brian legte ihm den Arm um die Schulter. «Klar doch. Ich würd aber nicht gleich ablehnen ... nur, weil er dich ein kleines bisschen mehr braucht als du ihn.»

Schweigen.

«Darum geht's doch, oder? Bei mir und Mary Ann geht's jedenfalls darum ... und *sie* hat mir Gott sei Dank keinen Korb gegeben.»

«Brian ... sie liebt dich sehr.»

Brian gab ihm einen brüderlichen Stups gegen die Schulter. «Wenn man sich liebt, ist es egal, ob einer den anderen mehr braucht.»

Während sie um den Spielplatz herumgingen, den man gerade nach dem ermordeten Bürgermeister Moscone benannt hatte, trat wieder längeres Schweigen ein. Ein großer Wagen fuhr an ihnen vorbei, hielt mit kreischenden Bremsen und fuhr rückwärts, bis er auf ihrer Höhe war.

Der Mann auf dem Beifahrersitz schlug mit der Hand laut auf die Seitenverkleidung des Wagens. «He, ihr Schwuchteln! Seid ihr zwei Schwanzlutscher?»

Brian behielt seinen Arm auf Michaels Schulter. «Was geht dich das an, Alter?»

«Hör auf», flüsterte Michael. «Du musst ‹Ja, klar› sagen und lächeln.»

Der Mann beugte sich aus dem Fenster, während der Wagen mit ihnen Schritt hielt. *«Was hast du gerade gesagt, Schwanzlutscher?»*

«Geh einfach weiter», murmelte Michael.

«Häh, Schwuchtel … *häh?* Willst du mir den Schwanz lutschen, du Schwanzlutscher? Hättste das gerne, hm?»

Michael fiel auf, dass dieser Gag auf dem Rücksitz heftiges Gelächter auslöste. Es waren mindestens vier Leute im Wagen; darunter eine Frau.

«Los jetzt», sagte Michael. «Wir rennen lieber weg.»

«Vergiss es», sagte Brian.

«Was hast du gesagt, du Schwuchtel?»

Brian drehte sich um und streckte dem Schreier den Mittelfinger entgegen. «Du bist ein Arschloch, hab ich gesagt. Verpiss dich!»

Der Wagen blieb ruckartig stehen. Die Leute wuselten heraus wie Zirkusclowns aus einem Feuerwehrauto. Der Erste ging ohne Umschweife auf Michael los und trat ihn genau zwischen die Beine. Er fiel nach hinten, und sein Kopf schlug deutlich hörbar auf den Boden.

Als er die Augen aufmachte, sah er eine Hand nach seiner Kehle fassen. Der Mann zog ihn beinahe sanft vom Bürgersteig hoch … und knallte seinen Kopf wieder aufs Pflaster. Das Geräusch klang diesmal dumpf. Matschig.

«He», rief jemand, «hier rüber!»

Der Mann ließ Michaels Kehle los und rannte zu den anderen beiden. Einer saß auf Brians Brust; der andere hielt seine Beine fest. «Okay», sagte der Mann, der über Michael hergefallen war, «jetzt bist du fällig, Schwuchtel!»

Als Michael plötzlich Metall aufblitzen sah, schrie er in völliger Fassungslosigkeit: «Bitte … bitte nicht … er ist nicht schwul! *Er ist nicht schwul!*»

Doch das Messer sauste immer wieder nieder.

Endlich zu Hause

Als Mary Ann ihren Le Car auf dem Dauerparkplatz des Flughafens von San Francisco stehen sah, fühlte sie sich plötzlich seltsam zuversichtlich.

«Wissen Sie», sagte sie und hakte sich bei DeDe unter, «irgendwie glaub ich, dass wir das Schlimmste hinter uns haben.»

DeDes abgekämpftes Gesicht zeigte keine Spur von Hoffnung. «Versuchen Sie bitte nicht, gute Stimmung zu machen», sagte sie. «Sie haben schon genug getan. Wirklich.»

«Ich versuche nicht, gute Stimmung zu machen. Ich hab wirklich so ein Gefühl. Wenn er mit den beiden auf dem Schiff zurückgefahren ist ... für alle deutlich sichtbar ... dann kann er nicht vorgehabt haben, sie zu entführen. Jedenfalls nicht im üblichen Sinn. Ich meine ... verrückt ist er ja vielleicht, aber es hat nicht den Anschein, als wäre er gefährlich.»

«Klar», sagte DeDe. «Das hat man 78 auch gesagt.»

Mary Ann tastete sich vorsichtig weiter. «Aber ... wir wissen doch nicht mit Sicherheit, ob dieser Mr. Starr tatsächlich ...»

«Hören Sie auf. *Ich* weiß es. Ich weiß, dass er's ist. Er hat das Kinderlied in die Realität umgesetzt, oder? Und Prues Beschreibung passt genau auf ...» Sie unterbrach sich mitten im Satz.

«Was?», fragte Mary Ann.

«Auf ... ihn.»

«Was hat sie Ihnen eigentlich erzählt?»

«Wer?»

«Prue. Als Sie allein mit ihr geredet haben.»

DeDe schaute weg. «Dafür ist jetzt nicht der richtige Moment.»

Mary Ann schloss den Wagen auf, stieg ein und machte DeDe die Tür auf.

DeDe stieg wortlos ein.

«Wann *dann*?», fragte Mary Ann.

DeDe sah sie an und sagte nach kurzem Zögern: «Später ... ja?»

«Ist gut», sagte Mary Ann.

Der Grund für das lange Schweigen während der Fahrt nach Hillsborough war schlicht die Müdigkeit. Sie brauchten Zeit, um sich von allem zu erholen, erkannte Mary Ann; um die Krise – und einander – mal für eine Weile los zu sein. Als sie in die kreisrunde Auffahrt von Halcyon Hill einbogen, sprach Mary Ann das Thema direkt an.

«Ich glaub, wir brauchen eine Pause», sagte sie. «Und ein bisschen Schlaf. Warum lassen Sie sich von Ihrer Mutter nicht ein bisschen verwöhnen? Ich ruf morgen Vormittag an, und dann reden wir.»

DeDe beugte sich zu ihr hinüber und umarmte sie. «Sie waren großartig. Ich kann mir nicht vorstellen, dass jemand anderes das alles getan hätte.»

«Ist schon gut», sagte Mary Ann.

«Ich hoffe, man ist Ihnen nicht böse.»

«Wer?»

«Der Sender. Weil Sie Ihre Show nicht gemacht haben.»

«Ach so.» Sie hatte DeDe nichts von Bambi Kanetaka erzählt, und jetzt war nicht der richtige Zeitpunkt dafür. «Ich denke, das lässt sich wieder kitten.»

«Hoffentlich.» DeDe kletterte aus dem Wagen und warf die Tür zu. «Schlafen Sie gut. Wir reden dann morgen.»

«DeDe?»

«Ja?»

«Ich glaub, es ist Zeit, dass wir die Polizei verständigen.»

DeDe blieb überraschend ruhig. «Ja. Glaub ich auch.»

«Gott sei Dank.»

«Tja ... es ist wohl so weit. Die Einzelheiten besprechen wir morgen.»

Mary Ann spähte zum Haus hinauf. «Sind Sie sicher, dass Ihre Mutter da ist?»

«Ihr Wagen steht da», sagte DeDe.

«Soll ich warten, bis Sie drin sind?»

«Nein. Schon gut. Fahren Sie nach Hause, Mary Ann. Und kriechen Sie zu Brian ins Bett.»

Mary Ann schaute auf die Uhr. Drei Minuten vor acht. «Ja, vielleicht ist es noch nicht zu spät», sagte sie lächelnd.

DeDe zwinkerte ihr zu. «Dafür ist es nie zu spät.»

Als Mary Ann wegfuhr, beobachtete sie DeDe im Rückspiegel, bis sie Emma an der Haustür sah. Nachdem diese Frage geklärt war, machte sie es sich hinter dem Lenkrad bequem und fing an, sich eine Erklärung für Bambi zurechtzulegen.

Sie musste daran denken, dass sich die Moderatorin bereits den dritten Tag in Gefangenschaft befand.

Es sei denn, Mrs. Madrigal hatte sie nicht so lange festhalten können – oder wollen.

Sie hatte am Flughafen nicht nach den Zeitungen gesehen. Es war gut möglich, dass Bambi die Geschichte schon gebracht hatte. Und was war, wenn Bambi Mrs. Madrigal und die anderen angezeigt hatte ...?

Sie war fast schon am Tor von Halcyon Hill, als sie den Aufruhr hinter sich bemerkte. Im Rückspiegel sah sie DeDe, die ihr laut schreiend nachrannte.

«HALT! KOMMEN SIE ZURÜCK, MARY ANN! KOMMEN SIE ZURÜCK! ...»

Wohin damit?

Emma saß mit majestätisch im Schoß gefalteten Händen auf einem Stuhl, während DeDe und Mary Ann hektisch um sie herumliefen.

«Wo ist er?», fragte DeDe.

«Draußen», antwortete Emma. «Ich hab ihn hinter die Garage gezerrt.» Als sie sah, dass Mary Ann die Stirn runzelte, fügte sie hinzu: «Er hat sich in der Dunkelheit rangeschlichen, Miss DeDe. Miz Giroux ... sie hat angerufen und gesagt, dass er unterwegs ist, und von Ihrer Mama hab ich da schon gewusst, dass es Jim Jones is ... und ich hab sie um nichts auf der Welt wach gekriegt.»

«Die Kinder waren nicht ...?»

«Miz Giroux hat sie.»

«Sind sie ...?»

«Er hat ihnen kein Haar gekrümmt, Miss DeDe!»

DeDe schloss die Augen und schluckte. Sie griff nach Mary Anns Hand und teilte die Gefühle dieses Augenblicks mit ihr. Emma sah die beiden mit Tränen in den Augen an. «Der Herr gibt auf uns acht», sagte sie.

DeDe eilte auf die alte Frau zu, kniete neben ihr nieder und umarmte sie heftig. «Das war nicht der Herr, Emma. Das warst *du*. Gott segne dich, Emma. Gott segne meine wunderbare Emma!»

Emma drückte die Hand an DeDes Wange. «Er hat's auf meine Familie abgesehen gehabt», sagte sie.

DeDe lachte und umarmte sie von Neuem. «Wie geht's Mutter denn?»

Emma zuckte mit den Schultern. «Sie ist noch nicht wieder wach.»

«Du meinst ... sie weiß gar nichts?»

«Nicht das Geringste», sagte Emma. «Sie hat gestern am Abend wieder drei so Tabletten genommen.»

«O Gott», murmelte DeDe. «Ich hab ihr gesagt, sie soll *eine* nehmen.»

«Ich hab versucht, sie aufzuwecken», sagte Emma. «Wie Miz Giroux angerufen hat, hab ich ...»

«Weiß *sie* denn Bescheid?»

Emma schüttelte den Kopf. «Sie hat sich nich wieder gemeldet.»

«Und du hast nicht die Polizei gerufen?»

«Nein, Ma'am. Ich hab doch gewusst, dass Sie zurückkommen. Da hab ich mir gedacht, dass Sie dort selber anrufen wollen ... wenn Sie erst mal wissen, dass den Kindern nix passiert is.»

«Damit hast du völlig recht.» DeDe wandte sich an Mary Ann. «Ich geh mal zur Garage raus. Warum bleiben Sie nicht hier und leisten Emma Gesellschaft?»

Mary Ann war erleichtert, hielt aber einen Pro-forma-Protest für angebracht. «Möchten Sie nicht doch, dass ich mitkomme?»

«Ehrlich gesagt», erwiderte DeDe, «ist es mir lieber, wenn Sie hierbleiben.»

Sie blieb zehn Minuten weg. Als sie wiederkam, war ihr Gesicht praktisch ausdruckslos. «Kann ich mit Ihnen sprechen?», fragte sie leise.

Sie ließen Emma im Wohnzimmer zurück und konferierten in der Bibliothek.

«Eins muss ich von Ihnen wissen», sagte DeDe.

Mary Ann fühlte sich schauerlich unwohl. «Ja?»

«Was wollen Sie damit anfangen?»

«Sie meinen ... mit der Story?»

DeDe nickte.

«Na ja ... ich hab mir eigentlich noch keine ... DeDe, *ist* er's denn?»

«Lassen wir das noch kurz beiseite. Wir müssen rasch ein paar Entscheidungen treffen. Sie hat ihn kaltblütig erschossen, Mary Ann ... er war nicht mal im Haus, und er war unbewaffnet. Es wird zwangsläufig zu einem Mordprozess kommen, und dann muss diese alte Frau noch einmal durch die Hölle ...»

«Aber ... wenn er der ist, für den Sie ihn halten ... wird es doch sicher ...»

«Dann werden Emma und Mutter und die Kinder ... wir alle miteinander ... die ganze Öffentlichkeit am Hals haben. Mir reicht's, Mary Ann. Ich hab keine Lust, meine Familie noch länger zu quälen. Ein glücklicher Ausgang der ganzen Geschichte war noch nie so greifbar nah. Und ich werd alles tun, damit es dabei bleibt.»

«DeDe ... was wollen Sie damit sagen? Was erwarten Sie denn?»

«Ich möchte, dass Sie nur einen Teil der Geschichte erzählen. Über meine Flucht können Sie von mir aus alles sagen ... und über Kuba. Ich will nur nicht, dass Sie darüber hinausgehen. Sie haben das mal angeboten. Und ich muss jetzt wissen, ob das Angebot noch gilt.»

«DeDe ... Sie wissen, dass ich mich dran halten würde, aber ...»

«Aber was?»

«Na ja … es gibt noch andere, die Bescheid wissen.»

«Eigentlich nur Mutter. Und sie hat das Allerschlimmste verschlafen.»

«Und Prue», ergänzte Mary Ann.

«Das meinen Sie doch nicht im Ernst. Sie hat mit ihm geschlafen, Mary Ann! Sie würde am liebsten vergessen, dass überhaupt was war. Sie hat nicht mal wieder angerufen, nachdem sie Emma gewarnt hat. Vergessen Sie die blöde Kuh.»

«DeDe … eine Leiche im Garten ist aber nicht so leicht zu vergessen. Wir können nicht einfach so tun, als wär nichts passiert.»

DeDe schaute sie an. Entschlossen und lange. «Warum nicht?», fragte sie.

«Sie meinen …»

DeDe nickte. «Wenn wir uns beeilen, schaffen wir es noch, bevor Mutter wach wird.»

Ein Spinnennetz

Als sie mit DeDe vor dem Stadthaus von Prue Giroux auf dem Nob Hill stand, entdeckte Mary Ann mit einigem Entsetzen, dass sie immer noch etwas Erde an den Schuhen hatte.

«O Gott», sagte sie mit einem finsteren Blick auf ihre Schuhe, «ich hab gedacht, ich hätte alles abgewischt.»

DeDe drückte auf Prues Klingel. «Sie wird's nicht merken. Außerdem, was macht schon ein bisschen Erde? Das kann doch jedem passieren. Wie geht's übrigens Ihrem Rücken?»

«Besser», sagte Mary Ann.

«Schön.»

«Ich bin solche Anstrengungen nicht gewöhnt.»

DeDe grinste sarkastisch. «Freut mich zu hören.»

Darauf konnte Mary Ann nur mit einem Lächeln antworten. «Was haben Sie ihr gesagt?», fragte sie.

«Wem?»

«Prue.»

DeDe zuckte mit den Schultern. «Nur, dass wir vorbeikommen, um die Kinder abzuholen.» Als sie hörte, dass im Haus eine Tür geöffnet wurde, drückte sie Mary Anns Arm und flüsterte: «Seien Sie unbesorgt. Und überlassen Sie das Reden mir.»

Es wurde jedoch kaum etwas geredet, als DeDe ihre Kinder zu Gesicht bekam. Sie fiel auf die Knie, drückte sie an sich und heulte drauflos.

Mary Ann und Prue sahen schweigend zu und weinten ebenfalls.

Nur die Kinder kamen ohne Tränen aus. Sie fanden das Wiedersehen ebenso erfreulich wie selbstverständlich. Als ihre Mutter sie aus der Umarmung entließ, hüpften sie aufgeregt um sie herum und wollten ihr alle Abenteuer erzählen, die sie ohne sie erlebt hatten.

«Na, na», sagte Prue. «Eure Mommy ist sehr müde. Warum lasst ihr sie nicht ...?»

«Ist schon gut», sagte DeDe strahlend. «Lassen Sie sie so viel quasseln, wie sie wollen.» Sie griff noch einmal nach Edgar und umarmte ihn. «Es ist Musik in meinen Ohren.» Sie sah zu Prue hoch und fragte: «Wie ... wie ist denn alles abgelaufen?»

Prue wurde merklich rot. «Er ... na ja, es ist verrückt, aber er ist mit dem Schiff zurückgefahren.»

«Das wissen wir», sagte DeDe und stand wieder auf.

Prue war sichtlich verblüfft. *«Woher?»*, fragte sie.

«Ein Freund von Mary Ann hat ihn gesehen.»

«Oh ... dann ...?»

«Wie ist er *hierher* gekommen?», fragte DeDe. «Das hab ich gemeint.»

«Ach so ... na ja, er hat sie hier vorbeigebracht.»

DeDe runzelte die Stirn. *«Wann?»*

«Äh ... gestern Abend. Ich hab sofort bei Ihrer Mutter angerufen. Emma hat meine Nachricht entgegengenommen.»

DeDe verzog das Gesicht. «Das Schiff ist aber gestern früh eingelaufen.»

«Tatsächlich?»

«Ja», sagte DeDe düster. «Tatsächlich.»

Schweigen.

DeDe musterte das Gesicht der Kolumnistin. «Und er hat nicht zufällig angedeutet, wo er einen ganzen Tag lang war?»

«Nein», erwiderte Prue. «Mit keinem Wort.»

«Warum haben Sie Emma gesagt, dass er den Verstand verloren hat?»

Prue blickte zur Seite. «Ich glaube nicht, dass ich mich so ausgedrückt habe. Klar, er war *aufgebracht* ... vor allem, weil er auf der Rückreise die Kinder am Hals gehabt hat. Er hat damals auf dem Schiff auf uns gewartet. Als wir nicht aufgetaucht sind, hat er sich geärgert. Und sich Sorgen gemacht.»

«Aber er ist nicht auf die Idee gekommen, mit irgendwem zu reden? Mit den Verantwortlichen auf dem Schiff zum Beispiel?»

Schweigen.

«Prue ... warum haben Sie zu Emma gesagt, dass Mr. Starr den Verstand verloren hat?»

«Ich hab Ihnen schon gesagt ... ich ...»

«Sie haben gesagt, dass sie sofort das Haus verlassen sollen!»

«Na ja ... er war schrecklich aufgebracht. Es tut mir leid, wenn das bei ihr so angekommen ist, als ...»

«Warum hat er die Kinder nicht direkt nach Halcyon Hill gebracht?»

«Ah ... na ja, er wusste die Adresse nicht. Er kannte aber *meine*, und deswegen hat er sie hierher ...»

«Und dann haben *Sie* auf Halcyon Hill angerufen und Emma gesagt, sie soll meine Mutter sofort aus dem Haus bringen. Wie passt das denn zusammen, Prue?»

«Na ja ... er war wütend auf Ihre Mutter, und ich wollte vermeiden, dass sie ...»

DeDe verdrehte ungeduldig die Augen. «Wenn er sowieso nach Halcyon Hill unterwegs war, warum hat er die Kinder dann nicht mitgenommen?»

Prues Augen füllten sich erneut mit Tränen. «DeDe ... bitte ... ich hab keine Ahnung ... er hat nicht einen vernünftigen Satz gesagt. Ich dachte, Sie würden dankbar sein, dass Sie Ihre Kinder zurückhaben.»

DeDe schlug einen nachsichtigeren Ton an. «Ich will nur die Wahrheit herausfinden. Das können Sie doch sicher verstehen.»

Prue wischte sich die Tränen ab und nickte. «Er hat sich merkwürdig aufgeführt. Mehr kann ich dazu nicht sagen. Ich hab das eher instinktiv getan. Wenn Ihre Mutter auf Halcyon Hill geblieben wäre, hätte sie's garantiert auch gemerkt!»

DeDe stieß einen langen Seufzer aus. «Sie *ist* geblieben, Prue.»

«Was?»

«Sie hat tief und fest geschlafen», sagte DeDe.

«Dann hat vielleicht Emma ...»

«Emma ist die ganze Nacht aufgeblieben und hat das Haus bewacht.»

«Und sie hat ihn nicht gesehen?»

«Genau», sagte DeDe. «Er ist überhaupt nicht aufgetaucht.»

Die Büffel von London

Nachdem sie Prues Wohnung verlassen hatten, gingen DeDe und Mary Ann mit den Zwillingen zum Brunch bei Mama's in den Gramercy Towers. Ein warmes Essen und das Lachen der Kinder ließen Mary Ann vergessen, wie erschöpft sie war.

Sie begriff, dass das Martyrium endlich hinter ihnen lag.

«Es ist eine tolle Story», sagte sie. «Selbst ohne ... ihn.»

DeDe wischte Edgar einen Marmeladeklecks vom Kinn. «Ich werd Ihnen helfen, wie ich nur kann. Aber lassen Sie uns noch ein paar Tage, okay?»

«Klar.»

«Wollen Sie es immer noch in Ihrer Sendung bringen?», fragte DeDe.

«Da bin ich mir nicht so sicher», sagte Mary Ann. «Hätten Sie übrigens was dagegen, die Kinder mitmachen zu lassen?»

DeDe zögerte. Dann lächelte sie. «Natürlich nicht. Nach allem, was Sie für uns getan haben.» Sie wandte sich an die Kinder. «Na, ihr Raubkatzen ... wollt ihr mit Mary Ann ins Fernsehen?»

Die Kinder jubelten.

«Da haben Sie die Antwort», sagte DeDe lächelnd.

«Prima», sagte Mary Ann.

Edgar zupfte seine Mutter am Ärmel. «Darf Dad auch mit ins Fernsehen?»

Nach einer lastenden Pause sagte DeDe: «Dad?»

«Darf er?», fragte Anna, um ihrem Bruder Schützenhilfe zu geben.

DeDe schaute von einem Kind zum anderen und sagte dann ruhig: «Meint ihr Mr. Starr?»

Beide nickten und sahen sie mit großen Augen erwartungsvoll an. Mary Ann schloss sich ihnen an und wartete auf DeDes Antwort.

«Mein Schatz», sagte DeDe, «Mr. Starr ist nach London zurückgeflogen. Wir werden ihn längere Zeit nicht sehen.»

«Warum?», fragte Anna.

«Na ja ... weil er dort wohnt. Er hat nur Urlaub gemacht, als ihr ihn auf dem Schiff kennengelernt habt. Und sein Haus ist in London.»

«Sein Haus ist *hübsch*», sagte Anna.

DeDe starrte das kleine Mädchen an. «*Was*, mein Schatz?»

«Er hat Backhörnchen», sagte Anna.

Edgar korrigierte sie. *«Backenhörnchen.»*

Anna streckte ihrem Bruder die Zunge raus. «Und Büffel», fügte sie trotzig hinzu.

«Und eine riesig große Windmühle», trumpfte Edgar auf.

«Die ist in Japan», ergänzte Anna. «Und er hat eine Brücke in seinem Garten, die steigt ganz hoch in die Luft.»

«Genau», sagte DeDe. Sie warf Mary Ann einen sarkastischen Blick zu. «Wer weiß, *was* der Dreckskerl ihnen alles erzählt hat.» Dann wandte sie sich wieder an die Kinder. «Na, ihr Käfer, gehen wir jetzt nach Hause?»

«Wohin?», fragte Edgar. Eine verdammt gute Frage, dachte Mary Ann.

«Nach Hause zu Gangie», erwiderte DeDe.

Die Kinder sagten Ja.

Sie verabschiedeten sich in der Parkgarage gleich neben dem L'Etoile. DeDe wartete auf ihren Mercedes. Mary Ann auf ihren Le Car.

«Sie waren ein Engel», sagte DeDe und hörte sich dabei sehr nach reicher Dame von der Halbinsel an.

Mary Ann lächelte wehmütig. «Ich helf immer gern.»

«Genau», sagte DeDe grinsend.

Der Mercedes wurde gebracht. DeDe hielt die Tür auf, bis die Kinder auf den Vordersitz geklettert waren. Als sie sich hinter das Lenkrad setzte, beugte Mary Ann sich zu ihr hinunter.

«Sie werden es mir nicht sagen, oder?»

«Was?», fragte DeDe.

«Sie wissen schon. Ob wir den richtigen Kerl erwischt haben.»

DeDe schüttelte den Kopf.

«Warum nicht? Weil es nicht der Richtige war?»

DeDe lächelte. «Wenn er es nicht war, dann will ich nicht, dass Sie darunter leiden. Sie haben schon genug getan.»

«Und wenn es doch der Richtige war?»

DeDe zuckte mit den Schultern. «Dann möchte ich nicht, dass Sie in Versuchung geraten.»

«In Versuchung?»

«Sie wissen schon», sagte DeDe. «Wegen der Story.»

«DeDe ... ich bin Ihre Freundin. Ich würde Ihr Vertrauen nie ...»

«Ich weiß. Und Sie würden es sich auch nie verzeihen. Wie sollten Sie auch? Sie sind Journalistin.»

«Bin ich das?»

DeDe griff nach ihrer Hand und drückte einen Kuss drauf. «Ja.»

«Danke», sagte Mary Ann.

«Nicht der Rede wert», sagte DeDe.

Es war beinahe Mittag, als Mary Ann sich über die Treppe zur Barbary Lane hochschleppte. Als sie ihren Schlüssel ins Schloss steckte, hörte sie Mrs. Madrigals unverwechselbare Schritte hinter sich.

«Meine Liebe ... bist du das?»

«Ich bin's», sagte Mary Ann.

Die Augen der Vermieterin waren gerötet.

«Großer Gott», sagte Mary Ann. «Ist was ...?»

«Es tut mir leid», sagte Mrs. Madrigal. «Ich muss dir was Unerfreuliches mitteilen.»

Glück gehabt!

Ein von Übelkeit fast nicht zu unterscheidendes Déjà-vu-Gefühl überkam Mary Ann, als sie mit Mrs. Madrigal durch die Eingangshalle des St. Sebastian's Hospital eilte.

Vor fünf Jahren war Michael hier wegen seines Guillain-Barre-Syndroms behandelt worden. Und hier war auch der unheimliche Blumenladen, in dem der Mann mit den Haarimplantaten für den kannibalistischen Kult in der Grace Cathedral Körperteile beiseitegeschafft hatte.

Die makaberste Assoziation löste jedoch ein Inventarstück des Krankenhauses aus: ein altes Gemälde des von Pfeilen durchbohrten heiligen Sebastian, das an prominenter Stelle über dem Empfangstresen hing.

Mrs. Madrigal nahm Mary Ann am Arm und zog sie von dem Heiligen weg. «Komm, meine Liebe. Ich kenn den Weg. Es spottet wirklich jeder Beschreibung, wie katholisch es hier zugeht.»

Sie fuhren mit dem Lift in den zweiten Stock. Als sie ausstiegen, erwartete Jon sie bereits. Schon allein sein Anblick brachte den Anschein von Gefasstheit, den Mary Ann sich auf der Fahrt zum Krankenhaus zugelegt hatte, zum Verschwinden.

Sie sank heulend in seine Arme.

«Eine tolle Art heimzukommen, hm?» Sanft legte er ihr seine Hand auf den Kopf.

«Sind sie wach?», fragte sie.

«Brian schon», sagte der Doktor. «Michael ist vor einer Stunde eingenickt.» Er wandte sich an Mrs. Madrigal. «Haben Sie ihr die Einzelheiten schon gesagt?»

«So gut ich konnte», sagte die Vermieterin.

«Ein Stich ging ihm in die Lunge», erklärte Jon. «Das ist das Schlimmste an der ganzen Sache. Aber es ist ein überraschend kleines Loch ... wenn man die Umstände bedenkt.»

Für Mary Ann hörte es sich furchtbar an. «Hat man es genäht?»

Jon schüttelte den Kopf. «So schlimm war's nicht. Es müsste eigentlich von selber heilen. Damit das auch geschieht, hat er einen Schlauch drin. Es sieht schlimmer aus, als es ist, Mary Ann. Daran solltest du denken.»

«Aber, haben sie denn ... nicht dreimal ...?» Sie brachte das Wort nicht über die Lippen.

«Zwei Stiche sind von den Rippen abgefangen worden», sagte Jon. «Es musste viel genäht werden, aber die Stiche waren nicht tief. Er atmet jetzt normal ...» Er lächelte sie an. «Ich denke, das ändert sich, wenn er dich sieht.»

«Was ist mit Michael?»

«Vor allem hat er eine riesige Beule und dazu eine Handvoll

Stiche vom Nähen. Es geht ihm schon wieder gut ... oder jedenfalls bald.» Er sah Mary Ann ernst an. «Wir haben noch mal Glück gehabt, was?»

«Wenn man es so nennen kann», sagte Mary Ann.

«Kann man», sagte Jon. «Müssen wir sogar.»

Brian lag mit dem Gesicht zum Fenster, als Mary Ann ins Zimmer kam. Sein Oberkörper bestand nur noch aus Verbänden. Die Drainageschläuche, die aus dem Loch in seiner Seite wuchsen, führten zu einer Art Kanister, der neben dem Bett auf dem Boden stand.

Mit jedem Atemzug hüpfte in dem Kanister ein Ding, das merkwürdigerweise fast wie ein Tischtennisball aussah, nervös auf und ab.

Michael lag schlafend in dem anderen Bett. Er hatte einen enormen Verband um den Kopf.

«Ich bin's», sagte Mary Ann.

Brian drehte den Kopf herum und lächelte sie an. «Hallo, Schatz.»

Mary Ann bewegte sich vorsichtig auf das Bett zu. Sie spürte seine Wunden bei jedem Schritt. «Kann ich dich irgendwohin küssen?», fragte sie.

Eine große Träne lief über Brians Wange. «Bleib einfach stehen und lass dich anschauen.»

Sie blieb unbeholfen stehen und ließ die Arme hängen. «Wie seh ich aus?»

«Hervorragend», sagte er lächelnd.

«Soll ich noch ein bisschen Bein zeigen?»

Sie hatte einen erwachsenen Mann noch nie gleichzeitig lachen und weinen sehen. «Mensch», sagte er schluchzend, «ich lieb dich so sehr!»

«Hör sofort auf, Brian ... wenn ich erst mal zu heulen anfange ...»

«Ich kann nicht anders. Ich war in meinem ganzen Leben noch nie so froh, jemand wiederzusehen!»

Sie nahm sich ein Kleenex vom Nachttisch, stellte sich neben ihn und tupfte ihm die Wangen trocken. «Sch, Brian, sch ... ich bin ja zurück. Es tut mir so leid, dass ich nicht da war, Brian.»

«Was redest du denn? Du konntest es doch nicht wissen.»

«Ja, klar, aber du hast mich gebraucht, und ...»

«Ach, vergiss es. Habt ihr die Kinder gefunden?»

Mary Ann nickte. «Wir haben sie gefunden.»

«Und es ist ihnen nichts passiert?»

«Es ist ihnen nichts passiert», sagte Mary Ann.

«Dann habt ihr gute Arbeit geleistet.»

Mary Ann hielt sich das Kleenex selber vors Gesicht und schnäuzte sich geräuschvoll. «Wie lange werden sie dich hierbehalten?», fragte sie.

«Zwei Wochen», sagte Brian. «Vielleicht auch drei.»

«Dann tun wir's doch einfach hier.»

«Was?»

«Heiraten», sagte Mary Ann. «Oder hast du unsere Hochzeit vergessen?»

«Nein ... aber ...»

«Ja?»

«Na ja, du wolltest doch im Garten heiraten.»

«Ach, scheiß auf den Garten. Ich will dich endlich heiraten. Willst du mich auch heiraten?»

«Ja», sagte Brian.

Mary Ann strahlte. «Dann sag ich Mrs. Madrigal Bescheid.»

Michaels Doktor

Als Michael sich aus dem Zimmer stahl, fand er Jon gleich neben dem Schwesternzimmer. Er las in einem *Highlights*-Heft.

«He», sagte der Doktor, «du sollst Bettruhe halten, Sportsfreund.»

Michael, der nur sein Krankenhaushemd anhatte, setzte sich neben ihn. «Puh!», jaulte er und zuckte zusammen, als sein nackter Arsch auf den kalten Plastiksitz traf.

Jon grinste. «Für Patienten sind die nicht gedacht.»

«Was? Die Sitze oder die Hemden?»

Der Doktor bedachte Michael mit einem mahnenden Blick und deutete auf sein Zimmer.

«Gleich», sagte Michael. «Ich hab gedacht, die Turteltäubchen sind mal ganz gern ein bisschen allein. Außerdem ... spiel hier bloß nicht den Doktor.»

Jon zuckte mit den Schultern. «Ich bin nicht in Weiß, oder?»

«Aber drauf und dran ... ich merk es dir an. Warum legst du dich nicht ein bisschen schlafen, Jon? Wie lang bist du überhaupt schon hier?»

«Mach dir um mich keine Sorgen», sagte Jon. «Wenn Mary Ann fertig ist, fahr ich mit ihr nach Hause.»

«Ist Mrs. Madrigal schon gegangen?»

Jon nickte. «Bambi sollte schon längst ihr Mittagessen haben.»

«Ach Gott», stöhnte Michael. «*Das* kleine Drama hab ich ja völlig vergessen!»

«Geht's uns nicht allen so?»

«Mary Ann hat gesagt, dass sie das als Nächstes auf ihrer Liste hat ... jetzt, wo die Zwillinge wieder da sind. Ach so, hast du von der Polizei was gehört? Was Neues, mein ich?»

Jon schüttelte den Kopf. «Ich glaub auch nicht, dass da was kommt. Kein Kennzeichen, keine genaue Beschreibung. Als die Leute, die euch gefunden haben, bei der Polizei angerufen haben, war seit dem Überfall schon eine halbe Stunde vergangen. Ich denke, das müssen wir uns abschminken, Michael.»

Michael bekam glasige Augen.

«Hallo», sagte Jon. «Bist du noch da, Sportsfreund?»

«Ja.»

«Es war 'ne schreckliche Sache, Michael, aber du darfst dich davon nicht fertigmachen lassen. Lass dir von diesen Dreckschweinen nicht deine Einstellung zum Leben umkrempeln. He, Sportsfreund ... sieh mich an.»

Michaels Unterlippe zitterte unkontrollierbar. Tränen liefen ihm übers Gesicht. «Ich weiß, Jon ... darum geht's nicht. Es ist nur ...»

«Was?»

«Meinst du, sie geben mir die Schuld daran?»

Jon sah ihn verständnislos an. «Wer?»

«Mary Ann und Brian.»

«Michael ... um Himmels willen, was redest du da?»

«Na ja», antwortete Michael mit zitternder Stimme. «Die Typen, die uns angegriffen haben ... sie haben uns *beide* für schwul gehalten ... und ... wenn ich nicht dabei gewesen wäre ...»

«O Gott», murmelte Jon.

«Nein, hör zu ... bei Brian haben sie völlig danebengelegen. Bei ihm hatten sie noch viel weniger Grund, ihn anzugreifen, als bei mir. Aber ihn hat's viel schlimmer erwischt. Er ...»

«Noch *viel weniger* Grund, hm? Das soll wohl heißen, dass es überhaupt einen Grund gab, dich anzugreifen, was? Siehst du das denn so, Michael? Glaubst du wirklich, dass du es mehr verdient hast als Brian?»

«Jon ... ich hab nicht ...»

«Verdammt noch mal, Michael! Wie kannst du so was überhaupt sagen? Brian sieht es nicht so! Und Mary Ann auch nicht. Du bist der größte Schwulenhasser von uns allen. Mein Gott, was hat das Schwulsein mit der ganzen Sache zu tun?»

Michael sah ihn flehend an. Ihm standen die Tränen in den Augen. «Jon ... bitte ... ich bin rausgekommen, weil ich in den Arm genommen werden wollte.»

Sein Wunsch wurde sofort erfüllt. «Hör mal», sagte Jon direkt in Michaels Ohr, «von dir hab ich gelernt, so, wie ich bin, glücklich zu sein. Lass mich jetzt nicht im Stich, Kleiner.»

«Jon, ich kann einfach nicht mehr ...»

«Und ob du kannst», sagte der Doktor. «Du bist der zäheste kleine Kämpfer, den ich kenne. Du stehst immer an vorderster Front ... und dort will ich dich auch in Zukunft sehen. Mensch, Michael ... ich bin der Kerl, der nicht wollte, dass du ihn auf dem Flughafen küsst.»

Schweigen.

«Ich hab mich geändert», ergänzte Jon. «Und das geht auf dein Konto.»

Michael richtete sich auf und schaute ihm in die Augen. «Von wem hast du dich inzwischen auf dem Flughafen küssen lassen?»

Jon antwortete in gespielter Lässigkeit. «Ach ... von 'ner Menge Leute.»

«Darauf wette ich.»

«Willst du's mal im Krankenhaus versuchen?»

Sie küssten sich fast eine halbe Minute lang – bis die Oberschwester auf ihre Station zurückkam.

Sie räusperte sich laut. «Wenn ich bitten dürfte, meine Herren.»

Jon schaute lächelnd zu ihr hoch. «Schon gut», sagte er. «Ich bin Arzt.»

Möglichkeiten

Als Mary Ann die Kellertreppe hinunterstieg, fand sie Bambi zusammengerollt auf einem alten Sofa, mit dem Mrs. Madrigal zu ihrer Bequemlichkeit hatte beitragen wollen.

Ein langgezogener Schatten fiel über ihr Gesicht, als sie mürrisch aufschaute.

«Dafür werden Sie noch büßen», sagte sie drohend.

«Das ist anzunehmen», sagte Mary Ann.

«Ich red aber nicht vom Sender ... ich red von einem Strafverfahren. Sie stecken bis zum Hals in der Scheiße, Mary Ann.»

Es war unheimlich, mitzuerleben, wie sehr Larry Kenans ordinäres Gerede schon auf Bambi abgefärbt hatte.

Mary Ann griff nach einem Stuhl und setzte sich. In sicherem Abstand. «Ich dachte, wir sollten zuerst mal ... über alles reden.»

«Heben Sie sich das für die Polizei auf», fauchte Bambi sie an.

«Gehen Sie doch zur Polizei», konterte Mary Ann. «Die Tür steht offen.»

Die Nachrichtenmoderatorin warf einen Blick zur Treppe hinüber.

«Sie können jederzeit gehen», sagte Mary Ann.

Bambi war misstrauisch. Ihre Augen verengten sich zu Schlitzen. «Es bleibt aber eine Entführung, dass Sie's nur wissen. Wenn Sie mich jetzt freilassen, heißt das noch lang nicht, dass ...»

«Das ist mir klar.»

«Und nur, weil Sie's nicht selber getan haben ...»

«Das ist mir auch klar.» Mary Ann lächelte süßlich. «Los, hauen Sie schon ab, Gnädigste.» Sie deutete mit dem Kopf schwungvoll in Richtung Treppe. «Und sagen Sie Larry schöne Grüße von mir ... wenn Sie's ihm gerade mal wieder besorgen. Die Dumpfbacke glaubt, dass Sie hinter einer heißen Story her sind. Ich möchte nicht in Ihrer Haut stecken, wenn Sie ihm diese Illusion nehmen.»

«Und ich nicht in Ihrer, wenn ... Was haben Sie ihm erzählt?»

«Genau das», sagte Mary Ann schulterzuckend. «Dass wir beide hinter dem Knüller des Jahres her sind.»

«DeDe Day?»

Mary Ann nickte lächelnd.

«Ich hab Ihre Notizen kopiert, dass Sie's nur wissen.» Bambis höhnisches Grinsen sah beinahe obszön aus. «Meine Handtasche zu klauen, war völlig umsonst. Die Story gehört immer noch uns, Mary Ann. Ein Anruf beim Sender genügt.»

«Was für ein Zufall», sagte Mary Ann. «Den gleichen Satz hab ich zu DeDe auch gesagt.»

Schweigen.

«Nur hab ich da einen anderen Sender gemeint.»

Bambi warf ihr einen mörderischen Blick zu. «Das würden Sie nicht tun.»

«Warum nicht?», sagte Mary Ann unbekümmert. «Wo ich doch ohnehin bis zum Hals in der Scheiße stecke, oder? Bei Channel 5 würde man mich mit offenen Armen empfangen. Und machen wir uns doch nichts vor ... ohne DeDe und die Kinder *gibt* es keine Story. *Oder?*»

Schweigen.

«Deswegen dachte ich, dass wir zuerst mal über alles reden sollten. Ich wollte, dass Sie sich Ihre Möglichkeiten überlegen ... bevor Sie alles völlig vermurksen.» Ein erneutes Lächeln, noch süßlicher als das erste.

«Reden Sie», murmelte Bambi.

«Tja», sagte Mary Ann, «wie Sie schon sagten – Sie könnten mich anzeigen. Aber das würde mich nur zwingen, öffentlich zu erklären, warum wir uns moralisch verpflichtet fühlten, Sie hier festzuhalten, bis DeDe sicher sein konnte, dass ihre Kinder außer Gefahr waren. Und das würde gar nicht gut aussehen, Bambi. Denn es war gar nicht mal *Ihre* Story. Was sich mühelos beweisen lässt.»

«Eine Story ist eine Story», grummelte die Nachrichtensprecherin.

«Stimmt», sagte Mary Ann. «Und ich bin bereit, mir die hier mit Ihnen zu teilen.»

Bambi musterte sie misstrauisch. «Wirklich?»

«Mit Ihnen oder mit Wendy Tokuda. Suchen Sie sich's aus.»

Bambi wand sich. «Ich will wissen, was ‹außer Gefahr› heißt.»

Mary Ann schaute verständnislos drein. «Hm?»

«Sie haben gesagt: ‹... dass ihre Kinder außer Gefahr waren›. Welche Bedrohung würde es rechtfertigen, mich drei Tage in einem Keller festzuhalten?»

«*Sie* waren die Bedrohung! Die Presse! DeDe ist meine Freundin. Sie hat ein paar dumme Fehler gemacht, aber sie ist eine tüchtige Frau, und ich mag sie. Sie wollte nur eine Verschnaufpause, das ist alles. Ein paar ungestörte Wochen mit ihrer Mutter und ihren Kindern. Verlangt eine Frau, die in einer Fischtonne aus Guyana entkommen ist, damit denn zu viel?»

«Was ist dann mit diesem Doppelgänger?»

«Was soll mit ihm sein? DeDe sagt, dass man in der Zeit, als sie noch in Jonestown war, ein Double eingeschleust hat ... aber sie ist schon Tage vor dem Massaker abgehauen. Erwähnen sollte man die Sache allemal. Nur wird sie wahrscheinlich zerpflückt.»

«Warum?»

Mary Ann fixierte sie. «Glauben *Sie*, dass Jim Jones noch lebt?»

Bambi machte ein finsteres Gesicht und schaute weg. «Also, was wollen Sie jetzt anstellen?»

«Okay: Ich will von Ihnen die schriftliche Bestätigung, dass Sie sich während der vergangenen Tage freiwillig in der Barbary Lane 28 aufgehalten ...»

«Moment mal!»

«Ich bin noch nicht fertig. Da wir beide in den vergangenen Tagen nachweislich mehrere Interviews mit DeDe geführt haben, können Sie wohl schlecht im Keller der Barbary Lane 28 eingesperrt gewesen sein. Sie hatten hier nur Ihren Gefechtsstand. Ich finde, das hört sich geradezu berückend an.»

«Was ist mit der Sendezeit?»

«Die teilen wir uns», sagte Mary Ann. «Sie können gern die Anmoderation machen. Und dann können Sie mich interviewen.»

«Da bin ich aber dankbar.»

«Das sollten Sie auch sein. Ich hab nämlich eigentlich mehr zu Wendy tendiert. Ach so, die Buchrechte liegen übrigens bei mir.» Mary Ann lächelte. «Aber auf dem Gebiet sind Sie sowieso keine Konkurrenz.»

«Dann ... waren Sie also gar nicht in Cleveland?»

«Natürlich war ich in Cleveland!» Mary Anns Empörung

hätte nicht größer sein können. «Glauben Sie, ich würde meine eigene Großmutter zu einer Lüge missbrauchen?»

Hochzeit im Garten

Nachdem sie fast fünfzehn Stunden geschlafen hatte, wachte Mary Ann gegen neun Uhr vormittags auf und lief gleich nach unten in Mrs. Madrigals Wohnung. Die Vermieterin war in der Küche und backte einen Kuchen.

Backte *den* Kuchen.

Mary Ann gab ihr ein Küsschen auf die Wange. «Ich finde es so süß von Ihnen, dass Sie das machen. Was sind diese kleinen braunen Bröckchen im Teig?»

«Karotten», sagte Mrs. Madrigal.

«Sie lügen.»

«Dann stell keine ungehörigen Fragen. Kann ich davon ausgehen, dass du dich mit Bambi geeinigt hast?»

«Können Sie.»

«Braves Mädchen. Hast du deine Mutter schon angerufen?»

«Mach ich nach der Trauung», sagte Mary Ann. «Ich möchte ganz *en famille* bleiben. Ich meine natürlich ... meine Familie hier.»

Die Vermieterin lächelte liebevoll. «Mir war schon klar, was du meinst.» Sie hielt Mary Ann einen Löffel zum Schlecken hin.

«Schlabber-schlabber», sagte Mary Ann. «Karotten!»

DeDe rief um elf an.

«Ich hab gerade die Zeitung gelesen», sagte sie gepresst. «Das mit Brian tut mir so leid!»

«Danke.»